本書出版得到國家古籍整理出版專項經費資助
本書爲國家社會科學基金十二五規劃資助項目

中國古典文學基本叢書

辛棄疾集編年箋注

第一册

〔南宋〕辛棄疾 著
辛更儒 箋注

中華書局

圖書在版編目(CIP)數據

辛棄疾集編年箋注/(南宋)辛棄疾著;辛更儒箋注.
—北京:中華書局,2015.11(2018.5 重印)
(中國古典文學基本叢書)
ISBN 978-7-101-11224-5

Ⅰ.辛… Ⅱ.①辛…②辛… Ⅲ.宋詞-注釋
Ⅳ.I222.844

中國版本圖書館 CIP 數據核字(2015)第 211836 號

責任編輯:張 耕

中國古典文學基本叢書
辛棄疾集編年箋注
(全六册)
〔南宋〕辛棄疾 著
辛更儒 箋注
*
中 華 書 局 出 版 發 行
(北京市豐臺區太平橋西里 38 號 100073)
http://www.zhbc.com.cn
E-mail:zhbc@zhbc.com.cn
北京瑞古冠中印刷廠印刷
*
850×1168 毫米 1/32 · 81¾印張 · 17 插頁 · 1800 千字
2015 年 11 月北京第 1 版 2018 年 5 月北京第 2 次印刷
印數:3001-6000 册 定價:360.00 元

ISBN 978-7-101-11224-5

辛棄疾畫像，上有題跋，録明人浦源所作《像贊》："勃然其氣，若縛張邵而奮英勇也。肅然其容，若開宋主而陳九議也。毅然其色，若平江寇而深謀决策也。惻然其意，若江西救荒而立法通變也。是皆一節所施，所不得施者，歷四十年而不至大用，为可恨也。贊曰：朱綬貂蟬，冰玉其顔。凜凜英氣，見者膽寒。胡不將相，卒老於闲。期思之居，山横水環。退而畎畝，有稼斯軒。笑歌詞章，清氣莫攀。"後題清嘉慶壬申後裔敬述，未確認贊語之作者。今藏於鉛山縣紫溪西山辛村。

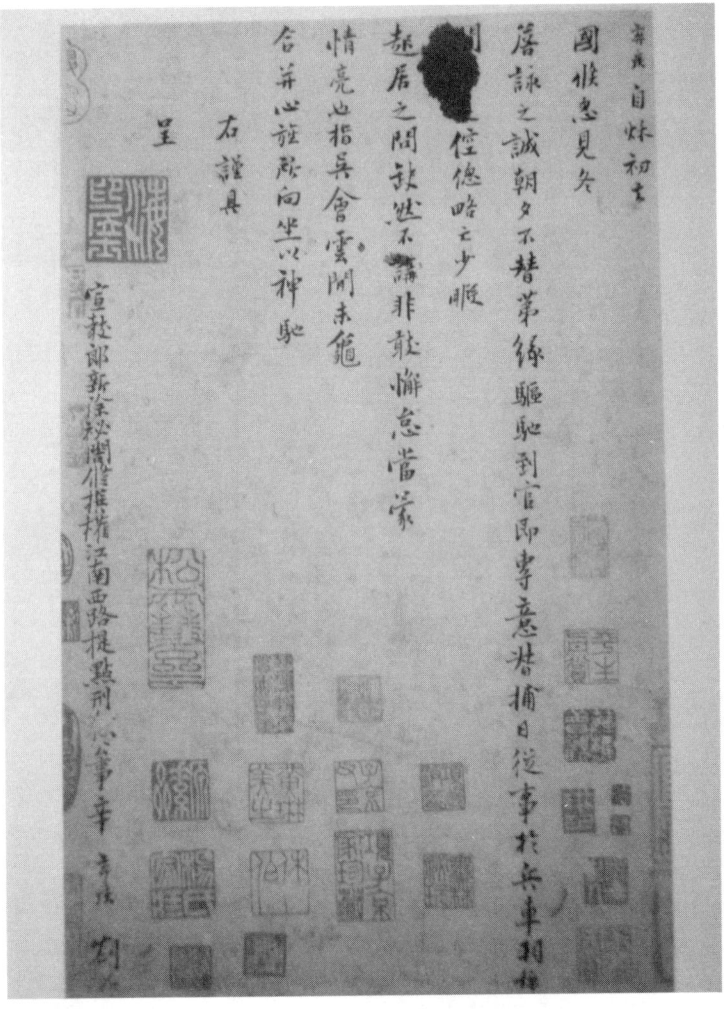

辛稼軒手跡，今藏北京故宫博物院。

《有宋南雄太守朝奉辛公壙志》局部。

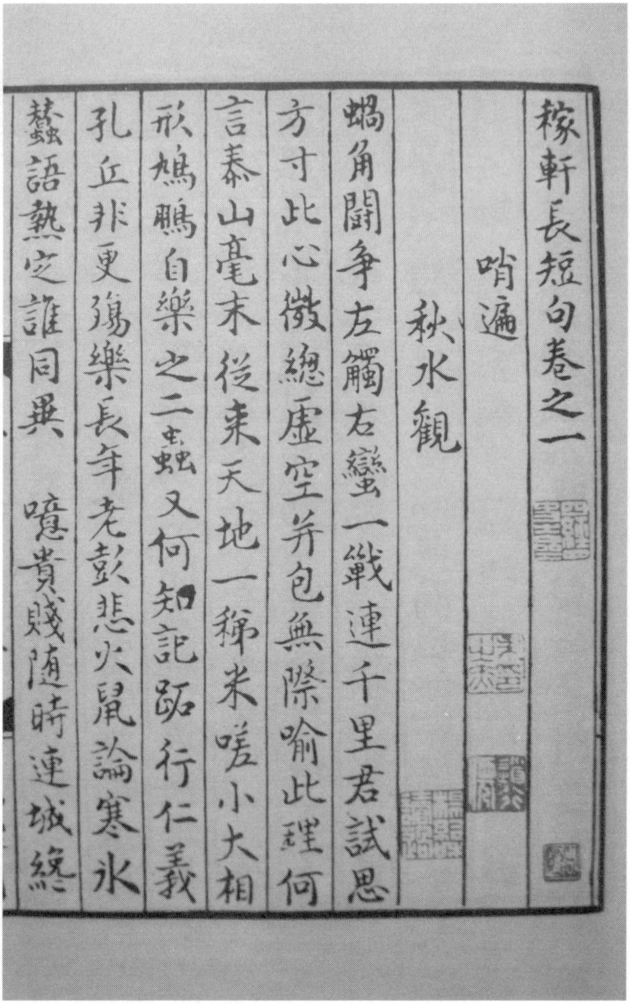

稼軒長短句卷之一

哨遍

秋水觀

蝸角鬬爭左觸右蠻一戰連千里君試思方寸此心微總虚空并包無際喻此理何言泰山毫末從來天地一稊米嗟小大相形鳩鵬自樂之二蟲又何知記跖行仁義孔丘非更殤樂長年老彭悲火鼠論寒氷蠶語熱定誰同異　噫貴賤隨時連城纔

元大德三年己亥廣信書院本《稼軒長短句》書影。

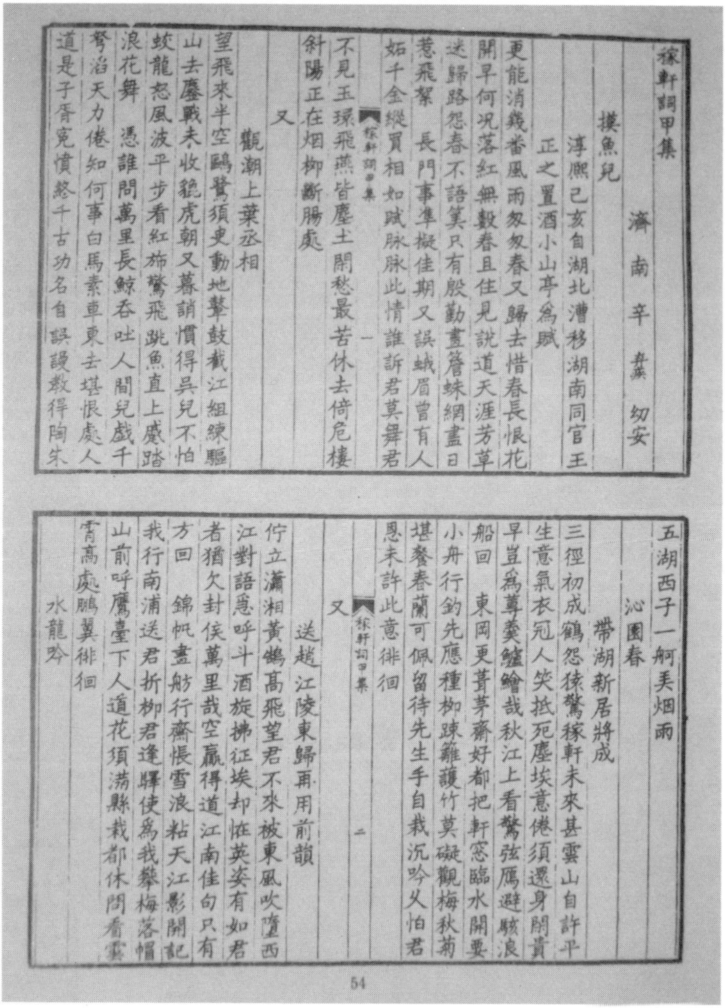

稼軒詞甲集

濟南辛棄疾幼安

摸魚兒

淳熙己亥自湖北漕移湖南同官王正之置酒小山亭爲賦

更能消幾番風雨匆匆春又歸去惜春長恨花開早何況落紅無數春且住見說道天涯芳草迷歸路怨春不語算只有殷勤畫簷蛛網盡日惹飛絮　長門事準擬佳期又誤蛾眉曾有人妬千金縱買相如賦脉脉此情誰訴君莫舞君不見玉環飛燕皆塵土閑愁最苦休去倚危樓斜陽正在烟柳斷腸處

稼軒詞甲集　一

又

觀湖上葉丞相

望飛來半空鷗鷺須臾動地鼙鼓截江組練驅山去鏖戰未收貔虎朝又暮誚慣得吳兒不怕蛟龍怒風波平步看紅旆驚飛跳魚直上蹙踏浪花舞　憑誰問萬里長鯨吞吐人間兒戲千弩滔天力倦知何事白馬素車東去堪恨處人道是子胥冤憤終千古功名自誤謾教得陶朱五湖西子一舸弄烟雨

沁園春

帶湖新居將成

三徑初成鶴怨猿驚稼軒未來甚雲山自許平生意氣衣冠人笑抵死塵埃意倦須還身閑貴早豈爲蓴羹鱸鱠哉秋江上看驚弦鴈避駭浪船回　東岡更葺茅齋好都把軒窗臨水開要小舟行釣先應種柳疎籬護竹莫礙觀梅秋菊堪餐春蘭可佩留待先生手自栽沉吟久怕君恩未許此意徘徊

稼軒詞甲集　二

又

送趙江陵東歸再用前韻

佇立瀟湘黃鵠高飛望君不來被東風吹墮西江對語急呼斗酒旋拂征埃却怪英姿有如君者猶欠封侯萬里哉空贏得道江南佳句只有方回　錦帆畫舫行齋悵雪浪粘天江影開記我行南浦送君折柳君逢驛使爲我攀梅落帽山前呼鷹臺下人道花須滿縣栽都休問看雲霄高處鵬翼徘徊

水龍吟

清人景抄宋刻本《稼軒詞》甲集書影。

滁州琅琊山現存辛稼軒題名石刻。
此箋注者 2011 年 4 月踏訪時所攝。

瓜山瓢泉,稼軒命名八百餘載,至今清澈可鑑。
此 2012 年 10 月,箋注者攝於瓢泉。

博山雨巖之下，有石浪長三十餘丈，稼軒命之曰山鬼，爲賦《山鬼謡》詞紀之。

期思嶺山中石壁，稼軒開山所得，遂命名爲蒼壁，
有《千年調》詞紀其事。

開禧元年秋，辛稼軒西歸所經仙人磯，今猶矗立大江中。
攝於 2013 年 11 月。

辛棄疾集編年箋注目次

辛棄疾集編年箋注卷七……五八七

長短句

辛棄疾集編年箋注卷九……八九九

長短句

長短句

辛棄疾集編年箋注卷一一 …… 一二二九

長短句

辛棄疾集編年箋注卷一二……一三三七

長短句

辛棄疾集編年箋注卷一四

長短句

辛棄疾集編年箋注卷一五……一七八五

長短句

詞集附考

自序

一

我現在完成的這部《辛棄疾集編年箋注》，是同鄧廣銘先生的名著《稼軒詞編年箋注》密切相關的。也可以説，它是在鄧先生有關稼軒詞的幾部著作的基礎上完成的。

早在二十世紀七八十年代，鄧先生就曾有過一種意願，即將辛稼軒的詩詞文統一箋注合編，加上新編寫的《年譜》，形成一個辛棄疾全集的箋注本，向國内外讀者提供辛稼軒研究儘可能多的資料。但他本人正在從事宋史的教學和研究工作，稼軒研究僅僅是他的副業，爲完成這一繁重的工作，遂萌生了尋找合作者的想法。

一九七八年，時隔十五年之後，《稼軒詞編年箋注》再次印行於世，而且一次印刷了二十多萬册。時值「文化大革命」結束，知識界思想活躍，渴於求知，對書籍的出版認真負責。許多讀者在閱讀此書後，寫信給鄧先生，希望對此書進行修訂，我也是其中之一。記得當時是寫了數百條增補和修訂此書的意見（主要是應增加的典故條目和某詞編年應改動的理由），幾乎寫成一本小書，寄給了鄧先生。

我所提出的意見，得到鄧先生的認同。他後來把《稼軒詞編年箋注》的增訂工作交給我，並希望我能同時完成辛稼軒詩文的箋注和《辛稼軒年譜》的增訂工作，我和鄧先生長達十五年以上的合作，就是以此爲契機的。

我接手這項工作後，首先開始了辛稼軒文的箋注。只因稼軒文前此未曾有人做過細緻研究，箋注更是一片空白，故得全憑己意順利完成。稼軒詩則全部做了編年箋注。在箋注稼軒詩的過程中，鄧先生曾把上海學者李伯勉先生的箋注草稿交給我參考。但我在認真研讀之後，覺得他的箋注大都不能采用，不但各詩的時事背景全無考求，所引典故亦頗不合，所以決定放棄其稿。在後來出版的《辛稼軒詩文箋注》中，只有稼軒詩《哭𪻐十五章》的「送汝已成人」一句，箋注的「『已』同『以』」，謂以成人之禮送其葬」采用了李先生的意見。這就是鄧先生前言中有關「李伯勉先生對稼軒詩所作的一些注釋，也間有被吸收到這本箋注中」的説明。

對《稼軒詞編年箋注》的增訂則甚爲複雜。因其工作量極大，故費時費力。按照鄧先生的要求，我的工作大致是：一、統一全書的編年，將一九七八年版第五卷「作年莫考諸什」的一百二十五首詞作全都加以編年，然後編置於全書的各卷之中，並將《漢宫春·立春日》定爲全書的開篇之作，惟尚保留補遺一卷。二、統一全書體例，將原版注釋過簡的書名卷名篇名儘量注出，例如《宋會要輯稿》各門類的頁碼、筆記雜談的卷數條目等等。三、所需增補的條目。四、在取得鄧先生同意的情況下，對某些編年、條目做出修改，及重新撰寫若干考證和闡釋的條目等等。這一工作用了兩三年的時間，到一九八五年便全部完成。這年的暑假，我在北京大學的勺園住了近一個月，每日同鄧先生討論《稼軒詞編年箋注》的增訂，至八月二十日止，已將全部增訂的修改工作完成。後來提交上海古籍出版社的稿本，在歷經磨難之後，直至一九九三年才得以出版。鄧先生在《增訂三版題記》中已將其過程大體寫清。

一九九三年增訂本《稼軒詞編年箋注》出版，較一九七八年本增加二十一萬字。增訂本的出版，可以認爲是初步改變了原書「注釋過於簡陋」的問題。後來，鄧廣銘先生三女小南教授在定本《稼軒詞編年箋注再版後記》中所説的「增訂三版於一九九三年再由上海古籍出版社出版。該書面世後，受到了海内外學術界的廣泛好評」，並非虛譽。

以上所述，是我參與《稼軒詞編年箋注》修訂的大致過程。距今已是二十餘年前的事了。

二

鄧廣銘先生曾屢次談到，他的《稼軒詞編年箋注》「出自一個歷史學者之手，而决非出自一個文學家或文學史家之手」。小南教授也認爲，這部書同其父的其他三部著述，「被學人譽爲這一領域的『史家絶唱』」。

以歷史學家的功力，攻克古代文學的名著，自然有其不同尋常的功效。正因爲如此，所以，當一九五七年《稼軒詞編年箋注》一出版，其所引出的轟動反響，對稼軒詞研究的劃時代意義，便凸顯出來。

清代以來，對辛稼軒和稼軒詞的研究，有兩個重要的人物，一個是嘉慶間的辛啓泰，一個是民國間的梁啓超。辛啓泰搜集殘存於世的稼軒詩文，加上流行世間的稼軒詞，合編爲《辛稼軒集抄存》，並編寫了《稼軒先生年譜》，堪稱這一研究的史上第一人。而梁啓超繼續辛啓泰的事業，重新編寫了《辛稼軒先生年譜》。近現代的辛稼軒研究，無一不是這二人研究事業的繼承和發展。

然而，二人的研究和著作雖具有開山性質，却難稱嚴格意義上的研究著作。那是因爲他們的著作缺乏科學的考證，因而在辛稼軒的生平事歷和詞作的編年隸事方面不可避免地存在缺憾。例如辛稼軒於淳熙六年（一一七九）八月自湖南轉運副使改知潭州兼湖南安撫使，這有《宋史全文》卷二六宋孝宗批答稼軒的文字爲證（亦見《皇宋中興兩朝聖政》卷五七）。嗣即在湖南整頓鄉社，創建飛虎軍，政績輝煌。淳熙七年底，改知隆興府，修舉荒政，至八年十二月，以臣僚論列，落職罷任，遂結束二十年宦遊生涯，回到江南東路信州上饒的帶湖閑居。這是其生平的一大事件。由於辛稼軒自湖南改帥江西，以及自江西被罷免，《宋史》卷四〇一《辛棄疾傳》上皆無具體的時間記載，二人遂不得不依靠臆斷和推測，來確定這兩個重要的年份。辛《譜》乃謂「淳熙十二年乙巳，先生年四十六，帥湖南。……加右文殿修撰，差知隆興府兼江西安撫使。……十五年戊申，先生年四十九，以言者罷江西安撫任。」按：先生《沁園春》詞題云：『戊申，奏邸忽騰報，謂余以病掛冠。』」梁《譜》則以「淳熙十一年甲辰，四十五歲，由湖南移帥江西。……十二年乙巳，四十六歲，在江西任，《本傳》：『以言者落職。』」做出異判。

按：稼軒自湖南移江西的年月姑不必深究，僅舉其江西罷職一事，即有《宋會要輯稿·職官》七二之三二「淳熙八年十二月二日，右文殿修撰新任兩浙西路提點刑獄公事辛棄疾落職罷新任」之明確記載，可以確定無疑。雖然《輯稿》出版於一九三七年，辛、梁二人不得而見，然淳熙九年以後知隆興府兼江西安撫使者自有人在，此事於記載宋事的史書及宋人文集中尚能得見。如畢沅所編《續資治通鑑》卷一五〇於淳熙十三年八月載：「辛巳，詔集英殿修撰知隆興府程叔達，久任閫寄，治行有聞，除敷文閣待制，令再任。」而楊萬里《誠齋集》卷一二五《宋故華文閣直學士贈特進程公墓志銘》也載：

公姓程，諱叔達，字元誠。……淳熙九年七月，……時江西謀帥，上命執政疏其人。上指公名曰：「某可也。」……八月，除秘閣修撰知隆興府。……帥洪五年。……十四年，引疾丐祠，章繼上。四月四日，特轉一官，提舉江州太平興國宮。

以上兩種記事都已證明，辛稼軒任江西安撫僅淳熙八年一年。從淳熙九年到十四年，是程叔達兩任江西安撫的時期。此間江西安撫既然有人，怎麽能認定稼軒從淳熙八年至十二年或十四年始終未離開江西安撫任呢？可知無論是辛啓泰的淳熙十四年去官還是梁啓超的十二年落職，其結論都是完全錯誤的。以上所舉二書並非難索稀見之書，辛、梁二位即使未見《宋會要輯稿》，也應據此二書考定辛稼軒在江西罷任必在淳熙九年之前，然而他們却憑藉假設之辭，將稼軒的爲官生涯人爲地後推了四五年，以致在稼軒的生平事歷及一大批詞作的編年隸事上做出錯誤的研判，顯見其謹慎探索精神之不足。

而鄧廣銘先生却能從《誠齋集》及其他史料的研讀中考定稼軒在江西落職在淳熙九年中秋節前，雖不中，亦較辛、梁二説的錯誤有了明顯的改進。迨《宋會要輯稿》出版印行之後，遂據其明確記載加以更正，使這一問題塵埃落地，終成定讞。鄧先生爲此撰寫了《〈辛稼軒年譜〉及〈稼軒詞疏證〉總辨正》一文（《國聞周報》第十四卷七期，一九三七年），就他對稼軒湖南、江西任職的時間及其他兩個生平事歷的問題發表意見，並因此文獲得當時中華教育文化基金會對其稼軒研究的學術資助。應當認爲，此文的發表，是辛稼軒研究從感性上升到理性階段進行科學考證的標志。鄧先生也因此項考證，確定了他在現代稼軒詞研究中的地位。

《稼軒詞編年箋注》一書，無疑是以史證詞的典型著作，是現代稼軒研究的真正開端。

三

名著也存在瑕疵，《稼軒詞編年箋注》並不例外。受時代的局限和作者自身條件的限制，《箋注》一書考證上的失誤和注釋的簡陋，是其兩個顯著的欠缺。後者正如鄧先生所自道：「我既不是研究文學史和古典文學的，對於詞章一道更屬外行。」而伴隨此書出版以後歷次再版的增訂，都可證明此書「注釋過於簡陋」的事實。（《辛稼軒年譜》亦多次再版，但其中考證的失誤都没有得到糾正，而最後一次的修訂失誤更爲突出，故今亦一併加以論述。）

對於此書一九九三年增訂三版的出版，我一直是存在不同意見的。這不僅僅因爲在出版時，鄧先生没有兑現事前的約定，落實署名的問題，更主要的是，其中有很多編年和考釋疏漏差謬，都是由「過於執着或竟失之穿鑿」形成的（語出《稼軒詞編年箋注初版題記》）。所以，我曾在中華書局出版的《辛棄疾詞選》（二〇〇五年版）的《前言》中寫過一段話：

> 當年鄧先生同我共同增訂此書時，雖歷時甚久，相同相從之時居多，但也頗有意見不能統一之時，其中的某些詞作的編年和箋注，就都按鄧先生的意見處理了，這使我往往有了違心相從的感覺。

實際上，因臆斷而致誤的地方，在《箋注》一書中是頗多存在的。因而，儘管某些考釋費盡筆墨，却仍然經不起深入研判，可以令人放心使用。限於篇幅，我只在此舉兩個例證。其一舉《稼軒詞編年箋注》卷一之例。

淳熙六年，稼軒在湖南因友人赴襄漢從戎，特寫《滿江紅》（漢水東流闋）詞送行。其詞中最後幾句是：

> 馬革裹屍當自誓，蛾眉伐性休重説。但從今記取楚樓風，裴臺月。

此中的「楚樓風，裴臺月」六字，稼軒詞的王詔校刊本和《六十名家詞》本都改作「楚臺風，庾樓月」，與大德廣信書院本不同。這個問題關係到寫作地點是湖南還是湖北，故而十分重要。一九七八年的版本除了對裴臺注「未詳」之外，並未對楚樓、裴臺提出校改意見。不知是增訂稿本送交上海古籍出版社之後，審稿人陳振鵬提出疑義，還是什麼原因，在增訂本出版後，在箋注的楚樓和裴臺兩條目下，鄧先生給出了兩段總共約七百二十餘字的注釋。這兩大段注釋的大意是：項安世有一首《宋帥移厨就市樓併飯胡黎州》的詩，首聯是「天明喜氣滿沙頭，小隊行厨下楚樓」。宋帥應是辛帥之誤，而楚樓在江陵府沙市。唐裴胄任荆南節度使，裴臺指裴胄在江陵所建。然後雜引諸書，謂裴字即荆字之誤。現將增訂本關於楚樓的注釋全引如下（定本一字未改）：

項安世《平庵悔稿》卷十《宋帥移厨就市樓併飯胡黎州（自注：澹庵之子。）》詩，首聯云：「天明喜氣滿沙頭，小隊行厨下楚樓。」（按：在宋孝宗光宗寧宗三朝，亦即項安世在世之年，湖北帥無宋姓者，故可斷言此詩題中「宋」字爲「辛」字之誤。）又據袁説友《東塘集》卷七《詠楚樓》詩，題下自注云：「樓在沙市，規模宏廣，東西皆見江山，郡中以之爲酒肆。」詩云：「東江風月夜潮平，西望巫山白帝城。止爲山川增楚觀，惜哉徒沸市廛聲。」李曾伯《可齋雜著》卷二八《登江陵沙市楚樓》詩：「壯麗中居荆楚會，風流元向蜀吴誇。樓頭恰稱元龍卧，切勿輕嗤作酒家。」（袁説友與稼軒同年生，李曾伯晚於稼軒六十歲，然皆南宋人，其所描繪之沙市楚樓情况當與稼軒居官江陵時之現實相去不遠，故引録二人之詩於此。至楚樓始建於何時，則難考知。或謂「楚樓風」乃泛指江陵之風物而言，非實指某樓，説似未諦，因下句之裴臺斷非虚指，則楚樓亦不得爲虛指也。）

這段考釋的錯誤是：主觀臆斷，把湖北帥臣宋之瑞指爲辛稼軒。查項安世詩中的宋帥，在全部《平庵悔稿》中並非僅此一例。試看項集其他卷中猶有《和宋帥出示所送李大著》詩，而《九日喜陳一之提刑至龍山》詩，其「元戎新醖恰浮醅」句後有注：「宋帥新開府。」既多處提及宋帥，可知「宋帥」決非字誤。而其《宋帥招李大著陳提刑同飯》詩中又注云：「宋帥，台州人。」顯見知江陵府兼湖北帥臣自當另有宋姓人。鄧先生本來對宋代湖北安撫使的名表失之考索，却如此肯定湖北帥臣在孝、光、寧三世無宋姓者。宋帥既爲天台人，經查《嘉定赤城志》卷三三即可得知：「宋之瑞，天台人，字伯嘉。……知寧國府，華文、徽猷閣待制，知江陵府。」再進一步考證，即知宋之瑞知江陵在寧宗嘉泰間。宋帥既不可指爲稼軒，則「小隊行厨下楚樓」之沙市楚樓，也就與此詞毫無關係。而注釋所引的沙市楚樓的信息，自然也有牽强附會之嫌。

增訂本《箋注》又曾增加了三百四十餘字，以考證裴臺實爲江陵府荆臺之誤，然荆臺在離江陵府一百二十里的監利縣境內，增訂本難圓其說，故不能直改此二字爲「荆臺」。鄧先生晚年自作修訂時，遂於定本中將此三百餘字全部删去（我今亦一字不引），而於校中增加了以下近三百字的校語：

〔庾臺月〕廣信書院本「庾臺月」原作「裴臺月」，羌無故實，裴字顯誤。王詔校刊本及《六十家詞》本作「楚臺風，庾樓月」，又顯係臆測改。庾樓在武昌，非江陵景物也。且因一字誤而改及六字，亦殊孟浪。今查，宋王象之《輿地紀勝》卷六四《江陵府景物》上載，枝江縣有庾臺，注云：

「相傳爲庾子山宅也。」既謂相傳，當難信從。且枝江與楚樓所在之沙市相去遼遠，亦殊難合。近承湖北沙市修志館中友人告知，明末清初人孔伯靡（渠本明宗室，入清，因避禍，改姓名爲孔自來，字伯靡）編撰之《江陵志餘》載，江陵城東五里故堤内有庾信臺，注云：「今庾信樓基也，或即其宅。」今按：此條似較爲可信，故即據以徑改裴臺爲庾臺，冀以息數百年來之紛紜。

這長長的校語亦皆非是。因爲楚樓和裴臺都在湖南潭州，而不是湖北江陵。這雖不是一言可決，却也不需要浪費更多筆墨。記載楚樓和裴臺都在潭州的史書有《方輿勝覽》卷二三《湖南路·潭州》：「楚樓，在郡城上。」（嘉慶）《長沙縣志》卷三〇《古跡》：「楚秀亭，《通志》：『在縣西北，唐乾符間裴休鎮長沙時建，一名裴公臺。』」而相應的宋人文獻也皆可以佐證地方志的記載。如真德秀《西山集》卷九《潭州奏復税酒狀》謂乾道二年，湖南帥劉珙平定李金之變，在潭州添創南、北、楚三樓，以賣官酒。而記載裴公臺即簡稱裴臺的也有稼軒的友人范成大赴廣西帥任行經潭州的紀行詩，寓居潭州的張栻兩篇詩中也都提及裴臺，曾在潭州爲官的趙蕃詩中亦有裴臺二字出現，皆可以證知。蓋湖南北皆有楚樓，而裴臺則獨在湖南長沙。非要把楚樓和裴臺置於江陵，難免就要自言「過於執着或竟失之穿鑿」而自踐之，直至不惜臆改詞文。

在《箋注》一書中，類此與「毋必毋固」相背之處所在多有。比如《浣溪沙·壽内子》詞對於「兩人百歲恰乘除」的解釋，前此我已撰文商榷其事，此不贅言。而對於《年譜》一書中的闕誤，在此亦僅舉一事，以爲例證。

《辛稼軒年譜》於開禧三年（一二〇七）下書「試兵部侍郎，兩次上章辭免，方遂所請」條後接書「黄勉齋（榦）致書稼軒，對時事出處多所論列」。其下引《勉齋集》卷四《與辛稼軒侍郎書》的全文。文後有「此書各本均止於此，玩其語意似未完」的小注。其後的按語是：「黄氏此書當寫於稼軒已除兵部侍郎而辭免未獲之時，故以侍郎見稱。」

按：《勉齋集》收書信十四卷，卷四爲書信首卷，此卷殘闕不全，而黄榦《與辛稼軒侍郎書》後半部即殘闕。從此卷之前半所載與朱熹等人書信看，其所致朱書多至八篇，則與辛書不僅可能後半闕佚，甚至闕佚之書不止一篇，或當有開禧三年四月稼軒除兵部侍郎以後之書，故題以兵侍稱，却不表明其第一篇書即作於稼軒除兵侍之時。《年譜》置於開禧三年，顯係失考。

稼軒晚年同黄榦的交往始於嘉泰四年（一二〇四）。是年春，稼軒自臨安奉朝請出知鎮江府，途經嘉興，專程前往石門會見黄榦，稱贊其以大賢親理庶務，爲所謂「聖賢嘗爲乘田委吏者」。《勉齋集》卷末附黄榦之門人林羽所編之《勉齋先生黄文肅公行實》載：

任監嘉興府石門酒庫。……先生既至，以官本錢自往市米於産米之地，凡纖悉必躬親，雖隆寒烈暑，不憚也。……侍郎辛公棄疾過官，枉車騎見之，歎曰：「是爲聖賢嘗爲乘田委吏者也。」

黄榦另一門人陳義和所編之《黄榦年譜》，也記載了相同的内容。且明確記載：「嘉泰四年甲子，石門酒政修舉。」緊接下來，又有「侍郎辛公棄疾過石門見之」諸語，其後又載：「是歲，有……《與辛侍郎書》。」這可見，侍郎之名乃《年譜》寫作時所稱，稼軒過石門時未任侍郎。

《勉齋集》既然詳載了稼軒與黄榦於嘉泰四年之交往，又有《與辛侍郎書》作於此年的明確記載，鄧先生因何視而不見？鄧先生在《辛稼軒年譜》中既有「此書各本」云云，表明他在編寫《年譜》之時，已然參閲了《勉齋集》不止一個版本，然而事實是，各本《勉齋集》皆包括這卷附録，而《辛稼軒年譜》却仍然將《與辛侍郎書》編列於開禧三年，且對嘉泰四年辛稼軒在前往京口途中看望黄勉齋，並流傳下一句極爲有意義的話語的史實置若罔聞，不爲登載一字（《辛稼軒年譜》一書未載此次辛黄晤面），這不能不使人們對鄧先生是否真的全面閲讀過《勉齋集》産生疑問。

《稼軒詞編年箋注》和《辛稼軒年譜》既然存在着上述缺憾，就不能因其曾是精品，不指出其中的瑕疵。雖然篳路藍縷，以啓山林，但讀者的要求，却總是希望前修未備，後出轉精。我以爲，這就是重新編著辛稼軒全集箋注本的重要現實意義所在。

四

《辛棄疾集編年箋注》在前人研究辛稼軒輝煌成果的基礎上，在袪除其間一系列應可避免的誤失的努力中撰著而成，當然這應當是一部繼承之作，但在某種意義上也是一部顛覆之作。而編著者更希望這是一部對今後的辛稼軒研究有所啓示的開拓之作。

我自二十歲時獲讀《六十名家詞》本的《稼軒詞》，迄今已達五十年。在往復吟誦和其後的研究歲月裏，辛稼軒研究始終是我的一個讀書和研究科目的重點。二十世紀九十年代中期，鄧著《稼軒詞編年箋注》和辛著鄧訂《辛稼軒詩文箋注》出版以後，我又開始了新一輪的稼軒研究和探索。此後，陸續出版了《辛棄疾研究》（人民出版社二〇〇八年）等五部辛稼軒研究著作。二〇一一年，經國家社科基金學科評審組評定，我申報的《辛棄疾集編年箋注》獲得了國家十二五社會科學基金項目，我深感其意義重大。又經過三年時間，此書終於得以完成。

現在，再回頭看此書的醞釀和撰著過程，我覺得有三點頗值得注意。

其一是，發現新的研究資料對編著《辛棄疾集編年箋注》的重要意義。

一九八三年，江西鉛山發現《辛氏宗譜》，消息在報上發表，我即請鄧廣銘先生以全國政協委員身份與江西聯繫，借閱此譜一觀。這個宗譜有一篇《辛稼軒歷仕始末》，是所有辛稼軒研究者過去從未曾見過的資料。鄧先生讓我作一篇文章，對此文加以介紹。這就是發表在第二年《中國史研究》第二期上的《跋〈鉛山辛氏宗譜〉和〈辛稼軒歷仕始末〉》一文。可以認爲，《歷仕始末》一文的發現，對《稼軒詞編年箋注》的增訂工作曾起到了積極作用，對於稼軒詞的編年和注釋都有所幫助。然而，此文過於簡略，因而也只是有所幫助而已，不能對此進行過分解讀。鄧先生在此書最後的修訂中，則因過分解讀，遂而出現了幾處重大的錯誤。比如將《漢宫春·立春日》詞中的「轉變朱顔」句，釋爲辛稼軒的妻子范氏。以爲《始末》中的「初寓京口」一句，所指就在稼軒渡江之初，且適當其娶其新婦范氏之時。又把另一首《浣溪沙·壽内子》詞中的「兩人百歲恰乘除」，指爲稼軒與范氏年歲均爲五十，改此詞爲淳熙十六年所作。凡此，皆爲後來發現的新資料證明是不能成立的。

二〇〇六年三月，江西撫州三中的一位老師辛乾林君，向我提供了其先世流傳保存下來的一部《菱湖辛氏族譜》的複印件。菱湖辛氏，是稼軒二子秬的後裔。此譜不但包括《鉛山辛氏宗譜》的所有有關辛稼軒的資料，如《歷仕始末》和若干篇稼軒後裔的序跋，還有辛啓泰所曾見到的《濟南辛氏宗圖》（此譜稱爲《流傳總圖》）以及《鉛山辛氏譜》（即此譜之《期思位》、《古墩位》等支派圖）的全部内容。從中不但可以考見辛啓泰記載辛稼軒生平及其後裔方面的疏漏，還可以對辛稼軒先輩及家世的研究上的許多疑點給予明確的解答。我爲此先後撰寫了《辛棄疾家世再考》等一系列文章（此文發表於《文學遺産》二〇〇七年第二期，其他論文則在近年的《中國典籍與文化》、《詞學》等刊物上發表），對近現代以來辛稼軒研究中的一些難以解答或被錯誤解答的問題進行考證、澄清，爲《辛棄疾集編年箋注》一書的編撰奠定了基礎。應當説，没有這些新資料的發現，就不會有辛集箋注的編撰，其重要性由此可見。

當然，二〇〇六年九月辛稼軒之孫辛鞬的墓志銘的出土，從考古發現的歷史文物的角度證實了《菱湖辛氏族譜》有關辛稼軒生平和後裔記載的準確，也給辛稼軒研究增加了新的活力。

第二點，是實地考察對稼軒研究的特殊價值。

辛稼軒一生塞北江南，稼軒詞記録的是其由北入南以後的人生歷程。地理問題不明，包括其生平流連往返的某些風景名勝，若不有詳盡的考知，則於詩詞作品的背景及涵義的闡釋關係甚大。而歷來的箋注家們，則往往局限於書籍的記載。故凡記載之詳略，取決於箋注者讀書之多寡。博學如鄧先生，雖亦十分重視地理問題，然平生未嘗親往稼軒所歷經之地、稼軒詞所記載之地作實地考察，以致記載之外者無從落筆，多以「未詳所在」應對。

我自關注稼軒詞以來，即特别重視實地考察，也從中饒有收獲。一九七三年八月我曾前往靈巖寺，考察六十一上人之題刻而未果。而二〇一一年四月第二次考察琅琊山，在寺僧妙善的幫助下，終於清風亭處覓得稼軒滁州題名碑。二〇一三年十一月，在南京江寧鎮的大江邊目睹了仙人磯的英姿，解決了史籍未有記載的闕失。上饒和鉛山，是稼軒度過了二十多年林下生涯的地方，三十多年來，我曾五次專訪其地。足跡所至，遍及帶湖、伎山、南澗、靈山、齊庵、雲洞、博山、雨巖、章巖、清風山、積翠巖、瓜山、瓢泉、隱湖等幾十個地方。結合宋代以來的地方志，以及今人所編寫的《上饒地名志》、《鉛山地名志》，我對上述地方的各處名勝都有了方位和形象方面的體認，避免了卧游的局限。宋代冷泉亭原座落於冷泉溪上，不在靈隱寺大道旁，石浪在雨巖洞外，延伸十數米，除非親至其地，否則很難有所認知。本書許多地理方面的箋釋，有些僅寥寥數語，却藴含着編撰者考察所得的知識，非全得之於書本者。

在我歷次考察中，當地的學者和友人都給予了不少幫助。尤其是二〇一二年的考察，上饒師範學院的張玉奇教授、上饒地方志辦公室副主任商建榕女士等人，全程陪同，指引迷途，都是我念念而不忘的。

其三，是由史入文的必要性。

鄧先生雖在各版《稼軒詞編年箋注》的題記中自言他是一個從事於歷史科學工作的人，但《稼軒集》中的大多數篇章仍然以文學爲主，乃是不容否認的事實。因此對《稼軒集》的箋注，仍應以稼軒詞的箋釋作爲主要課題。然而，古代文學的研究也不能脱離歷史學。近代辛稼軒研究的歷史證明，僅以擅長於古代文學或宋代文學史研究著稱的人，對於完成一部稼軒集的箋注，仍然功虧一簣。

舉例來説，稼軒一首《賀新郎·韓仲止判院山中見訪席上用前韻》詞（聽我三章約闋），乃是慶元六年所作。《稼軒詞編年箋注》僅據列置其前的同調《用韻題趙晉臣敷文積翠巖》詞（拄杖重來約闋）題中的趙不迂慶元六年自江西運判任上歸鉛山確定其編年。這應當是正確無誤的。其實，這首詞自身的本事已足以證明其作年。惟一要做的就是考證韓淲仲止的生平事跡。而判院一詞乃是關鍵的攔路虎。包括當代研究宋朝職官制度的名家名著，都未對判院這一官職簡稱做出解釋。結合韓淲《澗泉集》中的詩作考證，知韓淲以蔭補官，紹熙末改官爲京官，任職於太平惠民藥局。宋人稱藥局的提舉官爲判院。方大琮《鐵庵集》卷三五有《判院方公孺人鄭氏壙志》，此志記載作者之祖父方某「改授行在太平惠民和劑局，命下而卒」，而《墓志銘》以「判院方公」爲稱。可知稼軒稱韓淲爲判院，即指其提舉藥局而言。再考《澗泉集》有關詩作，有《慶元庚申二月藥局書滿七月還澗上》之題，庚申即慶元六年，此年七月，韓淲自行在所還信上玉溪南屏山之南澗舊居，詞題「韓仲止判院山中見訪」正應是慶元六年秋季之事。則不僅此詞寫作年份時序得以考明，即同韻諸詞的作年也得到了佐證。可見在古代文學作品的箋釋中，若能文史結合，當有舉一反三之效。

在我編著《辛棄疾集編年箋注》的過程中，我所繼承和顛覆的前人成果，當然不止上舉諸家，而我所總結的幾條感受經驗或許也未能概述周遍，其間必多有叙述未到、評價未確者。姑作爲發凡起例，以期引起讀者對辛稼軒研究歷史的關注。所有本書編年箋注中的疏失，都盼能得到批評與指正，故復綴數語如上。

辛更儒　二〇一四年二月二十四日於黑龍江大學

論愛國詞人辛棄疾及其稼軒集

一、南宋史上傑出愛國志士的一生

八百七十四年前的五月十一日，在山東東路濟南府歷城縣的一個歷代做官的士大夫家庭中，辛棄疾這位我國南宋史上著名的愛國志士、傑出的愛國詞人誕生了。

靖康之變之後的第二年，即宋建炎二年十二月，金兵攻濟南府，守臣劉豫出降，山東兩路淪陷。到辛棄疾誕生，山東被女真人統治已經八年。宋金之間的戰爭，主要集中在河南、兩淮乃至荆襄、川陝一帶，山東反而甚少波及。到紹興十年，宋金之間軍力長期較量的結果是漸趨平衡，金國都元帥兀朮雖然控制着戰爭的主動權，但逐漸增强戰鬥力的南宋御前諸軍，在韓世忠、張俊、岳飛、吴玠諸大將的統率下，反而在戰場上多獲勝利。可是，宋高宗與其宰相秦檜，却執意與金人媾和，爲此不惜自毁長城，於明年十一月與金人簽訂了紹興和議，除了割讓土地、繳納歲幣外，還向金國皇帝稱臣，極盡喪權辱國之能事。一代名將岳飛且成爲這場交易的犧牲品。

辛棄疾的少年時代，大體上是隨同做官的祖父辛贊在山東、河南一帶的宦遊生涯而度過的。他曾在七歲時師從亳州的塾師劉瞻，其同學就有後來成爲金國一代文人的党懷英、酈權等人，又曾向金朝的著名詞人蔡松年投獻温卷之類，請求指教。這些雖不足以使其在科舉中登第，却也影響到他後來的歌詞創作。

南宋紹興三十一年，金國海陵帝完顔亮在雙方罷兵二十年後再次發動入侵南宋的戰爭。戰前他在國内實施的戰争動員，包括簽發兵員、籌集軍事物資等横徵暴斂行爲，嚴重破壞了中原和山東人民的和平生活和社會安定，前所未有地激發了各地民衆的反抗怒火。山東人民既痛恨「山東常首天下之禍」，又欲「逞夫平日悒怏勇悍之氣」①，故反抗彌烈，起義獨大。耿京、開趙起義於齊魯腹地，魏勝取海州於沿邊。其聲勢俱較河北王任、王友直起義遠爲强大。辛棄疾幼秉家教，以天下事爲己任，欲報國恥，以圖恢復。此際他糾集起義士兵兩千人，毅然參與耿京起義軍，並担當了掌書記一職，以士大夫身份參與起義軍的機謀密計，如同北宋開國名臣趙普所擔任的職務，實準備席卷山東回歸南宋。

在辛棄疾參軍之後，山東起義軍的兩個戰略決策，顯然都與辛棄疾的參與有關。一是配合南宋水軍的膠州灣之戰，另一個即是起義軍的決策南向。正如舊志所載，他在起義軍中，「斬寇取城，報功行在」②，爲促使金軍由南侵失敗走向滅亡做出了重要貢獻。

辛棄疾同起義軍諸將領一道奉表南歸，在建康府覲見巡視來此的宋高宗。並「陳大計八條，上偉其忠」③。不料，在他首次南渡期間，起義軍的叛徒張安國密謀殺害了義軍首領、已被南宋任命爲天平軍節度使的耿京，投降了金人。辛棄疾得此信息，不勝激憤，遂約集起義軍舊部王世隆等人北上，深入金地數百里，在濟州五萬軍中將張安國活捉，縛置馬上，疾馳南下。「束馬銜枚，間關西奏淮，至通晝夜不粒食」。在回到南宋境内後解送張安國於臨安，就地正法，伸張了正義和民族氣節。他的這一行動，「壯聲英慨，懦士爲之興起，聖天子一見三歎息」④，極大地鼓舞了愛國軍民的鬥志。這一年，辛棄疾只有二十三歲。

失去了軍中職務以後，辛棄疾先是被任命爲江陰軍簽判，接着任廣德軍通判、建康府通判等軍州級倅貳。肩負着抗金救國的神聖使命，懷抱着建功立業的遠大理想，在南渡初年，他不顧職位卑微，向宋孝宗及其宰執大臣張浚、虞允文等人連續進獻了有關抗金恢復的建議，其中就有現仍流傳於世的奏議《美芹十論》和《九議》等論著。憑藉他對宋金兩朝形勢的深刻瞭解，提出反對和議，堅持對峙，加强自治，提高實力，抓住機遇，出兵奪取山東，進而收復全部失地的計劃。顯示了卓越的軍事戰略思想和非凡的組織實施能力。但是，南宋的當權者，無論高宗、孝宗還是歷任宰相執政，從來都不具備戰略遠見和恢復漢唐舊境的宏大志向，無論辛棄疾等愛國志士怎樣貢獻「萬字平戎策」，却總被束之高閣。隆興二年冬，南宋當局又一次同金人簽訂和議，以放棄海、泗、唐、鄧四州爲代價，與金國結成叔侄國。自完顔亮南侵以來南宋出現的抗金大好局面再度被葬送，愛國志士的滿腔熱情和全部理想遂都化作子虛烏有。

從辛棄疾南渡的第二個十年起，他開始擔任南宋各路的知州、提刑、轉運、安撫使，足跡遍及吴楚大地。所到之處，他都力求發展生産，減輕農民負擔，維護安定環境，加强軍事鬥争準備。而南宋當局每遇地方上棘手的問題，即派他去做應急處理，而他也能一展其理政施政之才，不負所託。誠如舊志所言，「屢任安撫，輒建偉績」⑤。

乾道八年，辛棄疾任淮南東路滁州的知州。滁州自紹興末年和隆興初年被兵之後，迄未得到恢復治理，城郭蕩然爲墟，市民編茅結葦爲室。辛棄疾到任後，採取果斷措施，寬徵薄賦，鼓勵生産。貸民以錢，使新其屋。招集流亡，振興商旅。短短一年有餘，即使滁州面貌大變。以致行旅者至此，亦不能不感歎「荒陋之氣一洗而空矣」⑥。

淳熙二年，一個長期困擾南宋政府的内部矛盾突然升級。以賴文政爲首的販賣走私茶葉的商人軍，在湖北常德府武陵再次舉起武裝反抗的大旗。他們由湖北進入湖南，一舉殲滅湖南軍，隨即進入江西，又在江西戰敗官軍。且欲由江西入廣東，打開茶葉南銷的渠道。辛棄疾危急之中受命，擔任江西提刑，節制諸軍，討捕茶商武裝。他吸取正規軍不利山地作戰的教訓，以地方武裝爲主組織敢死隊，挫敗其鋒，層層包圍，迫使茶商軍接受招降，最終解除了南宋當局的心頭大患。在平息茶商軍之變的過程中，辛棄疾應急處變和長於治軍的能力得到了南宋統治階層的賞識和肯定。

自淳熙四年起，辛棄疾先後擔任湖北、湖南、江西等路安撫使以及京西路的轉運判官、湖南北兩路的轉運副使。時間長達四五年之久。他曾在江西和湖南興修水利，注意發展生産。在湖南整頓鄉社，創置學校，教養峒民。在江西舉辦荒政，救濟災民。他曾在湖北嚴肅綱紀，查私緝奸，峻法禁止向金國走私耕牛戰馬和茶葉，欲從根本上杜絶茶商軍一類事變的産生。在湖南，他堅决反對湖南安撫使王佐貪腐殘暴，在激起各族民衆的反抗後，又以殘酷的殺戮鎮壓起義軍的行徑。爲此，他在王佐派兵剿殺陳峒起義時主張及時恢復湖南的農業生産，在王佐平定起義後賦詞對其加以嘲諷。並向朝廷匯報湖南人民遭受科斂殘害因而屢次爆發農民起義的原因所在。這篇奏札就是著名的《淳熙己亥論盜賊札子》。另一方面，爲了維護國家統治的穩定，同時積蓄力量，以對付北方的强敵，他在湖南創建了一支地方武裝，即湖南飛虎軍。這支軍隊，後來在歷次内外作戰中均立功績，成爲江上一支勁旅。

辛棄疾爲鞏固南宋政權和加强軍事實力的舉措和努力，並没有受到嘉獎，反而成了腐敗反動的南宋統治階層彈劾的藉口。淳熙八年十二月，辛棄疾被調任浙西提刑，南宋政府藉機罷免他的職名和差遣，放歸田畝。有人以爲，辛棄疾很可能因其自身存在貪腐問題，才招致彈劾。其實，王佐在湖南數年，貪殘凶暴，不但不受斥責，反而進職升遷。而辛棄疾却因在湖南有所作爲，遭致言官的論劾。

辛棄疾南歸二十年，正當年輕有爲之日，如劉克莊所言：「以孝皇之神武，及公盛壯之時，行其説而盡其才，縱未封狼胥，豈遂置中原於度外哉？」[7]然而，南宋當局却認爲他「憑淩上司」、「奸貪凶暴」[8]，因而加以排擯摧抑，使之投閑置散。

淳熙九年，辛棄疾四十三歲。從這一年到他六十八歲在鉛山去世還有二十五年。中間只在紹熙三年至五年，起廢爲監司，任福建路提刑、太府卿、知福州兼福建安撫使。嘉泰三年至開禧元年知紹興府兼浙東安撫使、知鎮江府。前後共五年，爲南宋當局所用。其餘二十年，則被南宋當局所拋棄，放置在上饒的帶湖新居和鉛山的瓢泉居住，任其優遊其間。如朱熹所謂「及至如今一坐坐了，又更不問著，便如終廢」，「及至廢置，又不敢收拾而用之」⑨。

在使用辛棄疾的問題上，南宋統治階層的確如朱熹所言，知其議論精深，規劃遠大，而能力出羣，是可以担當恢復重任的人物，却又不敢真正用他。

紹熙四年，辛棄疾自福建提刑任被召。他在朝見光宗時，乘機奏進了一篇《論荆襄上流爲東南重地》的札子，除了建議合荆襄爲一路，使之專任上流責任外，還分析天下離合大勢，激勵光宗居安思危，有所作爲。當時朝臣提議加其侍從職位以帥閩地，但最終還是在紹熙四年秋，僅進其職爲集英殿修撰⑩。

嘉泰間，執政的韓侂胄集團，爲了建立蓋世功名，以達到長久擅政的目的，在解除實施了五六年的不得人心的僞學黨禁之後，起用被禁錮的黨人和愛國志士，辛棄疾也在重點起用之列。爲争取一個實現恢復的機會，辛棄疾放棄恩怨，毅然出山。嘉泰四年，辛棄疾朝見宋寧宗，分析敵國形勢，有「金國必亂必亡」之語。又表示「願付之元老大臣，預爲倉猝可以應變之計」。於是有人遂認爲這是他晚年變節，附會韓侂胄用兵。故侂胄聞此「大喜」⑪。豈不知他雖有亂亡之言，却認爲這是一個過程，金國之亡還在二十年後⑫，而所謂元老，乃指國之老舊名臣，非侂胄也⑬。侂胄武人不知書，難以理解這一進言的深刻寓意。此後二年間，辛棄疾雖被命守京口重鎮，但他的際遇，却仍同於在孝宗和光宗朝，只要他稍有積極備戰之舉措，如在紹興、鎮江府向金國派出間諜，偵伺敵情，招募土丁創建新軍等等，便立即招來讒毁彈擊，以致開禧元年秋，他再出僅及兩年，又因言官的奏劾而遭到罷免。

開禧二年夏，即辛棄疾自鎮江府罷歸的明年，韓侂胄迫不及待地發動了對金的北伐戰爭。結果正如辛棄疾所預料的，宋軍在出兵不久就一敗塗地。北伐戰事的失利，迫使韓侂胄不得不改變對辛棄疾的態度。但仍拖延至開禧三年的秋九月，才任命辛棄疾爲樞密都承旨，即力主對金用兵和實際指揮北伐作戰的蘇師旦曾任的職務，欲藉重辛棄疾的威望和才能力挽狂瀾。然而，飽受内部壓迫和反覆摧抑的辛棄疾這時已經病危，在極度悲憤中，他大呼「殺賊，殺賊」數聲之後，溘然離世⑭。這位南宋歷史上傑出的愛國志士爲抗金而生，爲抗金而死。

二、三次建軍的實踐和統一中國的軍事構想

在《朱子語類》卷一一〇《論兵》的顯著位置，刊載着朱熹就辛棄疾軍事思想發表的一段談話：

辛棄疾頗諳曉兵事，云：「兵老弱不汰可慮。向在湖南收茶寇，令統領揀人，要一可當十者。押得來便看不得，盡是老弱。問何故如此，云：只揀得如此。間有稍壯者，諸處借事去。州郡兵既弱，皆以大軍可恃，又如此。爲今之計，大段著揀汰，但所汰者又未有頓處。」

朱熹言兵，力主兵政之先務，在於恢復宋太祖的兵法，即揀汰故軍，訓練精兵，方可恢復中原。其《論兵》一章，所談兵政之弊，即冗兵庸將。故多稱許辛棄疾汰兵之論，謂其諳曉兵事，遂於論兵之始，開宗明義而論述之。

《朱子語類》這段話，是朱熹弟子葉賀孫於紹熙二年辛亥以後所聞。應當是紹熙三年辛棄疾赴閩

憲任途中會見朱熹往後的談話。作爲南宋的理學大師，朱熹對當世人物甚少許可，却於此處高度評價辛棄疾諳曉兵事。而稍後，即紹熙四年，朱熹又對其弟子們説：

近世如汪端明，專理會民。如辛幼安，却是專理會兵，不管民。他這理會兵，時下便要驅以塞海，其勢可畏⑮。

言談之間，完全是一種極力推崇的話語，而絶無些許批評之意。可知在朱熹心目中，辛棄疾確是當世深知兵事的軍事理論家。

作爲從抗金第一綫走出來的軍事家，辛棄疾雖深知南宋軍政的種種弊端，却只因其所擔任的都是地方官員，無從著力去整頓南宋的軍隊，實施其大段揀汰冗兵的設想。又目睹南宋正規軍隊的腐敗和戰鬥力的低下，他在負責各路軍政職務時，便因利乘便，亟欲有所興建。於是，才有了三次建軍的實踐。一是創立湖南的飛虎軍，二是福建計劃中的招軍，三是鎮江備戰時的招募土丁。後兩次努力都失敗了，而飛虎軍的建成，雄踞上游，四十年間彈壓地方，備禦邊境，使金人亦頗爲畏憚。朱熹在飛虎軍建成之初，亦多有疑問，謂當時自應整理親軍，亦自可用。但後來還是認可了辛棄疾在整頓軍政方面的成績，謂之「唯賴此軍以壯聲勢」、「一路賴之以安」⑯。

相比於一生創建軍隊的努力，辛棄疾在軍事上的貢獻，主要還是在戰略決策和軍事理論方面。《美芹十論》和《九議》等著作，就是其平生韜略的總結，而對我國軍事理論的發展尤具有特殊意義。

辛棄疾論兵的主要特點，是善於把古代兵學的抽象理論同宋金戰争的具體實踐結合起來，形成具有鮮明時代特徵的軍事理論，也是把古代兵學推向現代軍事理論的標志。其表現有以下三點：

一是辛棄疾十分重視人民羣衆參與和支持民族戰爭。他認爲，「自古天下離合之勢，常繫乎民心」[17]。抗金戰爭是正義事業，必將得到人民羣衆的支持和廣泛參與。在南宋境内，爲了支持抗金，「官任其費，不責之民，緩急雖小取之，不至甚病，雖病而民心未變也」[18]。而金國人民心向宋朝，「簞壺迎降，民心自固」[19]。一旦我兵出山東，「山東之民必叛虜以爲我應」[20]。「吾逾淮而往，民可襁負而至，城可使金湯而守，斷其手足，病其腹心，此吾之所長，彼之所短也」[21]。這些論述，已經超越了同時代人的認識水平，更是産生《孫子》兵法的時代所不可想象的。

其二是辛棄疾倡導進攻戰略。翻看宋金戰史，自金人斡離不率數千騎兵直趨汴京，「使古之兵皆盡廢而不可用」以來[22]，從來都是女真侵略者進攻南宋，而南宋統治階層一貫奉行消極防禦的戰略。辛棄疾却反其道而行之，提倡對金發動戰略進攻，攻山東，取河北，使燕山塞南門而守，恢復漢唐舊境。其言曰：「兵法有九地，皆因其地而爲之勢。不詳其地，不知其勢者，謂之浪戰。故地有險易，有輕重，先其易者，險有所不攻；破其重者，輕有所不取。今日中原之地，其形易，其勢重者果安在哉？曰山東是也。不得山東，則河北不可取。不得河北，則中原不可復。」[23]他在《十論·詳戰》篇中言及：「明知天下之必戰，則出兵以攻人，與坐而待人之攻也，孰爲利？戰人之地，與退而自戰其地者，孰爲得？均之不免於戰，莫若先出兵以戰人之地。」又認爲宋金之間雖强弱不同，但作爲不對稱戰争,「是謂小謀大,寡遇衆,弱擊强,以情言之,則其大可裂也,其衆可蹶也,其强可折也」㉔。所謂以弱擊强的關鍵就在於集中優勢兵力。「故凡强大之所以見敗於小弱者,强大者分而小弱者專也。知分與專,則吾之所與戰者寡矣。所與戰者寡,則吾之所以勝者必矣」㉕。所有這些精彩的論述,都體現了其軍事戰略的超前意識。在他南渡之後,曾先後四次向南宋决策者宋高宗、孝宗、張浚和虞允文提出,而不被採納。他所設計的統一中國的戰略構想之不能實現,只能歸罪於南宋統治集團中人的平庸和無所作爲,歸罪於傳統軍事理論的影響力是如何强勢。

三,擊其首則死,斬首理論的提出。《孫子·九地》篇曾比喻用兵如常山之蛇,擊其首則尾至,擊其尾則首至,擊其中則首尾俱至。辛棄疾諳詳古代兵法,在經過深思熟慮之後,對其論述之不夠嚴謹科學提出質疑,進而提出全新的思想。他説:

臣竊笑之。夫擊其尾則首應,擊其身則首尾俱應,固也。若夫擊其首,則死矣,尾雖應,其庸有濟乎?㉖

按照辛棄疾的論證,擊其首是以進攻敵方巢穴爲目標的癱瘓攻擊,斬首攻擊,即使其所屬各部有所反應,亦已無濟於事。所以,在這種思想的指導下,他接著闡述了南宋對金所應采取的進攻策略,即兵出山東,以震河北,徑由河北直趨燕山。然後南北夾擊,解决關中、洛陽、京師之敵。辛棄疾最初是在南渡之始,即向時任江淮宣撫使的張浚提出這一主張的,其後在《美芹十論》和《九議》中又再三向宋孝宗及其宰相虞允文提出這一主張。可知這是在批判地繼承傳統兵家理論的基礎上,結合宋金戰争的具體實踐而發展了的兵學理論。雖然冷兵器時代和現代戰争的特點有所不同，但辛棄疾這一觀點的形成，早於西方在第一次世界大戰後期所提出的斬首理論近八百年。

綜上所言，辛棄疾不但是南宋史上傑出的愛國志士，且在發展古代軍事理論方面做出卓越貢獻，因此，我們完全有理由稱之爲南宋時期的軍事戰略家。

三、稼軒詞是我國傳統文化的瓌寶

辛棄疾雖以愛國志士和軍事戰略家著稱於世，但他對後世和當代影響最大的還是他的稼軒詞。正如《宋史》本傳所言，「棄疾雅善長短句，悲壯激烈」，他是中國文學史上富有愛國主義思想的傑出詞人。

同文學史上許多各有所長的偉大作家一樣，辛棄疾把創作的熱情和精力投注於歌詞的寫作中，成爲唐宋以來以長短句爲主要載體的代表作家。而他的歌詞，除了兼擅一般詞人的傳統内容外，更以殺敵報國、恢復失地爲主題，集中反映人民羣衆盼望祖國統一和民族强盛的願望，表達了高昂的戰鬥精神。

辛棄疾痛憤女真貴族對中原的殘暴統治，不能容忍南北分裂、山河破碎的社會現實，他用自己的詞作表達矢志不渝的愛國情懷，發抒恢復失地、統一祖國的願望。在《水龍吟·甲辰歲壽韓南澗尚書》（天馬南來闋）、《賀新郎·用前韻贈金華杜仲高》（細把君詩説闋）等詞中，嚴厲斥責金人的入侵，深刻反映中原淪陷胡騎縱横帶給國家的災難、人民的痛苦。唱出了「平戎萬里」、「西北洗胡沙」的時代最强音㉗。愛國志士「何日去，定天山」、「了却君王天下事」、「好都取山河獻君王」的信念和理想㉘，在他的筆下得到充分展現。稼軒詞中到處顯現的愛國精神，和他的前所未見的宏偉詞篇，被後人譽爲「自有蒼生以來所無」㉙。

我國人民向來就有保家衛國的優良傳統。面對外部勢力的入侵，爲保衛民族的經濟文化不受蹂躪、摧殘以至毁滅，通過武裝鬥爭和巨大犧牲，予以奮起反抗，是堅定的愛國主義思想的集中體現。辛棄疾就是十二世紀宋金對立鬥争時期湧現的傑出愛國者。他既以這樣的身份活躍於抗金事業中，同時又以詞人的身份站在南宋詞壇的制高點上，振臂一呼，影響深遠。英雄其人與悲壯激烈的歌詞完美地結合在一起，形成了我國文學史上前所未有的一種「天地奇觀」㉚，是歷史所造就的英雄詩史，也是來自天地間的「萬古一清風」㉛。

南渡以來，辛棄疾從最初的滿懷恢復的希望，到符離之戰後的失望，再到乾道備戰重新燃起的希望，走過了起伏跌宕的情感歷程。「生怕見花開花落，朝來塞雁先還」㉜，是南歸之初，打回老家去的豪邁願望的另一種表示；「花徑裏，一番風雨，一番狼藉」㉝，是寫於符離戰敗之後的沉痛表述；「聞道清都帝所，要挽銀河仙浪，西北洗胡沙」㉞，是對宋孝宗於乾道間改絃更張、決策敗盟的高度贊揚；「袖裏珍奇光五色，他年要補天西北。且歸來談笑護長江，波澄碧」㉟，對此期間所有有利於備戰的措施，辛棄疾都給予有力的支持。

淳熙改元以後，虞允文病死，宋孝宗壯志闌珊，辛棄疾憂愁抗金事業半途而廢，遂寫下一首《菩薩蠻·書江西造口壁》詞：

鬱孤臺下清江水，中間多少行人淚？ 西北望長安，可憐無數山。 青山遮不住，畢竟東流去。江晚正愁余，山深聞鷓鴣。

詞人凝視着人民羣衆的深重苦難，對故國山河無限神往。然而，儘管恢復艱難，前途迷茫莫測，却無法動搖詞人百折不撓的抗金信念。

辛棄疾以抗金爲己任，即使在退閑之際，也枕戈待旦，盼能統率千軍萬馬，親自去收復失地。故爾在山林之間，「檢校長身十萬松」[36]。他常以歷史上抗擊匈奴、突厥的英雄李廣、薛仁貴自比，有「漢開邊功名萬里」、「却笑將軍三羽箭」這樣的詞句[37]。晚年則景仰於三國時期敢於對抗曹操的孫權，有「天下英雄誰敵手」的慨歎，又向往兩次北伐、消滅南燕後秦的劉裕，有「金戈鐵馬，氣吞萬里如虎」的贊譽[38]。他還時時回憶起少年時期的戎馬生涯、峥嶸歲月，「醉裏挑燈看劍，夢回吹角連營」。「壯歲旌旗擁萬夫，錦襜突騎渡江初」[39]。稼軒詞這種積極向上、「以激揚奮厲爲主」的特徵[40]，在我國古代詩歌史上，是首屈一指的。

辛棄疾放歸林下既久之後，一次獨宿永豐縣博山王氏草庵，心有感懷，爲賦《清平樂》詞：

繞牀飢鼠，蝙蝠翻燈舞。屋上松風吹急雨，破紙窗前自語。 平生塞北江南，歸來華髮蒼顔。布被秋宵夢覺，眼前萬里江山。」詞人在深秋的一個風雨交加的夜晚獨宿王氏小屋，荒廢、凄涼、殘破的環境和一個人驚醒時的身世孤立之感，却被眼前祖國萬里河山所賦予志士的神聖使命所壓倒，以至憶念平生，枯坐待明。詞人偉大高尚的愛國情操，躍然纸上。

南宋統治集團一貫不遺餘力地摧抑抗金人士的鬥志，辛棄疾對此深爲痛惜。他的詞作如《滿江紅》（倦客新豐闋）、《八聲甘州·夜讀李廣傳不能寐》（故將軍飲罷夜歸來闋）、《賀新郎·同父見和再用韻答之》（老大那堪説闋）、《瑞鷓鴣·乙丑奉祠舟次餘干賦》（江頭日日打頭風闋）對此大加譴責，再見詞人錚錚硬骨，獵獵雄風。稼軒詞對黑暗的社會現實一再予以揭露、嘲諷，「英雄感愴，有在常情之外」㊶。

慶元黨禁期間，辛棄疾反對黨争，反對壓制不同意見，風骨凜然。他曾藉東晉孟嘉九日龍山的故事，表達對韓侂胄侮慢知識分子的不滿，及對某些士大夫人士投靠權貴以求富貴的鄙薄。《念奴嬌·重九席上》詞的「誰與老兵共一笑？落帽參軍華髮。莫倚忘懷，西風也解，點檢尊前客」諸語，被時人理解爲指斥孟嘉投靠老兵桓温，「故西風落其帽以貶之」㊷。類似這樣冷嘲熱諷的詞作，在這一時期的稼軒詞中，並非一二見。

慶元、嘉泰間，辛棄疾雖已居處鉛山山中，竟也無法躲避政治的迫害。此間，他多以陶淵明自比自期，有《賀新郎·邑中園亭僕皆爲賦此詞》之作：

一尊搔首東窗裏，想淵明《停雲》詩就，此時風味。江左沉酣求名者，豈識濁醪妙理？回首叫雲飛風起。

他的《千年調・蔗庵小閣名曰巵言》（巵酒向人時闋）、《賀新郎・用韻題趙晉臣敷文積翠巖》（拄杖重來約闋）等詞作，展示了他不畏壓迫及敢於議論時政的性格。

辛棄疾一生寫下了六百二十多首詞，以上所論，只是詞中涉及主旋律的作品。他還有大量詞作，内容廣泛，及於農村生活的豐富多彩、江南山光水色的秀美多姿，及人生經歷和情感的展示。他的詞，不但數量爲兩宋詞人之冠，其質量也是出類拔萃。

稼軒詞具有很高的藝術成就。不但善於創造生動鮮活的藝術形象，善於運用傳統詩中的比興手法句法，善於用典，活用詩文中的成語，善於提煉民間口頭的語彙運用到詞中，使之成爲南北宋歌詞藝術的集大成者，還對詞體進行了大量多樣化、規範化的革新，創造出獨具一格的稼軒體詞。

運用神奇想象，表現富有生命活力的形象，原爲辛詞所擅長。《沁園春・靈山齊庵賦》以奔馳回旋的萬馬比喻靈山的重巒疊嶂，以十萬待命出征的壯士比喻偃湖之松。他寫山，多用跳躍靈動的筆法，如「疇昔此山安在？應爲先生見晚，萬馬一時來」[43]、「巨海拔犀頭角出，來向此山高閣。尚依舊争前又却」[44]，把静止狀態下的羣山寫得活靈活現。稼軒詞還多綺麗的想象，達到浪漫誇張的效果。《賀新郎・題趙兼善龍圖東山園小魯亭》的「下馬東山路。恍臨風周情孔思，悠然千古。寂寞東家丘何在？縹緲危亭小魯。試重上巖巖高處」，藉用孔子登泰山的故實來寫東山，是陷入到懷古的想象境界中。《水調歌頭·趙昌父七月望日用東坡叙太白東坡事見寄》的「我志在寥闊，疇昔夢登天。摩挲素月，人世俛仰已千年。有客驂鸞並鳳，云遇青山赤壁，相約上高寒」，把懷友和懷古結合起來，是征服自然的幻想。

辛詞還運用詩的比興象徵手法，表達詞人的思想感受。典型之作如《摸魚兒·淳熙己亥自湖北漕移湖南》，其上片爲：

更能消幾番風雨？匆匆春又歸去。惜春長怕花開早，何况落紅無數！春且住！見説道天涯芳草無歸路。怨春不語，算只有殷勤，畫簷蛛網，盡日惹飛絮。

詞人以半闋筆墨，反復詠歎春歸。藉用幾番風雨、天涯芳草、蛛網飛絮等闌珊迷亂景物刻畫其惜春、傷春的情懷，表達他對南宋國勢和恢復事業的關注、憂傷、憤惋。陳廷焯稱其「詞意殊怨，極沉鬱頓挫之感」，「起句從千回萬轉後倒折出來，真是有力如虎」[45]。《賀新郎·賦琵琶》等詞，運用狀物寫志的手段，集中唐開元全盛至其衰敗的典故，表達逸豫亡國的興亡之感。採用象徵借喻的寫法，自是繼承了《詩經》、《離騷》以來詩的優秀傳統，也開拓了詞的藝術表現力。

前人稱辛詞爲「稼軒體」，見諸范開的《稼軒詞甲集序》。此即指辛詞借鑒各體詩的創作理論和表現形式，進一步拓展詞的内容。同時借鑒辭賦和散文等多種文體的創作方法，豐富和擴大了詞的創作手段和表現能力。以文爲詞，以賦爲詞，是辛棄疾對詞的藝術手段力加豐富革新所取得的輝煌成果，在宋詞發展史上，是前所未有的創新。

稼軒詞又是一個融匯了多種形式多種藝術風格的組合體，它雖以悲壯激烈爲主，却能在「激揚奮厲」之外，時時「昵狎温柔，銷魂意盡」[46]，呈現出不主故常、摇曳多姿的面貌。「蓋曲者曲也，固當以委曲爲體。然徒狃於風情婉孌，則亦不足以啓人意。」陳模《懷古録》卷中的這段話，是就詞的傳統風格論辛詞。若以風格論，則辛詞既有豪放沉鬱，又不乏穠纖綿密、淡雅嫵媚之作。而其鎔鑄語言，無論文白兼顧還是兼採經史百家，或者多用當時口語，無不驅斥如意。

以上所論，當然是稼軒詞最主要的精華部分，受到歷代讀者的一致推崇。其少數詞作，亦不免凡庸平淡，姑此置之不論。但總括而言，辛棄疾的愛國歌詞，在其之前，有李綱、岳飛、張元幹、張孝祥等爲之前導，雖適應時代變化，影響却不甚大。在其同時或其後，則有陳亮、陸游、劉過、劉克莊等爲之後勁，其筆力的遒勁相似，其格調的豪邁又復從同，惜諸人風采魅力皆有所不逮。因而，就南宋詞壇或中國文學史而言，辛棄疾是獨一無二的愛國詞作家。他的歌詞包括北宋的蘇軾在内也無法比擬，確實是我國傳統文化中十分珍貴的瓌寶。

四、餘論：詩文創作、思想光芒及《稼軒集》的前世今生

辛棄疾不但是歌詞大家，在詩文創作方面也頗有成就。

稼軒詩現存一百四十首，遺佚甚多。就現存各類體裁而言，稼軒詩取法甚廣，然其基調却與稼軒

詞同樣以沉鬱雄健爲主，同時兼具俊逸清新的風格，即劉克莊所説的「尖新奇崛」[47]，用以抒寫愛國豪情，譏刺時政，狀寫風物，歌詠生活，有異曲同工之妙。

辛棄疾的散文和四六文，在南宋當時即獲致文人學士的普遍贊譽。其散文尤以政論文、軍事論文最爲著名。劉克莊稱其《美芹十論》、《九議》等著作「筆勢浩蕩，智略輻湊，有《權書》、《衡論》之風」[48]。謝枋得稱其文似西漢[49]。其各體文多名篇佳製，頗爲宋代以來選本所青睞。可惜其四六及其他各體文流傳甚少，多散佚不存。

作爲一代文學大家，辛棄疾所創作的詞詩文，不僅展現了其文學的風采，還展現了其人格的魅力，思想的光芒。有關其思想體系，儘管由於辛棄疾没有專門的學術著作流傳下來，其詩文也殘闕不全，因而很難進行系統分析。但我們從其現存的詩文中，以及一些隻言片語的記載中，仍然能夠看出他在政治、經濟、軍事、哲學等領域的思想方面的貢獻。我初步以爲，有以下四點很值得注意：

一是超前的預見。乾道八年，辛棄疾在上書孝宗和宰相虞允文時曾預言：「讎虜六十年必亡，虜亡而中國之憂方大。」[50]乾道八年爲一一七二年，後六十年爲一二三二年，即宋理宗紹定五年，後二年即端平元年正月，金國在南宋和蒙古的夾擊下滅亡。而在乾道間，蒙古雖在興起中，却還不足以成爲金人根本之患。即使距成吉思汗統一蒙古各部，尚還有三十多年，然而辛棄疾却能於形勢判斷中，見微知著，準確預示金國的滅亡，以及蒙古的興起對漢民族的更大威脅。對於南宋當局決策未來趨向，應該是具有何等重要的意義。開禧間，辛棄疾再次就金國的敗亡做出判斷：「更須二十年。」[51]

其預見皆爲後來的歷史所證實。所以，劉克莊就此評論道：「其所策元顔氏之禍，論請絶歲幣，皆驗於數十年後。」[52]

其二是辯證的思維。辛棄疾乾道間所上虞允文的《九議》之三，通過兩兩對比，分析金宋彼己之間的實力上的優劣，如其中之一對是：「今土地不如虜之廣，士馬不如虜之强，錢穀不如虜之富，賞罰號令不如虜之嚴。是數者，彼之所長，吾之所短也。然天下有急，中原之民，袒臂大呼，潰裂四出，影射響應者，吾之所長，彼之所短也。」辛棄疾以辯證的一分爲二的思維，分析金國一方强大表象之下的脆弱一面，對南宋以弱擊强，贏得抗金勝利做出了理論上的闡述。提出了以下的著名論斷：

彼之所長，吾之所短，可以計勝也。吾之所長，彼之所短，是逆順之勢不可易。自將聽之，以爲無奈此何也。故以形言之，是謂小謀大，寡遇衆，弱擊强。以情言之，其衆可蹶也，其强或折也。

實事求是，一分爲二，是辛棄疾哲學思想的顯著特徵。

其三是探索的精神。辛棄疾還對自然界的未知現象進行過有限的探索。例如有名的《木蘭花慢·中秋飲酒將旦》詞上片：

可憐今夕月，向何處去悠悠？是别有人間，那邊才見，光影東頭？是天外空汗漫，但長風浩浩送中秋？飛鏡無根誰繫，姮娥不嫁誰留？

在人們對月球繞行地球的自然界現象有了科學解釋之前，每一種合理的想象也許都會對人類的科學探索有所啓發。它雖然是詩詞，但王國維却認爲，這是「詩人想象，直悟月輪繞地之理」53。另一首《水調歌頭·再用韻呈南澗》詞上片云：

千古老蟾口，雲洞插天開。漲痕當日，何事洶湧到崔嵬？攫土摶沙兒戲，翠谷蒼崖幾變，風雨化人來。

是辛棄疾再遊上饒西南的雲洞，對高山洞穴何以有漲水之痕探索其成因時所作。他認爲，這是由古代陸海升降變遷形成的。沈括曾有「予奉使河北，邊太行而北。山崖之間，往往銜螺蚌殼及石子如鳥卵者，横亘石壁如帶。此乃昔之海濱」的記載54，朱熹亦有「常見高山有螺蚌殼，或生石中。此石即舊日之土，螺蚌即水中之物，下者却變而爲高，柔者變而爲剛，此事思之至深，有可驗者」諸語55，同樣是對地質變遷學説的有益探求。

其四是理性的回歸。南宋中期以後的學術界，幾乎都以哲學研究爲核心課題。辛棄疾雖然没有有關性理、無極太極等方面的論著，其生平特别是早年還有一些反對空疏迂闊之談的言論，但他的思想仍然從屬於儒家體系。他反對對金和議，主張通過對峙進而時機成熟以用兵解除金國的威脅。内政方面主張變革，充滿進取精神。這些觀點與當時的學者朱熹、陳亮等都有近似之處。經濟上重視農民問題，强調發展農業生產，主張推行經界法。見於其「人生在勤，當以力田爲先。北方之人，養生之具不求於人，是以無甚富甚貧之家。南方多末作以病農，而兼併之患興，貧富斯不侔矣」等精闢言論及其《論經界鈔鹽札子》56。他批判佛教、道教的虚僞。有揭露佛教經典《圓覺經》的《讀圓覺經》和

《戲書圓覺經後》二詩，前者還有「若是如來真實語，衆生却自勝如來」這樣閃耀着民主思想光芒的詩句，以及《柳梢青・辛酉生日前兩日賦八難之辭》諸作。倫理道德方面，他倡導仁愛孝義等傳統觀念，主張建立和諧的人際關係。有《最高樓・聞前岡周氏旌表有期》詞和《題前岡周氏敬榮堂》《贈申孝子世寧》詩。這些，也都與理學家朱熹的觀點有相同相近之處。

朱熹的理學思想，在南宋中期已經形成體系。辛棄疾較早雖有「至性由來稟太和」的詩句，但直到仕宦七閩之後，才得與朱熹走得很近。受其影響，其詩中追隨朱熹的語句漸多。不僅如「山中有客帝王師」、「歷數唐虞千載下，如公僅有兩三人」一類詩句[57]，對朱熹推崇到極致，又有「屏去佛書與道書，祇將《語》《孟》味真腴」這樣明志的詩句[58]。尤其是在其晚年，在他生命將近終點之際，仍有「莫被閑愁撓太和，愁來只用道消磨」等詩[59]。其臨終詩《偶作三首》更明確寫出：「大凡物必有終始，豈有人能脱死生？……此身果欲參天地，且讀《中庸》盡至誠！」这些都表明辛棄疾晚年的理性回歸。在研究辛棄疾思想特點時，對此應予特別關注。

辛棄疾的《稼軒集》，南宋目録書《郡齋讀書志附志》和《直齋書録解題》都不曾著録，《宋史》之《藝文志》亦無記載，故其卷數莫考，其南宋以來刻印流傳情況多有不詳。劉克莊《辛稼軒集序》作於宋理宗寶祐、開慶之間，稱此集爲辛棄疾三子辛秬所編。但劉克莊又稱「上饒所刊辛集有詞無詩」[60]，則辛秬編集，或即詞文之合集。再後來何人合其詩詞文而刻之，則更無些許記載。有人推測《稼軒集》佚失於明清之際，那是不確切的。雍正《山東通志》卷三四曾載辛棄疾《稼軒集》十卷。可以證知，在清初尚未佚失。但十卷很可能不確。因爲元刊《稼軒長短句》收稼軒詞僅五百七十餘首，已分爲十二卷，每卷將近五十首。如果全集已把詞作收齊，恐怕僅詞集一項就會超過十二卷。但有此記載，則可以證明，《稼軒集》的失傳，大約就在清朝的初期[61]。

清代第一個收集辛棄疾佚作的人是嘉慶年間的萬載人辛啓泰。其兩次刊刻《稼軒集抄存》，收入稼軒詩一百一十首，文二十八篇。這是《稼軒集》佚失之後辛棄疾詩文集的第一次輯佚，意義重大。只是由於辛啓泰的輯佚完全依靠法式善編輯《全唐文》的工作人員，而並非四庫館臣奉旨從《永樂大典》中編輯宋元舊籍，故而所輯辛棄疾的詩詞文數量有限，遺佚必多。更由於唐文館人和辛啓泰見聞不廣，闕乏考證能力，其中收入了多篇僞作。

辛棄疾詩詞文的祛僞工作，經歷了漫長的過程。一九三九年鄧廣銘先生編輯《辛稼軒詩文抄存》時，從詩集中删去了辛次膺的《贈黄冠》、陸游的《鵝湖夜坐》二詩。一九五七年此書重編時删去了黄公度的《御賜閣額》二詩、《賀楊經略札子》一篇。一九九五年編寫《辛稼軒詩文箋注》時，我又從詩集中删去了黄公度的《和泉上人》、《贈延福端老二首》三詩。此次新編全集，則再删原爲辛啓泰所輯的《新年團拜後和主敬韻並呈雪平》一首詩。並根據學術界大多數人的意見和我的見解，删去諛頌韓侂胄的三首詞：《西江月》（堂上謀臣帷幄）、《清平樂》（新來塞北）和《六州歌頭》（西湖萬頃）。

辛棄疾全集的增補工作，也歷時甚久，極爲艱難。鄧廣銘先生編輯《詩文抄存》和《稼軒詞編年箋注》，對於這一工作十分重視。截至一九五七年，就先後從《永樂大典》、《詩淵》、《武夷山志》等書輯入稼軒佚詩十四首，從《歷代名臣奏議》、《宋名臣言行録》等書輯入稼軒佚文五篇。孔凡禮先生曾從《詩淵》中輯出稼軒佚詩十七首[62]。《詩淵》影印出版後，我再從此書中輯出佚詩二首，即《和鄭舜舉蔗庵韻》和《鶴鳴偶作》二詩。此次全集新編，我雜據諸書，先後輯入稼軒佚詞三首：《沁園春·崇壽院》（西浙悠悠闋）、《西江月·贈友人話别》（憶昔錢塘送别闋）、《賀新郎·吉席》（琅氣籠清曉闋）。其雜文的增補則有《瑯琊山開化寺清風洞題名》等四篇和三則佚句，總算是稍有所獲，而雜詩則無一增補。從辛啓泰嘉慶十六年刻印《稼軒集鈔存》算起，這項增補已達二百餘年之久，即從鄧廣銘先生編輯《辛稼軒詩文鈔存》的一九三六年算起，也經歷了近八十年的時間。

二〇一四年三月六日寫於哈爾濱市泰山小區寓所

①《美芹十論·詳戰》。

②③⑤《菱湖辛氏族譜》卷首《鉛山縣志事跡》。

④洪邁《稼軒記》，祝穆《古今事文類聚》前集卷三六。

⑥崔敦禮《宫教集》卷六《代嚴子文滁州奠枕樓記》。

⑦㉙㊽(52)劉克莊《後村先生大全集》卷九八《辛稼軒集序》。

⑧⑨⑮《朱子語類》卷一三二《中興至今日人物》下。

⑩陳傅良《止齋集》卷二三《直前札子》：「彼辛棄疾召爲大卿，即去爲帥，至欲以次對寵其行。」次對即侍從官。

⑪《建炎以來朝野雜記》乙集卷一八《丙寅淮漢蜀口用兵事目》。

⑫⑤①袁桷《清容居士集》卷四六《跋朱文公與辛稼軒手書》：「先生盛年以恢復爲最急議，晚歲則曰：『用兵當在數十年後。』辛公開禧之際亦曰：『更須二十年。』閲歷之深，老少議論自有不同焉。」
⑬趙昇《朝野類要》卷二以「老舊名臣」釋元老。
⑭康熙《濟南府志》卷三五《辛棄疾傳》。
⑯朱熹《朱文公文集》卷二一《乞撥飛虎軍隸湖南安撫司札子》。
⑰《美芹十論·觀釁》。
⑱㉑㉔《九議》之三。
⑲《美芹十論·守淮》。
⑳㉓㉖《美芹十論·詳戰》。
㉒葉適《水心别集》卷一五《外稿·終論》三。
㉕《九議》之六。
㉗《水龍吟·甲辰歲壽韓南澗尚書》(渡江天馬闋)、《水調歌頭·壽趙漕介庵》(千里渥洼種闋)。
㉘《破陣子·爲陳同甫賦壯詞以寄之》(醉裏挑燈看劍闋)、《洞仙歌·壽葉丞相》(江頭父老闋)。
㉚㊶劉辰翁《須溪集》卷六《辛稼軒詞序》。
㉛陳模《懷古録》卷中。
㉜《漢宫春·立春日》(春已歸來闋)。
㉝《滿江紅·暮春》(家住江南闋)。
㉞《水調歌頭·壽趙漕介庵》(千里渥洼種闋)。

㉟《滿江紅·建康史帥致道席上賦》(鵬翼垂空闋)。
㊱《沁園春·靈山齊庵賦》(疊嶂西馳闋)。
㊲《八聲甘州·夜讀李廣傳》(故將軍飲罷夜歸來闋)。
㊳《南鄉子·登京口北固亭有懷》(何處望神州闋)、《永遇樂·京口北固亭懷古》(千古江山闋)。
㊴《破陣子·爲陳同甫賦壯詞以寄之》(醉裏挑燈看劍闋)、《鷓鴣天·有客慨然談功名》(壯歲旌旗擁萬夫闋)。
㊵㊻徐釚《詞苑叢談》卷一。
㊷羅大經《鶴林玉露》甲編卷一《落帽》條。
㊸《水調歌頭·題張晉英提舉玉峰樓》(木末翠樓出闋)。
㊹《賀新郎·用韻題趙晉臣敷文積翠巖》(拄杖重來約闋)。
㊺陳廷焯《白雨齋詞話》卷一。
㊼《後村先生大全集》卷八《答惠州曾使君韻》詩。
㊾謝枋得《疊山先生集》卷三《祭辛稼軒先生墓記》:「年十六,先人以《稼軒奏議》教之,曰:『西漢人物也。』」
㊿劉壎《隱居通議》卷二〇引謝枋得《江東運司策問》,《疊山集》失收。
53王國維《人間詞話》卷一。
54沈括《夢溪筆談》卷二四《雜志》。
55《朱子語類》卷九四《周子之書》。
56《宋史》卷四〇一《辛棄疾傳》。
57《壽朱晦翁二首》。

㊿⑧《讀語孟二首》。

㊿⑨《丁卯七月題鶴鳴亭三首》。

⑥⓪《後村先生大全集》卷一七六《詩話》後集。

⑥①〔康熙〕《濟南府志》卷三五載辛棄疾南歸後著《鷓鴣辭》，清初詩人亦於詩中多及其事，而現存稼軒詩詞文皆無之。疑即出於清初存世之《稼軒集》中。

⑥②孔凡禮《辛稼軒詩詞補輯》，《文史》第九輯，一九八〇年。其中《生查子·重葉梅》乃詞，孔誤作詩收入。

凡例

一、本書收詩一百四十首，文四十五篇，詞六百二十九首。

二、因《稼軒集》早佚，故致其集各類體裁編排次序莫考。今參照宋代文集慣例編次。查歐陽修《文忠集》，其《居士集》以古今體詩居前，奏議及各體文居次。《外集》所編亦類此。而以《近體樂府》即其詞集列最後。陸游集亦復如是。其詩集既已編入《劍南詩稿》，《渭南文集》則以各體文列前，而詞列最後。放翁生前曾謂其子曰：「劍南乃詩家事。……《入蜀記》、《牡丹譜》、樂府詞本當别行，而異時或至散失，宜用廬陵所刊《歐陽公集》例，附於集後。」(陸子遹《渭南文集跋》)故此編以詩文詞爲序而排列之。

三、《稼軒集》原卷數不詳，此集所收，詩文詞皆係輯佚而成。辛啓泰《稼軒集抄存》、鄧廣銘《辛稼軒詩文抄存》以所收諸詩諸文各爲一卷，除鄧編文集頗按寫作先後編列外，詩或雜編而成，或按詩體編排。今既詩文詞合編，且均爲之編年，則依據寫作時次，並稍按文字多寡，酌情劃分，爲詩二卷，文三卷，詞十卷，總共十五卷。

四、文集附入作者年譜，乃宋人文集之通例。清代以來，辛啓泰、梁啓超、鄧廣銘以及前輩時賢多有《辛稼軒年譜》之作。就中獨以鄧譜編寫較晚，得以參考《宋會要輯稿》等史書記載，於辛棄疾一生事跡搜羅詳備，考證精確。然其晚年所出增訂本《辛稼軒年譜》，出於倉猝，失於審核，於運用史料、糾正早年著作之誤失方面皆有不如人意之處。故今次重爲編著年譜，列於全集之後。窮搜廣采，片言隻語在所必録；實事求是，有疑有誤皆加糾駁。庶使作者一生行事大節均有所考，及細微之事亦無所遺漏。非敢唐突前賢，蓋爲求真務實，不得已也。

五、本書校勘情況頗爲複雜。詩集因係輯佚，大部分由法式善、辛啓泰自《永樂大典》輯出者，而《大典》原卷皆已無存，無從勘正。其餘則出自《詩淵》者爲多，其與《稼軒集抄存》所收可資校勘者亦僅一小部分。文集所收《美芹十論》，明清以來各種總集類書多有收録，故以《歷代名臣奏議》爲底本，據多種版本校定。其餘如《九議》因係孤本，除據《十論》勘正外，則大部吸收鄧輯本之校勘成果。餘文之校勘，因文而異。

六、稼軒詞集自南宋以後即廣泛流傳於世，然自宋至清，獨以十二卷之元大德廣信書院所刊本《稼軒長短句》最爲流行。明清其他刻本，無論十二卷還是四卷系列，皆以廣信本爲祖本。影宋鈔本四卷之《稼軒詞》雖結集最早，尚在辛棄疾在世之際，然其面世，却已在上世紀二十年代。兩本之源流、優劣，本書附録四《舊本稼軒集序跋文》之所收黄丕烈、梁啓超、趙萬里、鄧廣銘諸跋文均有所論述，此不復贅。然二本各收稼軒詞五百四十七首和四百四十二首不等，兩本相加，去掉重複，爲詞五百六十六首。尚有數十首或一百餘首未在二本所收之列。在此二本之外，南宋以來，尚有《稼軒集》本、《稼軒樂府》本，應即稼軒詞之全本足本，惜此系列本俱無所傳，僅部分詞作見收於南宋以來總集詞選及各種類書之中。今詞集以廣信書院本與四卷本爲底本，參以王詔校刊本、《六十名家詞》本、四印齋本及總集、詞選、類書所收詞。其中，廣信本與四卷本共有之詞爲四百二十二首，二本互校，以從廣信本爲居多，亦時以四庫本改廣信本。而其他諸本則爲參校本。其校改原則，大體遵從增訂本《稼軒詞編年箋注》。

七、本書箋注，在《辛稼軒詩文箋注》之基礎上並吸收增訂本《稼軒詞編年箋注》之已有成果，重新考證注釋。所有引書，皆直接從原書中摘引，有些書籍佚失，則據較早之叢書、類書引用。相關引書情況，則見本書所附《主要引用書目》。

八、本書編年，除文集因其第三卷雜文與前兩卷奏議體裁有别，各自編年之外，詩兩卷與詞十卷之編年，皆自爲起迄，連貫到底。雖稱爲編年箋注，但在注釋中，却取消編年欄目，所有關於背景所及之時地人物事件及寫作具體時間之考證，皆置於題解中。使讀者閲讀之始，即知本詞寫作之時地及相關大意，避免把多首詩詞串併編年而又失於考證，以致有時序季節各異之作匯於同一時期之弊。

九、本書箋注範圍，包括時代、事件、人物、地理、風俗、典章制度、名物及古今故實及語詞。稼軒詞素稱難解。以增訂本《稼軒詞編年箋注》之精詳，仍不免多有疑文剩義，蓋由於注釋求簡而致簡陋之弊。故此根據《稼軒集》本身之特點，於箋注本事故實之時，引文力求稍詳稍全，經典且多引原注。如本書卷七《水調歌頭·淳熙丁酉自江陵移帥隆興》詞中有「余髪種種如是，此事付渠儂」句，一九七八年版《稼軒詞編年箋注》僅注余髪：「《左傳·昭三年》：『齊侯田於莒，盧蒲嫳見，泣且請曰：余髮如此種種，余奚能爲。』」予於增訂時即感到此條注釋簡略，讀者難明其意，遂於增訂本增補《左傳》原注：「嫛，慶封之黨，襄二十八年放之於境。種種，短也，自言衰老，不能復爲害。」可知前此予助鄧廣銘先生增訂此書時，已有意於此。此次又再增注「渠儂」爲他人，則辛棄疾對「孫劉輩，能使我，不爲公」之憤慨而又故示蕭灑坦然之情景，讀者自可體會，而不須對《左傳》深有研究者方可理解此詞也。稼軒詞中多有脱化自前人之句，前此注釋已略爲尋根探源，然遺漏甚多。且稼軒詩詞，多引用北宋時人或南宋初期以至與稼軒同時代人之著作，今次亦重點予以增補，以見其對前人以至近人之傳習繼承。運用俗語，亦稼軒詞之一大特色。本書據詞作本意而考訂其義，與舊解及《詩詞曲語辭匯釋》凡有不同之處，則引宋人語録等書以證明之。

一〇、本書收附録多種，圍繞作者生平及《稼軒集》，將多種資料匯爲一編。其中頗多近年來新發現之資料，如出土資料、族譜資料等。對所有幫助我搜集這些資料之人，在此謹深致敬意。附録部分有與《年譜》重複者，乃意在保證附録之系統完整，尚請讀者多諒。

一一、本書爲辛棄疾全部遺作之重新整理本，依習慣命名爲《辛棄疾集編年箋注》。

辛棄疾集編年箋注卷一

按：本卷所載，爲各體詩，共六十五首。起宋孝宗淳熙三年丙申（一一七六），迄光宗紹熙五年甲寅（一一九四），仕宦東南、家居上饒帶湖及出仕閩地所賦。

詩

送悟老住明教禪院。悟自廬山避寇，而來寓興之資福，蓋踰年也①

道人匡廬來②，籍籍傾衆耳③。規摹小軒中，坐穩得坎止④。慈雲爲誰出⑤？法席應衆啓。招提隱山腹⑥，深浄端可喜。夜禪餘機鋒⑦，文字入遊戲。會有化人來⑧，伽佗開短紙⑨。

【箋注】

①題，悟老，蓋即圓悟，又稱静悟。《枯崖和尚漫録》卷中：「肯庵圓悟禪師，建寧人，天姿閑暇，居武夷山餘十年。因聽牛歌悟道，嘗有偈云：『山中住，不識張三並李四。只收松栗當齋糧，静聽嶺猿啼古樹。』瑞世於福唐大目禪院。嘗授儒學於晦庵朱文公，與帥辛公棄疾爲同門友，因以黄檗延之。」按：南宋有三悟，圓悟克勤，蜀彭州崇寧人，《鴻慶集》卷四二有《圓悟禪師傳》，號肯庵，《道園學古録》卷四九稱之爲肯庵勤禪師；枯崖圓悟，晚宋人，林希逸《竹溪鬳齋十一稿》續集卷一二《悟書記小稿序》謂其「寄以二編，名曰枯崖」。此圓悟與稼軒、晦翁爲友。《朱文公文集》卷八四《書先吏部與浄悟書後》：「浄悟，建陽後山人，晚自尊勝退居南山雲際院……年過八十，目光烱然，非常僧也。」其卒在慶元間。同書卷九有《香茶供養黄檗長老悟公故人之塔》詩，又卷六四《答鞏仲至書》亦有「悟老化去，甚可傷。血疾渠舊有之，未必服藥之誤也」諸語。稼軒於淳熙間爲博山寺作《開堂記》者即此人也。《漫録》作肯庵，當誤。明教禪院，兩宋各路州縣均有以明教爲寺院之名者，如〔雍正〕《江西通志》卷一一三《饒州府》載：「明教寺在德興縣十四都，唐天祐元年僧志隆法苑建。」即是，然未知悟老所住爲何地耳。興之資福，興即江南西路之興國軍，轄永興、大冶、通山三縣。資福，謂資福寺，在大冶境内。〔宣統〕《湖北通志》卷一五：「西山寺在（武昌）縣西，晉建。舊名資福，一曰靈泉，黄魯公題榜。故吴王避暑宮，後廢爲寺，晉釋遠於此説法。」又載：「武昌故樊口，楚地也。距城西三里許，有山磅礴而迤邐，曰西

山，山中有寺曰資福。」武昌西山在宋時屬興國軍大冶縣境内，故謂爲興之資福。興國軍爲茶商軍所擾，見項安世《平安悔稿》卷九《佛圖市》詩，題下注：「興國軍道中，值虚市方合，此俗以卯酉日趁虚也。」詩中有「雨意陰連日，秋容淡滿溪。……傳聞近湖北，漸喜脱江西」句。後注：「時江西茶寇方熾，興國亦擾動。」右詩爲稼軒友人悟老住持明教禪院而作。明教院確切地址因題中未能著明，遂致不可考。然既稱自廬山避寇，而來寓興之資福，則當稼軒之世。江西興國軍受軍興之騷擾，惟有紹興末年至淳熙二年之間活躍於湖北、江西之茶商軍。自宋、金訂立隆興和議之後，金世宗在軍事上採取守勢，終其世未與宋用兵，則廬山悟老所避，必非金兵。查《宋會要輯稿·兵》，自紹興末年至淳熙二年，均載有茶商軍出没於湖北、江西州縣之記載，而稼軒即於淳熙二年率軍平定流入江西之茶商軍，並擒獲其首領賴文政。故可斷定，右詩必淳熙三年之前稼軒所作，而悟老何時自資福寺出主明教禪院則不可考。鄧廣銘先生在《辛稼軒詩文箋注》一書之序言中曾説：「《送悟老住明教禪院》五古一首，起句『道人匡廬來』公然犯宋太祖諱，則恐不但非稼軒之詩，且恐非兩宋人詩，則亦當係誤收。只因未能查得確證，故未予剔除。」鄧先生在審訂右詩箋注時，又於考證中重複此説，謂「辛啓泰未注明此詩輯自何書，而詩中又公然犯宋太祖諱，其是否稼軒所作，終不能不令人致疑耳」。宋人避匡字應有兩種方式，或改爲康；或直書匡字，而刻本於匡字缺末筆。明清人於翻刻宋人集時，則往往直改回其原字匡。右詩中之匡，以其出現於《永樂大典》中，當直書而不避諱。即使稼軒原詩爲康廬，明清人亦可回改爲匡廬。稼軒此詩既於《永樂大典》中收録，且爲法式善、辛啓泰採録進《稼軒集抄存》中，其所出現之匡字，當已屢經明清人回改而不復稼軒原詩面貌。因此，認爲此一字之不避宋太祖諱爲原詩作者所爲，恐非通達之論。可知鄧廣銘先生於序言中所謂「『道人匡廬來』公然犯宋太祖諱，則恐不但非稼軒之詩，且恐非兩宋人詩」之結論，蓋不然也。

②匡廬，即廬山。山在江南東路南康軍星子、江南西路江州德化二縣之間。毛德琦《廬山志》卷一引遠法師《廬山記》：「殷周之際，匡俗先生、奚道仙人共遊此山，時人謂其所止爲神仙之廬，因以名山矣。」

③「籍籍」句，籍籍，朱謀㙔《駢雅》卷一：「籍籍，紛聒也。」傾衆耳，謂其聲名甚大，衆人佩服。

④「坐穩」句，《漢書》卷四八《賈誼傳》引所著《鵩鳥賦》：「乘流則逝，得坎則止。」孟康注：「《易》：『坎爲險。』遇險難而止也。……謂夷易則仕，險難則隱也。」

⑤慈雲，佛教喻與衆同樂之心。葉廷珪《海録碎事》卷一三下《慧炬慈雲》：「《法華經》：『世尊以智慧爲燈炬。』又《内典》：『如來慈悲心，如彼大雲，蔭潤世界。』」《錦繡萬花谷》前集卷二九：「慈雲，謂如來慈心，如彼大雲陰世界。《雞跖集》。」

⑥招提，寺院别稱。《翻譯名義集》卷七《寺塔壇幢》：「後魏太武始光元年造伽藍，創立招提之名。」姚寬《西溪叢語》卷下：「唐會昌五年，毁招提蘭若四萬餘區。又《會要》：『元和二年，官賜額爲寺，私造者爲招提蘭若。』僧輝《記》：『梵云拓鬥提奢，唐言四方僧物。』但傳筆者訛拓爲

招，去門窨，留提字也。招提乃十方住持耳。」

⑦機鋒，佛教禪宗言詞機警而不落跡象，令人無從捉摸，謂之機鋒語。《錦繡萬花谷》前集卷二九《釋語》：「黄面老子舉花，已通信息；碧眼胡兒含笑，大露機鋒。」

⑧化人來，化人指神佛化形爲人身者。《列子·周穆王》：「西極之國有化人來。」蘇軾《和黄龍清老三首》詩：「深密伽陀枯戰筆，真誠相見問何如？風前橄欖星宿落，月下桄榔羽扇開。静默堂中有相憶，清江或遣化人來。」

⑨「伽陀」句，伽陀，頌贊之辭。《翻譯名義集》卷四二《分教》：「伽陀，此云孤起。……《西域記》云：『舊名偈，梵本略也。或曰偈他，梵音訛也。』今從正音宜云伽陀。唐言頌。」開短紙，黄庭堅《次韻子瞻題郭熙畫秋山》詩：「郭熙官畫但荒遠，短紙曲折開秋晚。」楊萬里《西湖夏日》詩：「歸來開短紙，十里已紅蓮。」

憶李白①

當年宫殿賦昭陽②，豈信人間過夜郎③？明月入江依舊好，青山埋骨至今香④。不尋飯顆山頭伴⑤，却趁汨羅江上狂⑥。定要騎鯨歸汗漫⑦，故來濯足戲滄浪⑧。

【箋注】

①題，右詩作年無考。李白墓在太平州東青山之北，此或稼軒江行過太平時憶念李白而作。淳熙五年秋，稼軒自大理少卿出爲湖北轉運副使，江行途中或賦此詩。

②賦昭陽，唐玄宗嘗因宮中行樂，命李白爲《宮中行樂》五言律詩，白取筆抒思，略不停輟，十篇立就。其首篇有句曰：「宮中誰第一？飛燕在昭陽。」見《本事詩·高逸》。《三輔黄圖》卷三《未央宫》：「武帝時後宮八區，有昭陽、飛翔……等殿爲十四位。成帝趙皇后居昭陽殿，有女弟俱爲婕妤，貴傾後宫。」《玉海》卷一九五《漢昭陽殿》：「《西都賦》：『昭陽獨盛，隆於孝成。屋不呈材，墻不露形。』」注：「昭陽，殿名。《趙后傳》：『皇后既立，寵少衰，而弟絶幸，爲昭儀，居昭陽舍。其中庭彤朱，而殿上髹漆，砌皆銅遝冒黄金塗，白玉階，壁帶往往爲黄金釭，函藍田璧，明珠翠羽飾之，自後宫未嘗有焉。』」

③「豈信」句，夜郎，唐郡名，爲天寶元年以珍州改置。其地在今貴州桐梓一帶。《舊唐書》卷四〇《地理志·江南西道》：「夜郎，漢夜郎郡之地，貞觀十七年置於舊播州城，以縣界有隆珍山，因名珍州。」李白於肅宗至德二年，因從永王李璘起兵，坐謀亂，受長流夜郎處分。後遇赦而還，未抵貶所。

④青山埋骨，《明一統志》卷一五《太平府》：「青山在府城東南三十里，齊宣城太守謝朓嘗築室於山南，又名謝公山。」同卷：「李白墓在府城東青山之北。白嘗依族人當塗令李陽冰，悦謝家青

山，欲終焉。及卒，葬采石仙龍山，後改葬青山。」

⑤「不尋」句，李白《戲贈杜甫》詩：「飯顆山頭逢杜甫，頭戴笠子日卓午。借問何來太瘦生？總爲從前作詩苦。」飯顆山，白詩一本作長樂阪。《李太白集注》卷三〇王琦注：「長樂坡在京兆府萬年縣東北十三里。」《舊唐書》卷一九〇《文苑·杜甫傳》：「天寶末，詩人甫與李白齊名，而白自負文格放達，譏甫齷齪，而有飯顆山之嘲誚。」《本事詩·高逸》：「白才逸氣高，與陳拾遺齊名。先後合德。其論詩云：『梁、陳以來豔薄斯極，沈休文又尚以聲律，將復古道，非我而誰與？』故陳、李二集律詩殊少。嘗言：『興寄深微，五言不如四言，七言又其靡也，況使束於聲調俳優哉？』故《戲杜》曰：『飯顆山頭逢杜甫……』蓋譏其拘束也。」

⑥「却趁」句，杜甫《天末懷李白》詩：「涼風起天末，君子意如何？……應共冤魂語，投詩贈汨羅。」汨羅江爲屈原懷石自沉處，在湖南東北，入洞庭湖。趁者，逐也。

⑦騎鯨歸汗漫，杜甫《送孔巢父謝病歸游江東兼呈李白》詩：「若逢李白騎鯨魚，道甫問訊今如何？」蘇軾《和王斿二首》詩：「異時長怪謫仙人，舌有風雷筆有神。聞道騎鯨歸汗漫，憶嘗捫虱話悲辛。」

⑧「故來」句，《孟子·離婁》上：「滄浪之水濁兮，可以濯吾足。」梅堯臣《采石月贈郭功甫》詩：「采石月下聞謫仙，夜披錦袍坐釣船。醉中愛月江底懸，以手弄月身翻然。不應暴落饑蛟涎，便當騎魚上青天。」洪邁《容齋隨筆》卷三《李太白》：「世俗多言李太白在當塗采石，因醉泛舟於

江，見月影俯而取之，遂溺死，故其地有捉月臺。予按李陽冰作《太白草堂集序》云：『陽冰試絃歌於當塗，公疾亟，草稿萬卷，手集未修，枕上授簡俾爲序。』又李華作《太白墓誌》亦云：『賦臨終歌而卒。』乃知俗傳良不足信。」元辛文房《唐才子傳》卷二《李白傳》：「晚節好黄老，度牛渚磯，乘醉捉月，遂沉水中。」

江行弔宋齊丘①

嘗笑韓非死説難②，先生事業最相關③。能令父子君臣際，常在干戈揖遜間④。秋浦山高明月在⑤，丹陽人去晚風閑⑥。可憐千古長江水，不與渠儂洗厚顔⑦。

【箋注】

①題，據馬令《南唐書》卷二〇《黨與傳》載，宋齊丘原字超回，以汪臺符讖其「齊大聖以爲名，超亞聖以爲字」，改字子嵩，豫章人。南唐烈祖李昪爲吴昇州刺史時，齊丘往依之。昪專吴政，齊丘爲中書侍郎、左僕射同平章事。南唐代吴，遷司徒。元宗李璟即位，任中書令。以廣結朋黨，傾軋異己，爲元宗賜歸九華山，封青陽公。周世宗攻淮北，元宗又起齊丘爲太師。其黨陳覺使周

歸，欲借周人勢力殺嚴續，鍾謨使周檢其事，歸言覺奸詐，遂誅覺，放齊丘於青陽，賜死。馬令、陸游《南唐書》均有傳。宋齊丘當吴、南唐之際，謀權害政，反覆無恥，行爲醜惡。稼軒於溯江行程中賦詩，而題「弔宋齊丘」者，蓋傷其人自取其禍而貽笑後世也。

②「嘗笑」句，據《史記》卷六三《韓非列傳》，非乃韓公子，喜刑名法術之學。韓非著書傳至秦，秦王因急攻韓得非。《韓非子・存韓》篇載韓非至秦，曾上書秦王，乞勿攻韓，爲李斯所駁。李斯與姚賈遂毁非爲韓不爲秦，下吏使自殺。《韓非子》有《説難》篇，具道進説之難，謂無嬰人主之逆鱗則幾矣，而其身則不免。故《史記》云「韓非知説之難，爲《説難》書甚具，終死於秦，不能自脱」，蓋亦傷之也。陶潛《讀史述九章》：「哀哉韓生，竟死説難。」蘇軾《寄題清溪寺》詩：「口舌安足恃？韓非死説難。」

③「先生」句，《十國春秋》卷二〇《南唐・宋齊丘傳》：「周侵淮北，起齊丘爲太師，領劍南、東川節度使，進封楚國公。齊丘固讓，仍爲太傅。建議發諸州兵，屯淮、泗，擇偏裨可任者將之。周人未能測虚實，不敢輕進。逮春水生，轉饟道阻，彼師老食匱，自當北歸。然後遣師乞盟，庶可無大喪敗。元宗惶惑，不能用。又力陳割地無益，與朝論頗異。及明年暑雨，周棄所得淮南地北歸，議者謂扼險要擊，可以有功，且懲後。齊丘乃謂擊之怨益深，不如縱其歸以爲德。由是周兵皆聚於正陽，而壽州之圍遂不可解，終失淮南。……元宗嘗謂近侍曰：『齊丘才安能當此大難？不過率國中以降，自爲功爾。』顯德五年，鍾謨自周還，屢陳齊丘乘國危殆，竊懷非望，且黨

與衆，謀不可測。元宗遂命殷崇義草詔曰：『惡莫大於無君，罪莫深於賣國。』於是賜覺、徵古死，而放齊丘於青陽。敕鎖其第，穴牆給食，齊丘不堪其辱，明年春，自縊死。」相關，謂事適相似。

④「能令」二句，宋齊丘離間李昪父子事，馬令《南唐書》與《資治通鑑》記事略異，然均謂齊丘欲立李昪少子，以奪長子李璟之位。日夕謀之，惟恐不亂，「父子干戈」即指此。又，齊丘原爲李昪謀吴最力，及吴禪讓，以事非己發，反持異議，力阻勸進，堅不署表，欲以爲名，此即「君臣揖遜」事。晁以道《金陵二首》詩：「干戈揖遜一錫杖，社稷山川半面妝。」

⑤秋浦，即池州貴池縣。《方輿勝覽》卷一六《江東路・池州》：「漢屬丹陽，晉屬宣城郡，梁屬南陵郡，隋廢南陵，置秋浦縣，唐置池州。皇朝中興，爲池州路安撫使，尋罷，今領縣六，治貴池。」

⑥「丹陽」句，《漢書》卷二八上《地理志》：「丹陽郡，故鄣郡，屬江都。武帝元封二年更名丹陽，屬揚州。」按：秋浦既於漢屬丹陽，則此丹陽人去，當非指鎮江之丹陽縣，蓋與秋浦對舉以言自宋齊丘人去，黨争之風遂息也。

⑦「不與」句，渠儂，第三人稱，此作其人、此人解。

和周顯先韻二首①

暖日晴風晚蝶忙，平林先著夜來霜②。寒花畢竟無聊甚，野菜畦邊慘澹黄③。

【箋注】

①題，周顯先，名籍事歷均無考。本書卷七有《水調歌頭》詞，題爲「舟次揚州，和楊濟翁、周顯先韻」，《滿江紅》詞，題爲「江行簡楊濟翁、周顯先」。二詞亦作於稼軒淳熙五年出領湖北漕之途中，與此二詩爲同時之作。前詞有「二客東南名勝，萬卷詩書事業，嘗試與君謀」語，蓋與吉水人楊炎正濟翁同爲江西名流。疑周氏與楊濟翁均爲稼軒約入幕中，故得相隨唱和也。楊濟翁爲楊萬里之族弟，其時尚未登第，僅爲幕客身份。未知周氏亦吉州人否。又據次詩「輦路」、「南樓」句意，知此行係由行在溯江赴湖北之鄂州。

②「暖日」二句，暖日晴風，晁補之《陌上花》詩：「朝雲莫雨山頭宅，暖日晴風陌上花。」夜來霜，劉禹錫《秋詞二首》：「山明水浄夜來霜，數樹深紅出淺黄。」

③慘澹黄，王安石《陂麥》詩：「陂麥連雲慘淡黄，緑陰門巷不多涼。更無一片桃花在，借問春歸

有底忙?」慘澹,狀凄涼之態。

其二

怒濤千里破空飛,洗盡青衫輦路泥①。更惜秋風一帆足,南樓只在遠山西②。

【箋注】

①青衫輦路,青衫謂緑服。《野客叢書》卷二七:「唐制,服色不視職事官而視階官之品。至朝散大夫,方换五品服色,衣銀緋,封贈蔭子。未至朝散,雖職事官高,未許易服色。……僕觀白樂天爲中書舍人知制誥,元簡爲京兆尹,官皆六品,尚猶著緑。其詩所謂『鳳閣舍人京兆尹,白頭猶未脱青衫』。」周必大《益國文忠公集》卷一七六《玉堂雜記》載乾道六年九月,周以秘書少監寓直翰苑試秘書省官,有詩:「自憐緑鬢非前度,尚喜青衫總一般。」自注:「時予服緑。」稼軒淳熙五年夏在大理少卿任上,秋,出爲湖北漕副。其在行在期間,職事官雖高,而官階尚低,故有青衫之歎。則「青衫」云云,亦紀實也。輦路,天子車駕所經路,此指臨安。

②南樓,《輿地紀勝》卷六六《荆湖北路·鄂州》:「南樓,在郡治正南黄鵠山頂,中間嘗改爲白雲

閣。元祐間知州方澤重建，復舊名。記文以爲庾亮所登故基，非也。亮所登乃武昌縣安樂宮之端門也。」又據同書同卷，荆湖北路轉運副使治所在鄂州。

送別湖南部曲①

青衫匹馬萬人呼〔一〕②，幕府當年急急符③。愧我明珠成薏苡④，負君赤手縛於菟⑤。觀書到老眼如鏡，論事驚人膽滿軀⑥。萬里雲霄送君去〔二〕，不妨風雨破吾廬⑦。

【校】

〔一〕「青衫」，《稼軒集抄存》原作「青山」，此據劉克莊《後村先生大全集》卷一七六《詩話》後集。

〔二〕「雲霄」，《抄存》原作「雲山」，此據《詩話》。

【箋注】

①題，湖南部曲，劉克莊《後村先生大全集》卷一七六《詩話》後集：「辛稼軒帥湖南，有小官山前宣勞。既上功級，未報而辛去，賞格不下。其人來訪，辛有詩別之云：『青衫匹馬……』此篇悲

壯雄邁，惜爲長短句所掩。」按：　淳熙七年，稼軒知潭州兼湖南安撫使，以湖南地控二廣，武備空虚，乃奏乞創置湖南飛虎軍，招募一千八百人訓練之。選募既精，器械亦備，遂成勁軍。題稱「湖南部曲」，《詩話》謂之小官，則當指在飛虎軍中任職之偏裨將官。據周必大《益國文忠公集》卷一四三《論步軍司多差撥將佐往潭州飛虎軍疏》所載，當時除步軍司已差將官外，還建議自飛虎軍中擇事藝高强爲衆所服者爲教頭押隊。部曲，《漢書》卷五四《李廣傳》注：「將軍領軍皆有部曲。大將軍營五部，部校尉一人，部下有曲。」稼軒於淳熙七年底自湖南改帥江西，至八年底罷任。據「破吾廬」句，知作此詩時稼軒已歸至帶湖寓居。然既云「當年」，則上距淳熙七年必已有若干時日，以不能確指，姑定爲淳熙九年之後爲其作年也。

②「青衫」句，青衫匹馬，《新唐書》卷二三《儀衛志》載衛士服色，有「次玉輅，駕六馬，太僕卿馭之。駕士三十二人，凡五路，皆有副。駕士皆平巾幘、大口絝，衫從路色。玉路，服青衫」云云。王安石《入瓜步望揚州》詩：「白頭追想當時事，幕府青衫最少年。」林亦之《邑大夫范丈處義寵示廣陵餘事泠然誦之歷歷慘惻如在目中輒賦短篇紀所聞也》詩：「君侯壯思淩雲空，青衫匹馬戎幕中。」萬人呼，杜甫《送蔡希魯都尉還隴右因寄高三十五書記》詩：「身輕一鳥過，槍急萬人呼。」

③「幕府」句，帥府移文，稱爲「傳符」。急急符，趙彦衛《雲麓漫抄》卷七：「急急如律令，漢之公移常語，猶今云『符到奉行』。」陳師道《咸平讀書堂》詩：「寧書下下考，不奉急急符。」按：　湖南飛虎軍雖撥屬三衙密院，却聽帥臣節制，故帥幕有公移至軍。《後村詩話》所謂「山前宣勞」或指

此。

④「愧我」句，《後漢書》卷五四《馬援傳》：「初，援在交阯，常餌薏苡實，用能輕身省慾，以勝瘴氣。南方薏苡實大，援欲以爲種。軍還，載之一車。時人以爲南土珍怪，權貴皆望之。援時方有寵，故莫以聞。及卒，後有上書譖之者，以爲前所載還，皆明珠文犀。馬武與於陵侯侯昱等皆以章言其狀，帝益怒。援妻孥惶懼，不敢以喪還舊塋，裁買城西數畝地槀葬而已。」稼軒因創置飛虎軍而招致朝中諸臣之譖毁，如周必大即曾誣此舉「竭一路民力，欲自爲功，且有利心」，見周必大《益國文忠公集》卷一九五《與林黄中書》。淳熙八年稼軒帥江西時，臺臣王藺上章論劾，亦謂稼軒「奸貪兇暴，帥湖南日，虐害田里」。此與馬援薏苡明珠事甚相類，故稼軒反用其事以辯。

⑤赤手縛於菟，蘇軾《送范純粹守慶州》詩：「當年老使君，赤手降於菟。」陳師道《徐氏閑軒》詩：「想見杖藜臨過鳥，更能赤手縛於菟。」《左傳·宣公四年》：「楚人……謂虎於菟。」

⑥「觀書」二句，眼如鏡，蘇軾《臺頭寺雨中送李邦直赴史館分韻得憶字人字兼寄孫巨源二首》詩：「看君兩眼明如鏡，休把春秋坐素臣。」膽滿軀，《三國志·蜀志》卷六《趙雲傳》注引《雲别傳》：「先主明旦自來，至雲營圍，視昨戰處，曰：『子龍一身都是膽也。』」子龍，雲字也。蘇軾《刁景純席上和謝生》詩：「毋多酌我公須聽，醉後麤狂膽滿軀。」

⑦「不妨」句，杜甫《茅屋爲秋風所破歌》：「安得廣廈千萬間，大庇天下寒士俱歡顔，風雨不動安如山。嗚呼，何時眼前突兀見此屋，吾廬獨破受凍死亦足。」

【附録】

王士禎貽上記事一則

辛稼軒詞中大家，而詩不多見。劉後村《詩話》載其《送别湖南部曲》一詩云：「青衫匹馬萬人呼……不妨風雨破吾廬。」稼軒，吾濟南人，故録之。其長短句，予家有舊刊本。（《居易録》卷二）

有以事來請者，效康節體作詩以答之[一]①

未能立得自家身②，何暇將身更爲人？借使有求能盡與，也知方笑已生嗔。器纔滿後須招損③，鏡太明時易受塵。終日閉門無客至，近來魚鳥却相親④。

【校】

[一]題，《詩淵》影印本第九六八頁作「效康節體以答」，此從《稼軒集抄存》卷四。

【箋注】

①題，康節體，邵雍字堯夫，原爲范陽人，以葬其父伊水上，遂爲河南人。居洛陽，與司馬光、程顥、

程頤、張載爲友，自號安樂先生。終生未仕，熙寧十年卒。元祐中，賜謚康節。《宋史》卷四二七入《道學傳》。所作詩集曰《伊川擊壤集》，自序言「《擊壤集》，伊川翁自樂之詩也。非惟自樂，又能樂時與萬物之自得也」。蓋以詩爲明道之具。《四庫全書總目》卷一五三《擊壤集提要》言：「北宋鄙唐人之不知道，於是以論理爲本，以修詞爲末，而詩格於是乎大變，此集其尤著者也。」又謂：「邵子之詩，其源亦出白居易，而晚年絶意世事，不復以文字爲長，意所欲言，自抒胸臆，原脱然於詩法之外。」故其詩格淺近，自成一體。嚴羽《滄浪詩話》，即有「邵康節體」之稱。右詩有「終日閉門無客至，近來魚鳥却相親」語，稼軒退歸帶湖之初，即作《水調歌頭·盟鷗》詞，見於本書卷八。所謂與魚鳥相親應指其事。既無意於世事，因於他人有求於己時，乃作此詩以答之。故知右詩必作於寓居帶湖之初。

②立得自家身，《孝經·開宗明義》：「立身行道，揚名於後世，以顯父母，孝之終也。」正義曰：「夫爲人子者，先能身全，而後能行其道也。夫行道者，謂先能事親而後能立其身。」

③「器纔」句，《尚書·大禹謨》：「滿招損，謙受益，時乃天道。」

④「近來」句，《世説新語·言語》：「簡文入華林園，顧謂左右曰：『會心處不必在遠，翳然林水，便自有濠、濮間想也。覺鳥獸禽魚，自來親人。』」蘇軾《留別雩泉》詩：「二年飲泉水，魚鳥亦相親。」

即事二首①

野人日日獻花來，只倩渠儂取意栽。高下參差無次序，要令不似俗亭臺②。

【箋注】

①題，稼軒於淳熙九年春在帶湖作《水調歌頭・盟鷗》詞三闋，其中所云「東岸緑陰少，楊柳更須栽」，「夜雨北窗竹，更倩野人栽」，與右詩中「野人日日獻花來」云云，蓋皆初歸上饒經營園林之事，則此二詩亦必淳熙九年春間所作。

②「只倩」三句，歐陽修《謝判官幽谷種花》詩：「淺淡紅白宜相間，先後仍須次第栽。我欲四時攜酒去，莫教一日不花開。」按：此爲歐陽修守滁州日，命謝判官植花於琅琊谷間所作。見《宋詩紀事》卷一二引《西清詩話》。稼軒詩反用其意。渠儂，指野人。

其　二

百憂常與事俱來，莫把胸中荆棘栽①。但只熙熙閑過日，人間無處不春臺②。

【箋注】

①胸中荆棘，《真誥》卷二：「火棗交梨之樹，已生君心中也。心中猶有荆棘相雜，是以二樹不見不審，可翦荆棘，出此樹。」釋文瑩《湘山野録》卷中：「唐質肅公介，一日自政府歸，語諸子曰：『吾備位政府，知無不言。桃李固未嘗爲汝輩栽培，而荆棘則甚多矣。然汝等窮達莫不有命，惟自勉而已。』」孟郊《擇友》詩：「面結口頭交，肚裏生荆棘。」程俱《次韻寄謝公表韓公朝請》詩：「胸中荆棘盡，華髮當更緑。」

②「但只」二句，《老子》：「衆人熙熙，如享太牢，如登春臺。」

再用韻①

自古蛾眉嫉者多〔一〕②，須防按劍向隨和③。此身更似滄浪水，聽取當年孺子歌④。

【校】

〔一〕「蛾眉」，《抄存》原作「娥眉」，徑改。

【箋注】

①題，稼軒原韻詩已不見。右詩及以下三題五首，大致均屬效邵堯夫體，又均寓出處之慨歎，蓋寓居帶湖之初，以家居無聊，故喜邵堯夫之閒適，而有意摹仿之，因賦數詩，姑匯録於此。

②「自古」句，《離騷》：「衆女嫉予之蛾眉兮，謡諑謂予以善淫。」

③「須防」句，《漢書》卷五一《鄒陽傳》載鄒陽獄中《上梁孝王書》云：「臣聞明月之珠，夜光之璧，以闇投人於道，衆莫不按劍相眄者，何則？無因而至前也。……無因而至前，雖出隨珠和璧，祇怨結而不見德。」《淮南子·覽冥訓》：「隨侯之珠，和氏之璧，得之者富，失之者貧。」注云：「隨侯，漢東之國，姬姓諸侯也。隨侯見大蛇傷斷，以藥傅之。後蛇於江中啣大珠以報之，因曰

隨侯之珠。蓋明月珠也。楚人卞和得美玉璞於荆山之下，以獻武王，王以示玉人，玉人以爲石，刖其左足。文王即位，復獻之，以爲石，刖其右足。抱璞不釋而泣血，及成王即位，又獻之。成王曰：『先君輕刖而重剖石。』遂剖視之，果得美玉，以爲璧，蓋純白夜光也。」

④「此身」二句，《孟子·離婁》下：「有孺子歌曰：『滄浪之水清兮，可以濯我纓；滄浪之水濁兮，可以濯我足。』孔子曰：『小子聽之，清斯濯纓，濁斯濯足，自取之也。』」

偶作①

至性由來稟太和②，善人何少惡人多。君看瀉水著平地，正作方圓有幾何③！

【箋注】

①題，右詩爲《偶作》，與以下《偶題三首》，大意相似。皆寓居帶湖期間思索人生意義時發興而作，其作年不出淳熙九年以後二三年中，姑匯録於此。

②太和，《易·乾》：「保合太和。」張載作《正蒙》一書，其《太和》爲第一篇，題下注謂：「此篇推明太和之氣，陰陽運化，人物賦受，皆是物也。」見《張子全書》卷二。

③「善人」三句，善人少惡人多，《世説新語・文學》：「殷中軍問：『自然無心於禀受，何以正善人少，惡人多？』諸人莫有言者。劉尹答曰：『譬如瀉水著地，正自縱横流漫，略無正方圓者。』一時絶歎，以爲名通。」按：「善者不多，多者不善。」見出土帛書《老子》乙本，今本《老子》作「善言不辯，辯言不善」。瀉水平地，鮑照《擬行路難》：「瀉水置平地，各自東西南北流。」

偶題三首

人生憂患始於名①，且喜無聞過此生②。却得少年耽酒力，讀書學劍兩無成③。

【箋注】

①人生憂患，蘇軾《石蒼舒醉墨堂》詩：「人生識字憂患始，姓名粗記可以休。」

②無聞，《論語・子罕》：「四十五十而無聞焉，斯亦不足畏也已。」

③「却得」二句，耽酒力，《晉書》卷三五《裴楷傳》：「憲有二子，挹、毅，並以文才知名。毅仕季龍爲太子中庶子、散騎常侍。挹、毅俱豪俠耽酒，好臧否人物。」讀書學劍，《史記》卷七《項羽本紀》：「項籍少時，學書不成，去學劍，又不成。項梁怒之，籍曰：『書足以記名姓而已，劍一人

敵，不足學，學萬人敵。』於是項梁乃教籍兵法。」孟浩然《自洛之越》詩：「遑遑三十載，書劍兩無成。」

其二

人言大道本强名①，畢竟名從有處生②。昭氏鼓琴誰解聽〔一〕？亦無虧處亦無成③。

【校】

〔一〕「鼓琴」，《抄存》原作「鼓瑟」，與平仄不合，茲據《詩淵》第三九四九頁改。

【箋注】

①大道本强名，《老子》：「吾不知其名，强名曰道。」

②「畢竟」句，《禮記·祭法》「黄帝正名百物」句《正義》：「上古雖有萬物，而未有名，黄帝爲物作名，正名其體也。」

③「昭氏」二句，《莊子·齊物論》：「是非之彰也，道之所以虧也。道之所以虧，愛之所以成。果

且有成與虧乎哉？果且無成與虧乎哉？有成與虧，故昭氏之鼓琴也。無成與虧，故昭氏之不鼓琴也。昭文之鼓琴也，師曠之枝策也，惠子之據梧也，三子之知幾乎？」疏：「姓昭名文，古之善鼓琴者也。夫昭氏之鼓琴，雖云巧妙，而鼓商則喪角，揮宮則失徵，未若置而不鼓，則五音自全，亦猶有成有虧，存情所以乖道；無成無虧，忘智所以合真者也。」解者，能也。

其　三

閑花浪蕊不知名①，又是一番春草生。病起小園無一事，杖藜看得緑陰成②。

【箋注】

①閑花浪蕊，韓愈《杏花》詩：「浮花浪蕊鎮長有，纔開還落瘴霧中。」蘇軾《次韻王廷老退居見寄》詩：「浪蕊浮花不辨春，歸來方識歲寒人。」

②「杖藜」句，王安石《臺城寺側獨行》詩：「獨來獨往花下路，笋輿看得緑陰成。」

哭䵣十五章①

方看竹馬戲②，已作《薤露歌》③。哀哉天喪予④，老淚如傾河⑤。

【箋注】

①題，辛啓泰《稼軒先生年譜》後記云：「按《鉛山譜》，公九子：稹、秬、……䵣。䵣早殤。其八子名皆從禾，蓋即名軒之意。」按：據《菱湖辛氏族譜》所載《濟南派下期思世系》，稼軒九子名與辛啓泰所記同，知辛啓泰即從此所出。稼軒八子當均以長幼爲序，而䵣以早殤故，列最後，《世系》謂之幼子，蓋後人之臆測也。今考稼軒詞集有「爲兒鐵柱作」之《清平樂》一詞（見本書卷八），後章云：「從今日日聰明，更宜潭妹嵩兄。看取辛家鐵柱，無災無難公卿。」而本詩第八章亦云：「汝方游浩蕩，萬里挾雄鐵。」「挾雄鐵」即寓鐵柱之名，詳可參該詩箋注。因知鐵柱實乃辛䵣之乳名。八子名皆從禾，意即稼軒之子。然稼軒退歸上饒之前，諸子女並以地方命名。辛潭似即淳熙六、七年居官潭州所生。辛䵣爲其兄，必淳熙二、三年稼軒任江西提刑時所生。江西提刑置司於贛州，故以命名。此一子一女，皆應爲稼軒續娶之夫人范氏所生，辛潭應即後來

改名爲辛秬者。而辛嵩則應爲稼軒原配夫人趙氏於紹興二十九年所生之辛秬。其時稼軒隨其祖父在金知開封府任上，因何旅居洛陽而生嵩，事則無考（以上皆據《期思世系》考索）。此子大辛䜌十七八歲。及至稼軒淳熙八年底卜居上饒之後，生子難再命以地名，諸子遂改名從禾。而䜌因早殤，未能從序列也。此子因係范氏所生第一子，稼軒最爲鍾愛，故其殤時，葬之以成人之禮，而哭之有過情之哀也。而據稼軒「方看竹馬戲」句意，知辛䜌之卒，必在其七歲之後。本詩第六首有「笑揖索酒罷，高吟關關鳩」之回憶，是則此子之夭折，自當在八九歲之間。以其生於淳熙二三年相推，稼軒《哭䜌》詩則應作於淳熙十一年，即被劾罷歸之最初二三年内。

②竹馬戲，李石《續博物志》：「小兒五歲曰鳩車之戲，七歲曰竹馬之戲。」見《錦繡萬花谷》前集卷一六所引。

③薤露歌，馬縞《中華古今注》卷下：「《薤露》、《蒿里歌》，並喪歌也。出田横門人。横自殺，門人傷之，爲悲歌，言人命如薤上之露，易晞滅也。亦謂人死，魂精歸於蒿里，故有二章。……至孝武帝時李延年乃分二章爲二曲，《薤露》送王公貴人，《蒿里》送士大夫庶人，使挽柩者歌之，世亦呼挽歌。」

④天喪予，《論語·先進》：「顔淵死，子曰：『噫，天喪予，天喪予！』」

⑤淚如傾河，《世説新語·言語》：「或曰：『聲如震雷破山，淚如傾河注海。』」

其 二

玉雪色可愛①，金石聲更清。孰知摧輪早②，跬步不可行③。

【箋注】

①玉雪，韓愈《昌黎集》卷一〇《殿中少監馬君墓誌銘》：「眉眼如畫，髮漆黑，肌肉玉雪可念。」

②摧輪，桓譚《新論》：「國之需賢，譬車之恃輪，猶舟之倚楫也。車摧輪則無以行，舟無楫則無以濟，國乏賢則無以理。」孟郊《偶作》詩：「利劍不可近，美人不可親。利劍近傷手，美人近傷身。道險不在廣，十步能摧輪。」

③跬步，又作頍步，半步。《荀子・勸學》：「故不積跬步，無以至千里；不積小流，無以成江海。」

其　三

念汝雖孩童，氣已負山嶽①。送汝已成人②，行路已悲愕。

【箋注】

①負山嶽，文彦博《潞公文集》卷三七《免賜公使錢》：「荷戴之深，如負山嶽。」

②「送汝」句，已，通以。謂以成人之禮送其葬。

其　四

他年駟馬車，謂可高吾門①。只今關心處，政在青楓根②。

【箋注】

①「他年」二句，《漢書》卷七一《于定國傳》：「始定國父于公，其閭門壞，父老方共治之。于公謂

曰：『少高大門閭，令容駟馬高蓋車。我治獄多陰德，未嘗有所寃，子孫必有興者。』」

②青楓根，《博異記》：「山人劉方玄，自漢南抵巴陵，夜宿江岸古館之廳。其西有巴籬所隔，又有一廳，常扃鐍，云多有怪物，使客不安，已十數年不開矣。……其夜方玄都不知之，至二更後，見月色滿庭，江山清寂，唯聞廳西有家口語言嘯詠之聲，殆不多辨，唯一老青衣語聲稍重而帶秦音者。……呼館吏訊之，吏云：『此西廳空更無人。』方叙此中賓客不曾敢入之由，方玄固請開院，視之，則秋草滿地，蒼苔没階中，院之西則連山林，無人迹也。啓其廳，廳則新淨，了無所有，唯前間東面柱上，有詩一首，墨色甚新。其詞曰：『耶娘送我青楓根，不記青楓幾迴落。當時手刺衣上花，今日爲灰不堪着。』視其書，則鬼之詩也。」

其五

糊塗不成書①，把筆意甚喜。擧頭見爺笑②，持付三四紙。

【箋注】

①糊塗，謂胡亂塗抹也。

②見爺，爺者謂父也。《宋朝事實類苑》卷三九《章樞密喜養生》條：「章樞密惇少喜養生，嘗云：『若遇饑，則雖不相識處，亦須索飯。若食飽時，見爺亦不拜。』」按：此條出《東軒筆録》卷一三，爺作父。

其六

笑揖索酒罷，高吟關關鳩①。至今此篇詩，狼籍在牀頭。

【箋注】

①「高吟」句，「關關雎鳩，在河之洲」，爲《國風·周南》之首章。此謂始學《詩》。

其七

汝父誠有罪，汝母孝且慈①。獨不爲母計，倉皇去何之？

【箋注】

①「汝母」句，韓愈《嗟哉董生行》：「嗟哉董生孝且慈，人不識，惟有天翁知。」按：稼軒夫人趙氏，卒於南歸之初，至乾道末始續娶范邦彦之女。《期思世系》載：「繼室范氏，蜀公之孫女，封令人，贈碩人。」范蜀公，即范鎮，因知范邦彦應即范鎮之裔孫。辛䆠之生母應即范氏。

其　八

淚盡眼欲枯①，痛深腸已絶。汝方游浩蕩②，萬里挾雄鐵③。

【箋注】

①眼欲枯，蘇軾《哭王子立次兒子迨韻》詩：「兒曹莫悽慟，老眼欲枯萎。」此南宋人常語，楊萬里《過潤陂橋》詩：「重來一見新橋了，淚濕秋風眼欲枯。」陸游《自夏秋匽甚慨然有感》詩：「萬卷縱横眼欲枯，老猶閉户誦唐虞。」

②游浩蕩，杜甫《贈韋左丞丈二十韻》詩：「白鷗没浩蕩，萬里誰能馴？」蘇軾《仇池筆記》卷上：「杜子美云『白鷗没浩蕩』，蓋滅没於煙波間耳。」

③挾雄鐵，吕祖謙《詩律武庫》後集卷七《劍有雌雄》條引《烈士傳》：「楚王夫人常於夏納涼，而抱鐵柱，心有感，遂懷孕，産一鐵。楚王命鏌鋣鑄爲雙劍，三年乃成，一雌一雄。鏌鋣乃留雄，而以雌進王。劍在匣中常悲鳴，王問羣臣，對曰：『劍有雌雄，鳴者以雌憶雄耳。』王大怒，遂殺鏌鋣。」本書卷八有《清平樂·爲兒鐵柱作》詞，知辛釃乳名鐵柱，故用抱鐵柱而生子故事。

其　九

中堂與曲室①，聞汝啼哭聲。汝父與汝母，何處可坐行？

【箋注】

①「中堂」句，中堂爲正堂，曲室謂内室，指父母居住處。

其一〇

從人索蓮花，手持雙白羽①。蓮花不可見，蓮子心獨苦②。

【箋注】

①「手持」句，杜甫《巳上人茅齋》詩：「江蓮搖白羽，天棘蔓青絲。」按杜詩以白羽擬白蓮，其《前苦寒行》「玄冥祝融氣或交，手持白羽未敢釋」句之白羽，亦指扇。此蓋追憶辛醴持雙白蓮爲戲之情景。

②蓮子，音諧憐子。《瑯嬛記》卷上引《謝氏詩源》：「漢有女子舒襟，爲人聰慧，事事有意。與元羣通，嘗寄羣以蓮子，曰：『吾憐子也。』」

其二

足音答答來，多在雪樓下①。尚憶附爺耳，指問壁間畫。

【箋注】

①雪樓，爲稼軒上饒帶湖所居。即仗山之集山樓，稼軒寓居帶湖以後改爲雪樓。本書卷八有《念奴嬌·和韓南澗載酒見過雪樓觀雪》詞。劉克莊《後村先生大全集》卷九七《詩境集序》：「故詩境方公少時，語出驚人，爲誠齋、放翁所知。稼軒所居雪樓火，公唁之，有『何處卧元龍』之

句。」

其一二

我痛須自排，汝癡故難忘。何時篆岡竹①，重來看眉藏②？

【箋注】

①篆岡，洪邁《稼軒記》謂「東岡西阜，北墅南麓」，所謂東岡，或即稼軒命名之篆岡。今上饒北門村以北龍牙亭路東坡有平坦高地，或即此所謂篆岡。本書卷一〇有《踏莎行·庚戌中秋後二夕帶湖篆岡小酌》詞。

②眉藏，《瑯嬛記》卷中引《致虚雜俎》：「玄宗與玉真恒於皎月之下，以錦帕裹目，在方丈之間，互相捉戲。玉真捉上每易，而玉真輕捷，上每失之。……玉真故以香囊惹之，上得香囊無數。已而笑曰：『我比貴妃差勝也。』謂之捉迷藏。」按：山東方言眉讀迷。予家舊在山東濰縣北眉村，土人皆讀如北迷村。知眉藏即迷藏。傳吕巖七言詩有云：「堪笑時人問我家，杖擔雲物惹煙霞。眉藏火電非他説，手種金蓮不自誇。」

其一三

昨宵北窗下，不敢高聲語①。悲深意顛倒，尚疑驚著汝②。

【箋注】

①「不敢」句，《嘉定赤城志》卷四〇：「舊傳『危樓高百尺，手可摘星辰。不敢高聲語，恐驚天上人』，爲楊文公幼時詩。《邵氏聞見録》又云：『舒州峰頂寺有李太白題云：夜宿峰頂寺，舉手捫星辰。不敢高聲語，恐驚天上人。』前二句既不同，而其説復異。今天台華頂峰有孟觀詩云：『偶因華頂宿，抬手摘星辰。不敢高聲語，恐驚天上人。』蓋華頂一峰，天台山之最高者，故觀詩有此語。今峰傍有摘星嶺，因詩立名，則前所指爲太白、文公語，疑好事者改之爾。」按：孟觀，《晉書》卷六〇有傳。

②「尚疑」句，稼軒「爲兒鐵柱作」之《清平樂》詞：「靈皇醮罷，福禄都來也。試引鵷雛花樹下，斷了驚驚怕怕。」小兒有怕驚之症。陳師文《太平惠民和劑局方》卷一：「潤體圓，治諸風。……若小兒驚風諸癇，每服半圓，薄荷湯化下，不拘時。」

其一四

世無扁和手①，遺恨歸砭劑。嗟誰使之然？刻舟寧復記②！

【箋注】

①扁和，《史記》卷一〇五《扁鵲倉公列傳》：「扁鵲者，渤海郡鄭人也。姓秦氏，名越人。……爲醫或在齊，或在趙，在趙者名扁鵲。」《正義》引《黄帝八十一難》序云：「秦越人與軒轅時扁鵲相類，仍號之爲扁鵲。」《左傳·昭公元年》：「晉侯有疾……求醫於秦，秦伯使醫和視之，曰：『疾不可爲也。』……趙孟曰：『良醫也。』厚其禮而遣之。」《漢書》卷三〇《藝文志》：「太古有岐伯、俞拊，中世有扁鵲、秦和。」

②「刻舟」句，《吕氏春秋·察今》：「楚人有涉江者，其劍自舟中墜於水，遽契其舟，曰：『是吾劍之所從墜。』舟止，從其所契者入水求之，舟已行矣，而劍不行。求劍若此，不亦惑乎？」

其一五

百年風雨過，達者齊殤彭①。嗟我反不如，其下不及情②。

【箋注】

①「百年」二句，風雨過，韋應物《發廣陵留上家兄兼寄上長沙》詩：「蕭條風雨過，得此海氣涼。」齊觴彭，《莊子·齊物論》：「天下莫壽於殤子，而彭祖爲夭。」殤指未成年而死。彭祖爲上古人，傳其壽八百歲。對舉以言壽命之修短，而達者齊觀之，故又有「嗟我反不如」之句。

②「其下」句，不及情，《世説新語·傷逝》：「王戎喪兒萬子，山簡往省之。王悲不自勝，簡曰：『孩抱中物，何至於此？』王曰：『聖人忘情，最下不及情。情之所鍾，正在我輩。』簡服其言，更爲之慟。」

詠　雪①

書窗夜生白，城角曉增悲。未奏蔡州捷②，且歌梁苑詩③。餐氈懷雁使④，無酒羨羔兒⑤。農事勤憂國⑥，明年喜可知。

【箋注】

①題，稼軒所居帶湖在上饒城北近郭之地。南宋時信州北城靈山門在稼軒所寓之帶湖以北，洪邁《稼軒記》謂「郡治之北可里許，故有曠土存，三面傅城，前枕澄湖如寶帶」。是則帶湖新居在城內。而稼軒後來移居之鉛山宋代並未築城。右詩有「城角」云云，則必作於寓居帶湖期間，乃淳熙十年以後事。

②蔡州捷，唐元和十一年十月，隨唐鄧節度使李愬夜襲蔡州，生俘叛首吴元濟。《舊唐書》卷一三三《李愬傳》：「是日，陰晦雨雪，大風裂旗旆，馬慄而不能躍。士卒苦寒，抱戈僵仆者道路相望。……諸將請所止，愬曰：『入蔡州取吴元濟也。』諸將失色。……其夜凍死者十二三，又分五百人斷朗山路，自張柴行七十里，比至懸瓠城，夜半，雪愈甚。近城有鵝鴨池，愬令驚擊之，以

雜其聲。」

③梁苑詩，《西京雜記》卷二：「梁孝王好營宮室苑囿之樂，作曜華之宮，築兔園。園中有百靈山，山有膚寸石、落猿巖、棲龍岫，又有雁池。池間有鶴洲、鳧渚。其諸宮觀相連，延亘數十里。奇果異樹，瓌禽怪獸畢備。王日與宮人賓客弋釣其中。」《文選》卷一三謝惠連《雪賦》：「梁王不悦，游於兔園。俄而微霰零，密雪下，王乃歌《北風》於《衛詩》，詠《南山》於《周雅》。」

④「餐氈」句，《漢書》卷五四《蘇武傳》：「單于愈益欲降之，乃幽武置大窖中，絶不飲食。天雨雪，武卧齧雪與旃毛並咽之，數日不死，匈奴以爲神，乃徙武北海上無人處，使牧羝，羝乳乃得歸。……數年，匈奴與漢和親，漢求武等，匈奴詭言武死。後漢使復至匈奴，常惠請其守者與俱，得夜見漢使，具自陳道，教使者謂單于，言天子射上林中，得雁，足有繫帛書，言武等在某澤中。使者大喜，如惠語以讓單于，單于視左右而驚，謝漢使曰：『武等實在。』」

⑤「無酒」句，羔兒，酒名，出汾州，白瑩而饒風味。蘇軾《趙成伯家有麗人》詩自注：「世傳陶穀學士買得党太尉家故妓。遇雪，陶取雪水烹團茶，謂妓曰：『党家應不識此。』妓曰：『彼粗人，安有此景？但能於銷金帳下淺斟低唱，吃羊羔兒酒。』陶默然，愧其言。」

⑥「農事」句，杜甫《吾宗》詩：「在家常早起，憂國願年豐。」本書卷五《新居上梁文》：「直使便爲江海客，也應憂國願年豐。」《文選》卷一三謝惠連《雪賦》：「盈尺則呈瑞於豐年，袤丈則表沴於陰德。」

和趙直中提幹韻①

萬事推移本偶然②，無虧何處更求全③？折腰曾愧五斗米④，負郭元無二頃田⑤。城礙夕陽宜杖履，山供醉眼費雲煙⑥。怪君不顧笙歌誤⑦，政擬新詩去鳥邊⑧。

【箋注】

①題，趙直中提幹，據《宋史》卷一六七《職官志》七載，提幹即提舉茶鹽、提舉茶馬、提舉坑冶及提點刑獄諸司幹辦公事官之省稱。趙直中應爲提點浙江荆湖福建廣南等路坑冶鑄錢司幹辦公事官。《宋史全文》卷二五下：「乾道九年，是春，以王楫、李大正並爲提點坑冶鑄錢，饒、贛州置司。江東、淮南、兩浙、潼川、利州路，分隸饒州司，江西、湖、廣、福建，分隸贛州司。」信州鉛山縣爲南宋著名産銅區，故饒州司官員常駐信州。另據〔乾隆〕《鉛山縣志》卷一二所載韓元吉《膽泉銘》（此銘四庫本《南澗甲乙稿》失收），有「淳熙之八年，天子復命建安李公大正爲諸道坑冶鑄錢使。……上命李公往視焉……乃因之遣其掾趙善宗持錢五千萬往勞焉，且董其事」諸語。此銘謂李大正於淳熙八年復爲提點坑冶官，其幹辦公事官則有名趙善宗者遣往鉛山主持坑冶諸事。

右詩當作於淳熙九年稼軒被迫寓居帶湖之後三二年間，疑直中即善宗之字，而其籍貫事跡，以南宋提點坑冶司屬官題名不存，無從考知。〔乾隆〕《福建通志》卷二二載趙善宗曾任連江縣丞，餘不詳。〔乾隆〕《鉛山縣志》卷五載提點司檢踏官有趙善宻，應即韓銘之趙善宗，亦即右詩之趙直中也。右詩，頗寓與世俯仰、隨宜而安之意，或作於稼軒退歸帶湖稍久之時。

②推移，《楚辭・漁父》：「聖人不凝滯於物，而能與世推移。」

③「無虧」句，蘇軾《張安道樂全堂》詩：「試問樂全全底事，無全何處更求虧？」

④「折腰」句，蕭統《昭明太子集》卷四《陶淵明傳》：「以爲彭澤令，不以家累自隨。……郡遣督郵至，縣吏請曰：『應束帶見之。』淵明歎曰：『我豈能爲五斗米，折腰向鄉里小兒！』即日解綬去職，賦《歸去來》。」

⑤「負郭」句，《史記》卷六九《蘇秦列傳》：「蘇秦喟然歎曰：『此一人之身，富貴則親戚畏懼之，貧賤則輕易之，况衆人乎？且使我有雒陽負郭田二頃，吾豈能佩六國相印乎？』」蘇軾《送喬施州》詩：「恨無負郭田二頃，空有載行書十車。」

⑥山供，王安石《午枕》詩：「窺人鳥唤悠揚夢，隔水山供宛轉愁。」蘇軾《次韻送張山人歸彭城》詩：「水洗禪心都眼净，山供詩筆總眉愁。」

⑦「怪君」句，《三國志・吴志》卷九《周瑜傳》：「瑜少精意於音樂，雖三爵之後，其有闕誤，瑜必知之，知之必顧。故時人謡曰：『曲有誤，周郎顧。』」

⑧去鳥邊，杜甫《雨》詩：「紫崖奔處黑，白鳥去邊明。」

和鄭舜舉蔗庵韻①

我讀蔗庵詩②，佳處意已領。平池草樹暗，一徑松竹醒③。虚襟快新晤，窘步豁遐景。虎頭癡絶人〔一〕④，妙境千古迥。當年倒食蔗⑤，笑者空齒冷〔二〕。君侯發餘秘，詩筆秃千穎。世間喜顛倒〔三〕⑥，冠履迷踵頂。况復知至味，苦盡甘自永⑦。由來千鍾酒⑧，不如七椀茗⑨。因君蔗庵句，此義試重請：東西互相指，倒正定誰省？酸鹹既異嗜⑩，美惡亦同境。貪高蝸壁危，趨炎蛾燭炳。方其未枯焚，胡不權動静？高人坐忘形，昧者走避影⑪。一言難衆悟，多轍自殊騁。且酌庵中人，來遊歌噬肯⑫。

【校】

〔一〕「癡絶」，《詩淵》第三三六六頁引此詩，二字原闕，按癡絶爲顧愷之三絶之一，故徑補。

〔二〕「齒冷」，原闕，韓元吉原詩作「坐愛雲水冷」，「冷」爲叶韻字，因據補。「齒」則以臆補。

〔三〕「喜」，原闕，徑補。

【箋注】

①題，鄭舜舉，處州青田人。鄭汝諧《易翼傳》序自署「古括鄭汝諧序」，古括，處州郡名。（康熙）《青田縣志》卷一〇：「鄭汝諧字舜舉，穎悟貫洽，出入五經，權衡諸史。辛稼軒見之，曰：『老子胸中兵百萬。』丞相洪景伯薦於朝，孝宗褒之曰：『鄭汝諧威而能惠。』授兩浙轉運判官，行荒政，轉大理少卿，持公論釋陳亮囚，進吏部侍郎。告老，授徽猷閣待制致仕，自號東谷先生。」《後村先生大全集》卷一五〇《杜郎中墓志銘》：「爲弋陽丞，攝令永豐。前此負課爲六邑殿，公約逋户自輸，吏請逮治違期者，公榜吏百，復爲寬期，民爭輸恐後，更以最聞。及去，民相率詣州，謝得賢令。太守鄭侍郎汝諧歎息，具剡牘。」此即鄭汝諧知信州時事。據《宋會要輯稿・食貨》七〇之七四，知鄭舜舉於淳熙十二年初知信州。稼軒詞集與鄭氏唱和之作凡五闋，皆作於鄭氏守信州時。疑二人相識即在此時。

②蔗庵詩，蔗庵爲鄭舜舉在上饒所命名之居第。據韓元吉爲賦詩中「吾州富佳山，修竹連峻嶺。……豈知刺史宅，跬步闕清景」句，疑在信州郡宅所臨信江溪南南屏山上。（嘉靖）《廣信府志》卷三：「南屏山，溪南二里許。有峰尖聳，名狼牙。勢自東南來，拱抱府治，信州之勝，於斯爲最。」（同治）《上饒縣志》卷五：「南屏山在溪南，從狼牙山發脈，拱抱府治如屏，又以形如奔騎，別名天馬山。」

③「一徑」句，蔗庵築於山上，饒有松竹之勝。稼軒送鄭氏赴召之《滿江紅》詞，有「莫向蔗庵追笑

語，只今松竹無顔色」句，見本書卷九。

④「虎頭」句，《歷代名畫記》卷五：「顧愷之字長康，小字虎頭。」《晉書》卷九二《顧愷之傳》：「俗傳愷之有三絶：才絶，畫絶，癡絶。」

⑤「當年」句，《世説新語・排調》：「顧長康噉甘蔗，先食尾。人問所以，云：『漸至佳境。』」按：蔗庵既建於山上，稼軒此詩闡發蔗庵之義，謂佳風景乃在山上，故有倒食蔗漸至於佳境之語。

⑥喜顛倒，韓愈《送陸暢歸江南》詩：「人事喜顛倒，旦夕異所云。」

⑦甘自永，黄庭堅《次韻子由績溪病起被召寄王定國》詩：「端如嘗橄欖，苦過味方永。」

⑧千鍾酒，《孔叢子・儒服》：「平原君與子高飲，强子高酒，曰：『昔有遺諺：堯舜千鍾，孔子百觚。子路嗑嗑，尚飲十榼。古之聖賢，無不能飲也。吾子何辭焉？』」

⑨七椀茗，盧仝《走筆謝孟諫議新茶》詩：「一椀喉吻潤，兩椀破孤悶。三椀搜枯腸，惟有文字五千卷。四椀發輕汗，平生不平事，盡向毛孔散。五椀肌骨清，六椀通仙靈。七椀喫不得也，惟覺兩腋習習清風生。」

⑩「酸鹹」句，韓愈《司門盧四兄雲夫院長望秋作》詩：「雲夫吾兄有狂氣，嗜好與俗殊酸鹹。」

⑪「味者」句，《莊子・漁父》：「孔子愀然而歎，再拜而起，曰：『丘再逐於魯，削跡於衛，伐樹於宋，圍於陳、蔡，丘不知所失，而離此四謗者，何也？』客悽然變容曰：『甚矣，子之難悟也。人

有畏影惡跡而去之走者，舉足愈數而跡愈多，走愈疾而影不離身，自以爲尚遲，疾走不休，絶力而死。不知處陰以休影，處静以息跡，愚亦甚矣。』」

⑫「來遊」句，《詩·唐風·有杕之杜》：「有杕之杜，生於道左。彼君子兮，噬肯適我？……有杕之杜，生於道周。彼君子兮，噬肯來遊？中心好之，曷飲食之？」噬肯，朱熹《詩集傳》作安肯解。

【附録】

韓元吉無咎和詩

題鄭舜舉蔗庵

吾州富佳山，修竹連峻嶺。居然縛塵埃，一見輒心醒。豈知刺史宅，跬步閟清景。古木盤城隅，石徑幽且迥。當年徐常侍，坐愛雲水冷。溪南羣峰秀，矗矗錐出穎。鄭公閉閤暇，獨步毘盧頂。曰此氣象殊，逍遥步方永。唤客倒清尊，燃薰煮奇茗。庭空無一事，賓吏絶干請。佳處由漸入，斯語煩記省。淵明嘗有語，結廬向人境。恍如白蓮社，揮麈對宗炳。誰云忙裏閒？要識動中静。我來款妙論，散策步林影。心田豁叢茅，氣馬罷征騁。他時記棠陰，老意亦深肯。（《南澗甲乙稿》卷一）

和任帥見寄之韻三首〔一〕①

老來功業已蹉跎，買得生涯復不多。十頃芰荷三徑菊②，醉鄉容我住無何③。

【校】

〔一〕「帥」，《抄存》原作「師」，此據《詩淵》第七七九頁。

【箋注】

①題，任帥，本書卷一〇《水龍吟》詞題下小序謂「盤園任帥子嚴，掛冠得請，取執政書中語，以高風名其堂」。〔同治〕《臨江府志》卷四載：「任詔字子嚴，蜀人，歷令守部使，所至有政績。後退居清江，築圃於富壽岡之旁，扁曰盤園，堂曰高風。有《盤園集》、《高風録》，皆郡賢所賦詠云。」項安世《平庵悔稿》卷九有《任安撫挽詩》，題下注：「詔，上蔡人，號盤園。」詩有「新息任夫子，東坡所父師。只餘盤叟在，猶乃故家時」句。知其上世乃蔡州新息縣人，爲東坡友人任師中之裔。東坡所賦《過新息留示鄉人任師中》詩見《東坡全集》卷一一。不知《臨江志》何以稱爲蜀人。項

詩稱任氏爲安撫，此詩稱之爲帥。查南宋史籍，知任氏雖未任諸路帥臣，却嘗知廣西邕州，見趙蕃《淳熙稿》卷五《呈任邕州子嚴》詩題。南宋初，知邕州者例帶管内安撫使銜，轄四十四羈縻州，故宋人往往稱之爲邕帥。如張孝祥即稱知邕州蔣允濟爲「邕帥蔣公」，見《于湖集》卷三〇。此即項安世《高風臺歌》「亦嘗建纛稱元戎」之謂，因知任帥必指任子嚴無疑。周必大有《任漕子嚴詔挽詞》：「壯志宵興著祖鞭，雄詞鋭欲勒燕然。一生僅踏金門地，半世嘗遊玉笥天。勝墅棋高無敵手，奪袍句好有新篇。高風堂上淩雲閣，誰復觀梅月照筵？」可參其平生行誼。詞集繫《水龍吟》詞於淳熙十三四年間，詩或其時同作。

②「十頃」句，指帶湖景物。本書卷五《新居上梁文》：「白水田頭，新荷十頃。」卷八《洞仙歌》詞：「東籬多種菊。」

③醉鄉，《新唐書》卷一九六《王績傳》：「著《醉鄉記》，以次劉伶《酒德頌》。」白居易《醉後》詩：「猶嫌小户長先醒，不得多時住醉鄉。」無何，《漢書》卷四〇《陳平傳》注：「言無幾時。」

其 二

昨夢春風花滿枝，是花到眼是新詩①？如今夢斷春無跡，不記題詩付與誰。

【箋注】

①「昨夢」二句，孟雲卿《寒食》詩：「二月江南花滿枝，他鄉寒食遠堪悲。」杜甫《酬郭十五判官》詩：「藥裹關心詩總廢，花枝照眼句還成。」王安石《出訪無黨因宿齋館》詩：「花枝到眼春相映，山色侵衣晚自迷。」

其三

幾年魂夢隔高門，歎息譚間闕異聞〔一〕①。剩喜風情筋力在②，尚能詩似鮑參軍③。

【校】

〔一〕「譚」，《抄存》作「潭」，此據《詩淵》。

【箋注】

①「歎息」句，陳師道《九月九日魏衍道見過》詩：「節裏能相過，談間可解憂。」《胡士彦挽詩》：「晚近違前輩，平生闕異聞。」

②「剩喜」句，白居易《侍中晉公欲到東洛先蒙書問》詩：「聞説風情筋力在，只如初破蔡州時。」剩喜，應喜。

③「尚能」句，鮑照字明遠，爲南朝宋臨海王參軍，有《鮑參軍集》十卷。杜甫《春日憶李白》詩評其詩，有「俊逸鮑參軍」句。按：陸游《贈稼軒造朝》詩亦有「稼軒落筆淩鮑謝」句。

題鵝湖壁①

昔年留此苦思歸，爲憶啼門玉雪兒②。鸞鵠飛殘梧竹冷，只今歸興却遲遲③。

【箋注】

①題，右詩賦於淳熙十五年冬，即與友人陳亮同遊鵝湖之時題寫於鵝湖山石壁。淳熙十五年歲杪，陳亮至上饒相訪，稼軒與之盤桓十日，同遊鵝湖，見贈陳氏之《賀新郎》詞題及《祭陳同父文》。鵝湖，〔嘉靖〕《廣信府志》卷三《鉛山縣》：「鵝湖山，縣北十五里鵝湖鄉，周回四十餘里，蓋縣之鎮山也。諸峰連絡若犀象獅猊然，殆一二十計。最高處名峰頂，三峰揭秀。」〔同治〕《鉛山縣志》卷三《山川》：「鵝湖山，在縣東北，周回四十餘里，其影入於縣南。西湖諸峰聯絡若獅

象犀猊，最高者峰頂三峰挺秀。《鄱陽記》云：『山上有湖，多生荷，故名荷湖。』東晉人龔氏居山，蓄鵝，其雙鵝有子數百，羽翮成乃去，更名鵝湖。唐大曆中，大義智浮禪師植錫山中，雙鵝復還。山麓有仁壽院，禪師所建，今名鵝湖寺。」

②「昔年」二句，昔年，當指淳熙十年。稼軒第三子辛䆠夭折於此年，而稼軒送其友人兼弟子范廓之應建康府秋試及首遊鵝湖亦在此年。當稼軒遊鵝湖時，以辛䆠尚留帶湖，思之，亟欲歸去。「昔年」二句即指此。玉雪兒，指辛䆠。《哭䆠》詩有「玉雪色可愛，金石聲更清」句。

③「鸞鵠」二句，《太平御覽》卷九一六引《三輔決録》：「時有大鳥，高五尺，雞首燕頷，蛇頸魚尾，五色備舉而多青，棲緒槐樹，旬時不去。弘農太守以聞，詔問百僚，咸以爲鳳。太史令蔡衡對曰：『凡象鳳者有五，多赤色者鳳，多黄者鵷鶵，多青者鸞，多紫者鸑鷟，多白者鵠。今此鳥多青，乃鸞，非鳳也。』」此條今見輯本《三輔決録》卷一，文字稍有不同。《詩·大雅·卷阿》「鳳凰鳴矣，於彼高岡；梧桐生矣，於彼朝陽」句鄭箋云：「鳳凰之性，非梧桐不棲，非竹實不食。」《世説新語·文學》注引桓玄《王孝伯誄叙》云：「嶺摧高梧，林殘故竹。」按：此句喻辛䆠之早殤也。貫休《送客過虎溪》詩：「愛陶長官醉兀兀，送陸道士行遲遲。」

和楊民瞻韻①

拄杖閑題祖印來②，壁間有句須參懷。從來歌舞新羅襪，不識溪山舊草鞋。參懷，晉人語③。

【箋注】

①題，楊民瞻，稼軒門人，與范開並稱。趙蕃《以歸來後與斯遠唱酬詩卷寄辛卿》詩云：「賓朋雜還孰爲佳？咸推楊范工詞華。」韓淲《澗泉集》多與民瞻唱酬。卷六《聞民瞻久歸一詩寄之》云：「眼前帶湖歌舞空，耳畔茶山陸子宅。」卷七《趙簿留飲望城裏海棠因思履道且寄民瞻》詩云：「語燕既歸鶯作社，盟鷗何在且行春。妙年秀髮如君少，桃李紛紛只世塵。」卷一三《和民瞻所寄》詩云：「南北一峰高可仰，東西二館隱誰招？園居好在帶湖水，冰雪春須積漸消。」據知楊氏從游於稼軒時，正當妙年秀髮之時，而稼軒棄帶湖移瓢泉之後，舊居似付與民瞻經營。同書卷一四有《初六日民瞻古梅下留飲》詩，又有《過楊解元看古梅》詩，詩中有「城北坡陁一徑斜」句，則民瞻仍在帶湖無疑矣。惟韓淲棄官歸寓上饒皆在慶元六年至嘉定十七年之間，而楊民瞻何時鄉試得中解元，則因《上饒志》之《選舉表》不載，並其名亦無從考知矣。

②祖印，寺名。趙蕃《乾道稿》卷下《徙居祖印寺》詩：「十載依修竹，今秋姑一辭。琴書與俱載，風月故長隨。四海均爲寓，旁觀莫浪疑。全家肯同往，未愧鹿門期。」《章泉稿》卷四《懷祖印》詩：「古寺僧容客寓居，客行仍許借詩書。老無眼力書慵看，憶著竹根泉漱渠。」查趙氏南渡後寓居信之玉山，祖印寺不知在玉山境否。然其《淳熙稿》卷五又有詩題爲：「永豐令括蒼章君、

尉上蔡謝君，以淳熙改元二月晦日勸農於負郭祖印院，事已，率蕃爲泛舟之役。」則祖印寺又在永豐。查（同治）《廣豐縣志》卷二之四：「祖印院在邑東門外，宋乾道間陳德禮建。」

③「壁間」三句及小注，參懷，未見《晉書》及晉人著作，其語最早則見於《宋書》、《南齊書》及《南史》等史籍。《宋書》卷九四《恩倖·戴法興傳》：「凡選授、遷轉、誅賞大處分，上皆與法興、尚之參懷。」《南齊書》卷六《明帝紀》：「大事與沈文季、江祀、劉暄參懷。」卷五三《賈淵傳》：「王儉抄次百家譜，與淵參懷撰定。」《資治通鑑》卷一二八《宋孝武帝·大明二年》有「上皆與法興、尚之參懷」語，胡三省注云：「宋、齊之間，凡參決機務，率謂之參懷。」按：不僅參決機務，凡參與商討皆可謂之參懷也。

和人韻①

老奴權至使將軍②，非所宜蒙定可黥③。嫫母侏儒曾一笑④，匏壺藤蔓便相縈。解紛已見立談頃⑤，漏網從今太横生⑥。豈是人間重生女？只應詩老例多情⑦。

【箋注】

①題，右詩所和何人之韻無考。詩似借詠史以影射時事，多及宦寺及佞幸事，則或爲淳熙末年所

作。《宋史》卷四六九《宦者・甘昪傳》載：「時曾覿以使弼領京祠，王抃以知閤門兼樞密都承旨，昪爲入内押班，相與盤結，士大夫無耻者争附之。既而覿死抃逐，獨昪在。……昪用事二十年，招權市賄。……後帝察其姦，遂抵之罪，籍其貲，竟以廢死。」疑稼軒所指或即此類人也。查甘昪被逐事在淳熙十六年，此詩之作，或尚在其稍前。《渭南文集》卷三五《中丞蔣公墓志銘》載蔣繼周任右正言，日中有黑子，繼周言：「日象君德，豈容陰慝乘之？大臣之蒙蔽，外夷之侵軼，後宫之私謁，宦者之用事，下民之困窮，皆其應也。」據《宋史》卷三五《孝宗紀》三，日中有黑子，爲淳熙十二年正月事。

②「老奴」句，老奴，晉、宋間作詈語，如言老奴才。至唐人則爲宦官之稱。《舊唐書》卷一八四《李輔國傳》：「大家但内裏坐，外事聽老奴處置。」《新五代史》卷三八《宦者傳》載張承業自言「臣唐家一老奴耳」。此稱至明代猶然，《明史》卷一六〇《羅綺傳》載其「常詈宦官爲老奴」。權至使將軍，《漢書》卷九二《遊俠傳》：「及徙豪茂陵也，解貧，不中訾。吏恐，不敢不徙。衛將軍爲言：『郭解家貧，不中徙。』上曰：『解布衣，權至使將軍，此其家不貧。』」顔師古注：「爲其所使也。」

③非所宜蒙，《漢書》卷八〇《淮陽王欽傳》：「成帝即位，以淮陽王屬爲叔父，敬寵之，異於它國。王上書，自陳舅張博時事，頗爲石顯等所侵，因爲博家屬徙者求還。丞相御史復劾欽前與博相遺，私書指意，非諸侯王所宜蒙。」王安石《奉酬永叔見贈》詩：「只恐虛名因此得，佳篇爲貺豈

宜蒙?」按：此語蓋言非其所當受也。

④嫫母，《荀子·賦》：「嫫母力父，是之喜也。」注：「嫫母，醜女，黄帝時人。」侏儒，《荀子·王霸》：「亂世不然，汙漫突盜以先之，權謀傾覆以示之，俳優侏儒婦女之請謁以悖之。」注：「侏儒，短人之可戲弄者。」

⑤「解紛」句，《史記》卷一二六《滑稽列傳》「天道恢恢，豈不大哉！談言微中，亦可以解紛」句下，載淳于髡以隱語説齊威王事，爲立談解紛之例。

⑥漏網，《史記》卷一二二《酷吏列傳》：「漢興，破觚而爲圜，斵雕而爲樸，網漏於吞舟之魚，而吏治烝烝，不至於姦。」太横生，《漢書》卷六四上《主父偃傳》：「尊立衛皇后，及發燕王定國陰事，偃有功焉。大臣皆畏其口，賂遺累千金。或説偃曰：『太横。』」生爲語助。太横生即膽大妄爲義。

⑦「豈是」二句，白居易《長恨歌》：「姊妹兄弟皆裂土，可憐光彩生門户。遂令天下父母心，不重生男重生女。」

黄沙書院①

黄沙書院面勢甚佳，欲以維摩庵名之②，特未定也，預以一絶句紀之。

隱几南窗萬念灰③，只疑土木是形骸④。柴門不用常關著⑤，怕有文殊問疾來⑥。

【箋注】

①黄沙書院，〔同治〕《上饒縣志》卷五：「黄沙嶺在縣西四十里乾元鄉，高約十丈。」按：黄沙嶺在今上饒南之黄沙鄉，非在縣西。稼軒書院，則據上饒人士考實，即在黄沙鄉西南四里之塔底。其地在瀘溪南岸，現爲上瀘中學所在，舊爲文峰院，有文峰塔。陳文蔚《克齋集》卷一〇《遊山記》：「嘉定己巳秋九月，傅巖叟拉予與周伯輝踐傅巖之約。癸巳，巖叟、伯輝發鉛山之東洋，予自水北往會於千田原歸福庵。……度北岸橋，過黄沙辛稼軒之書堂，感物懷人，凝然以悲。」北岸橋即跨瀘溪之橋，在塔底南，自黄沙嶺往稼軒書院必經處。其地面對瀘溪，形勢甚佳。

②維摩庵，《維摩詰所説經·佛國品》謂維摩詰爲毗耶離大城之長者，因以自身疾病，廣爲説法。稼軒自比病維摩，故欲名之爲維摩庵。

③「隱几」句，《莊子·徐無鬼》：「南郭子綦隱几而坐，仰天而噓。顔成子入見曰：『夫物之尤也，形固可使若槁骸，心固可使若死灰乎？』」

④「只疑」句，《世説新語·文學》載劉伶著《酒德頌》條，注引《高士傳》，謂劉伶「土木形骸，遨遊一世」。《晉書》卷四九《嵇康傳》亦謂嵇康「土木形骸，不自藻飾」。

⑤「柴門」句，陶潛《癸卯歲始春懷古田舍》詩：「長吟掩柴門，聊爲隴畝民。」王安石《與北山道人》詩：「蒔果疏泉帶淺山，柴門雖設要常關。」

⑥文殊問疾，《維摩詰所説經·文殊師利問疾品》：「爾時佛告文殊師利：『汝行詣維摩詰問疾。』……於是文殊師利與諸菩薩大弟子衆及諸天人恭敬圍繞，入毗耶離大城。」

信筆再和二首①

此心一似篆煙灰，好向君王早乞骸②。何處幽人來問訊？横擔竹杖過溪來。

【箋注】

①題，黄沙書院乃稼軒寓居帶湖時期讀書地，建於何年不可考，稼軒讀書於此，當在寓居帶湖期間。

②「此心」二句，此心一似篆煙灰，諧語灰心。釋覺範《贈石頭志庵主》詩：「高談未了山日斜，篆煙已滅灰如雪。」乞骸，謂乞休致。宋官員年高，可自請致仕。好向，擬向，要向。

其二

春酒頻開赤印灰①，一尊忘我更忘骸②。青山只隔二三里，恰似高人呼不來③。

【箋注】

①赤印灰，灰謂灰酒。李賀《奉和二兄罷使遣馬歸延州》詩：「笛愁翻隴水，酒喜瀝春灰。」《李長吉歌詩匯解》王琦注云：「酒初熟時，下石灰少許，易於澄清，所謂灰酒。」莊綽《雞肋編》卷上：「二浙造酒，皆用石灰，云無之不清。……每醅一石，用石灰少許，以樸木先燒石灰令赤，並木灰皆冷，投醅中。」赤印，謂酒釀成後貯以罈，以赤泥封口，鈐以印記也。釋齊己《自貽》詩：「時添瀑布新瓶水，旋換旃檀舊印灰。」歐陽修《聖俞會飲》詩：「滑公井泉釀最美，赤泥印酒新開緘。更吟君句勝啖炙，杏花妍媚春酣酣。」

②忘骸，蘇軾《濠州七絶》詩：「常怪劉伶死便埋，豈伊忘死未忘骸？」

③「青山」二句，蘇軾《越州張中舍壽樂全堂》詩：「青山偃蹇如高人，常時不肯入官府。高人自與山有素，不待招邀滿庭户。」按：青山，指黄沙書院所在以西羣山，自瀘溪西望，青山隱隱可見。

書淵明詩①

淵明避俗未聞道，此是東坡居士云②。身似枯株心似水③，此非聞道更誰聞？

【箋注】

①題，右詩作年無考。稼軒平居多以淵明自况，謂其能以身避俗，豈是未聞道者？此詩殆作於稼軒寓居帶湖既久之時也。

②「淵明」二句，稼軒謂淵明未聞道係東坡所云，蓋誤。杜甫《遣興》詩：「陶潛避俗翁，未必能達道。觀其著詩集，頗亦恨枯槁。達生豈是足？默識恨不早。有子賢與愚，何其掛懷抱！」劉攽《題孫昌齡歸來亭》詩：「古云陶淵明，避俗非達道。息交以絶遊，自處何枯槁！」蘇軾《孔毅甫以詩戒飲酒問買田且乞墨竹次其韻》詩：「酒中真復有何好，孟生雖賢未聞道。」則淵明未聞道非東坡語。

③「身似」句，陶潛《飲酒》詩：「雖留身後名，一生亦枯槁。」王安石《謝微之見過》詩：「此身已是一枯株，所記交朋八九無。」蘇軾《客位假寐》詩：「謁入不得去，兀坐如枯株。」又，蘇軾《卧病彌

月聞垂雪花開次韻》詩：「道人心似水，不礙照花妍。」

即事示兒①

掃跡衡門下②，終朝抱膝吟③。貧須依稼穡④，老不厭山林⑤。有酒無餘願，因閑得此心。西園早行樂⑥，桃李漸成陰。

【箋注】

①題，右詩作年無考。然據詩中尾聯所云，則稼軒南歸以後所生諸子似皆長大成人。所謂示兒者，頗有付托家事之意也。因知此詩之作，最早亦必在淳熙末年。

②「掃跡」句，掃跡謂絶交遊。《文選》卷四三載孔稚圭《北山移文》：「或飛柯以折輪，乍低枝而掃跡。」衡門，《詩·陳風·衡門》：「衡門之下，可以棲遲。」注：「横木爲門，言淺陋也。」

③「終朝」句，《三國志·蜀志》卷五《諸葛亮傳》：「亮躬耕隴畝，好爲《梁父吟》。」注引《魏略》：「第晨夜從容，常抱膝長嘯。」

④「貧須」句，陶潛《丙辰歲八月中于下潠田舍獲》詩：「貧居依稼穡，戮力東林隈。」

⑤「老不」句，《莊子·徐無鬼》：「徐無鬼見武侯，武侯曰：『先生居山林，食芧栗，厭葱韭，以賓寡人久矣夫，今老邪？其欲干酒肉之味邪？其寡人亦有社稷之福邪？』徐無鬼曰：『無鬼生於貧賤，未嘗敢飲食君之酒肉，將來勞君也。』」

⑥西園，本書卷八《蝶戀花》詞有「蝴蝶西園」、「西園人去春風少」句，均指帶湖之園。

聞科詔勉諸子①

秋舉無多日，天書已十行②。絶編能自苦③，下筆定成章④。不見三公後，空長七尺强⑤。明年吏部選⑥，梅福更仇香⑦。

【箋注】

①題，科詔即科舉詔。《後村先生大全集》卷五三載劉克莊所撰《科舉詔》，爲景定二年辛酉所作。辛酉蓋秋試之年。林希逸所作《劉克莊行狀》（載《後村先生大全集》卷一九四）謂：「辛酉正月，將降科舉詔，公以非科第辭。同院進稿不稱旨，命廟堂改屬，曰：『非劉某不可。』」詔中謂「屬歲大比，其播告中外，精擇主司，各公乃心，拔尤取穎」。據此，知南宋每當秋試大比之年初，

皆由朝廷降科舉詔。

②「秋舉」二句，秋舉，宋代各地解試，例在秋八月，故稱秋舉。天書十行，謂科舉詔。蘇軾《次韻張昌言喜雨》詩：「遥聞争誦十行詔，無異親巡六尺輿。」《東坡詩集注》卷一一：「後漢光武以手詔賜方國，一札十行。」

③絶編，《史記》卷四七《孔子世家》：「孔子晚而喜《易》序、彖、繫、象、説卦、文言，讀《易》，韋編三絶。」

④「下筆」句，《三國志·魏志》卷一九《陳思王植傳》：「陳思王植，字子建，年十歲餘，誦讀詩論及辭賦數十萬言，善屬文。太祖嘗視其文，謂植曰：『汝倩人邪？』植跪曰：『言出爲論，下筆成章。顧當面試，奈何倩人！』」

⑤「不見」二句，周以太師、太傅、太保爲三公。七尺爲成年人之身高。韓愈《符讀書城南》詩：「不見三公後，寒饑出無驢。」

⑥吏部選，隋、唐以後，吏部主管銓選官吏。北宋真宗以前，凡及第即補官。《宋史》卷一五五《選舉志》一載：「上（真宗）初復廷試，賜出身者亦免選。於是策名之士尤衆，雖藝不及格，悉賜同出身。乃詔有司，凡賜同出身者，並令守選，循用常調，以示甄别。」秋季漕試之次年爲省試殿試之年，登第者由吏部銓選爲官，故有「明年」云云句。韓愈《寄崔二十立之》詩：「不脱吏部選，可見偶與奇。」

⑦「梅福」句，梅福，《漢書》卷六七《梅福傳》：「梅福字子真，九江壽春人也。少學長安，明《尚書》、《穀梁春秋》，爲郡文學，補南昌尉。後去官歸壽春，數因縣道上言變事，求假軺傳詣行在所，條對急政，輒報罷。」仇香，《後漢書》卷二三《循吏傳》：「仇香字季智，陳留考城人。行至純默，鄉黨無知者。年四十，召爲縣吏，以科選爲蒲亭長，勸耕桑，合嫁娶。農事畢，令子弟羣居同學，喪不辦者，躬自助之。其孤寡貧窮，令宗人相贍之。其剽輕無業者，宗人亦處業之。不從科者，罰之以穀代公賦，多少有次。行之期月，里無盜竊。」

第四子學春秋，發憤不輟，書以勉之①

春雨晝連夜，春江冷欲冰。清愁殊浩蕩②，暮景劇飛騰③。身是歸休客，心如入定僧。西園曾到不？要學仲舒能④。

【箋注】

①第四子，辛啓泰引《鉛山辛氏族譜》，僅云稼軒第四子名穮，官迪功郎。《菱湖辛氏族譜》引《濟南派下支分期思世系》：「九四公，稼軒公第四子諱穮，字子尚，仕至迪功郎、潭州沖縣尉。卒葬洋源。室聶氏。」按：稼軒第三子秬，據《世系》，生於淳熙八年四月，則辛穮自應生於稼軒退歸

帶湖之初。右詩之「春江」，應指流經信上之上饒江。知作於移居鉛山之前。稼軒子女，凡范氏所出者皆生於淳熙之後，以年齡推考，辛穮既已能苦讀，且須加以鼓勵者，必已至十歲以上。而其趙夫人所生長子次子則均已三十歲以上。今姑繫《第四子學春秋》詩於紹熙三年。

②「浩蕩」句，杜甫《秦州雜詩》：「遲回度隴怯，浩蕩及關愁。」劉長卿《贈別于羣投筆赴安西》詩：「邊愁殊浩蕩，離思空斷續。」

③「暮景」句，杜甫《杜位宅守歲》詩：「四十明朝過，飛騰暮景斜。」

④「西園」二句，《漢書》卷五六《董仲舒傳》：「董仲舒，廣川人也。少治《春秋》，孝景時爲博士，下帷講誦，弟子傳以久次相授業，或莫見其面。蓋三年不窺園，其精如此。進退容止，非禮不行，學士皆師尊之。」

遊武夷①，作櫂歌呈晦翁十首②

一水犇流疊嶂開，溪頭千步響如雷。扁舟費盡篙師力，咫尺平瀾上不來③。

【箋注】

①武夷，〔弘治〕《八閩通志》卷六《建寧府·建安縣》：「武夷山周回百餘里。其峰巒大者三十六，

道書謂爲第十六洞天。相傳嘗有神仙降此，自稱武夷者。又《列仙傳》：『籛鏗二子，長曰武，次曰夷，因以爲名。』二説不同。朱文公序有云：『武夷之名著，自漢世祀以乾魚，不知果何神。山有枯木查插石罅間，以庋舟船棺柩之屬，柩中遺骸外則陶器，尚皆未壞。頗疑前世道阻未通、川壅未決時，蠻俗所居，而漢祀者即其君長，蓋亦避世之士，爲衆所臣服，而傳以爲神仙也。今山之羣峰最高且正者，猶以大王爲號，半頂有小丘焉，豈其君長所居耶？有小溪繚繞羣岫之間，凡九曲。』」

②作櫂歌呈晦翁，《宋史》卷四〇一《辛棄疾傳》：「棄疾嘗同朱熹遊武夷山，賦《九曲櫂歌》。」朱熹字元晦，改字仲晦。原徽州婺源人，父松官福建，卒葬崇安，朱熹因以爲家。淳熙十年，朱熹結廬於武夷山之五曲，講學其中。十一年作《九曲櫂歌》十首。朱熹爲南宋理學宗師，《宋史》卷四二九入《道學傳》。稼軒於紹熙三年春起任福建提刑，赴任途中訪晦翁於建陽，見《陸象山年譜》引晦翁致陸氏書：「紹熙三年壬子……夏四月十九日，朱元晦來書云：『去歲辱惠書慰問，尋即附狀致謝。其後聞千騎西去，相望益遠，無從致問。近辛幼安經由，及得湖南朋友書，乃知政教並流，士民化服，甚慰。』」（此書《朱文公文集》未收）疑晦翁陪稼軒遊武夷即此時事。蓋稼軒首次爲官福建期間，惟此行及明年正月被召途中兩次得與晦翁相會，而能從容同遊則只有本年春季，故編次於此。陳文蔚《克齋集》卷一七《後一日因展省歸途口占》詩：「春風拍拍滿懷處，況是花開更鳥啼。」自注：「先生答陳同父書，謂武夷春月，花開鳥啼，亦自不惡。」先生，朱熹

也。

③「扁舟」二句，稼軒此遊九曲，蓋自一曲溯流而上，與今遊武夷自九曲順流而下不同，故有篙師平灘難上之語。

其二[一]

山上風吹笙鶴聲①，山前人望翠雲屏。蓬萊枉覓瑶池路②，不道人間有幔亭③。

【校】

[一]題，趙琦美《鐵網珊瑚》卷一一《武夷九曲櫂歌圖》此首作「第一曲」，題下有小注：「三姑石、大王峰、真升洞、仙畫鶴、投龍洞、换骨崖、漢祀壇、獅子峰。」董亮工《武夷山志》卷七此首別出，題作「幔亭峰」，《詩淵》第一六六四頁作「幔亭」。

【箋注】

①「山上」句，《列仙傳》卷上：「王子喬者，周靈王太子晉也。好吹笙，作鳳凰鳴。遊伊洛之間，道

士浮丘公接以上嵩高山。三十餘年後，求之於山上，見柏良曰：『告我家，七月七日待我於緱氏山顛。』至時，果乘白鶴駐山頭，望之不得到，舉手謝時人，數日而去。」杜甫《玉臺觀》詩：「人傳有笙鶴，時過此山頭。」按：此句當指武夷君會鄉人於幔亭峰事。據董亮工《武夷山志》卷七引祝穆《武夷山記》，秦始皇二年八月十五日，武夷君與皇太姥、魏王子騫等置酒幔亭峰頂，設綵屋幔亭數百間，化虹橋引村民兩千餘人聚會，呼鄉人爲曾孫，命歌師、絃師彭令昭、董嬌娘等彈唱《人間可哀之曲》。歌罷，綵雲四合，環珮車馬之聲亘空。村民既下山，風雨暴至，虹橋飛斷，山頭寂無一物。李商隱《武夷山》詩：「只得流霞酒一杯，空中簫鼓當時回。武夷洞裏生毛竹，老盡曾孫更不回。」

②蓬萊，據《史記》卷二八《封禪書》，蓬萊與方丈、瀛洲三神山在渤海中，齊威王、宣王、燕昭王、秦始皇均曾使人入海尋找，求仙藥。瑶池，在崑崙山閬風苑，西王母所居，見《神仙傳》。

③幔亭，《八閩通志》卷六《建寧府·建安縣》：「幔亭峰，一名鐵佛嶂，《舊志》：秦始皇二年八月十五日，自武夷君置酒肴會鄉人於此，建幔亭綵屋，設寶座，施紅雲裀、紫霞褥，呼鄉人爲曾孫。」衷仲儒《武夷山志》卷一：「幔亭峰一名鐵佛嶂，在大王峰北，本相聯屬，其高稍亞，若階級，頂復平曠。舊記云秦始皇二年，魏王子騫與皇太姥、武夷君設幔亭綵屋宴鄉人於其上，故名。」

其　三〔一〕

玉女峰前一櫂歌①，煙鬟霧髻動清波。遊人去後楓林夜，月滿空山可奈何②？

【校】

〔一〕題，《鐵網珊瑚》卷一一作「第二曲」，並於此首前有小注：「觀音巖、車錢巖、煉丹爐、虎嘯巖、玉女峰、三杯石。」

【箋注】

①玉女峰，《八閩通志》卷六《建寧府·建安縣》：「玉女峰一名三娘石，三石差肩而立，其色紅潤，望之有姝麗之態，下有妝鏡臺、仙冠石。」衷仲儒《武夷山志》卷一：「玉女峰在二曲溪右，三石差肩而立。其色紅潤，有姝麗之態。」董亮工《武夷山志》卷八：「二曲溪南，玉女峰鵠立溪畔，峭拔爲諸峰第一。高數十仞，無徑可躋。上稍侈，其頂花卉參簇若鬟髻。《舊志》云『嫋嫋婷婷，有姝麗之態』，良然。兩石附於後，如侍女隨行之狀。」

②月滿空山，祖詠《中峰居喜見苗發》詩：「高窗不可望，星月滿空山。」朱熹《九曲櫂歌》亦有「金

雞叫罷無人見，月滿空山水滿潭」句。

其　四〔一〕

見説仙人此避秦〔二〕①，愛隨流水一溪雲②。花開花落無尋處，仿佛吹簫月夜聞〔三〕。

【校】

〔一〕題，《武夷山志》作「武夷三首」。《詩淵》第三九三一頁作「雜題」。《鐵網珊瑚》卷一一、陸心源《宋詩紀事補遺》卷四五作「第三曲」，並於此首前有小注：「架壑船、試劍石。」

〔二〕「見説」句，《鐵網珊瑚》卷一一、《宋詩紀事補遺》作「聞道仙人舊避秦」。

〔三〕「花開」二句，《鐵網珊瑚》、《宋詩紀事補遺》作「千崖望斷無尋處，時有漁樵却見君」。

【箋注】

①「見説」句，陶潛《桃花源記》：「村人聞此人，咸來問訊，自云先世避秦時亂，率妻子邑人來此絶境。」董亮工《武夷山志》卷九：「三曲溪南，小藏峰巍然竦立，峭壁千尋，亦名仙船巖，又名船場

巖。東壁隙間插虹橋板，上閣二艇，半在隙中，半懸於空，歷風雨不毁，所謂架壑船也。又北壁有穴，傳十三仙人蜕骨藏其中。」

②「愛隨」句，《八閩通志》卷六《建寧府·建安縣》：「小藏巖下臨深潭，上亘絶壁，半巖數處，谺斷其間，或插木板，望之如棧，中開數室。……其側有船架於巖之半壁，亦名仙船巖。」李廌《釣臺》詩：「竹岡深貯一溪雲，溪灣路盡釣磯新。」陳與義《題水西周三十三壁》詩：「周子篘中早得春，唤人同渡一溪雲。」愛，喜也。

其五〔一〕

千丈攙天翠壁高〔二〕，定誰狡獪插遺樵①？神仙萬里乘風去，更度槎枒箇樣橋〔三〕②。

【校】

〔一〕題，《詩淵》作「雜題」，《鐵網珊瑚》、《宋詩紀事補遺》作「第四曲」，並注云：「大藏巖、金雞巖、仙機巖、題詩巖。」

〔二〕「攙天」，《鐵網珊瑚》作「江天」。

〔三〕「度」，《詩淵》、《鐵網珊瑚》作「渡」。

【箋注】

①「千丈」二句，《八閩通志》卷六《建寧府·建安縣》：「大藏巖下潦深淵，巖石罅中有仙骨數函，鄉民遇旱則就船以爲梯，連屬而上，取仙函奉以祈雨。」董亮工《武夷山志》卷九：「四曲溪南，大藏峰宴仙巖左趾醮澄潭，陡峭千仞，横亘數百丈。……半巖爲金雞兩洞，洞中架壑虹橋，瞭然可睹。旁又直裂罅，内亦縱横數板，皆可望而不可即。……洞口虹板亂堆，一船立懸洞外，首僅及洞，竟不墜。」狡獪，《資治通鑑》卷一三四「官便應作孝子，豈復得出入狡獪」語下注：「江南人謂小兒戲爲狡獪。」

②箇様，宋人口語，謂此様。《朱子語類》卷二七《論語》：「學者則做這一件是當了，又把這樣子去做那一件，又把這樣子去做十件百件千件，都把這樣子去做，便是推到下梢，都是這箇樣子。」

其　六〔一〕

山頭有路接紅塵〔二〕①，欲覓王孫試問津。瞥向蒼崖高處見，三三兩兩看遊人〔三〕②。

【校】

〔一〕題，《詩淵》作「雜題」。《鐵網珊瑚》、《宋詩紀事補遺》作「第五曲」，並注云：「鐵笛亭、晚對亭、精舍、隱求齋、止宿寮、寒棲館、石門塢、仁智堂、觀善齋、釣磯、茶灶、大隱屏。」

〔二〕「紅」,《抄存》原作「無」,茲從《詩淵》、《鐵網珊瑚》。

〔三〕「看遊」,《鐵網珊瑚》作「鏡中」。

【箋注】

①「山頭」句,此蓋詠五曲之大隱屏峰。《朱文公文集》卷九《武夷精舍雜詠》序云:「武夷之溪東流凡九曲,而第五曲爲最深。蓋其山自北而南者至此而盡,聳全石爲一峰,拔地千尺,上小平,微戴土,生林木,極蒼翠可玩。四隤稍下則反削而入,如方屋帽者,舊經所謂大隱屏也。」衷仲儒《武夷山志》卷一:「大隱屏與釣臺相連,一峰峭拔,夷上直下,方正如屏,兩麓陂陀環抱,其下爲朱文公書院。」

②「欲覓」三句,王孫,指獮猴。漢王延壽有《王孫賦》。朱熹《行視武夷精舍》詩於「好鳥時一鳴,王孫遠相喚」句下自注云:「山多獮猴。」知稼軒所詠即隱屏峰之猴。

其　七〔一〕

巨石亭亭缺齧多,懸知千古也消磨。人間正覓擎天柱,無奈風吹雨打何①!

【校】

〔一〕題，《詩淵》第三九三二頁作「雜題」。《鐵網珊瑚》作「第六曲」，並注云：「天柱峰、仙掌峰、仙浴堂、響聲巖、瀑布、陷石堂、仙跡巖。」

【箋注】

①「巨石」四句，此四句詠六曲之仙掌峰。《八閩通志》卷六《建寧府・建安縣》：「仙掌巖巖面三處石紋紅潤如掌，有瀑流，界於仙掌、仙堂二山，直下千尺，頂有崇真館，下有仙浴堂。」董亮工《武夷山志》卷一二：「六曲溪北，仙掌峰在天遊峰右，穹崖牆立，高矗天際，橫可半里許。峰半有類掌痕者數下，淋雨則奔流自峰頂亂下，積久蠡成轍軌若素練垂垂，俗呼曬布巖，名雖未雅，其景最奇。」擎天柱，似指天柱峰，在五曲溪南，距六曲甚近，峭拔獨立，如天南一柱。

其八〔一〕

自有山來幾許年？千奇萬怪只依然①。試從精舍先生問②，定在包犧八卦前〔二〕。精舍中有包犧塑像，作畫八卦③。

【校】

〔一〕題，《詩淵》作「雜題」。《鐵網珊瑚》、《宋詩紀事補遺》作「第七曲」，並注云：「鑄錢巖、觀山亭、石梯、石臺、水澗、一線天、遊仙溪、漁艇。」

〔二〕「包犧」，《詩淵》作「庖犧」。

【箋注】

①千奇萬怪，董亮工《武夷山志》卷一三：「七曲溪北，三仰峰，其頂四虛無際，遠眺可數百里。武夷諸峰離奇萬狀，皆如指掌。」

②精舍先生，謂晦翁。《朱子年譜》卷三：「淳熙十年夏四月，武夷精舍成。結廬於武夷之五曲，正月經始，至四月落成，始來居之。……韓元吉爲記，有《武夷精舍雜詠》及《武夷櫂歌》十首。」董亮工《武夷山志》卷五：「武夷精舍又名文公祠，溪北隱屏峰下。宋淳熙十年，朱文公卜築於此。」

③「定在」句及小注，包犧八卦，《易·繫辭》下：「古者包犧氏之王天下也，仰則觀象於天，俯則觀法於地，觀鳥獸之文，與地之宜，近取諸身，遠取諸物，於是始作八卦，以通神明之德，以類萬物之情。」《正義》云：「包犧者，按《帝王世紀》云：太皞帝包犧氏，風姓也。……有聖德，取犧牲

以充庖厨，故號曰包犧氏。後世音謬，故或謂之伏犧，或謂之虙犧。」武夷精舍有伏犧塑像，未見諸書，賴此記載。

其　九〔一〕

山中有客帝王師，日日吟詩坐釣磯〔二〕①。費盡煙霞供不足，幾時西伯載將歸②？

【校】

〔一〕題，《詩淵》作「雜題」。《武夷山志》作「武夷山三首」。《鐵網珊瑚》、《宋詩紀事補遺》作「第八曲」，並注云：「三層峰、鼓樓巖、廩石、鐘模石、鼓子峰、石棋盤。」

〔二〕「日日」句，《鐵網珊瑚》作「日月吟詩在釣磯」。

【箋注】

①「日日」句，董亮工《武夷山志》卷一〇：「五曲釣磯石，在平林渡頭溪中。《武夷精舍雜詠》：『釣磯、茶灶皆在大隱屏西。磯石上平，在溪北岸。』」朱熹有《釣磯》詩云：「削成蒼石棱，倒景寒潭碧。永日静垂竿，兹心竟誰識？」

②西伯載將歸，《史記》卷三二《齊太公世家》：「西伯獵，果遇太公於渭之陽，與語大説，曰：『自吾先君太公曰，當有聖人適周，周以興，子真是邪？吾太公望子久矣。』故號之曰太公望，載與俱歸，立爲師。」

其一〇〔一〕

行盡桑麻九曲天，更尋佳處可留連①。如今歸櫂如掤箭〔二〕②，不似來時上水船。

【校】

〔一〕題，《詩淵》作「雜題」。《武夷山志》作「武夷山三首」。《鐵網珊瑚》作「第九曲」，並注云：「新村市、齊雲樓、毛竹洞。」

〔二〕「如掤箭」，《詩淵》作「如棚箭」，《鐵網珊瑚》作「疾於箭」。

【箋注】

①「行盡」二句，董亮工《武夷山志》卷一四：「溪過星村分兩道，一稍北流復折向東，納後溪；一東注獅子林，復繞向西北。……武夷九曲既趨向西北，而溪南仙巖數峰亦隨溪旋轉，反在溪之

北岸，自南岸道院洲以往無山峰矣。靈峰聳峙溪北，爲山水初接之地。遊人至此，放眼平川，又是一番佳境矣。」

②掤箭：《詩·鄭風·大叔於田》：「叔馬慢忌，叔發罕忌。抑釋掤忌，抑鬯弓忌。」李樗黄櫄《毛詩集解》卷九：「言田事且畢，則其行馬遲而發矢希也。掤箭箙上，蓋所以覆矢也。」按：舊解皆謂掤乃指藏箭於囊，此詩掤箭，乃謂囊中箭，其發必疾也。掤，讀如冰。

【附録】

朱熹原詩

九曲櫂歌

淳熙甲辰仲春，精舍閒居，戲作武夷櫂歌十首，呈諸同遊，相與一笑。

武夷山上有仙靈，山下寒流曲曲清。欲識箇中奇絶處，櫂歌閒聽兩三聲。
一曲溪邊上釣船，幔亭峰影蘸晴川。虹橋一斷無消息，萬壑千巖鎖翠煙。
二曲亭亭玉女峰，插花臨水爲誰容？道人不復荒臺夢，興入前山翠幾重？
三曲君看架壑船，不知停櫂幾何年？桑田海水今如許，泡沫風燈敢自憐！
四曲東西兩石巖，巖花垂露碧氍毵。金雞叫罷無人見，月滿空山水滿潭。
五曲山高雲氣深，長時煙雨暗平林。林間有客無人識，欸乃聲中萬古心。

六曲蒼屏繞碧灣，茅茨終日掩柴關。客來倚櫂巖花落，猿鳥不驚春意閑。
七曲移船上碧灘，隱屏仙掌更回看。人言此處無佳景，只有石堂空翠寒。
八曲風煙勢欲開，鼓樓巖下水縈洄。莫言此處無佳景，自是遊人不上來。
九曲將窮眼豁然，桑麻雨露見平川。漁郎更覓桃源路，除是人間别有天。（《朱文公文集》卷九）

仙跡巖〔一〕①

地秘巖藏骨②，溪靈膝印痕。虚床惟太姥③，列席盡曾孫〔二〕④。披牒秦朝遠，遺壇漢祀存⑤。何時幔亭側，重復見幢幡？

【校】

〔一〕題，原作「地秘」，兹從董亮工《武夷山志》卷一一。

〔二〕「列席」，《武夷山志》作「别席」。

【箋注】

①仙跡巖，《八閩通志》卷六《建寧府·建安縣》：「仙跡石與仙掌巖相對，有脚膝痕。」董亮工《武

夷山志》卷一一：「五曲仙跡巖，晚對峰左。溪折而北，乃路雲橋對岸。石上二窩，相傳仙人跪太姥膝痕。」

②巖藏骨，見本卷《武夷櫂歌》其四箋注。

③太姥，董亮工《武夷山志》卷一三：「七曲溪南，太姥巖即六曲響聲巖之左肩，削崖屹立，古志稱皇太姥母子居此，近志皆軼而不傳。」卷一八：「秦皇太姥，相傳爲神星之君，母子二人來居武夷，采黃精以餌，能呼風檄雨，乘雲而行。秦人皆呼爲聖母，衆仙稱爲皇太姥，今稱太元夫人。」

④「列席」句，見《武夷櫂歌》其二箋注。

⑤「遺壇」句，董亮工《武夷山志》卷七：「一曲漢祀壇，欲名棋盤石，幔亭峰半，巨石渾然方正，上修下削，其平如砥，可坐數十人，即漢武帝以乾魚祀武夷君處。」

壽朱晦翁二首〔一〕①

西風卷盡護霜雲〔二〕②，碧玉壺天月色新③。鳳曆半千開誕日④，龍山重九逼佳辰⑤。先心坐使鬼神伏，一笑能回宇宙春⑥。歷數唐虞千載下〔三〕，如公僅有兩三人〔四〕。

【校】

(一)題，原作「壽朱文公」，據《抄存》卷四改。

(二)「護霜雲」，《詩淵》原作「讓霜雲」，《抄存》作「護霜筠」，今從《詩淵》，而改「讓」爲「護」。

(三)「唐虞」，《抄存》作「唐堯」。

(四)「兩三人」，原作「二三人」，茲從《抄存》。

【箋注】

①題，右詩二首當作於朱晦翁家居期間。據《朱子年譜》，朱熹於紹熙四年冬除知潭州兼湖南安撫，五年五月到。其生日在九月間，知二詩必紹熙三年或四年所作。

②護霜雲，杜牧《聞角》詩：「城角爲秋悲更遠，護霜雲破海天遥。」《梁溪漫志》卷七《方言入詩》：「方言可以入詩。吴中以八月露下而雨，謂之惏露，九月霜降而雲，謂之護霜。」

③碧玉壺天，《雲笈七籤》卷二八：「張申爲雲臺治官，常懸一壺如五升器大，變化爲天地，中有日月如世間，夜宿其内，自號壺天。」按：武夷山爲道家第十六洞天，見《名山洞天福地記》，亦見前《武夷櫂歌》第一首箋注，故稱之爲「碧玉壺天」。

④「鳳曆」句，《左傳·昭公十七年》：「秋，郯子來朝，公與之宴，昭子問焉，曰：『少皞氏鳥名官，

何故也?』」郯子曰:『吾祖也,我知之。昔者黄帝氏以雲紀,故爲雲師而雲名。……太皞氏以龍紀,故爲龍師而龍名。我高祖少皞摯之立也,鳳鳥適至,故紀於鳥,爲鳥師而鳥名。鳳鳥氏,曆正也。』」《孟子・公孫丑》下:「五百年必有王者興,其間必有名世者。」鳳曆半千,謂晦翁爲五百年間出之名世者。按:《舊唐書》卷一九〇中《員半千傳》:「員半千本名餘慶,晉州臨汾人,少與齊州人何彦先同師事學士王義方。義方嘉重之,嘗謂之曰:『五百年一賢,足下當之矣。』因改名半千。」可參。

⑤「龍山」句,《陶淵明集》卷六《晉故征西大將軍長史孟府君傳》:「爲江州别駕,巴丘令,征西大將軍譙國桓温參軍。……九月九日,温游龍山,參佐畢集。……有風吹君帽墮落。……請筆作答,了不容思,文辭超卓,四座歎之。」按:據《朱子年譜》,晦翁生於建炎四年九月十五日。此句用孟嘉重九落帽事,故云「逼佳辰」也。

⑥「一笑」句,杜甫《能畫》詩:「每蒙天一笑,復似物皆春。」

其　二

玉漏聲沉曉色回,五雲絢綵映庭槐①。持巾珠履攙稱賀②,飛鞚貂璫押賜來③。黄菊尚遲三日約，碧桃已作十分開④。洞天春色非人世，不記銀河第幾回〔一〕。

【校】

〔一〕「銀」，《詩淵》原闕，徑補。《抄存》此首闕。

【箋注】

①「五雲」句，五雲謂祥瑞之雲備具五色者。庭槐，《太平廣記》卷四〇七《三枝槐》：「唐相國李石，河中永樂有宅，庭槐一本抽三枝，直過堂前屋脊，一枝不及。相國同堂昆弟三人，曰石曰而，皆登宰執，唯福一人，歷七鎮使相而已。」邵伯温《聞見録》卷六：「初，祐笑曰：『某不做，兒子二郎必做。』二郎者，文正公旦也。祐素知其必貴，手植三槐於庭，曰：『吾子孫必有爲三公者。』已而果然，天下謂之三槐王氏。」

②持巾珠履，即持巾履。《宋史》卷四七九《王昭遠傳》謂「昭遠幼孤貧，年十三依東郭僧智諲爲童子，知祥鎮蜀，一日，飯僧於府署，昭遠持巾履，從智諲得入」。可證。珠履，《史記》卷七八《春申君列傳》：「春申君客三千人，其上客皆躡珠履。」此謂門人弟子。攙稱賀，張孝祥《踏莎行·壽黄堅叟並以送行》詞：「十年江海始歸來，祥曦殿裏攙班對。」攙皆謂扶。

③「飛鞚」句，飛鞚謂飛騎。貂璫指中官。《漢官儀》上：「中常侍，秦官也。漢興，或用寺人，銀璫左貂。光武以後，專任宦官，右貂金璫。」御前有賞命，當遣中使宣押。按：朱熹自紹熙二年五月以其子塾卒，自漳州任辭歸建陽。九月，朝命除湖南漕，熹屢辭。三年十二月，除廣西經略安撫使，復辭，遂領宫祠。數年間朝命屢至，故有「押賜」云云。《建炎以來繫年要録》卷一九四載：「膠西捷奏至，上大喜，即日召所遣承節郎曹洋對於内殿曰：『朕獨用李寶，果立功，爲天下倡矣。』即賜詔書奬諭，命幹辦御藥院賈竑押賜金合茶藥金酒器數十事。」

④碧桃，《嘉泰會稽續志》卷四：「張説《題金庭觀》詩：『他日洞天三十六，碧桃花發共師遊。』李光云：『吾里桃花色白而多葉，柎萼皆碧，世謂之碧桃。』」

郡齋懷隱庵二首①

天寒秋色入平林，更着西風月下砧。舊日醉吟渾不管，如今節物總關心。

【箋注】

①題，《淳熙三山志》卷七：「懷隱庵，和樂堂後，州宅牆之南。紹興十四年葉觀文夢得創。沈括

有《懷隱集》，載居山之式，後歸休於夢溪。葉公慕之，以名庵。自題云：『春風的的爲誰來？繞舍閑花亦謾栽。庵内不知庵外事，夜來微雨小桃開。』庵東小亭曰歸意，西小亭曰柏悦。」按：據《建炎以來繫年要録》卷一四七、一五二，紹興十二年十二月，葉夢得以觀文殿學士知福州，十四年十二月提舉臨安府洞霄宮，知《三山志》所載無誤。稼軒於紹熙四年八月知福州，明年七月罷。據右詩「天寒」及第二首「秋色無多」各句，知時節已至深秋，則此二首七絶必作於紹熙四年九月。

其二

空山鐘鼓梵王家①，小立西風數過鴉。秋色無多誰占斷？長廊西畔佛桑花②。

【箋注】

①「空山」句，梵王家，謂寺院。《法苑珠林》卷五《三界》稱大梵天王乃色界三天之王。歐陽修《初晴獨遊東山寺五言六韻》詩：「日暖東山去，松門數里斜。山林隱者趣，鐘鼓梵王家。」蘇軾《留題顯聖寺》詩：「渺渺疏林集晚鴉，孤村煙火梵王家。」

②佛桑花，《太平廣記》卷四〇九《佛桑花》條：「閩中多佛桑樹，枝葉如桑，惟條上勾，花房如桐花，含長一寸餘，似重臺狀，花亦有淺黄者。」同書同卷《嶺表朱槿》條：「嶺表朱槿花，莖葉皆如桑樹，葉光而厚，南人謂之佛桑。樹身高者止於四五尺，而枝葉婆娑，自二月開花，至於中冬方歇。其花深紅色，五出，如大蜀葵。有蕊一條，長於花葉，上綴金屑，日光所爍，疑若焰生。」

書清涼境界壁二首①

從今數到七十歲，一十四度見梅花。何況人生七十少②，云胡不歸留此耶③？

【箋注】

①題，清涼境界，本梵書語，謂文殊出火宅，入於清涼境界。後多用於寺院名，《方輿勝覽》卷二六、四〇載湖北武岡軍及廣西潯州均有清涼境界佛寺。李綱《梁溪集》卷二〇有《清涼境界》詩：「松蘿蔭翳色蒼蒼，盛夏南風草木香。普願衆生無熱惱，不應身獨占清涼。」爲李綱在福州時所作。元薩都剌《雁門集》卷九有《偶題清涼境界》詩云：「今日清涼境，明朝劍水心。酒堪消客

况，泉可洗塵襟。佛古荒苔蘚，林深繁緑陰。樵歌山路晚，歸興付歸禽。」詩中之劍水，指福建延平之劍津，南宋爲南劍州之劍浦，即建溪、邵武溪合流處，爲福州北歸必經之地。薩詩當作於其即將離福州北歸之時，故有「今日」、「明朝」句（《雁門集》編者以揚州清涼講寺爲清涼境界，蓋誤）。藉以上二詩，知清涼境界確爲福州境内一處寺院。《三山志》卷三三載閩縣有兩處清涼院，《八閩通志》卷七五載福州福清縣清涼庵，不知何者爲清涼境界。右詩據「從今數到七十歲，一十四度見梅花」句，應爲紹熙五年正月所作，時稼軒五十六歲。

②人生七十少，杜甫《曲江》詩：「酒債尋常行處有，人生七十古來稀。」

③「云胡」句，稼軒知福州中間蓋有所不樂，頗欲棄官歸。作於紹熙四年冬之《與曾無玷札子》即有「棄疾至日前，欲先遣孥累西歸，單騎留此，即上祠請。或者謂送故迎新，秏蠹屬耳，理有未安。少俟來春，當伸此請，故應有望於門下宛轉成就之賜也」諸語，可參。

其二

江左何時見王謝？風流且對竹間梅①。最憐飛雪蒼苔上，時有珍禽蹴地來。

【箋注】

①「江左」二句，王、謝爲江左東晉高門大族。王徽之極愛竹，有「何可一日無此君」語，見《世説新語·任誕》。謝安高卧東山，放浪丘壑。《南史》卷二二《王儉傳》載王儉嘗曰：「江左風流宰相，惟有謝安。」蘇軾《王晉叔所藏畫跋尾五首·徐熙杏花》詩：「江左風流王謝家，盡攜書畫到天涯。」張耒《立春三首》詩：「風光先著竹間梅，和氣應從九地回。」

醉書其壁二首

頗覺參禪近有功，因空成色色成空①。色空静處如何説？且坐清涼境界中。

【箋注】

①「因空」句，唐玄奘《般若波羅蜜多心經》：「色不異空，空不異色。色即是空，空即是色。受、想、行、識，亦復如是。」空謂虛幻空寂，色指物質或事物。

其二

去年冠蓋長安道，客裏因循過了梅①。今歲花開轉多事，簿書叢裏兩三杯②。

【箋注】

①「去年」二句，稼軒於紹熙三年歲杪自福建提刑任内被召赴行在，次年正月尚在行途。「客裏因循」即指此而言。

②「今歲」二句，蘇軾《夜飲次韻畢推官》詩：「簿書叢裏過春風，酒聖時時且復中。」按：稼軒時知福州，故有「多事」及「簿書」云云。

題福州參泉

「參」非「三」字。以「參」爲「三」，俗學之説。或者取爲參昴之參，其鑿益甚，非其義也。

因戲爲偈語二首釋之〔一〕①。

兩泉冰炭更温泉〔二〕②，這裏原無一二三。欲識當年參字義，行人浴罷試來參〔三〕。

【校】

〔一〕序，《詩淵》第二一八一頁無此小序。

〔二〕「冰炭」，《抄存》原作「水出」，兹從《詩淵》。

〔三〕「來參」，原作「求參」，兹從《詩淵》。

【箋注】

①題及小序，參泉，福州各地方志中尚未查知。然諸書多載福州有熱、温、冷泉者不一。《墨客揮犀》卷二《應潮泉》：「福州……湯院有泉，凡四五泓，其一當中獨冷如冰，餘鼎沸，引入浴室，冷煖正得其中。餘澗導以灌田，爲利甚博。」《淳熙三山志》卷三三：「龍德外湯院，崇賢里，十年置。地多燠泉，數十步必一穴，或迸河渠中，味甘而性和，熱勝者氣如硫黄，能熟蹲鴟，旱潦無增減。僞閩天德二年，占城遣其國相金氏婆囉來，道里不時，徧體瘡疥，訪而沐之，數日即瘳。」然均不載泉名，亦未見名參泉者。稼軒自紹熙三年春赴閩憲，至五年七月罷閩帥，除四年正月至

八月一度任太府卿於臨安外，均居官於福州。《題參泉二首》自當作於在福州期間，惟不知確在何年。

②「兩泉」句，參泉蓋由冷泉、熱泉及温泉構成。

其　二

三泉參錯本兒嬉〔一〕，認作參星轉更癡。却笑世間多狡獪〔二〕，古今能有幾人知？

【校】

〔一〕「參錯」，《詩淵》作「坐錯」。

〔二〕「狡獪」，《詩淵》作「猾獪」。

辛棄疾集編年箋注卷二

按：本卷所載，爲各體詩，共七十五首。起寧宗慶元元年乙卯（一一九五），迄開禧三年丁卯（一二〇七），家居及晚年再仕期間所賦。

詩

重午日戲書①

青山吞吐古今月，緑樹低昂朝暮風②。萬事有爲須有盡③，此身無我自無窮④。

【箋注】

①題，稼軒生於重午後五日。右詩借佛經語，頗寓自身進退出處之感慨，疑作於慶元元年自閩被

劾罷歸之第一個重午日。

②緑樹低昂，歐陽修《柳》詩：「緑樹低昂不自持，河橋風雨弄柔絲。」

③有爲，鳩摩羅什《金剛般若波羅蜜經》：「一切有爲法，如夢、幻、泡、影，如露亦如電，應作如是觀。」

④「此身」句，饒節《改德士頌五首》詩：「此身無我亦無物，三教空名何處安？」

壽趙守①

天孫錦字織雲煙，來向紅塵了世緣。前去中秋猶十日，後來甲子更千年。牆南竹韻調琴譜，堂北萱香載酒船②。且與剪圭尋舊約〔一〕③，不妨却伴橘中仙④。

【校】

〔一〕尋，《詩淵》第四五六一頁原闕，以意徑補。

【箋注】

①題，趙守，據「天孫」句，知爲宋宗室。稼軒居上饒、鉛山期間，宗子守信州者惟趙伯瓚一人，稼軒

所壽當即此人。〔嘉靖〕《廣信府志》卷八：「趙伯瓚字廷瑞，慶元間來守信。郡值水患，賑恤之功居多。又從上饒令潘雷焕之議，減上供斛面及重難錢，雷焕以是得行其志。」按：趙氏生年無考，據「前去」句，其生日則爲八月初五。〔同治〕《上饒縣志》卷三《建置志》：「翠微樓，在縣治南，宋慶元間知州趙伯瓚所建也。」稼軒於慶元二年移居鉛山，右詩當爲慶元元年八月所作。

②「牆南」二句，《詩·衛風·伯兮》：「焉得萱草，言樹之背。」《正義》謂「背者向北之義，故知在北。婦人欲樹萱草於堂上，冀數見之明」。《儀禮·士昏禮》亦謂「婦洗在北堂」。故「堂北萱香」指内室女眷而言。「牆南竹韻」與之對舉，則似指外堂子弟僚屬而言。酒船，酒具。

③剪圭，《吕氏春秋·重言》：「成王與唐叔虞燕居，援梧葉以爲圭，而授唐叔虞，曰：『余以此封女。』叔虞喜，以告周公。周公以請曰：『天子其封虞耶？』成王曰：『余一人與虞戲也。』周公對曰：『臣聞之，天子無戲言。天子言則史書之，工誦之，士稱之。』於是遂封叔虞於晉。」注云：「周禮，侯執信圭七寸。」沈約《詠梧桐》詩：「微葉雖可賤，一剪或成圭。」尋舊約，吴融《寄貫休上人》詩：「且擬沃州尋舊約，且教丹頂許爲鄰。」

④橘中仙，《太平廣記》卷四〇引《玄怪録》之《巴邛人》：「有巴邛人不知姓，家有橘園，因霜後，諸橘盡收。餘有二大橘，如三四斗盎。巴人異之，即令攀摘下。輕重亦如常橘，剖開，每橘有二老叟，鬚眉皤然，肌體紅潤，皆相對象戲。……有一叟曰：『……橘中之樂，不減商山。但不得深根固蒂，爲摘下耳。』」

讀邵堯夫詩①

飲酒已輸陶靖節②，作詩猶愛邵堯夫。若論老子胸中事，除却溪山一事無。

【箋注】

①題，稼軒慶元二年移居鉛山期思前後，曾因病止酒，見《浣溪沙·瓢泉偶作》詞「病怯杯盤甘止酒」諸句。右詩既有「飲酒已輸」云云，知即止酒期間所作。後詩涉及雪樓被焚事，知亦作於移居鉛山前後。

②「飲酒」句，《陶淵明集》卷五《五柳先生傳》：「性嗜酒，家貧不能常得，親舊知其如此，或置酒而招之，造飲輒盡，期在必醉。」蕭統《昭明太子集》卷四《陶淵明傳》：「元嘉四年……卒，年六十三，世號靖節先生。」

再用韻

欲把身心入太虚①，要須勤着浄功夫。古人有句須參取，窮到今年錐也無②。

【箋注】

①太虚，《莊子·知北遊》：「是以不過乎崑崙，不遊乎太虚。」成玄英《疏》云：「太虚是深玄之理。」

②「窮到」句，《吕氏春秋·爲欲》：「無立錐之地，至貧也。」《五燈會元》卷九《香嚴智閑禪師》：「去年貧未是貧，今年貧始是貧。去年貧，猶有卓錐之地，今年貧，錐也無。」陳師道《奉送閻醇老推官》詩：「説與晁夫子，今年錐也無。」按：帶湖雪樓被焚，稼軒賦《水調歌頭·將遷居不成》詞，上片云：「我亦卜居者……好在書攜一束，莫問家徒四壁，往日置錐無。」見本書卷一二。

賦葡萄

高架新莖照水寒〔一〕，累累小摘便堆盤①。喜君不釀涼州酒②，來救衰翁舌本乾③。

【校】

〔一〕「新」，《抄存》作「金」，此據《詩淵》第一二〇六頁。

【箋注】

①「高架」二句，高架新莖，韓愈《題張十一旅舍詠蒲萄》詩：「新莖未徧半猶枯，高架支離倒復扶。若欲滿盤堆馬乳，莫辭添竹引龍須。」小摘，杜甫《有客》詩：「自鋤稀菜甲，小摘爲情親。」

②涼州酒，《藝文類聚》卷八七引《燉煌張氏家傳》：「扶風孟他以蒲萄酒一升遺張讓，即擢涼州刺史。」

③「來救」句，《備急千金方》卷五四載：「又方：治肺氣不足，欬逆短氣，寒從背起，口中如含霜雪，語無音聲而渴，舌本乾燥方。」陸游《閑詠園中草木》詩：「一樹山櫻鳥啄殘，懸鈎半舍亦甘

酸。兒童采得争來餉，應念衰翁舌本乾。」

止　酒

淵明愛酒得之天，歲晚還吟酒止篇①。日醉得非促齡具②？只今病渴已三年③。

【箋注】

①酒止篇，陶潛有《止酒》詩：「好味止園葵，大歡止稚子。平生不止酒，止酒情無喜。」

②「日醉」句，陶潛《形影神·神釋》：「日醉或能忘，將非促齡具？」

③「只今」句，杜甫《夔府詠懷奉寄鄭監審李賓客之芳一百韻》詩：「飄零仍百里，消渴已三年。」《世説新語·任誕》：「劉伶病酒，渴甚，從婦求酒。」

和趙昌父問訊新居之作①

草堂經始上元初②，四面溪山畫不如③。疇昔人憐翁失馬④，只今自喜我知魚⑤。苦無突兀千間庇⑥，豈負辛勤一束書⑦？種木十年渾未辦，此心留待百年餘⑧。

【箋注】

①題，趙昌父，《宋史》卷四四五《文苑傳》七：「趙蕃字昌父，其先鄭州人。建炎初，大父暘以秘書少監出提點坑冶，寓信州之玉山。蕃以暘致仕恩補州文學。調浮梁尉、連江主簿，皆不赴。爲太和主簿，受知於楊萬里。調辰州司理參軍，與郡守争獄罷，人以蕃爲直。始蕃受業於劉清之，清之守衡州，乃求監安仁贍軍酒庫，因以卒業。至衡而清之罷，蕃即匄祠從清之歸。……家居連書祠官之考者三十有一。理宗即位，以太社令與劉宰同召，不拜，特改奉議郎直秘閣，又辭，奉祠，得致仕，轉承議郎，依前直秘閣，卒年八十七。」劉宰《漫塘集》卷三二《章泉趙先生墓表》：「先生姓趙氏，諱蕃，字昌父。其先自杭徙汴，由汴而鄭，南渡居信之玉山。……世號章泉先生。用龍圖致仕恩入仕饒之浮梁尉、福之連江簿，皆不赴。爲吉之太和簿、辰之司理參軍，最後監衡之安仁贍軍酒庫。已至，未上而歸，遂奉祠家居，積祠庭之考至三十有三。今天子御極之元年，歲在乙酉，宰相以先生名聞，有旨除大社令，三辭不拜，特改奉議郎直秘閣，主管建昌軍仙都觀。又三辭不允。越三年，差主管華州雲臺觀。蓋先生自乙酉至是歲，辭官不獲，屢上休致之請，皆不允，而先生請不已，明年夏四月，始得旨轉承議郎，依前直秘閣致仕，又閲月，而先生逝矣，實紹定某年某月某日，壽八十有七。……少嘗從静春先生劉公清之受學，公時守衡，故欲從之卒

業。甫至，而劉以非罪去，即從之歸。」據此推知趙蕃卒於紹定二年。《宋史》本傳之「三十有一」，應爲「三十有三」之誤。按：劉清之臨江人，據《永樂大典》卷八六四七衡字韻《衡州府圖經志》所載，劉清之爲衡州守，自淳熙十三年四月至十五年正月。《宋史》卷四三七《儒林》七《劉清之傳》亦載：「臺臣誣以勞民用財，論罷，主管雲臺觀。歸築槐陰精舍，以處來學者。」則趙蕃從劉清之歸清江，事在淳熙十五年。另據《劉清之傳》，清之卒於光宗即位之後，則趙蕃歸玉山，必在紹熙間。其與稼軒相識，文獻無徵。右詩當爲現存稼軒詩詞中最早與之唱和者。而昌父原詩，其四庫輯本《乾道》、《淳熙》、《章泉》三稿皆不見載。右詩既謂雪樓被焚爲「疇昔」事，則最早亦應在慶元三年。

②「草堂」句，杜甫《寄題江外草堂》詩：「經營上元始，斷手寶應年。」按：上元爲唐肅宗年號，共三年。杜甫成都浣花溪畔草堂建於上元元年。稼軒此句借指瓢泉秋水堂自慶元元年經始營建。

③溪山畫不如，杜牧《春末題池州弄水亭》詩：「亭宇清無比，溪山畫不如。」

④「疇昔」句，《淮南子·人間訓》：「近塞上之人，有善術者，馬無故而入胡，人皆弔之。其父曰：『此何遽不爲福乎？』居數月，其馬將胡駿馬而歸。」按：慶元二年，稼軒帶湖雪樓燬於火，遂自上饒移居鉛山瓢泉。此句喻雪樓被焚。

⑤「只今」句，《莊子·秋水》：「莊子與惠子游於濠梁之上。莊子曰：『儵魚出游從容，是魚樂

也。』惠子曰：『子非魚，安知魚之樂？』莊子曰：『子非我，安知我不知魚之樂？』」

⑥「苦無」句，見本書卷一《送別湖南部曲》詩箋注。

⑦一束書，韓愈《示兒》詩：「始我來京師，止攜一束書。辛勤三十年，以有此屋廬。」

⑧「種木」二句，《管子·權修》：「一年之計，莫如樹穀；十年之計，莫如樹木；終身之計，莫如樹人。……一樹百獲者，人也。」又云：「人有百年之壽，雖使無百年，亦有嗣之報德者，故曰百獲也。」

移竹①

每因種樹悲年事②，待看成陰更幾時③？眼見子孫孫又子④，不如栽竹繞園池。

【箋注】

①題，右詩亦稼軒移居鉛山期思之後所作，故次於此。

②種樹悲年事，李商隱《永樂縣所居一草一木無非自栽今春意悉已芳茂因書即事》詩：「手種悲年事，心期玩物華。」

③「待看」句，本書卷一二載稼軒「檢校停雲新種杉松」之《永遇樂》詞云：「投老空山，萬松手種，政爾堪歎。何日成陰，吾年有幾？似見兒孫晚。」此詞編入慶元三四年内，可與此詩參看。

④「眼見」句，《列子·湯問》：「雖我之死，有子存焉，子又生孫，孫又生子，子又有子，子又有孫，子子孫孫，無窮匱也。」按：稼軒此句謂已有曾孫。據《菱湖辛氏族譜》所載《濟南派下期思世系》，稼軒曾孫，有生年記載者，如次子秬之孫德烜，紹熙三年壬子生，德榮，紹熙四年癸丑生，則至慶元中，確已見「孫又子」也。

鶴鳴偶作①

朝陽照屋小窗低，百鳥呼簷起更遲②。飯飽且尋三益友③：淵明康節樂天詩。

【箋注】

①題，右詩作年無考。據詩意推斷，當在移居期思之後，而對邵堯夫詩尚未失去興趣之前。舊本次於鶴鳴亭諸詩之前，非是。此題若無佚字，則與鶴鳴亭應無直接關聯。

②呼簷，周邦彦《蘇幕遮》詞：「鳥雀呼晴，侵曉窺簷語。」

③三益友，《論語・季氏》：「益者三友。……友直，友諒，友多聞，益矣。」

和傅巖叟梅花二首〔一〕①

月澹黄昏欲雪時，小窗猶欠歲寒枝。暗香疏影無人處②，惟有西湖處士知③。

【校】

〔一〕題，《詩淵》第一一九二頁作「和梅花」，此據《抄存》卷四。

【箋注】

①題，傅巖叟，名爲棟，鉛山人。稼軒贈酬傅氏詞作甚多，韓淲、趙蕃、陳文蔚亦與之唱和。其事跡則僅見陳文蔚《克齋集》卷一〇《傅講書生祠堂記》：「鉛山傅巖叟，幼親師學，肄儒業，抱負不凡。壯而欲行愛人利物之志，命與時違，抑而弗信。……鄉遇歲歉若霖潦，鄰里艱食，則捐金粟以賑之，易凍而温，變餒而充，繇是歡聲和氣，周浹閭井。歲己未，穀頻年不熟，民間嗷嗷，州家以爲憂，檄永豐丞林君汝皋至邑勸分。父老相率詣林自言，謂公不待勸分，先已捐直發廩，且能

遍諭鄉之諸豪，謂閉糴非所以恤災，林以是深相歸重。會先是，邑之多士亦以白令尹，父老之言益信，即以事聞之郡，郡聞之臺，既覈得其實，則轉以申省。時稼軒辛公有時望，欲諷廟堂奏官之，巖叟以非其志辭，辛不能奪，議遂寢。節目具存，尚可覆也。……人感之深，即其所居之側玉虚道宫，闢室肖容而表敬焉。……祠既立，里人合辭來請予文以記，且將以興起後人。顧予與巖叟爲平生交，熟識其用心，無得而遯。……巖叟名爲楝，嘗爲鄂州州學講書。嘉定四年歲重光協洽閏月戊子，上饒陳某記。」按：既曰生祠，則至嘉定四年，傅巖叟必尚在世。另據（同治）《鉛山縣志》卷七《寺觀》：「玉虚觀，在縣南七里。昔葛元煉丹其地，唐咸通中建宗華觀，宋治平二年改賜今額，有地仙徐若渾題字。」據此，知傅巖叟所居地在鉛山縣西南招善鄉之玉虚觀鄰側。

②「暗香」句，林逋《山園小梅》詩：「衆芳摇落獨暄妍，占盡風情向小園。疏影横斜水清淺，暗香浮動月黄昏。」

③西湖處士，《宋史》卷四五七《隱逸傳》：「林逋字君復，杭州錢塘人。少孤力學，不爲章句。性恬淡好古，弗趨榮利。家貧衣食不足，晏如也。初放遊江、淮間，久之，歸杭州，結廬西湖之孤山，二十年足不及城市。……既卒，州爲上聞，仁宗嗟悼，賜謚和靖先生。」

其　二

靈均恨不與同時①，欲把幽香贈一枝②。堪入《離騷》文字否〔一〕，當年何事未相知③？

【校】

〔一〕「否」，《抄存》原作「不」，兹從《詩淵》。

【箋注】

①靈均，屈原《離騷》：「名余曰正則兮，字余曰靈均。」

②贈一枝，《太平御覽》卷九七〇盛弘之《荆州記》：「陸凱與范曄相善，自江南寄梅花一枝，詣長安與曄，並贈詩曰：『折花逢驛使，寄與隴頭人。江南無所有，聊贈一枝春。』」

③「堪入」二句，謂屈原未在《離騷》中詠梅花。俞弁《逸老堂詩話》下：「梅花不入《離騷》，杜甫不詠海棠，二謝不詠菊花，亦可惱恨。」

送劍與傅巖叟

鏌耶三尺照人寒①，試與挑燈子細看。且掛空齋作琴伴〔一〕，未須攜去斬樓蘭②！

【校】

〔一〕「琴」，《詩淵》第一五一二頁原作「瑟」。按詩律，「作」應平而仄，則下一字應用平聲字，故徑改。

【箋注】

①鏌耶，《吴越春秋》卷四《闔閭外傳》：「干將者，吴人也。與歐冶子同師，俱能爲劍。……爲二枚，一曰干將，二曰莫邪。莫邪，干將之妻也。」按：莫耶爲劍名，又作鏌鋣、鏌邪。莫邪參與鑄劍事，各書記載不盡相同，可參《哭𦢊十五章》箋注。三尺，《史記》卷八《高祖本紀》：「吾以布衣提三尺劍取天下。」

②斬樓蘭，《漢書》卷七〇《傅介子傳》：「樓蘭王安歸常爲匈奴間，候遮漢使者，發兵殺略……盜取節印獻物，甚逆天理。平樂監傅介子持節使誅斬樓蘭王安歸首，縣之北闕，以直報怨，不煩師

衆。」按：樓蘭爲漢時西域國。昭帝元鳳三年，傅介子斬樓蘭王，乃改名鄯善。李白《塞下曲》之一：「願將腰下劍，直爲斬樓蘭。」

和諸葛元亮韻①

偶泛清溪李郭船，路旁人已羡登仙②。看君不似南陽卧③，只似哦詩孟浩然④。

【箋注】

①諸葛元亮，本書卷一二有題爲「諸葛元亮席上見和，再用韻」之《臨江仙》，據詞意，知元亮亦信州人。韓淲《澗泉集》卷五《諸葛解元家分韻》詩：「溪横葛陂水，上有稚川宅。歡言一壺酒，未覺千歲隔。詩經茱菊節，人語風雨夕。雅俗調本殊，奚止相什百。」韓氏卒於嘉定十七年，知諸葛元亮曾於寧宗嘉定間以榜首領鄉薦。其家則在鉛山西北弋陽縣境内之葛溪。惜地方志失載，其名已無可考知。《永樂大典》卷二八一一梅字韻載上饒徐安國《西窗集》之《謝諸葛元亮送臘梅》、《謝諸葛元佐送臘梅》詩，内有「獨恨溪亭葛夫子，不攜詩酒與同來」語，知與信上文人學士多有往來。稼軒與傅巖叟等鉛山、弋陽詩友唱和，大都在移居期思之後。以上四詩作年雖無確

考，但仍應在慶元中，故匯録於此。

②「偶泛」二句，《後漢書》卷九八《郭泰傳》：「郭泰字林宗，太原界休人也。家世貧賤，早孤，母欲使給事縣廷，林宗曰：『大丈夫焉能處斗筲之役乎？』遂辭，就成皋屈伯彦學。三年業畢，博通墳籍，善談論，美音制，乃遊於洛陽。始見河南尹李膺，膺大奇之，遂相友善，於是名震京師。後歸鄉里，衣冠諸儒送至河上，車數千兩。林宗唯與李膺同舟而濟，衆賓望之以爲神仙焉。」

③南陽卧，《三國志・蜀志》卷五《諸葛亮傳》：「諸葛亮字孔明，琅邪陽都人也。……躬耕隴畝，好爲《梁父吟》。……時先主屯新野，徐庶見先主，先主器之。謂先主曰：『諸葛孔明者，卧龍也，將軍豈願見之乎？』」注引《漢晉春秋》曰：「亮家於南陽之鄧縣，在襄陽城西二十里，號曰隆中。」

④哦詩孟浩然，《新唐書》卷二〇三《文藝傳》下：「孟浩然字浩然，襄州襄陽人。少好節義，喜振人患難。隱鹿門山，年四十乃游京師，嘗於太學賦詩，一座嗟伏，無敢抗。張九齡、王維雅稱道之。……張九齡爲荆州，辟置於府，府罷，開元末病疽背卒。」

題金相寺浄照軒詩①

浄是浄空空即色②，照應照物物非心③。請看窗外一輪月，正在碧潭千丈深。

【箋注】

①題,金相寺浄照軒,〔同治〕《鉛山縣志》卷三《山川》:「金相山,縣南二十五里,有金相寺。」卷七《寺觀》:「金相寺,在縣南二十五里,唐大曆中鷲山院,吴太和中改資福,南唐昇元中改鷲山延福,宋治平二年改賜今名,有浄照軒、蘇堅碑記,余時葉有《重修記》。宋蘇堅詩:『禪室方尋丈,閩山數百層。春風催梅柳,緑水漲溝塍。吹律看暘穀,坐看雲氣升。地神如獻秀,羅列露山棱。』魏野詩:『已愛觀音遠俗塵,鷲峰林壑更新清。不辭遍歷安禪地,要使溪山識主人。』」謝枋得《疊山集》卷七《同會辛稼軒先生祠堂記》:「與同志會於金相寺。」今寺在縣南稼軒鄉蔣家峒之西。

②空即色,見本卷《醉書其壁》詩箋注。

③物非心,《肇論·不真空論》:「心無者,無心於萬物,萬物未嘗無。」

書壽寧寺壁①

門前幽徑踏蒼苔,猶憶前回信步來。午醉正酣歸未得,斜陽古殿橘花開。

【箋注】

①題，壽寧寺，〔嘉靖〕《廣信府志》卷一九《鉛山縣》：「壽寧院，縣南三十五里。唐武宗會昌中龍窟院，南唐李昇昇元中改靈隱，治平中改錫，有甃殿碑。」〔同治〕《鉛山縣志》卷七《寺觀》：「壽寧院，在十都龍踞山，唐會昌中名龍窟院，南唐昇元中改靈隱，宋治平中改今額，有甃殿碑。」按：據《縣志》卷二《疆域》，鉛山十都在縣東南崇義鄉。今在石塘鎮西北七里，北距稼軒五堡洲甚近，故可信步而來。

書停雲壁二首①

學作堯夫自在詩，何曾因物說天機②？斜陽草舍迷歸路③，却與牛羊作伴歸。

【箋注】

①停雲，稼軒有堂名停雲，爲賦詞甚多。本書卷一二《永遇樂》詞云：「停雲高處，誰知老子，萬事不關心眼。」《驀山溪》云：「山上有停雲，看山下濛濛細雨。」均謂堂在山上。稼軒又有《玉樓春·隱湖戲作》詞云：「多方爲渴泉尋遍，何日成陰松滿。」而《永遇樂》詞題爲「檢校停雲新種

杉松,戲作」,其中又有「何日成陰,吾年有幾」句,兩詞所謂「種松」皆應爲一事,知停雲堂即葺造於隱湖山上。〔同治〕《鉛山縣志》卷三《山川》:「隱湖山,縣東二十里崇義鄉。」近來鉛山縣有研究稼軒詞之學者以爲,停雲堂應在瓜山頂,以其山頂舊有建築遺址。然據右詩最後二句,瓜山近在咫尺,不當歸途迷路,賴牛羊引導方能回舍。且稼軒詩詞中,未言瓜山種松竹。竊以爲仍應以在隱湖附近爲確解也。

②「學作」二句,邵雍《伊川擊壤集》卷一一有《自在吟》一首,全詩云:「心不過一寸,兩手何拘拘? 身不過數尺,兩足何區區? 何人不飲酒,何人不讀書? 奈何天地間,自在獨堯夫。」按:此所謂「堯夫自在詩」,或泛指邵氏全部詩作而言。此二句,謂未嘗學堯夫之自在觀,偶效其康節體而已。

③迷歸路,蘇軾《點絳唇》詞:「歸不去,鳳樓何處? 芳草迷歸路。」

其　二

萬事隨緣無所爲①,萬法皆空無所思②。惟有一條生死路③,古今來往更何疑!

【箋注】

①萬事隨緣，釋惠洪《禪林僧寶録》卷二六《延恩安禪師》（青原十二世）：「禪師名法安，生許氏，臨川人也。……安每謂人曰：『萬事隨緣，是安樂法。』元豐甲子七月，命弟子取方丈文書聚火之，以院事付一僧。」黄庭堅《山谷外集》卷一〇《與王子龍書》：「人固與憂樂俱生者也。於其中有簡擇取捨，以至於六鑿相攘，日尋干戈。古之學道，深探其本，以無諍三昧治之。所以萬事隨緣是安樂法。讀書萬卷，談道如懸河，而不知此，所謂書肆説鈴耳。」

②萬法皆空，《南齊書》卷五四《高逸傳》：「史臣曰：顧歡論夷夏優老而劣釋，佛法者理寂乎萬古，跡兆乎中世。……今則波若無照，萬法皆空。豈有道之可名，寧餘一之可得。道俗對校，真假將讎。釋理奥藏，無往而不有也。」《王右丞集》卷二七《爲人祭李舍人文》：「豈期昨日分首，別離未久。萬法皆空，一生何有？無餘涅槃，應無所受。無漏智慧，斯爲不朽。」

③一條生死路，《莊子·德充符》：「老聃曰：『胡不直使彼以死生爲一條，以可不可爲一貫者，解其桎梏，可乎？』」

戲書圓覺經後①

圓覺十二菩薩問②，吾取一二餘鄙哉③！若是如來真實語④，衆生却自勝如來。

【箋注】

①題,《圓覺經》,全稱《大方廣圓覺修多羅了義經》,或分二卷,或分十卷,署題唐罽賓國沙門佛佗多羅譯。

②十二菩薩問,據《圓覺經》載,此十二菩薩爲文殊師利、普賢、普眼、金剛藏、彌勒、清浄慧、威德自在、辨者、浄諸業障、普覺、圓覺、賢善首菩薩。《圓覺經》記如來平等法會,十二菩薩依次頂禮佛足,長跪叉手,請求大悲世尊發清浄心,使未來衆生求大乘者,不墮邪見。世尊一一解答所問,並爲説偈。

③「吾取」句,《孟子·盡心》下:「盡信書,則不如無書。吾於武成,取二三策而已。仁人無敵於天下,以至仁伐至不仁,而何其血之流杵也!」

④「若是」句,如來即多陀阿伽陀,釋迦牟尼法號之一。《大智度論》卷二四:「如實道來,故名如來。」《金剛般若波羅蜜經》:「如來是真語者,實語者。」李商隱《題僧壁》詩:「若信如來真實語,三生同聽一樓鐘。」

讀圓覺經①

二十五輪清浄觀②,上中下期春夏齋③。本來欲造空虚地,那得許多纏繞來④?

【箋注】

①題，以上二詩蓋爲破《圓覺經》之鄙俗而作。按：《圓覺經》頗受宋人推崇。宋高宗嘗親爲臨安圓覺院書扁，見《咸淳臨安志》卷七九；孝宗又於淳熙十年二月，親爲《圓覺經》作注，並遣使賜徑山別峰禪師寶印，命其爲作序言。事見陸游《渭南文集》卷四〇《別峰禪師塔銘》。而右二詩不但直接表示鄙薄此經，且斥之荒誕虚僞。宋孝宗崩於紹熙五年，右二詩作於慶元間，雖非針對宋孝宗而作，然不顧時忌如此，蓋可窺見稼軒思想之激進不阿、遺世獨立。

②「二十」句，《圓覺經》卷下：「時辨音菩薩奉教歡喜，及諸大衆，默然而聽：『善男子，一切如來，圓覺清浄，本無修習；及修習者，一切菩薩，及末世衆生，依於未覺，幻力修習，爾時便有二十五種清浄定輪。……是名菩薩二十五輪，一切菩薩，修行如是。若諸菩薩，及末世衆生，依此輪者，當持梵行，寂静思維，求哀懺悔，經三七日，於二十五輪各安標記，至心求哀，隨手結取，依結開未，便知頓、漸。』」

③「上中」句，《圓覺經》卷下：「於是圓覺菩薩在大衆中，即從座起……而白佛言：『世尊，我等今者已得開悟，若佛滅後，末世衆生未得悟者，云何安居，修此圓覺清浄境界？此圓覺中三種浄觀，以何爲首？』……爾時世尊告圓覺菩薩言：『……一切衆生……若無復有他事因緣，即建道場，當立期限。若立長期，百二十日，中期百日，下期八十日，安置浄居。若佛現在，當正思維；若佛滅後，施設形象，心存目想，生正憶念，還同如來常住之日，懸諸幡華，經三七日，稽首

十方諸佛名字。……若經夏首，三月安居。』」

④「本來」二句，謂佛教徒修行之目的本欲到達空虚清净境界，何至如此衆多之煩惱纏繞。按：《圓覺經》有「唯取極浄」、「唯觀如幻」、「唯滅諸幻」等二十五輪清净觀，又須經上中下期浄居齋戒，程式繁瑣，故稼軒謂之許多纏繞。

讀書

是非得失兩茫茫，閑把遺書細較量。掩卷古人堪笑處，起來摩腹步長廊①。

【箋注】

①「摩腹」句，《備急千金要方》卷二七：「每食訖，以手摩面及腹，令津液通流。食畢當行步，躊躇使中數里來。行畢，使人以粉摩腹上數百遍，則食易消，大益人，令人能飲食，無百病。」長廊，謂秋水觀之廊橋也。

讀語孟二首〔一〕

道言不死真成妄，佛説無生更轉誣〔二〕①。要識死生真道理，須憑鄒魯聖人儒②。

【校】

〔一〕題，《詩淵》第四二四七頁作「讀論孟」，此據《抄存》卷四。

〔二〕「説」，《抄存》原作「語」，兹從《詩淵》。

【箋注】

①無生，佛教謂無生即無滅，寂滅如涅槃。《仁王經》卷中：「一切法性真實空，不來不去，無生無滅，同真際，等法性。」《圓覺經》卷上：「一切衆生於無生中妄見生滅，是故説名輪轉生死。」吕祖謙《詩律武庫》卷八《空花起滅》：「《傳燈録》：慧能大師對内侍薛簡云：『我説不生不滅，本自無生，所以不同外道。』故坡詩『聊爲不死五通仙，終了無生一大緣』是也。」

②「要識」二句，孟子鄒縣人，孔子魯人。孔子有關生死之説，見《論語·衛靈公》：「志士仁人，無

求生以害仁，有殺身以成仁。」孟子之説則見《孟子·告子》上：「生亦我所欲也，義亦我所欲也。二者不可得兼，舍生而取義者也。」

其二

屏去佛經與道書，祇將《語》《孟》味真腴①。出門俯仰見天地②，日月光中行坦途。

【箋注】

①味真腴，《文選》卷四五班固《答賓戲》：「委命供己，味道之腴。」胡宿《文恭集》卷二五《賜參知政事曾公亮乞退第四表不允批答》：「研味真腴，屏息煩慮。期於勿藥，慰兹側席。」

②「出門」句，《易·繫辭》上：「故能彌綸天地之道。仰以觀於天文，俯以察於地理，是故知幽明之故；原始要終，故知死生之説。」

再用儒字韻二首①

人才長與世相疏，若謂無才即厚誣。方朔長身無飯吃，人間飽死幾侏儒②！

【箋注】

①題，右起《戲書圓覺經後》，迄《再用儒字韻》，共詩七首，皆稼軒讀書有感而作。作年雖俱難確考，但大概均爲慶元間賦閑家居期内所作。《讀書》一詩中有「摩腹步長廊」句，所謂長廊，當指稼軒所居秋水觀，本書卷一三《鷓鴣天·吴子似過秋水》詞有「秋水長廊水石間」句，秋水觀爲稼軒移居瓢泉五堡洲所葺，於此可參，故一併匯録於此。

②「方朔」二句，《漢書》卷六五《東方朔傳》：「東方朔字曼倩，平原厭次人也。武帝初即位，徵天下舉方正賢良、文學材力之士，待以不次之位。……待詔公車，奉禄薄，未得省見。久之，朔紿騶朱儒曰：『上以若曹無益於縣官，耕田力作固不及人，臨衆處官不能治民，從軍擊虜不任兵事，無益於國用，徒索衣食，今欲盡殺若曹。』朱儒大恐啼泣，朔教曰：『上即過，叩頭請罪。』居有頃，聞上過，朱儒皆號泣頓首。上問何爲，對曰：『東方朔言上欲盡誅臣等。』上知朔多端，召

問朔：『何恐朱儒爲？』對曰：『臣朔生亦言，死亦言。朱儒長三尺餘，奉一囊粟，錢二百四十。臣朔長九尺餘，亦奉一囊粟，錢二百四十。朱儒飽欲死，臣朔饑欲死。臣言可用，幸異其禮。不可用，罷之，無令但索長安米。』上大笑，因使待詔金馬門，稍得親近。」

其　二

是是非非好讀書，莫將名實自相誣。由來廢冢何爲者？《詩》《禮》相傳大小儒①。

【箋注】

①「由來」二句，《莊子・外物》：「儒以《詩》、《禮》發冢。大儒臚傳曰：『東方作矣，事之何若？』小儒曰：『未解裙襦，口中有珠。《詩》固有之，曰：青青之麥，生於陵陂。生不布施，死何含珠爲？』」

答余叔良韻①

東舍延朝爽，西林媚夕曛。有生同擾擾，何路出紛紛？暖日鵷鸞伴②，空山鳥獸羣③。

本來同一致，休笑衆人醺④。

【箋注】

①題，余叔良，余氏爲信上大族。據本書卷一〇《沁園春·答余叔良》詞，其或上饒籍參知政事余堯弼之後裔。詳可參該詞箋注。又有句云：「我試評君，君定何如？玉川似之。」以余氏比盧仝，蓋亦寓居不仕者，與右詩詩意正符，叔良名無考。右詩作年亦無考，然既言「有生同擾擾，何路出紛紛」，蓋其時士人多不能堅持操守，往來奔走仕途，疑已至慶元黨禁期間。

②鵷鸞，已見《題鵝湖壁》詩箋注。

③鳥獸羣，《論語·微子》：「鳥獸不可與同羣。」注：「孔曰：隱於山林是同羣，吾自當與此天下人同羣，安能去人從鳥獸居乎？」

④衆人醺，《楚辭·漁父》：「舉世皆濁我獨清，衆人皆醉我獨醒。」

蔞蒿宜作河豚羹①

河豚挾鴆毒，殺人一臠足。蔞蒿或濟之，赤心置人腹②。方其在野中，衛青混奴僕③。及登君子堂，園綺成骨肉④。暴乾及爲脯⑤，拳曲蝟毛縮⑥。寄君頻咀嚼，去翳如拆屋〔一〕⑦。

【校】

〔一〕「拆」，《詩淵》第一五四四頁誤作「折」，徑改。

【箋注】

①題，《詩·周南·漢廣》「言刈其蔞」下疏云：「蔏蔞，蔞蒿也，生下田。初生可啖，江東用羹魚也。……其葉似艾，白色，長數寸，高丈餘，好生水邊及澤中。」張師正《倦遊雜録》：「河豚魚有大毒，肝與卵人食之必死。每至暮春，柳花飛墜，此魚大肥。江淮人以爲時珍，更相贈遺，臠其肉，雜蔞蒿荻芽，瀹而爲羹。或不甚熟，亦能害人，歲有被毒而死者，南人嗜之不已。」嚴有翼《藝苑雌黄》引張文潛《明道雜志》云：「河豚，水族之奇味，世傳以爲有毒，能殺人。余守丹陽及宣城，見土人户食之，其烹煮亦無法，但用蔞蒿、荻芽、菘菜三物，而未嘗見死者。」

②「蔞蒿」二句，蔞蒿或濟之，濟，作解救解。赤心置人腹，《後漢書》卷一《光武帝紀》：「降者更相語曰：『蕭王推赤心置人腹中，安得不效死乎？』」

③「衛青」句，《史記》卷一一二《平津侯主父列傳》：「卜式試於芻牧，弘羊擢於賈豎，衛青奮於奴

僕。」同書卷一一一《衛將軍驃騎列傳》：「大將軍衛青者，平陽人也。其父鄭季爲吏，給事平陽侯家，與侯妾衛媪通，生青。青同母兄衛長子，而姊衛子夫，自平陽公主家得幸天子，故冒姓爲衛氏。……青爲侯家人，少時歸其父。其父使牧羊，先母之子皆奴畜之，不以爲兄弟數。」

④園綺成骨肉，《史記》卷五五《留侯世家》：「漢十二年，上從擊破布軍歸，疾益甚，愈欲易太子。留侯諫，不聽，因疾不視事。叔孫太傅稱説引古今，以死争太子，上佯許之，猶欲易之。及燕，置酒，太子侍，四人從太子，年皆八十有餘，鬚眉皓白，衣冠甚偉。上怪之，問曰：『彼何爲者？』四人前對，各言名姓，曰東園公、角里先生、綺里季、夏黄公。」

⑤「暴乾」句，孔平仲《談苑》卷一：「河豚瞑目切齒，其狀可惡。……登州瀕海人，取其白肉爲脯，先以海水浄洗，换海水浸之，暴於日中，以重物壓其上，須候四日，乃去所壓之物，傅之以鹽，再暴乃成。如不及四日，則肉猶活也。太守李大夫嘗以三日去所壓之物，俄頃肉自盆中躍出，乃知淪之不熟，真能殺人也。」

⑥蝟毛縮，鮑照《代出自薊北門行》：「馬毛縮如蝟，角弓不可張。」杜甫《前苦寒行二首》：「漢時長安雪一丈，牛馬毛寒縮如蝟。」

⑦「去翳」句，蘇軾《贈眼醫王生若彦》詩：「運針如運斤，去翳如拆屋。」

吴克明廣文見和再用韻答之①

彼茁江漢姿②，當春風露足。美芹或以獻，深媿野人腹③。君詩窮草木④，命騷可奴僕⑤。更憐無俗韻，愛竹不愛肉⑥。渠儂如石鼎，正作蛟龍縮⑦。欲烹無魚來⑧，蒼蠅聲繞屋⑨。

【箋注】

①題，吴克明廣文，《夷堅志》支乙卷一〇《吴中小經》：「新城吴中，字克明，紹興己卯赴鄉試……後十年登科。」〔雍正〕《江西通志》卷五〇《選舉表》：「淳熙五年戊戌姚穎榜：吴中，南城人。」按：南城縣即建昌軍治所，新城縣爲建昌軍屬縣。因知《通志》與《夷堅志》所載必爲同一人。己卯爲紹興二十九年，後十年爲乾道五年，《通志》謂吴中淳熙五年登第，則《夷堅志》「後十年登科」有誤，應作「後廿年登科」。題稱「廣文」，而克明任何州教授則不詳。查《八瓊室金石補正》卷一一七湖南武岡軍寶方山《金剛經偈》，署款「開禧三年丁卯歲長至日，都梁郡幕盱江吴中書。」編者按語謂：「武岡，漢爲都梁侯國。……吴中名亦失載，隸法恣肆，宋刻中之佳者。」盱江即建昌郡河。是則克明後來又官於武岡，而此前之仕歷多不詳。然查《鼓山志》卷四亦載《吴

中題刻》：「盱江吴中克明、鄧峰蔣峴伯豐游鼓山，訪靈源，憩湧泉，遂登石門，覽天風海濤，殊快心目。嘉定甲戌七月二十八日。」此題名亦隸書，余在福州鼓山靈源洞，親見此摩崖石刻。〔正德〕《新城縣志》卷八：「吴中字應期，邑之北坊人。孝宗淳熙五年姚穎榜進士，博學擅書，寧宗親學其隸古，官至主管西外睦宗院，年七十七以壽終，贈奉議大夫。」右鼓山石刻，正在其主管西外睦宗院時。而《縣志》謂其字應期，不知是否其後來所改。右《詠蔞蒿》二題，皆應作於慶元間。

②「彼茁」句，《詩·召南·騶虞》：「彼茁者葭。」《周南·漢廣》：「漢之廣矣，不可泳思；江之永矣，不可方思。」

③「美芹」二句，《文選》卷四三嵇康《與山巨源絶交書》：「野人有快炙背而美芹子者，欲獻之至尊，雖有區區之意，亦已疏矣。」餘見本書卷三《美芹十論》箋注。

④「君詩」句，《論語·陽貨》：「詩可以興，可以觀……多識於鳥獸草木之名。」

⑤「命騷」句，杜牧《李長吉歌詩叙》：「使賀且未死，少加以理，奴僕命《騷》可也。」

⑥「更憐」二句，蘇軾《於潛緑筠》詩：「可使食無肉，不可居無竹。無肉令人瘦，無竹令人俗。人瘦尚可肥，士俗不可醫。」

⑦「渠儂」二句，韓愈《石鼎聯句》序：「元和七年十二月四日，衡山道士軒轅彌明，自衡下來，舊與劉師服進士衡湘中相識。……夜抵其居宿。有校書郎侯喜，新有能詩聲，夜與劉説詩，彌明在

其側，貌極醜，白鬚黑面，長頸而高結喉中，又作楚語，喜視之若無人。彌明忽軒衣張眉，指鑪中石鼎謂喜曰：『子云能詩，能與賦此乎？』……因高吟曰：『龍頭縮菌蠢，豕腹漲彭亨。』初不似經意，詩旨有似譏喜，二子相顧慚駭。」

⑧「欲烹」句，古詩《飲馬長城窟行》：「客從遠方來，遺我雙鯉魚。呼童烹鯉魚，中有尺素書。」

⑨「蒼蠅」句，《本事詩·徵異》：「韓吏部作《軒轅彌明傳》，言嘗與文友數人會宿。……有微吟者，其聲淒苦，彌明詠中譏侮之曰：『仍於蚯蚓竅，更作蒼蠅聲。』」

和吴克明廣文賦梅〔一〕①

誰詠寒枝入《國風》②？廣文官冷更詩窮③。偶隨岸柳春先覺④，試比山礬韻不同〔二〕⑤。十頃清風明月外⑥，一杯疏影暗香中⑦。遥知一夜相思後⑧，鐵石心腸也惱翁⑨。

【校】

〔一〕「明」，《詩淵》第一一七七頁原作「名」，徑改。

〔二〕「礬」，原誤作「樊」，徑改。

【箋注】

①題，吴克明所居建昌軍與鉛山鄰近，稼軒居期思瓢泉，二人當有往來。據《蔞蒿》詩「寄君頻咀嚼」句，知稼軒曾寄蔞蒿河豚並詩與吴氏，吴氏奉和，故有次篇再和之作。以不能確考年月，姑與次韻賦梅詩匯録於慶元諸詩中。

②「誰詠」句，《詩·國風》有《召南·摽有梅》、《秦風·終風》、《陳風·墓門》等篇賦詠梅花。

③廣文官冷，杜甫《醉時歌贈廣文館博士鄭虔》詩：「諸公衮衮登臺省，廣文先生官獨冷。」按：據新舊《唐書》載，天寶九載七月，國子監置廣文館，鄭虔爲博士。

④「偶隨」句，鄭谷《咸通十四年府試木向榮》詩：「庾嶺梅先覺，隋堤柳暗驚。」

⑤「試比」句，黄庭堅《王允道送水仙花欣然會心爲之作賦》詩：「會香體素欲傾城，山礬是弟梅是兄。」《山谷集》卷一九《戲詠高節亭邊山礬花二首》詩小序云：「江南野中有一種小白花，木高數尺，春開，極香，野人號爲鄭花。王荆公嘗欲求此花栽，欲作詩而陋其名，予請名曰山礬。野人采鄭花葉以染黄，不借礬而成色，故名山礬。」

⑥清風明月，《南史》卷二〇《謝密傳》附曾孫《謝譓傳》：「次子譓，不妄交接，門無雜賓。有時獨醉，曰：『入吾室者，但有清風；對吾飲者，惟當明月。』」

⑦疏影暗香，見本卷《和傅巖叟梅花二首》詩箋注。

⑧「遥知」句，盧仝《有所思》詩：「相思一夜梅花發，忽到窗前疑是君。」

⑨鐵石心腸，皮日休《桃花賦》序：「余常慕宋廣平之爲相，貞姿勁質，剛態毅狀，疑其鐵石心腸，不解吐婉媚之辭。」按：宋璟有《梅花賦》。

和前人觀梅雪有懷見寄〔一〕①

相思幾欲扣停雲②，抱疾還嗟老不文③。滿眼梅花深雪片④，何人野鶴在雞羣⑤？詩肩想見高如舊〔二〕⑥，酒甲如今蘸幾分⑦。且向梁園賦清景⑧，自知才思不如君。

【校】

〔一〕題，《詩淵》第七八六頁作「和梅雪見寄」。

〔二〕「想見」，《抄存》原作「相見」，兹從《詩淵》。

【箋注】

①題，此中所謂前人，蓋《稼軒集》中，編於此詩之前必另有一詩，爲稼軒與其友人者，此又和其人

之作也。今前一詩不見，故此題中前人亦不知爲何許人矣。右詩有「停雲」云云，知寓居期思時作，因附次於《和吴克明賦梅》詩後。此後一首《和人韻》詩有「老來」諸語，亦必作於移居期思期間，故附見於後。

②「想思」句，停雲堂既在隱湖山上，與稼軒瓢泉居第不相聯屬，故有此句云云。幾，屢也。

③老不文，揚雄《法言·修身》：「或曰：『良玉不彫，美言不文，何謂也？』曰：『玉不彫，璵璠不作器；言不文，典謨不作經。』」吕本中《錢遜叔侍郎奉京師舊墳改葬天柱謹成挽詩一首》：「小人託末契，所恨老不文。睹此一時盛，忍終無一言？」

④「滿眼」句，杜甫《寄楊五桂州譚》詩：「梅花萬里外，雪片一冬深。」

⑤「何人」句，《晉書》卷八九《嵇紹傳》：「紹始入洛，或謂王戎曰：『昨於稠人中始見嵇紹，昂昂然如野鶴之在雞羣。』」

⑥詩肩，韓愈《石鼎聯句》詩序：「道士啞然笑曰：『子詩如是而已乎？』即袖手聳肩，倚北牆坐。」蘇軾《是日宿水陸寺寄北山清順僧二首》詩：「遥想後身窮賈島，夜寒應聳作詩肩。」

⑦酒甲，酒滿捧杯，指甲蘸酒，謂之酒甲或蘸甲。

⑧「且向」句，謝惠連作《雪賦》，詠梁惠王遊兔園賞雪事，見本書卷一《詠雪》詩箋注。

和人韻

老來筋力上山遲，過眼風光自崛奇①。擬放狂歌花已笑②，正羞短髮雪偏垂③。溪山能破幾緉屐④？風雨連催十二時。且鎖君詩怕飛去，從人喚我虎頭癡⑤。

【箋注】

①自崛奇，陳師道《何郎中出示黄公草書》詩：「此詩此字有誰知？畫省郎官自崛奇。」

②「擬放」句，白居易《醉後歌》：「酒後高歌擬放狂，門前閒事莫思量。」杜易簡《湘川新曲二首》詩：「自解看花笑，憎聞染竹啼。」

③羞短髮，杜甫《九日藍田崔氏莊》詩：「羞將短髮還吹帽，笑倩旁人爲正冠。」

④「溪山」句，《世説新語·雅量》：「祖士少好財，阮遥集好屐，並恒自經營，同是一累而未判其得失。人有詣祖，祖見料視財物，客至，屏當未盡，餘兩小簏著背後，傾身障之，意未能平。或有詣阮，見自吹火蠟屐，因歎曰：『未知一生當著幾量屐？』神色閒暢，於是勝負始分。」按：《晉書》卷四九《阮孚傳》作「幾緉屐」。

⑤「且鎖」二句，《世説新語・巧藝》注引《續晉陽秋》：「愷之尤好丹青，妙絶於時。曾以一廚畫寄桓玄，皆其絶者，深所珍惜，悉糊題其前。桓乃發廚後取之，好加理。後愷之見封題如初，而畫並不存，直云：『妙畫通靈，變化而去，如人之登仙矣。』」按：顧愷之人稱癡絶，虎頭爲其小字。從人，任憑他人。

題前岡周氏敬榮堂〔一〕①

泰伯古至德，以遜天下聞②。周公去未遠，二叔乃流言③。春風常棣鄂〔二〕，秋日脊令原。豈無良友生，歲宴誰急難④？當年召公詩，慮缺弟兄恩〔三〕⑤。賢哉首陽子，此粟久不餐⑥！末俗益可嗟，有貨無天倫。倉卒競錙銖，或不暇掩親⑦。朝從官府去，暮與妻妾論。手植父桑柘，俄頃楚越分⑧。口澤母杯圈⑨，正作唇齒寒〔四〕⑩。我觀天地間，孰不知愛身？有伐其左臂，那復右者存？君看百足蟲，至死身不顛⑪。一矢折甚易，累十力則艱〔五〕⑫。世豈有不知〔六〕，利欲令智昏⑬。周君千載士，金玉四弟昆⑭。狀如商山皓，雍雍古衣冠⑮。又如孔門科⑯，行義皆可尊。我行前岡上，人指孝友門。邀我飲其家，本末能具陳：「我家所自出，嘉祐劉三元。至今《起俗記》〔七〕⑰，聞者薄夫醇⑱。逮我先君子，仁孝儉且文。室有相乳貓⑲，庭有同心蘭⑳。推梨更遜棗㉑，左右兒曹歡。尺布與斗粟㉒，咄哉彼何人㉓？此屋二百年〔八〕，試比東西鄰：東家餘破釜，西里今頹垣。其豆自煎煮㉔，拔地無本根。區區守遺戒〔九〕，豈不在子孫？矧復學聖賢，遑恤後富貧。誰書百忍字㉕，何不一笑溫！」我老悲古道，聞此摧肺肝㉖。洗盞前致詞：「福善天匪慳㉗。聖朝重揖遜，欲堯舜此民。請君大其門，車馬行便蕃㉘。長歌謫仙李㉙，茂記文公韓㉚。我詩聊復爾〔十〕㉛，語拙意則真。此書君勿嗤，倘俟採詩人。」〔十一〕㉜

【校】

〔一〕題，《抄存》作「周氏敬榮堂詩」，此據《詩淵》第三三一二頁。下同。

〔二〕「常棣鄂」，《抄存》作「棠棣萼」。

〔三〕「弟兄」，《抄存》作「兄弟」。

〔四〕「正」，《抄存》作「改」。

〔五〕「艱」，《詩淵》原作「難」，據《抄存》改。

〔六〕「豈」，《抄存》作「其」。

〔七〕「記」，《抄存》作「説」。

〔八〕「此」，《抄存》作「比」。
〔九〕「區區」，《抄存》作「逼逼」。
〔十〕「爾」，《抄存》作「再」。
〔十一〕「人」，《抄存》作「官」。

【箋注】

①題，前岡，在鉛山縣東南二十里，今鉛山縣稼軒鄉詹家南鳥林，即周氏所在之前岡。以其地處縣南諸山之前，故名。〔同治〕《鉛山縣志》卷一二《清舉人》載乾隆十二年丁卯科有詹之權，爲前岡人，三十三年戊子科詹麟，亦前岡人。現其地人士所藏，有《前岡詹氏族譜》，鳥林村仍有周氏祠堂，祀周欽若。周氏敬榮堂，〔雍正〕《江西通志》卷八五：「周欽若，鉛山人，累世業儒。初有聲三舍間，不就禄仕，積書教子，數世同居，慶元中旌其門。敬榮堂乃周欽若慕其祖劉煇置義榮社養族人之貧者，故以敬榮名堂。」〔同治〕《鉛山縣志》卷五《古跡》：「敬榮堂，宋李柘序：周君濟叔，辟舍之東南隅，以爲藏修之所。訪名於予，予讀『鄂不韡韡』之詩，箋者喻『兄以榮覆弟，弟以敬事兄，恩義之顯，亦韡韡然』，請以敬榮名之。」據〔乾隆〕《鉛山縣志》卷七，慶元四年，朝廷詔旌表周氏義居，本書卷一三有《南鄉子・慶前岡周氏旌表》詞，右詩當亦作於同時。

②「泰伯」二句，《史記》卷三一《吴太伯世家》：「吴太伯，太伯弟仲雍，皆周太王之子，而王季歷之兄也。季歷賢，而有聖子昌。太王欲立季歷以及昌，於是太伯、仲雍二人乃犇荆蠻，文身斷髮，示不可用，以避季歷。季歷果立，是爲王季，而昌爲文王。太伯之犇荆蠻，自號句吴，荆蠻義之，從而歸之千餘家，立爲吴太伯。」《論語・泰伯》：「子曰：泰伯其可謂至德也已矣。三以天下讓，民無得而稱焉。」《正義》謂：「泰伯三以天下讓於王季，其讓隱，故民無得而稱言之者，故所以爲至德。」

③「周公」二句，《史記》卷三三《魯周公世家》：「武王既崩，成王少，在强葆之中。周公恐天下聞武王崩而畔，周公乃踐阼，代成王攝行政當國。管叔及其羣弟流言於國曰：『周公將不利於成王。』」

④「春風」四句，《詩・小雅・常棣》：「常棣之華，鄂不韡韡。凡今之人，莫如兄弟。……脊令在原，兄弟急難。每有良朋，况也永歎。……喪亂既平，既安且寧。雖有兄弟，不如友生。」按：常棣又名棠棣，鄂通萼。詩以常棣二句喻兄弟和睦。脊令爲水鳥，在原謂失其常處。

⑤「當年」二句，《常棣》正義：「周公閔傷此管、蔡二叔之不和睦而流言作亂，用兵誅之，致令兄弟恩疏，恐其天下見其如此亦疏兄弟，故作此詩，以燕兄弟。……此詩自是成王之時周公所作，以親兄弟也。但召穆公見厲王時兄弟恩疏，重歌此周公所作之詩以親之耳。……杜預言：『周公作詩，召公歌之。』」

⑥「賢哉」二句，《史記》卷六一《伯夷列傳》：「伯夷、叔齊，孤竹君之二子也。父欲立叔齊，及父卒，叔齊讓伯夷，伯夷曰：『父命也。』遂逃去，叔齊亦不肯立而逃之，國人立其中子。於是伯夷、叔齊聞西伯昌善養老，盍往歸焉，及至西伯卒，武王載木主，號爲文王，東伐紂。伯夷、叔齊叩馬而諫……武王已平殷亂，天下宗周，而伯夷、叔齊耻之，義不食周粟，隱於首陽山，采薇而食之。……遂餓死首陽山。」

⑦「或不」句，謂父母亡而不及葬。

⑧楚越分，《莊子·德充符》：「自其異者視之，肝膽楚越也。」

⑨「口澤」句，《禮記·玉藻》：「父没而不能讀父之書，手澤存焉爾；母没而杯圈不能飲焉，口澤之氣存焉爾。」衛湜《禮記集説》卷七七：「杯圈，飲食器也。婦人唯酒食是議，故於母言之。」

⑩脣齒寒，《左傳·僖公五年》：「晉侯復假道於虞以伐虢。宫之奇諫曰：『虢，虞之表也，虢亡，虞必從之。晉不可啓，寇不可玩。一之爲甚，其可再乎！諺所謂輔車相依，脣亡齒寒者，其虞、虢之謂也。』」

⑪「君看」二句，《文選》卷五二曹冏《六代論》：「故語曰：『百足之蟲，至死不僵。』扶之者衆也。」

⑫「一矢」二句，《魏書》卷一〇一《吐谷渾傳》：「阿豺有子二十人，緯代，長子也。阿豺又謂曰：『汝等各奉吾一隻箭折之地下。』俄而命母弟慕利延曰：『汝取一隻箭折之。』慕利延折之。又

曰：『汝取十九隻箭折之。』延不能折。阿豺曰：『汝曹知否？單者易折，衆則難摧。戮力一心，然後社稷可固。』言終而死。」

⑬「利欲」句，《史記》卷七六《平原君虞卿列傳》：「鄙語曰：利令智昏。」

⑭「周君」二句，指周欽若之四子藻、芸、苾、芾，守遺訓同居，至慶元已三世。見〔雍正〕《江西通志》。《十六國春秋輯補》卷六七《前凉録》：「辛攀字懷遠，隴西狄道人。父奭，尚書郎。兄鑒、曠，弟寶、迅，皆以才識知名。秦、雍爲之語曰：『五龍一門，金友玉昆。』」

⑮「狀如」二句，見本卷《蔞蒿宜作河豚羹》詩箋注。按：韓元吉《周氏義居記》謂周欽若卒於紹興二十二年，至慶元四年蓋經四十餘年，四子中長者當將至六十餘歲，幼者亦應五十餘歲，故詩中以四皓比。

⑯孔門科，《論語·先進》：「德行：顔淵、閔子騫、冉伯牛、仲弓；言語：宰我、子貢；政事：冉有、季路；文學：子游、子夏。」《疏》：「夫子門徒三千，達者七十有二，而此四科惟舉十人者，但言其翹楚者耳。」

⑰「我家」三句，王闢之《澠水燕談録》卷四《忠孝》：「鉛山劉煇，俊美有辭學。嘉祐初連冠國庠及天府進士。四年崇政殿試，又爲天下第一。得大理評事，簽書建康軍判官。喪其祖母，乞辭官以嫡孫承重服。國朝有諸叔而嫡孫承重服者，自煇始。煇哀族之人不能爲生者，買田數百畝以養之。四方之人從煇學者甚衆，乃擇山溪勝處處之。縣大夫易其里曰義榮社，名其館曰義榮

齋。未終喪而卒，士大夫惜之。初，范文正公、吴文肅公皆有志置義田，及後登二府，禄賜豐厚，方能成其志。而輝於初仕，家無餘資，能力爲之，士君子尤以爲難。」按：所謂三元，即指國學、省試、殿試皆第一也。韓元吉《南澗甲乙稿》卷一六《鉛山周氏義居記》：「周氏世爲舒灊人，繼遷金陵，避五季之亂，來家鵝峰之下，蓋三百年矣。有祠號將軍者，最其始祖也。系雖莫可譜，其曰承志，曰誼者，皆累祖業儒。至處士欽若，字彦恭，有聲三舍間。晚不事舉，慕其舅祖里儒劉輝之義，嘗曰：『劉公舉進士，天下第一也。作《起俗記》以詆譏不義之俗。其祖妣之喪，有二季父，而公自以嫡孫而爲之重服。買田聚書，教養其族之貧者。邑令名其社曰義榮，是可法爾。』處士始欲與其伯仲同居而不異籍，自以身在季，不得專，切切爲恨。逮其病亟，當紹興二十二年六月也，索紙書字二百餘，以戒其四子，有曰：『吾平生教汝讀書，固不專於利禄。欲汝等知義，以興媺薄俗爾。我病必不瘳，汝等盡孝以事母，當以義協居，勿有異志。居舍雖小不足耻；田園雖寡不足慮也。不能遵吾訓，是謂不孝。他日或仕，不以廉自守，是謂不忠。不孝不忠，非吾子孫也。』越六日而逝，其配虞氏，賢而守義，慟哭而藏其書。淳熙四年，其子曰藻、曰芸、曰苾、曰芾，稍長矣，虞乃以遺命陳於民部，祈給之憑。有司方下州縣覈其實，又七年，藻等益壯，以有立，繼乞曰：『母老矣，官未給憑，無以安母心，以明父訓。』於是部符於州，州帖於縣，始坐條令而予之據，以昭示其子與孫。……而藻等孝友孜孜，克成其父母之志，餘三十年。後將弗墜，周氏其自此興乎？……周氏歲入不能二千斛，内外幾六百指，養其偏親，時其祭祀，給其嫁婚，皆有定式。歲又以十萬錢招延儒士，俾其幼稚學禮無缺者，儉以足用，是可則云。淳熙十三年二月癸亥，具位韓某記。」按：劉煇所作《起俗記》，見載於〔嘉靖〕《廣信府志》卷二〇。

⑱「聞者」句，《孟子·盡心》下：「故聞伯夷之風者，頑夫廉，懦夫有立志。聞柳下惠之風者，薄夫敦，鄙夫寬。」按：敦爲宋光宗本名，右詩作於慶元間，爲避光宗名諱，故改爲醇。

⑲相乳貓，韓愈《昌黎集》卷一四《貓相乳文》：「司徒北平王家，貓有生子同日者，其一死焉。有二子飲於死母，母且死，其鳴咿咿。其一方乳其子，若聞之，起而若聽之，走而若救之。銜其一置於其棲，又往如之，反而乳之，若其子然。噫，亦異之大者也。」

⑳同心蘭，《易·繫辭》上：「二人同心，其利斷金；同心之言，其臭如蘭。」

㉑推梨，《後漢書》卷一〇〇《孔融傳》注引《融家傳》：「兄弟七人，融第六。幼有自然之性，年四歲，時每與諸兄共食梨，融輒引小者。大人問其故，答曰：『我小兒，法當取小者。』」遜棗，《南史》卷二二《王泰傳》：「泰字仲通，幼敏悟。年數歲，時祖母集諸孫侄，散棗栗於牀，羣兒競之，泰獨不取。問其故，對曰：『不取，自當得賜。』」

㉒「尺布」句，《史記》卷一一八《淮南衡山列傳》：「淮南厲王長者，高祖少子也。……及孝文帝初即位，淮南王自以爲最親，驕蹇，數不奉法。上以親故，常寬赦之。……厲王以此歸國，益驕恣，不用漢法。出入稱警蹕，稱制，自爲法令，擬於天子。六年，令男子但等七十人與棘蒲侯柴武、太子奇謀，以輦車四十乘反谷口，令人使閩、越、匈奴，事覺治之，使使召淮南王。淮南王至長

安……乃不食死。……孝文十二年，民有作歌，歌淮南厲王曰：『一尺布，尚可縫；一斗粟，尚可舂。兄弟二人，不能相容。』」

㉓彼何人，蘇軾《和陶貧士七首》：「産禄彼何人，能致綺與園？」

㉔「萁豆」句，《世説新語·文學》：「文帝嘗令東阿王七步中作詩，不成者行大法。應聲便爲詩曰：『煮豆持作羹，漉菽以爲汁。萁在釜下燃，豆在釜中泣。本自同根生，相煎何太急？』帝深有慚色。」

㉕書百忍字，《舊唐書》卷一八八《孝友傳》：「鄆州壽張人張公藝，九代同居。……麟德中，高宗有事泰山，路過鄆州，親幸其宅，問其義由，其人請紙筆，但書百餘忍字。高宗爲之流涕，賜以縑帛。」

㉖摧肺肝，杜甫《垂老别》：「棄絶蓬家居，塌然摧肺肝。」

㉗福善，《尚書·湯誥》：「天道福善禍淫。」

㉘「請君」二句，見本書卷一《哭𨱍十五章》箋注。

㉙謫仙李，《新唐書》卷二〇二《李白傳》：「天寶初，南入會稽，與吴筠善。筠被召，故白亦至長安，往見賀知章。知章見其文，歎曰：『子謫仙人也。』」（乾隆）《鉛山縣志》卷二：「敬榮堂，李柘詩序云：『周君濟叔闢舍之東南隅，以爲藏修之所，訪名於予。予讀鄂不韡韡之詩，箋者喻

兄以榮覆弟，弟以敬事兄，恩義之顯，亦韡韡然，請以敬榮爲名。』」按：爲敬榮堂作歌之李氏，應即李柘，《鉛山縣志》卷五謂爲提點司檢踏官，亦即本詩所附《敬榮堂記》中之李宏父，稼軒所謂謫仙李也。

㉚文公韓，《舊唐書》卷一六〇《韓愈傳》：「長慶四年十二月卒，時年五十七，贈禮部尚書，謚曰文。」按：此指作《周氏義居記》之韓元吉。

㉛聊復爾，《晉書》卷四九《阮咸傳》：「不能免俗，聊復爾耳。」

㉜採詩人，《禮記·王制》：「命太師陳詩。」注云：「採其詩而視之。」《漢書》卷二四上《食貨志》上：「孟春之月，羣居者將散，行人振木鐸徇於路，以採詩獻之大師，比其音律，以聞於天子。」

【附録】

俞南仲山甫文

敬榮堂記

信之枝邑爲鉛山，鉛山之義門爲周氏，周氏之令兄弟爲藻，爲芸，爲苾，爲芾。四人相與謀曰：「自吾家將軍之去濶而來徙也，到今且十世，續聞載德，一鄉稱善人。至吾先君子益沛厥承，里中尸而祝之於義榮之社。臨絶之書，敕訓吾等，使協居詘異，興孅薄俗。吾母虞夫人受而行之唯既謹。列於部，上於廟，有最目在官，文書在户，章章甚明。吾四人者，守而弗墜，固也。知子孫何如？盍有以表之，使目之所睹，足之所履，油然偘然，無非出於友愛，以嚴父詔而慰母心，在我後之人，永永勿怠，若何？」皆曰然。於是辟室之巽隅，作堂，以朝以夕。山西李宏父，命之曰敬榮，取《常棣》首章之箋「弟以敬事兄，兄以榮覆弟」之語。濟南辛幼安，導之請記。

予發書太息，嗚呼，若四君者，可謂知所本矣。上古事遠，高辛氏二子參辰不相能，羨朕乎不可控詰，後世俗日薄，持用藉口，其不尋干戈以相征者幾希。故晉之祥、覽，唐之六崔、柳、穆，至著之史牒，褒誇爲賢。今有人擊其左股而右手弗應，反操鐵而助之伐者，雖狂且瘈，弗爲也。孰知夫兄弟天生之手足，而人自爲伐可乎？昔邑之先進劉公煇，閔東南之民輕剽逐利，以爲視廉隅猶咳唾，顧孝悌若贅疣，父之殖産及生存而豫析之，甫没，輒殊籍，居則韞隔無全室，用則分挈無備器，長羸幼匱，畜幼如奴，幼豐長瘠，以長爲耻。感三僧之能異於人，爲作《起俗記》，深嘉而屢挹之。周君大父，劉之所自出也，使九京可作，當有今日，得見彌生之歎。（〔嘉靖〕《廣信府志》卷四）

按：俞南仲即稼軒《滿江紅》詞題中「病中訪别」之俞山甫教授。

贈申孝子世寧①

六月烈日日正中，時有叛將號羣兇。平人血染大溪浪②，比屋焰照鵝湖峰③。白刃紛紛蔽行路〔一〕，六合茫茫何處去？妻見夫亡不敢啼，母棄兒奔那忍顧！藥市申翁鬢有霜〔二〕④，臥病經時不下床。平生未省見兵革⑤，出門正爾逢豺狼〔三〕。豺狼滿市如流水，追索金繒心未已。可憐累世積陰功，今日將爲兵死鬼。世寧孝行何高高，慷慨性命輕鴻毛⑥。爾時自欲赴黄壤，欣然延頸迎霜刀〔四〕。至孝感兮天地動，白日無光百川湧。三刀不死古今稀⑦，一命自有神靈擁。羣賢激賞争作歌，要使汝名長不磨。何時上書達天聽？詔加旌表高嵯峨〔五〕。

【校】

〔一〕「蔽」，《抄存》原作「避」，兹從〔同治〕《鉛山縣志》卷一七。

〔二〕「翁」，原作「公」，兹從《縣志》。

〔三〕「豺」，《縣志》作「虎」，兹從《抄存》。

〔四〕「迎」，《縣志》作「受」。

〔五〕「表」，原作「賞」，兹從《縣志》。

【箋注】

①題，申孝子世寧，《宋史》卷四五六《孝義傳》：「申世寧，信州鉛山人。紹興六年，潘逵兵襲鉛

山，父愈年七十，未及出户，遇賊，賊意其有藏金，欲殺之。世寧年未冠，亟引頸，願代父死，賊感其孝，兩全之。」〔同治〕《鉛山縣志》卷一七《孝友》：「申世寧字百安，居邑之通利坊，舊名申家巷。紹興六年，潘逵兵襲鉛，父年逾七十，未及出户遇賊，賊意其有金，欲殺之，世寧年未冠，亟引頸代，賊感其孝，兩全之。趙士礽、辛棄疾有詩，朱文公爲書報本坊，木牌樓至今尚存。祀忠義祠，並祀羣賢堂。趙士礽詩：『……申生本醫家……表旌當金鑄。』辛棄疾詩：『六月烈日日正中……詔加旌表高嵯峨。』」卷二《疆域》：「申家巷爲申孝子名，一名李家巷，一名鑄錢巷，巷口立木牌樓，宋朱晦庵書報本坊三字猶存。」報本坊今在永平鎮西，尚存。按：《宋史》及方志均謂紹興六年潘逵兵襲鉛山，甚誤。《建炎以來繫年要録》卷四五紹興元年六月壬午張琪自宣州引兵犯徽州條載：「初，張琪之叛，劉光世遣統制官右武大夫康州防禦使潘逵以所部三千人戍饒州，已而赴行在。至是，行次信州之玉山，其後軍胡江等千餘人作亂，掠玉山、永豐二縣，進犯衢州之江山。詔樞密院準備將領徐文自臨安往討之。時江之黨又犯弋陽，迪功郎監寶豐鎮熊彦深爲所殺，後官其家一人。會吕頤浩已遣統制官閻皋追擊叛黨至宜黄，文乃止。」同書卷四六載同年八月辛巳，潘逵叛兵爲江東統制官閻皋招降。知潘逵叛兵襲鉛山，在紹興元年六月，《宋史》作紹興六年者，乃因元人讀書不細，草率致誤，以元年六月誤作六年，而地方志據此而書，亦均不免相承於舛誤也。稼軒爲申世寧作歌，與《敬榮堂》詩同一宗旨，蓋爲表彰鄉賢也。其事必在寓居鉛山既久之後，故附於此。

②大溪，申翁家在縣城内通利坊，據〔同治〕《鉛山縣志》卷二《地理》，通利坊在城北隅。按：宋代鉛山縣治在永平鎮，與今縣治在河口者非一地，故流經縣北之大溪，蓋即鉛山河是也。〔嘉靖〕《鉛山縣志》卷二：「焦源，在鵝湖鄉，去縣南十五里，流四十里入大溪。」按：焦溪與横溪會合入於鉛山河，則宋明人之大溪皆指鉛山河。

③「比屋」句，〔雍正〕《江西通志》卷八五：「傅縝字子玉，鉛山人。嘗應進士舉，時青苗法行，縣多繁逋，縝悉捐資代輸，盡得釋，里閈皆稱長者。紹興初，潘逵寇信兵焚掠，至其家，三舉火不燃，首領後至，曰：『是傅長者家，不可犯。』斬舉火者而去。」按：據此可知潘逵叛兵所至焚掠之情形。鵝湖山在縣治之東北，故有此云云。

④藥市申翁，〔同治〕《鉛山縣志》卷一七《孝友》載趙士礽詩有云：「申生本醫家，首衝衆賊怒。有子趨而前，悲泣濕衣袀。願代父之死，三刀色不怖。賊曰汝子孝，解衣襯血污。以此兩全生，父子歡如故。」

⑤未省，猶未記。歐陽修《依韻答杜相公寵示之作》詩：「平生未省降詩敵，到處何嘗訴酒巡。」

⑥輕鴻毛，司馬遷《報任安書》：「人固有一死，死或重於泰山，或輕於鴻毛。」

⑦「三刀」句，趙士礽詩謂申生被三刀後，賊以衣裹之，得不死。《宋史》、《鉛山志》亦均謂「賊感其孝」。而稼軒此句，則謂申生被刀傷後未即死，賊舍之而去。蓋不欲以義歸於叛賊也。〔同治〕《鉛山縣志》卷四載《羣賢堂贊·申孝子贊》，亦有「人之事親，惟事甘旨。偉哉申生，引頸代死。

彼凶何知？亦悟天理。兩全其生，「爾父爾子」語。

【附録】

趙士礽城甫詩

申孝子

鉛山乃靈山，號爲七寶庫。有時地愛寶，人傑時一付。禮闈較文章，發爲性仁賦。盛美固不絶，且作忠孝路。時凶盜賊多，熾焰不容捕。長驅斬關來，提揮遠相訴。申生本醫家，首衝衆賊怒。有子趨而前，悲泣濕衣袧。願代父之死，三刀色不怖。賊曰汝子孝，解衣襯血污。以此兩全生，父子歡如故。何不上明君？表旌當金鑄。（〔同治〕《廣信府志》卷九）

同杜叔高、祝彦集觀天保庵瀑布，主人留飲兩日，且約牡丹之飲二首①庚申歲二月二十八日也。

竹杖芒鞋看瀑回②，暮年筋力倦崔嵬。桃花落盡無春思③，直待牡丹開後來。

【箋注】

①題，杜叔高，名斿，金華蘭溪人。兄弟五人均字高，而以伯仲叔季幼爲序，又均有詩名，人稱金華五高。叔高與稼軒、放翁、龍川、水心友善。慶元六年庚申，杜叔高來訪。本書卷一三《婆羅門引·別杜叔高》詞有「落花時節，杜鵑聲裏送君歸」句。知叔高自二月末至暮春，盤桓彌月始別去。祝彦集名不詳，祝氏爲鉛山大姓，多居於縣南三十里旌孝鄉之石塘，〔同治〕《鉛山縣志》卷一八載祝可久字德父，居石塘，從劉子羽立功西陲，後不仕，從容里中。疑彦集即其子孫輩。天保庵，其名無載，〔乾隆〕《鉛山縣志》卷一：「飛來泉，縣東四十里，飛流數百丈，如懸天際，近二三十步冷氣逼人。」縣東南四十里應在石塘鎮東南，疑即天保庵瀑布所在。

②竹杖芒鞋，蘇軾《定風波·三月七日沙湖道中遇雨》詞：「竹杖芒鞋輕勝馬，誰怕，一蓑煙雨任平生。」

③「桃花」句，陳與義《漁家傲·福建道中》詞：「我欲尋詩寬久旅，桃花落盡春無所。渺渺籃輿穿翠楚。悠然處，高林忽送黄鸝語。」

其　二

祇要尋花子細看，不妨草草有杯盤①。莫因紅紫傾城色②，便去摧殘黑牡丹③！

【箋注】

①「不妨」句，王安石《示長安君》詩：「草草杯盤供笑語，昏昏燈火話平生。」

②傾城，《漢書》卷九七《外戚傳》：「北方有佳人，絶世而獨立。一顧傾人城，再顧傾人國。」

③黑牡丹，牡丹並無黑花，畫家有以墨作花者，謂之黑牡丹，見《東坡全集》卷一五《墨花》詩：「獨有狂居士，求爲黑牡丹。」按：世又以牛爲黑牡丹。《紺珠集》卷一一《黑牡丹》條：「劉訓，京師富人。梁氏開國，嘗假貨以給軍。京師春遊，以觀牡丹爲貴，而劉氏邀客賞花，乃繫水牛數百頭在前，曰：『此劉家黑牡丹也。』時牛極貴，一頭牛不下一百千也。」《隨隱漫録》卷一：「吴恕齋革帥江東時戒宰牛詩曰：『……宰牛國有禁，殺牛天所災。留取黑牡丹，年年待花開。』」稼軒所謂「莫去摧殘」云云，不知與牛之典故有關否。

和郭逢道韻二首①

棗樹平生歎子陽，里歌雖短意偏長②。東家昨夜梅花發，愧我分他一半香。

【箋注】

①題，郭逢道，本書卷一三有「别杜叔高」之《婆羅門引》詞，又有「用韻别郭逢道」之同韻詞，知郭氏

與杜叔高相偕來遊鉛山，疑郭氏亦爲金華人。其餘事歷則無考。右詩與同觀天保庵瀑布詩均爲慶元六年春間之作。

②「棗樹」二句，《漢書》卷七二《王吉傳》：「王吉字子陽，琅邪皋虞人也。……吉少時學問，居長安。東家有大棗樹，垂吉庭中。吉婦取棗以啖吉，吉後知之，乃去婦。東家聞而欲伐其樹，鄰里共止之，因固請吉，令還婦。里中爲之語曰：『東家有樹，王陽婦去；東家棗完，去婦復還。』其厲志如此。」

其　二

君家富貴有汾陽①，祇要文章光焰長②。莫爲梅花費詩句，細思丹桂是天香③。

【箋注】

①「君家」句，唐郭子儀，上元三年進封汾陽郡王。《舊唐書》卷一二〇《郭子儀傳》：「麾下老將若李懷光輩數十人，皆王侯重貴，子儀頤指進退如僕隸焉。幕府之盛，近代無比，始與李光弼齊名。雖威略不逮，而寬厚得人過之。歲入官俸二十四萬貫，私利不在焉。其宅在親仁里，居其

里四分之一，中通永巷，家人三千，相出入者不知其居。前後賜良田美器，名園甲館，聲色珍玩，堆積羨溢，不可勝紀。代宗不名，呼爲大臣，天下以其身爲安危者殆二十年，校中書令考二十有四，權傾天下而朝不忌，功蓋一代而主不疑，侈窮人欲而君子不之罪，富貴壽考，繁衍安泰，哀榮終始，人道之盛，此無缺焉。」

②「衹要」句，韓愈《調張籍》詩：「李杜文章在，光焰萬丈長。」

③「細思」句，傳月中有桂樹，故稱爲天香。按：宋代鄉試例在八月，正桂子飄香時節。所謂「天香」云云，正一語雙關，蓋力勸逢道應鄉試語。稼軒別郭逢道之《婆羅門引》詞云：「見君何日？待瓊林宴罷醉歸時，人爭看寶馬來思。」與此正同。

玉真書院經德堂①

平生經德幾人知②？莫忘當年兩字師〔一〕③。惟我本無空谷歎〔二〕④，逢人且覓瑱山詩。千章古木陰濃處〔三〕⑤，萬卷詩書讀盡時。却把一杯堂上笑，世間多少嗽名兒〔四〕⑥！

【校】

〔一〕「兩字師」，「同治」《安仁縣志》卷七《古跡志》作「扁字時」，此從《抄存》卷四。

〔二〕「惟我」句，「惟我」原作「絶代」，兹從《縣志》。「歎」，《縣志》作「志」。
〔三〕「章」，《縣志》作「年」。
〔四〕「噉」，〔正德〕《饒州府志》卷三作「瞰」。

【箋注】

①題，〔雍正〕《江西通志》卷一一：「玉真山在安仁縣治後，左右石址如鉗，頂有石壁，鐫字曰玉真臺。」卷四一：「玉真臺，《名勝志》：在安仁縣後玉真山。唐進士柳敬德寓此讀書，刻玉真臺三字於石壁。」同卷：「經德堂，《安仁縣志》：在玉真書院内，宋吴紹古建，陸象山有記。辛棄疾詩：『平生經德幾人知？莫忘當年扁字時。』」樓鑰《攻媿集》卷九《寄題吴紹古縣尉經德堂》詩有「問舍玉真下，讀書經德中」句。程迥有《題玉真書院》詩，前有小序云：「在德清縣玉真山麓，邑人吴紹古建，陸九淵有經德堂扁。」詩中有句云：「吴侯所築居，密近玉真麓。翳葳秘幽奇，千載空喬木。」（見《宋詩紀事》卷五三）據知書院與經德堂均由吴氏創建。但德興與安仁俱饒州屬縣，書院究在何縣，《通志》與程迥所記各不相同，不知孰是。吴紹古字子嗣，稼軒詞中均作子似，慶元間任鉛山縣尉。〔同治〕《鉛山縣志》卷一一《名宦》：「吴紹古字子嗣，鄱陽人。慶元五年任鉛山尉，多所建白。有史才，纂《永平志》，條分類舉，先民故實搜羅殆盡。建居養院，以濟窮民及旅處之病阸者，見宋晉之記。」

②「平生」句，陸九淵《象山集》卷一九《經德堂記》：「堂名取諸《孟子》：『經德不回，非以干禄也。』經也者，常也；德也者，人之得於天者也；不回者，是德之固不回撓也。……雲錦吳生紹古，而來從余遊，求名其讀書之堂，余既名而書之，且爲其説，使歸而求之。」按：「經德」云云，見《孟子·盡心》下。

③當年兩字師，指陸九淵，字子静，號象山翁，《宋史》卷四三四《儒林》有傳。《經德堂記》作於紹熙元年五月，象山卒於紹熙三年十二月十四日。

④空谷歎，《詩·小雅·白駒》：「皎皎白駒，在彼空谷。生芻一束，其人如玉。」《正義》謂：「以賢者隱居必當潛處山谷，故舉以爲言。」《文苑英華》卷四八一袁映《神岳舉賢良方正策》：「將恐詠彼空谷，歎此才難。」

⑤千章古木，蘇軾《廣州蒲澗寺》詩：「千章古木臨無地，百尺飛濤瀉漏天。」

⑥噉名兒，《三國志·魏志》卷二二《盧毓傳》：「選舉莫取有名，名如畫地作餅，不可啖也。」《世説新語·排調》：「簡文在殿上行，右軍與孫興公在後。右軍指簡文語孫曰：『此噉名客。』簡文顧曰：『天下自有利齒兒。』」此疑諷象山翁言與行之不符同也。

和趙晉臣糟蟹①

人間緩急正須才，郭索能令酒禁開②。一水一山十五日，從來能事不相催③。

【箋注】

①趙晉臣，名不迂，鉛山人。〔雍正〕《江西通志》卷九六：「趙不迂字晉臣，嘗創書樓於上饒。兄不遁字茂嘉，後改名不遏。」同書卷四〇：「趙氏書樓，《名勝志》：宋直敷文閣宗人趙不迂所建。邑人舊無藏書者，士病於所求。今所儲凡數萬卷，經史子集分四部，立一人爲司鑰掌之，有來者導之登樓，樓設幾席，使得縱觀。」按：趙氏事歷尚多可考。據《象山集》卷一九《武陵縣學記》，知其紹熙二年提舉湖北常平司；據《容齋四筆》卷二《志文不可冗》條，知其慶元初任湖南提刑；據《克齋集》卷一四《送趙晉臣持閩憲節》、《截江網》卷五馬子嚴《水調歌頭·壽趙提刑》詞，知其慶元三年任福建提刑。趙氏詩集已佚，《福建通志》總卷二六載其《鼓山題詩》一首，詩云：「登山心悦倍精神，欲住山間未有因。剛到忘歸又歸去，白雲何不且留人？」末署：「古汴趙晉臣將男鄧、孫濤、灝、漶，拉徐錫之、江會之來遊，賦以是詩。慶元三禩中伏休務日。」此摩

崖石刻今仍完好無損。其子孫名均見《宋史》卷二二四《宗室表》一○《太宗長子漢王元佐房》。其記載晉臣則爲「中奉大夫直敷文閣不迂」。《夷堅三志》壬卷三《滕王閣火》條載：「慶元四年，……趙不迂以漕使兼府事。」《明一統名勝志・江西》卷一《南昌府》載：「東園即宋漕司花圃，……慶元五年秘閣趙不迂榜以今名。」據此，知趙晉臣歸鉛山蓋慶元六年事。稼軒與晉臣唱和詩詞均起始於是年。

②郭索，《夢溪筆談》卷一四《藝文》：「歐陽文忠公常愛林逋詩：『草泥行郭索，雲木叫鉤輈。』文忠以爲語新而屬對親切。……郭索，蟹行貌也。揚雄《太玄》曰：『蟹之郭索，用心燥也。』」

③「一水」二句，杜甫《戲題王宰畫山水圖歌》：「十日畫一水，五日畫一石。能事不受相促迫，王宰始肯留真跡。」

林貴文買牡丹見贈至彭村偶題①

寶刀和雨剪流霞，送到彭村刺史家②。聞道名園春已過，千金還買暨家花③。

【箋注】

①題，林貴文，未詳。稼軒慶元二年移居瓢泉之後范氏夫人卒，所三娶者爲林氏夫人，應即鉛山

人，不知與林貴文是否有關。彭村，據〔同治〕《鉛山縣志》卷七《寺觀》：「高山庵，在縣東三十五里彭村，内供如是老佛。」其地今在期思（即今稼軒鄉）南十八里，北距石塘二里。《菱湖辛氏族譜》之《濟南派下支分期思世系》載，稼軒七子辛秸，所娶亦林氏。

②彭村刺史，當指祝可久。祝可久入鉛山羣賢堂。〔嘉靖〕《鉛山縣志》卷七載徐元杰《羣賢堂贊》云：「刺史祝公，公名可久，字德父，居旌孝鄉之石塘，從實學劉公子羽立功西陲，官至貴州刺史。父歿不仕，從容里中，樂於爲誼，與弟可大作作鄉校，招明師以訓學者。有馬永卿《六齋銘》。又爲義莊，族之貧者計口給粟。衣其寒，藥其疾，殮其死者，皆親視之。從兄卣仕高安，夫婦繼亡，男女俱幼，公單車持護以歸，悉令得所。黄銖志墓爲詳。贊曰：凛凛誼風，磅磅桑梓。解衣推食，周其生死。急難在原，單車千里。青青子衿，德公不已。」〔同治〕《鉛山縣志》卷一八《善士》、《萬姓統譜》卷一一一所載大致從同。石塘當地今存有《祝氏家譜》，其序言托稼軒所作，然所署時代與名銜不符。惟其序文亦有「可久有功於斯時，有功於後世何如哉？可久淳厚雅致而粹於經學，授貴州刺史」諸語。

③暨家，暨爲姓氏，《姑蘇志》卷三五載：「暨姓出吴郡。元祐間唱名有暨濤，時作洎濤，呼不應。刑部侍郎蘇頌以結呼之，即應。《三國志》有暨豔，乃吴人，既而問之，果平江人。」按：〔同治〕《鉛山縣志》卷一七《孝友》載清代有暨輝、暨興才。《菱湖辛氏族譜》之《濟南派下支分期思世系》載，稼軒第六子名穮，字君實，承務郎，壽七十三，葬紫溪暨家。

和趙國興知録贈琴〔一〕①

趙君胸中何瓌奇？白日照耀珊瑚枝②。新詩哦成七字句，孤桐贈我千金資③。人間皓齒蛾眉斧④，箏笛紛紛君未許。自言工作古《離騷》，十指黄鐘挾大吕⑤。芙蓉清江薜蘿塘，靈均一去乘鸞皇。君試一彈來故鄉，荷衣蕙帶芳椒堂⑥。往時嵇阮二三子，能以遺音還正始⑦。誰令窈窕從户窺？曾聞長卿心好之⑧。低頭兒女調音節，此器豈因渠輩設？勸君往和薰風絃⑨，明光珮玉聲璆然⑩。此時高山與流水，應有鍾期知妙旨⑪。祇今欲解無絃嘲⑫，聽取長松萬壑風蕭騷⑬。

【校】

〔一〕題，《詩淵》第一四四九頁無「趙國興」三字，此據《抄存》卷四。

【箋注】

①趙國興知録，趙國興爲趙茂嘉、晉臣之子侄輩。稼軒和國興詞作有多首，且與傅巖叟、葉仲洽等

鉛山諸友並提，見本書卷一二《玉樓春・用韻答傅巖叟葉仲洽趙國興》詞題。《克齋集》涉及國興詩作亦甚多，據知其所寓居在鵝湖山下湛溪。其卷一四有《石井偶書呈同來者》詩，題下自注：「趙國興書堂。」〔雍正〕《江西通志》卷一一《廣信府》載：「石井在鉛山縣北四里，巨石間有竇湧泉，匯爲井。上有石龕覆之，石文隱起，錯縷如蓮花倒生，縣多膽水味澀，此獨甘，日夜流不竭，溉田數百頃。」知即趙國興讀書處，與湛溪不遠。《克齋集》卷一六《用趙國興梅韻自賦》云：「西郊有客枕溪居，特爲孤芳小結廬。窗外横枝疏帶葉，花邊流水暗通渠。伊方傲矣百花上，我亦翛然三徑餘。此外不關茅屋事，爲誰煙雨自粧梳？」知録即諸州之録事參軍。查茂嘉、晉臣名不遏、不迂，其子侄乃善字輩，善後以城邑爲名。《克齋集》詩題所涉及者有國興、國宜、國晉、國開、國呈等。其字之第二字，皆用其名第二字之音讀。《宋史》卷二二四《宗室表》一〇《太宗長子漢王元佐房》，所載不遏之子有善鄙、善鄭、善鄖、善郕、善酆、善邢，不迂之子有善鄧、善都、善邟、善邠、善鄰。善鄧已見《和趙晉臣糟蟹》詩注。不迂之子有善鄘，〔同治〕《鉛山縣志》卷一二《選舉志》謂爲慶元五年曾從龍榜，叢桂坊人，不迂長子。而《通志》卷五〇作善鄉，韶州參軍。知國興即善卿之字。趙國興贈琴事僅見此詩，稼軒和詩作於何時亦難考知，姑次於慶元諸詩之末。

②「白日」句，杜甫《幽人》詩：「崔嵬扶桑日，照耀珊瑚枝。」

③孤桐，謂琴，孤桐宜爲琴。《尚書・禹貢》：「嶧陽孤桐。」注：「孤，特也。嶧山之陽特生桐，中

琴瑟。」

④「人間」句，枚乘《七發》：「皓齒蛾眉，命曰伐性之斧。」

⑤黄鐘、大吕，《禮記·樂記》：「樂者，非謂黄鐘大吕絃歌干揚也。」注：「絃謂鼓琴瑟也。」《周禮·春官·大司樂》：「乃奏黄鐘，歌大吕。」注：「黄鐘，陽聲之首，大吕爲之和，奏之以祀天神，尊之也。」

⑥「芙蓉」四句，謂國興所奏均楚歌。《楚辭·九歌·湘君》：「采薜荔兮水中，搴芙蓉兮木末。」《離騷》：「名余曰正則，字余曰靈均。……鸞皇爲余先戒兮，雷師告余以未具。吾令鳳鳥飛騰兮，繼之以日夜。」《九歌·少司命》：「荷衣兮蕙帶，儵而來兮忽而逝。」《九歌·湘夫人》：「匊芳椒兮成堂。」

⑦「往時」二句，嵇、阮即嵇康、阮籍。嵇善鼓琴，阮善嘯。《世説新語·言語》：「周僕射雍容好儀形，詣王公。初下車隱數人，王公含笑看之。既坐，傲然嘯詠。王公曰：『卿欲希嵇、阮邪？』答曰：『何敢近舍明公，遠希嵇、阮！』」同書《賞譽》注引《衛玠别傳》曰：「玠至武昌，見王敦，敦與之談論，彌日信宿。敦顧謂僚屬曰：『昔王輔嗣吐金聲於中朝，此子今復玉振於江表，微言之緒，絶而復續。不悟永嘉之中，復聞正始之音。阿平若在，當復絶倒。』」正始，曹魏齊王芳之紀年。

⑧「誰令」二句，《史記》卷一一七《司馬相如列傳》：「是時卓王孫有女文君新寡，好音，故相如繆

與令相重，而以琴心挑之。相如之臨邛，從車騎雍容，閒雅甚都。及飲卓氏，弄琴，文君竊從户窺之，心悦而好之。」長卿爲相如字。

⑨「勸君」句，《孔子家語·辯樂解》：「子路鼓琴，孔子聞之，謂冉有曰：『甚矣由之不才也。……昔者舜彈五絃之琴，造南風之詩。其詩曰：南風之薰兮，可以解吾民之愠兮。南風之時兮，可以阜吾民之財兮。』」韓愈《孟生》詩：「騎驢到京國，欲和薰風琴。」

⑩「明光」句，《三輔黄圖》卷三《明光宫》：「武帝太初四年秋起，在長樂宫後，南與長安宫相連屬。」注又引《三秦記》，謂「桂宫中有明光殿」。《史記》卷四七《孔子世家》：「夫人（南子）在絺帷中，孔子入門，北面稽首，夫人自帷中再拜，環珮玉聲璆然。」

⑪「此時」二句，《列子·湯問》：「伯牙善鼓琴，鍾子期善聽。伯牙鼓琴，志在登高山，鍾子期曰：『善哉，峩峩兮若泰山。』志在流水，鍾子期曰：『善哉，洋洋兮若江河。』伯牙所念，鍾子期必得之。伯牙游於泰山之陰，卒逢暴雨，止於巖下，心悲，乃援琴而鼓之。初爲霖雨之操，更造崩山之音。曲每奏，鍾子期輒窮其趣。伯牙乃舍琴而歎曰：『善哉，善哉，子之聽夫志！想象猶吾心也，吾於何逃聲哉？』」

⑫無絃，《宋書》卷九三《陶潛傳》：「潛不解音聲，而畜素琴一張，無絃，每有酒適，輒撫弄以寄其意。」

⑬「聽取」句，蘇軾《武昌西山》詩：「請公作詩寄父老，往和萬壑松風哀。」按：萬壑松，琴名。鮮

于樞《困學齋雜録》：「郭北山新製萬壑松，無款，或來自中原制度，在雷右。五代間，錢鏐家物。」史浩《兩抄摘腴·名琴》條：「萬壑松，郭祐之。……俱出北方。」

和趙茂嘉郎中賦梅①

空谷春遲懶却梅②，年年不肯犯寒開③。怕看零落雁先去，欲伴孤高人未來。解後平生惟酒可④，風流抵死要詩催⑤。更憐雪屋君家樹⑥，三十年來手自栽。

【箋注】

①題，趙茂嘉郎中，〔雍正〕《江西通志》卷九六《寓賢》：「趙不迂字晉臣，嘗創書樓於上饒。兄不遏字茂嘉，後改名不遏。登進士第，爲清湘令。嘗立兼濟倉於鉛山天王寺。」同書卷五〇《選舉表》：「隆興元年癸未木待問榜，趙不遏，鉛山人，直華文閣。」按：稼軒詩詞均稱趙氏爲郎中，然其何時居朝任郎官，無可考。趙茂嘉於慶元初自江西提刑歸鉛山，其弟晉臣則於慶元六年歸鉛山。稼軒《壽茂嘉》詩有「弟兄唱和」語，知必作於晉臣已歸之後。茂嘉生日在春季，則壽詩二首必作於嘉泰元年春。右爲《和茂嘉梅》詩，陳文蔚有和詩，見後附録。和詩即作於嘉泰元年，

蓋《克齋集》詩作編年而成。詳考可參本書卷一三《水調歌頭·賦傅巖叟悠然閣》詞(歲歲有黄菊闋)箋注。《芍藥三首》,或係同時所作,一併編次於此。

②「空谷」句,據本詩注後所附陳詩,知稼軒此詩作於彭溪席上。彭溪在鉛山縣北二里,源出龔潭陂,轉彭溪橋,六里至清風峽,見(同治)《鉛山縣志》卷三。《江西通志》卷一一載清風峽在狀元山西。同書卷四〇謂:「清風峽,《名勝志》:在鉛山縣西北五里,長五丈,闊五尺,宋狀元劉煇嘗讀書於此。兩崖嶄嵒,行裂石間,清風透體,六月如秋。外有石洞,可安几榻。」其地既寒氣逼人,故此深谷之梅花,較他處開晚。

③「年年」句,陳師道《酬王立之二首》詩:「頓有亭前玉色樹,情知不肯犯寒開。」

④「解後」句,解後同邂逅,不期而遇也。惟酒可,黄庭堅《再次韻兼簡履中南玉三首》詩:「與世沉浮惟酒可,隨人愛樂以詩名。」

⑤抵死,猶言拼命,事之急者也。

⑥雪屋,或爲趙氏居室。

【附録】

陳文蔚才卿和詩

和茂嘉郎中催梅

快讀新詩似見梅，昏昏醉眼爲君開。枝頭未見粉苞露，句裏先傳春信來。試問花神緣底晚？政須羯鼓爲渠催。前枝見説南枝早，合取彭溪溪上栽。時在彭溪席上。（《克齋集》卷一六）

和趙茂嘉郎中雙頭芍藥二首

昨日梅華同語笑〔一〕，今朝芍藥並芬芳①。弟兄殿住春風了②，却遣花來送一觴。

【校】

〔一〕「梅」，《詩淵》第二四一五頁作「棣」，此從《抄存》卷四。

【箋注】

①「今朝」句，趙茂嘉於慶元五年詔除直秘閣，繼升直華文閣，與弟晉臣俱有職名，故用雙頭芍藥故事爲喻。謝朓《直中書省》詩云：「紅藥當階翻，蒼苔依砌上。」

②殿住春風，蘇軾《雨晴後步至四野亭下魚池遂自乾明寺前東岡上歸》詩：「殷勤木芍藥，獨自殿

餘春。」陳師道《謝趙生惠芍藥三絶句》詩：「九十風光次第分，天憐獨得殿餘春。」

其二

當年負鼎去干湯①，至味須參芍藥芳②。豈是調羹雙妙手③？故教初發勸持觴。

【箋注】

①「當年」句，《史記》卷三《殷本紀》：「伊尹名阿衡，阿衡欲干湯而無由，乃爲有莘氏媵臣，負鼎俎以滋味説湯，致於王道。……湯舉任以國政。」

②「至味」句，芍藥，又稱勺藥。《史記》卷一一七《司馬相如列傳》引《子虚賦》：「自持勺藥之和具而後御之。」《集解》：「郭璞曰：勺藥，五味也。」《漢書》卷五七上《司馬相如傳》，顔師古注曰：「勺藥，藥草名。其根主和五藏，又辟毒氣，故合之於蘭桂五味，以助諸食，因呼五味之和爲勺藥耳。」

③調羹，《尚書·説命》下：「若作和羹，爾惟鹽梅。」

壽趙茂嘉郎中二首

玉色長身白首郎，當年麾節幾甘棠〔一〕①？力貧活物陰功大②，未老垂車逸興長〔二〕③。久矣今如太公望〔三〕④，翛然真是魯靈光⑤。朝廷正爾尊黄髮⑥，穩駕蒲輪覲玉皇⑦。

【校】

〔一〕「當」，《詩淵》第四五二〇頁作「常」，此從《抄存》卷四。

〔二〕「逸」，《詩淵》作「佚」。

〔三〕「今如」，原作「如今」，據《詩淵》改。

【箋注】

①「當年」句，《詩·周南·甘棠》疏：「武王之時，召公爲西伯，行政於南土，决訟於小棠之下，其教著明於南國，愛結於民心，故作是詩以美之。」據《嚴州圖經》卷一《知州題名》，趙不遏於紹熙五年六月以朝奉大夫知嚴州除江西提刑。「當年麾節」謂此。

②「力貧」句，指趙氏創置兼濟倉事。〔同治〕《鉛山縣志》卷八《倉庫》：「兼濟倉，在天王寺之左，直華文閣趙不逷所立，初慕兼濟平糴之意，以穀賤時糴，至明年穀貴捐價以糴。淳熙十五年米始百斛，歲時增益，後至千斛。意欲自少至多，自近而遠，不爲立額，鄉人德之。慶元五年狀其事於州，州以聞，詔除直秘閣，以慰父老德之之心，今久廢。」同書卷七《寺觀》載天王寺在縣北一里。《永樂大典》卷七五一四倉字韻引《廣信府永平志》所載趙不逷《兼濟倉文》：「夫兼濟倉者，因張乖崖垂警之言，慕黄兼濟平糴之意。肆爲此舉，初無妄心。始謀粗用於餘糧，逐歲遞增於百斛。從微至著，自邇及彌。庶窮民無艱食之憂，同此身有一飽之樂。大爲編秩，永紀章程。高厚實鑑於本情，毫髮靡容於失度。」《永平志》即吴紹古所編撰者。

③垂車，去官。王安中《初寮集》卷四《寶章閣學士提舉西京嵩山崇福宫謝表》：「禮在垂車，當掛冠於帝里；義同賜杖，容竊食於鄉邦。」張擴《東窗集》卷八《韋淵落致仕與在京宫觀制》：「垂車而稱耆老，實哲人知止之規；闔門而圖便安，豈大臣盡忠之誼？」

④太公望，見本卷《游武夷作櫂歌呈晦翁十首》詩箋注。

⑤「巋然」句，王延壽《魯靈光殿賦序》：「魯靈光殿者，蓋景帝程姬之子恭王餘之所立也。……遭漢中微，盜賊奔突，自西京未央、建寧之殿，皆見隳壞，而靈光巋然獨存。」楊備《晉新宫》詩：「玉案金爐對御床，巋然應似魯靈光。」

⑥尊黄髮，《尚書·秦誓》：「尚猶詢兹黄髮。」注：「以道謀此黄髮賢老。」

⑦「穩駕」句，《漢書》卷八八《申公傳》：「上使使束帛加璧，安車以蒲裹輪，駕駟迎申公。」玉皇，玉皇大帝。李攸《宋朝事實》卷七載，真宗建天慶觀，大中祥符二年十月詔諸路建道觀，以奉三清玉皇，並以天慶爲額。《文獻通考》卷一七三載大中祥符八年正月上玉皇聖號，天禧元年上玉皇聖祖寶册。《宋史》卷一〇四《禮志》七：「徽宗政和六年九月朔，復奉玉册玉寶，上玉帝尊號曰太上開天執符御曆含真體道昊天玉皇上帝。蓋以論者析玉皇大天帝、昊天上帝，言之不能致一故也。」

其二

鵝湖山麓湛溪湄①，華屋眈眈照緑漪。子侄日爲真率會②，弟兄賸有唱酬詩③。楊花榆莢渾如許④，苦笋櫻桃正是時。待酌西江援北斗⑤，摩挲金狄與君期⑥。

【箋注】

①「鵝湖」句，鵝湖山見《題鵝湖壁》詩注。湛溪，據此句，知在鵝湖山下。陳文蔚《克齋集》卷一五有《荷湖行爲趙忠州壽》詩，有句云：「自有天地此山有，誰人種得如船藕？造物不肯輕畀付，

付與湛溪雲隱手。……甚不愛飛霞千樹結蟠桃，甚不愛湛溪千頃漲葡萄。蟠桃入口那能甘比蜜？湛溪不抵酒滴真珠槽。」自注：「忠州別墅種桃名飛霞，湛溪即其所居。」按：此所謂忠州別墅飛霞，應即今名暇樂園者，在永平北關叢桂坊。《克齋集》卷一六有《湛溪納涼》詩，又，《賀趙及卿黄定甫主賓聯名登第》亦云：「人傑須知本地靈，鵝峰挺拔湛溪清。」今鵝湖山下南流入鉛山河之水應即湛溪。

②子侄，指趙國宜、國興輩。《克齋集》卷一六《和趙國宜轉寄傅巖叟詩韻時歲歉人艱食聞國宜有發粟意因以勸相之》詩下自注：「國宜，華文郎中之子，郎中以兼濟得職。」國宜應即不遏長子，《宋史・宗室表》中失名者。卷一五又有《送趙國晉隨侍江西》詩，國晉應即不遏次子善鄙之字。真率會，邵伯温《聞見録》卷一〇：「司馬公與數公又爲真率會，有約：酒不過五行，食不過五味，惟菜無限。楚正議違約增飲食之數，罰一會。皆洛陽太平盛事也。」

③弟兄，不遏有弟五人，此指與稼軒唱和者不遏與不迂也。

④楊花榆莢，韓愈《晚春》詩：「楊花榆莢無才思，惟解漫天作雪飛。」

⑤「待酌」句，《楚辭・九歌・東君》：「操余弧兮反淪降，援北斗兮酌桂漿。」按：注謂北斗爲玉爵，酒具。

⑥摩挲金狄，金狄即金人，亦即銅人。《後漢書》卷一一二《薊子訓傳》：「時或有百歲翁自説，童兒時見子訓賣藥於會稽市，顔色不異於今。後人復於長安東霸城見之，與一老翁共摩挲銅人，

相謂曰：『適見鑄此，而已近五百歲矣。』」注引酈元《水經注》曰：「魏文帝黄初元年徙長安，金狄重不可致，因留霸城南。」蘇軾《次韻答元素余舊有贈元素云天涯同是傷流落元素以爲今日之先兆且悲當時六客之存亡》詩：「流落天涯先有讖，摩挲金狄會當同。」

感懷示兒輩①

安樂常思病苦時②，静觀山下有雷頤③。十千一斗酒無分④，六十三年事自知。錯處真成九州鐵⑤，樂時能得幾絇絲⑥？新春老去惟梅在，一任狂風日夜吹。

【箋注】

①題，本詩及以下五首七律均應同時所作，佚詩聯亦以同用絲字韻而姑附之。據本篇「六十三年事自知」句，知即嘉泰二年正月所作，蓋稼軒於時已六十三歲矣。

②「安樂」句，倪思《經鉏堂雜志》卷六《壁間詩》：「錢塘店中有貼詩云：『富饒須念貧窮日，安樂當思病苦時。』不知誰作，皆有理也。」按：倪思與稼軒同時，當稼軒去世之後，劾其開邊，奪其從官恤典者也。

③「静觀」句，《易·頤》：「頤，貞吉。觀頤，……觀其所養也。……天地養萬物，聖人養賢及萬民，頤之時大矣哉！象曰：山下有雷。頤，君子以慎言語，節飲食。」《正義》云：「山止於上，雷動於下，頤之爲用，下動上止，故曰山下有雷頤。人之開發言語，咀嚼飲食，皆動頤之事，故君子觀此頤象以謹慎言語，裁節飲食。先儒云：禍從口出，患從口入。故於頤養而慎節也。」

④「十千」句，白居易《自勸》詩：「憶昔羈貧應舉年，脱衣典酒麴江邊。十千一斗猶賒飲，何况官供不著錢！」《與夢得沽酒閑飲且約後期》詩：「共把十千沽一斗，相看七十欠三年。」《歷代詩話》卷三六《酒價》引《芥隱筆記》云：「曹植樂府：『歸來宴平樂，美酒斗十千。』十千恐未必酒價，言酒美而價貴耳。」王楙《野客叢談》卷三亦論酒價，謂云：「唐人言『十千一斗』，類然。一斗三百錢，獨見子美所云，故引以定當時之價然。詩人所言，出於一時，又未知果否。一斗三百，别無可據。《唐食貨志》云：『德宗建中三年禁民酤以佐軍費，置肆釀酒，斛收直三千。』此可驗乎？又觀楊松玠《談藪》，北齊盧思道嘗云：『長安酒賤，斗價三百。』杜詩引此，亦未可知。」按：杜甫《偪仄行》云：「街頭酒價常苦貴，方外酒徒稀醉眠。速宜相就飲一斗，恰有三百青銅錢。」

⑤「錯處」句，《資治通鑑》卷二六五《唐紀昭宣帝·天祐三年》：「全忠留魏半歲，羅紹威供億，所殺牛羊豕近七十萬，資糧稱是，所賂遺又近百萬。比去，蓄積爲之一空。紹威雖去其逼，而魏兵自是衰弱。紹威悔之，謂人曰：『合六州四十三縣鐵，不能爲此錯也。』」

⑥「樂時」句，劉餗《隋唐嘉話》卷下：「張昌儀兄弟恃易之、昌宗之寵，所居奢溢，逾於王侯。末年有人題其門曰：『一絇絲，能得幾日絡？』昌儀見之，遽下筆書其下曰：『一日即足。』無何而禍及。」按：幾日絡，諧音幾日樂。

趙文遠見和用韻答之①

糲飯麄衣飽暖時，從他鼻涕自垂頤②。萬全藥豈世無有？九折臂餘人始知③。過雨沾香辭落蔕，隨風飛絮趁遊絲。我無妙語酬春事④，慚愧新歌值鳳吹⑤。

【箋注】

①趙文遠，名籍事歷均無考。稼軒上饒友人趙善扛字文鼎，疑文遠亦「善」字輩。鉛山人趙善鄰爲紹興三十年庚辰梁克家榜進士，官縣丞，見〔雍正〕《江西通志》卷五〇《選舉表》，鄰與遠有聯，不知爲此人否。

②「從他」句，韓愈《奉使常山早次太原呈副使吴郎中》詩：「暮齒良多感，無事涕垂頤。」從，任憑也。

③「萬全」二句，萬全藥，《五百家播芳大全文粹》卷八何麒《賀左丞相啓》：「鍊五色之石，而欲試補天之手；儲萬全之藥，而共推醫國之功。」九折臂，《楚辭·九章·惜誦》：「九折臂而成醫兮，吾今而知其信然。」

④妙語酬春事，黄庭堅《自咸平至太康鞍馬間得十小詩寄懷晏叔源並問王稚川……因以爲韻》詩：「酬春無好語，懷我文章友。」據《劍南詩稿》卷五〇《立春前一日作》詩，題下自注：「壬戌開歲四日立春。」壬戌即嘉泰二年。

⑤新歌值鳳吹，孔稚圭《北山移文》：「聞鳳吹於洛浦，值薪歌於延瀨。」鳳吹，原謂周靈王太子晉吹笙作鳳鳴，游於洛浦事，稼軒蓋指趙氏和詩。

傅巖叟見和用韻答之

萬里魚龍會有時，壯懷歌罷涕交頤①。一毛未許楊朱拔②，三戰空懷鮑叔知③。明月夜光多白眼④，高山流水自朱絲⑤。塵埃野馬知多少⑥？擬倩撩天鼻孔吹⑦。

【箋注】

①「萬里」二句，萬里魚龍，杜甫《北風》詩：「萬里魚龍伏，三更鳥獸呼。滌除貪破浪，愁絕付摧

枯。」涕交頤，王安石《送陶氏婦兼寄純甫》詩：「更慚無道力，臨路涕交頤。」

②「一毛」句，《孟子·盡心》下：「孟子曰：『楊子取爲我，拔一毛而利天下不爲也。』」《列子·楊朱》：「禽子問楊朱曰：『去子體之一毛，以濟一世，汝爲之乎？』楊子曰：『世固非一毛之可濟。』禽子曰：『假濟，爲之乎？』楊子弗應。」

③「三戰」句，《史記》卷六二《管晏列傳》：「吾嘗三戰三走，鮑叔不以我爲怯，知我有老母也。公子糾敗，召忽死之，吾幽囚受辱，鮑叔不以我爲無恥，知我不羞小節而恥功名不顯於天下也。生我者父母，知我者鮑子也。」

④明月、夜光，均謂珠。白眼，《世説新語·簡傲》注引《晉百官名》：「籍能爲青白眼，見凡俗之士，以白眼對之。」

⑤高山流水，見本卷《和趙國興知録贈琴》詩箋注。

⑥塵埃野馬，《莊子·逍遥遊》：「野馬也，塵埃也，生物之以息相吹也。」《疏》云：「此言青春之時，陽氣發動，遥望藪澤之中，猶如奔馬，故謂之野馬。揚土於塵，塵之細者曰埃。」

⑦撩天鼻孔，《五燈會元》卷一八《丞相張商英居士》條：「公乃題寺後擬瀑軒詩，其略曰：『不向廬山尋落處，象王鼻孔謾撩天。』」

諸葛元亮見和復用韻答之

大儒學禮小儒詩，聽取臚傳夜控頤①。事出肺肝人易見，道如飲食味難知②。此生能著幾緉屐③，何處高懸一縷絲？却笑空山頑老子④，年來堪受八風吹⑤！

【箋注】

①「大儒」二句，見本卷《再用儒字韻》其二箋注。臚傳，謂上傳語告下也。

②道如飲食，此理學家所常言。張栻《南軒集》卷一四《洙泗言仁序》：「聖人教人求仁，具有本末。譬如飲食，乃能知味。」《朱子語類》卷七八《尚書》一：「問：『人心道心如飲食男女之欲，出於其正即道心矣，又如何分別？』曰：『這個畢竟是生於血氣。』」

③「此生」句，見本卷《和人韻》詩箋注。

④頑老子，《新五代史》卷五四《馮道傳》：「契丹滅晉，道又事契丹。……德光誚之曰：『爾是何等老子？』對曰：『無才無德癡頑老子。』」

⑤八風，《左傳·隱公五年》：「夫舞所以節八音而行八風。」注：「八風，八面之風也。」寒山詩：

「寒山無漏巖，其巖甚濟要。八風吹不動，萬古人傳妙。」

佚詩一聯①

酒腸未減長鯨吸②，詩思如抽獨繭絲。

【箋注】

①題，此詩僅存一聯，亦不知爲和何人絲字韻之作。《後村先生大全文集》卷一八〇《詩話》續集四：「稼軒……七言云：『錯處真成九州鐵，落時能得幾絇絲。』『酒腸未減長鯨吸，詩思如抽獨繭絲。』皆佳句，然爲詞所掩。」

②「酒腸」句，《資治通鑑》卷二八三《後晉紀・高祖・天福七年》：「他日又宴，侍臣皆以醉去，獨維岳在。曦曰：『維岳身甚小，何飲酒之多？』左右或曰：『酒有別腸，不必長大。』曦欣然命捽維岳下殿，欲剖視其酒腸。」注：「酒有別腸：此俚俗之常語。」杜甫《飲中八仙歌》：「左相日興費萬錢，飲如長鯨吸百川。」

癸亥元日題克己復禮齋〔一〕①

老病忘時節，空齋曉尚眠。兒童喚翁起，今日是新年。

【校】

〔一〕題，《後村先生大全文集》卷一八〇《詩話》續集四與《抄存》卷四作「元日」，此據《詩淵》第三二一五頁。

【箋注】

①題，克己復禮齋，《宋史》稼軒本傳：「棄疾嘗同朱熹遊武夷山，賦《九曲櫂歌》。熹書克己復禮、夙興夜寐題其二齋室。」癸亥爲嘉泰三年。據知克己復禮齋爲稼軒鉛山期思之居室，稼軒題名時蓋已六十四歲矣。下《偶題》一詩作年無考。陸游《家世舊聞》卷下載：「荆公元祐改元三月末間，疾已甚，猶折花數枝置床前，作詩曰：『老年少歡豫，况復病在床。汲水置新花，取慰此流光。流光只須臾，我亦豈久長！新花與故吾，已矣兩相忘。』」稼軒《偶題》詩意境與此極爲相近，疑亦作於稼軒晚年病中，以未可確指，姑附於《題齋》詩之後。

偶題

逢花眼倦開①，見酒手頻推。不恨吾年老，恨他將病來②。

【校】

〔一〕「逢」，《後村詩話》續集誤作「黄」，此據《永樂大典》卷八九六詩字韻。

【箋注】

①「逢花」句，陳堯佐《答張順之》詩：「有花無酒頭慵舉，有酒無花眼倦開。正自西園念蕭索，洛陽花酒一時來。」

②「不恨」二句，白居易《酬盧秘書二十韻》詩：「性將時共背，病與老俱來。」陳師道《宿深明閣》詩：「老將災疾至，人與歲時遷。」

【附録】

劉克莊潛夫記事一則

稼軒五言絶句《元日》云：「老病忘時節，空齋曉尚眠。兒童唤翁起，今日是新年。」《偶題》云：「黄花眼倦開，見酒手頻推。不恨吾年老，恨他將病來。」七言云：「錯處真成九州鐵，落時能得幾絇絲。」「酒腸未減長鯨吸，詩思如抽獨繭絲。」皆佳句，然爲詞所掩。（《後村先生大全文集》卷一八〇《詩話》續集四）

和趙晉臣敷文積翠巖去頹石〔一〕①

兩峰如長喉，有石鯁其内。千金隨侯珠〔二〕，磊落見微纇②。何言西子美？捧心作顰態③。夷齊立著肩，欲間使分背④。小虧或大全，知惡及真愛。堂堂老充國，荒尋得幽對⑤。朝夕與山語，俯仰彌三載。謂我知子心，茅塞厭薈蔚⑥。有美玉於斯⑦，雕琢那可廢？芝蘭生當户，雖芳亦芟刈⑧。邑有從事賢⑨，聞之重慷慨。太清點浮雲，誰令久滓穢⑩！指揮俄頃間，急雨破春塊⑪。開豁喜新辟，偪仄忘舊礙。得非神禹手？勇鑿耻不逮。又如持金篦，刮膜生美睞⑫。渠言農去草，見惡佩前誨⑬。主人吟古風，格調劇清裁。我評此章句，真是杜陵輩。入蜀腳未定，欲擲石筍退⑭。火與金水同，其石爲鑠焠。勸君莫放手，玉石恐俱碎。纍然頸下癭，割之命隨潰⑮。此石幸勝之，此舉君勿再。姑置毋多談，俱想增勝概。會當攜酒去，物理剖茫昧。此邦劉知道〔三〕⑯，光焰文章在⑰。今將清風峽⑱，與巖傳百代。

【校】

〔一〕題，《詩淵》第一八一四頁作「和積翠巖去纇石」，惜有目無詩，無從參校。

〔二〕「隨」，原作「隋」，隨國非「隋」字，徑改。

〔三〕「知」，劉煇字知道，亦作之道。

【箋注】

①題，積翠巖，〔嘉靖〕《廣信府志》卷三《鉛山縣》：「積翠巖，縣西四里。晉太始間高將軍獵逐白鹿至積翠巖。《方輿記》：『積翠巖房蓄煙靄，五峰相對。自五峰以東，由斷玉峽二十餘步，有石屹立，名擎天柱；又一巖天成兩竇，如日月相對，名合璧。循右轉，有雲壑、藏雲洞、玉麒麟，餘可名者尚多。慶元六年趙不迂開闢，中爲堂，望之如五雲縹緲間，後得拄杖泉，亦足用。』」〔同

治」《鉛山縣志》卷三《山川》：「觀音石，縣西三里，一名七寶山，又名積翠巖，即古之楊梅山。洞中石壁上有石如佛指，因名觀音石。下有平坑，石竅中膽泉湧出，山故多銅，宋人嘗於此採焉。先是，南唐於此置銅場，故名銅寶山。今山塌，銅無所出。按《方輿記》，積翠巖五峰相對，東循斷玉峽二十餘步，有石笋屹立十餘丈，名擎天柱，即狀元峰。又一巖天成，兩竇如日月相對。名合璧，上建九仙臺，履之如憑虛御空。其右有雲壑及藏雲洞、玉麒麟，餘可名者尚多。慶元六年趙不迂上建佛堂，自下望之，如在五雲縹緲間。後得拄杖泉，亦足用。」去類石，謂趙晋臣於積翠巖去除蕪類之石，而稼軒愛其石笋，恐傷及之，爲作此詩。趙晋臣於慶元六年歸鉛山，右詩既有「俯仰彌三載」句，知即作於嘉泰三年。稼軒於是年六月出知紹興府，則右詩必作於是年春夏之間。

②「千金」二句，隨侯珠，見本書卷一《再用韻》（自古蛾眉）詩箋注。微類，《晋書》卷七九《謝尚等傳》：「史臣曰：……奕、萬以放肆爲高，石奴以褊濁興累。雖曰微類，猶稱名實。」

③「何言」二句，《莊子·天運》：「西施病心而矉其里。其里之醜人見而美之，歸亦捧心而矉其里。其里之富人見之，堅閉門而不出。貧人見之，挈妻子而去之走。彼知美矉而不知矉之所以美。」矉同顰。

④「夷齊」二句，謂此石隔斷二峰。夷、齊見本卷《前岡周氏敬榮堂》詩箋注。

⑤「堂堂」二句，趙充國字翁孫，上邽人，爲漢名將。年近八十，猶率兵攻先零羌，迫罕羌歸附。上

屯田奏，前後數對，公卿皆服。年八十六卒。見《漢書》卷六九《趙充國傳》。此以充國喻趙晉臣。荒尋，孟郊《石淙十首》詩：「物誘信多端，荒尋諒難遍。去矣朔之隅，翛然楚之甸。」

⑥「茅塞」句，《孟子·盡心》下：「山徑之蹊間，介然用之而成路，爲間不用，則茅塞之矣。」薈蔚，草木茂盛。

⑦「有美」句，《論語·子罕》：「子貢曰：『有美玉於斯，韞匵而藏諸，求善賈而沽諸？』」

⑧「芝蘭」二句，《三國志·蜀志》卷一二《周羣傳》：「時州後部司馬蜀郡張裕亦曉占候，而天才過羣。諫先主，……先主常銜其不遜，加忿其漏言，乃顯裕諫争漢中不驗，下獄將誅之。諸葛亮表請其罪，先主答曰：『芳蘭生門，不得不鉏。』裕遂棄市。」

⑨「邑有」句，漢代州郡佐吏如别駕、治中、主簿等皆稱從事。稼軒此句當指鉛山縣某佐吏。

⑩「太清」二句，《世説新語·言語》：「司馬太傅齋中夜坐，於時天月明浄，都無纖翳，太傅歎以爲佳。謝景重在坐，答曰：『意謂乃不如微雲點綴。』太傅因戲謝曰：『卿居心不浄，乃復强欲滓穢太清邪？』」

⑪「急雨」句，桓寬《鹽鐵論》：「當此之時，雨不破塊，風不鳴條。」

⑫「又如」二句，《大涅槃經》卷八：「善男子如百盲人，爲治目故，造詣良醫。是日良醫即以金鎞刮其眼膜。」

⑬「渠言」二句，《左傳·隱公六年》：「善不可失，惡不可長。……周任有言曰：『爲國家者，見惡如農夫之務去草焉，芟夷蘊崇之，絶其本根，勿使能殖，則善者信矣。』」

⑭「真是」三句，杜甫《石笋行》：「君不見益州城西門，陌上石笋雙高蹲。……恐是昔時卿相墓，立石爲表今仍存。惜哉俗態好蒙昧，亦如小臣媚至尊。政化錯迕失大體，坐看傾危受厚恩。嗟爾石笋擅虚名，後來未識猶駿奔。安得壯士擲天外，使人不疑見本根。」按：據常璩《華陽國志》卷三，石笋在成都西門外，南北雙株蹲立，傳爲五丁力士移來。《石笋行》爲杜少陵初入蜀之作，故云腳未定。

⑮「纍然」二句，《三國志·魏志》卷一五《賈逵傳》注引《魏略》：「逵前在弘農，與典農校尉争公事不得理，乃發憤生癭。後所病稍大，自啓，願欲令醫割之。太祖惜逵忠，恐其不活，教謝主簿：『吾聞十人割癭九人死。』」癭，頸瘤。

⑯「此邦」句，〔雍正〕《江西通志》卷八五：「劉煇字之道，鉛山人，嘉祐四年狀元。調河中節度判官。祖母不習風土，煇白府解官侍養，詔移建康。他日，祖母卒，請承重。府尹上其事，詔下禮官議，從之。有宋以來嫡孫有諸叔而承重者，自煇始。歸葬，哀慕盡節，州閭稱孝焉。」餘參本卷《題前岡周氏敬榮堂》詩箋注。

⑰光焰文章，見本卷《和郭逢道韻》詩箋注。

⑱清風峽，劉煇舊嘗讀書於此，又稱狀元峽，有清風洞。見本卷《和趙茂嘉郎中賦梅》詩箋注。〔嘉

靖）《廣信府志》卷三《鉛山縣》：「狀元山，縣西北六里，狀元劉煇讀書地也。中分爲路，東曰桂林，西曰清風峽，本土山，煇始經之，洗土至骨，石多空嵌，中得巨礲，兩崖嶄巖，寒氣逼人。」又：「清風峽讀書巖，縣北六里。天成石龕，僅可盤旋。狀元劉煇讀書其中，手題『奎星狀元』四朱字於崖石。今人以水滌之，其朱益顯云。」（同治）《鉛山縣志》卷五《古跡》載趙德温《磨崖碑》：「清風洞距鉛山縣五里，邑人劉之道讀書堂之佳致也。嘉祐己亥，之道大魁天下，鄉里山川爲之改觀。是洞價增百倍。厥後弗嗣，以其地售諸人，荆棘蕪穢，殆不可登，好事者惜之。開封趙德温慕之道之風，愛山形之勝，訪其主而贖之，芟荆榛，去蕪穢，因亭於上，榜以一覽，使是亭洞俱爲不朽，豈特玩賞爲哉？庶縱覽見德温之賞心。嗟萬物興廢之有時。時乾道六年五月初八日，書石以記。」知清風峽與積翠巖俱爲當地名勝也。

感懷示兒輩①

窮處幽人樂，徂年烈士悲。歸田曾有志，責子且無詩②。舊恨王夷甫③，新交蔡克兒〔一〕④。淵明去我久⑤，此意有誰知？

【校】

〔一〕「克」，原作「充」，《世説新語·輕詆》即作「充」。《晉書》則作「克」，即蔡謨之父也。此千古聚訟，莫知孰是。今據平仄，改從《晉書》。

【箋注】

①題，嘉泰四年正月，稼軒自浙東被召赴行在入對，陳用兵北伐之利，遂以侍從奉朝請。右詩有「新交」云云，蓋借用東坡詩意，謂歸朝後發現用事者盡後輩也。知當作於在行在奉朝請之時。

②「責子」句，陶潛有《責子》詩。

③「舊恨」句，王夷甫名衍，晉琅琊人，官至尚書令、太尉。王衍一生專事清談，不任事責，以至誤國喪身。東晉桓温嘗言：「使神州陸沉，百年丘墟，王夷甫諸人不得不任其責。」（見《晉書》卷九八《桓温傳》）稼軒淳熙間所賦詞中，亦曾有「夷甫諸人，神州陸沉，幾曾回首」、「起望衣冠神州路，白日消殘戰骨，歎夷甫諸人清絶」句，故云「舊恨」也。

④「新交」句，《晉書》卷六五《王導傳》：「初，曹氏性妬，導甚憚之。乃密營別館以處衆妾。曹氏知，將往焉。導恐妾被辱，遽令命駕，猶恐遲之，以所執麈尾柄驅牛而進。司徒蔡謨聞之，戲導曰：『朝廷欲加公九錫。』導弗之覺，但謙退而已。謨曰：『不聞餘物，惟有短轅犢車，長柄麈

尾。』導大怒，謂人曰：『吾往與羣賢共遊洛中，何曾聞有蔡克兒也！』」蘇軾《次韻王鞏留別》詩：「去國已八年，故人今有誰？當時交遊內，未數蔡克兒。」

⑤去我久，陶潛《飲酒》詩：「羲農去我久，舉世少復真。」按：稼軒退歸以淵明自比，晚年爲國再出經年，猶心繫之，故有淵明去已久之語。

和李都統詩①

破屋那堪急雨淋？官舍皆漏②。且欣斷港運篙深③。老農定向中宵望，太歲今年合守心④。

【箋注】

①題，李都統，即李奕。都統爲御前諸軍都統制。《宋史》卷一六七《職官志》七：「紹興十一年，三大將兵罷，諸軍皆冠以御前二字，擢其偏裨爲御前統領官，以統制御前軍馬入銜，秩高者爲御前諸軍都統制，且令仍舊駐劄，以屯駐州名冠軍額之上。其後，興元、江陵、建康、鎮江府、興、金、鄂、江、池州及平江許浦水軍，皆除都統制，恩數略視三衙，權任在帥臣右。」同書卷三八《寧

宗紀》三：「開禧元年夏四月辛卯，以江陵副都統李奕爲鎮江都統，皇甫斌爲江陵副都統兼知襄陽府。……八月乙巳，以殿前副都指揮使郭倪爲鎮江都統兼知揚州。」按：李都統應即李奕，其人《宋史》無傳，本末不詳。今僅知爲開禧二年覆師於壽州之將李爽之兄弟，其字里及能詩否，已均無考。《水心集》卷二五《朝請大夫提舉江州興國宫陳公墓志銘》載：「開禧元年，襄陽前帥李奕，後帥皇甫斌，密受韓侂冑意，謀先事擾虜，縱亡命劫界外。……由是七州民無强弱，相扇爲盜，縱横入虜地，復歸自寇。商販路絶，沿漢近山之木皆盡，而鄧城鎮屯田莊、府東門處處殺掠，城扉晝掩。侂冑不知其情，將遂出師。公謂侂冑：『復讎大義，伐國重事也。……』既屢論斌、奕罪，力陳四不宜動，且求罷。侂冑患之，彌年不決。」《金史》卷六二《交聘表》下亦載開禧元年正月宋兵入遂平縣縱掠，二月掠泌陽，三月掠鄧州事。此數州皆與宋京西路接壤，知李奕劫界外，乃此年春間事。四月，李奕除鎮江都統，五月到任（見《嘉定鎮江志》卷一六），八月遂罷，前後任都統僅四月餘。稼軒於嘉泰四年三月知鎮江府，開禧元年七月提舉沖佑觀。稼軒與李奕共事，在本年五月至七月間。右詩當作於本年初夏，詩中有「斷港」、「急雨」云云，正初夏景象也。

②官舍，指知鎮江府官署。《北固山志》卷二：「郡守宅在正峰腰。」

③斷港，韓愈《送王塤序》：「是猶航斷港絶潢望至於海也。」熊克《皇朝中興紀事本末》卷四〇：「鎮江府呂城夾岡地勢高，久不雨，則水淺而漕舟艱。」此紹興七年事。

④「太歲」句，蘇軾《次韻鄭介夫》詩：「長庚到曉空陪月，太歲今年合守心。」按：太歲即歲星，十二歲行一周天。《史記》卷二七《天官書》注引《天官占》：「歲星農官，主五穀。」心即心宿三星，又稱商星、大火、鶉星，爲二十八宿之一。《孝經鉤命決》謂「歲星守心年穀豐」，見《後漢書》卷六〇下《郎顗傳》所引。

和前人韻二首①

池魚豈足較浮沉②，丘貉何曾異古今〔一〕③？末路長憐鞭馬腹④，淡交端可炙牛心⑤。山方高卧雲長亂，松本忘言風自吟。昨日溪南雞酒社，長卿多病不能臨⑥。

【校】

〔一〕「丘」，原作「邱」。按：清代之前無「邱」字，此清人所改，今回改。

【箋注】

①題，所謂「前人」，未知爲何人。據次首「又向悠然作勝遊」句，疑即趙不迂兄弟。蓋趙家與傅家

俱在永平近郊，趙不迂在北郊，而傅巖叟在南郊。稼軒於開禧元年七月領宫觀，本書卷一五《玉樓春》詞題云：「乙丑京口奉祠歸，將至仙人磯。」有句云：「直須抖擻盡塵埃，却趁新涼秋水去。」知罷任後即返鉛山。右二詩前首有多病不臨雞酒社事，次篇又有「擬訪潤泉秋」語，則二詩當作於既歸鉛山後之若干時日内。

②池魚，《太平廣記》卷四六六引《風俗通》：「城門失火，禍及池魚。舊説：池仲魚，人姓字也。居宋城門，城門失火，延及其家，仲魚燒死。又云：宋城門失火，人汲取池中水，以沃灌之。池中空竭，魚悉露死。喻惡之滋，並傷良謹也。」（按今傳世《風俗通》均佚此條）

③「丘貉」句，《漢書》卷六九《楊惲傳》：「惲聞匈奴降者道單于見殺，惲曰：『得不肖君，大臣爲畫善計不用，自令身無處所。若秦時但任小臣，誅殺忠良，竟以滅亡。令親任大臣，即至今耳。古與今如一丘之貉。』惲妄引亡國，以誹謗當世，無人臣禮。」按：此段引文爲太僕戴長樂告發楊惲之語，惲坐是被廢爲庶人。

④「末路」句，《左傳・宣公十五年》：「宋人使樂嬰齊告急於晉，晉侯欲救之。伯宗曰：『不可。古人有言曰：雖鞭之長，不及馬腹。天方授楚，未可與争。雖晉之彊，能違天乎！』」注云：「非所擊。」蘇頌《和右僕射劉公莘老夜直中書省見寄之什》詩：「末路自憐黄髪老，早時曾識黑頭公。」

⑤「淡交」句，《莊子・山木》：「君子之交淡如水。」《世説新語・汰侈》：「王君夫有牛名八百里

駮，常瑩其蹄角。王武子語君夫：『我射不如卿，今指賭卿牛，以千萬對之。』君夫既恃手快，且謂駿物無有殺理，便相然可，令武子先射。武子一起便破的，却據胡牀，叱左右速探牛心來。須臾炙至，一臠便去。」

⑥長卿多病，《史記》卷一一七《司馬相如列傳》：「相如口吃而善著書，常有消渴疾。……稱病閒居，不慕官爵。」本書卷一五《鷓鴣天》詞：「不是長卿終慢世，只緣多病又非才。」

其二

茶瓜不作片時留①，又向悠然作勝遊②。花徑似經新掃灑③，竹林喚起舊風流④。天教有象皆楷寫⑤，世已無書可校讎⑥。長日苦遭蟬噪聒⑦，杖藜擬訪澗泉秋⑧。

【箋注】

①「茶瓜」句，杜甫《巳上人茅齋》詩：「枕簟入林僻，茶瓜留客遲。」

②悠然，傅巖叟閣也。本書卷一三有《水調歌頭・題傅巖叟悠然閣》、《賀新郎・題傅巖叟悠然閣》詞。《克齋集》卷一四有《題傅巖叟悠然閣》詩，具述巖叟命名之意，有云：「悠然君之心，非古

亦非今。忘言猶有詩，無絃安用琴？淵明此時意，千載無知音。但見登閣時，山高白雲深。」

③「花徑」句，杜甫《客至》詩：「花徑不曾緣客掃，蓬門今始爲君開。」

④「竹林」句，《晉書》卷四九《嵇康傳》：「所與神交者，惟陳留阮籍、河内山濤。豫其流者，河内向秀、沛國劉伶、籍兄子咸、琅邪王戎，遂爲竹林之遊，世所謂竹林七賢也。」

⑤有象，張九齡《奉和聖製賜諸州刺史以題座右》詩：「容光無不照，有象必爲言。」于頔《郡齋卧疾贈晝上人》詩：「萬景徒有象，孤雲本無心。」齊己《夜坐》詩：「月華澄有象，詩思在無形。」「有象」與「無形」對舉，有象即有形也。

⑥校讎，《太平御覽》卷六一八《劉向别傳》：「讎校者，一人持本，一人讀析，若怨家相對，故曰讎也。」

⑦「長日」句，杜甫《夏日李公見訪》詩：「巢多衆鳥鬥，葉密鳴蟬稠。苦遭此物聒，孰謂吾廬幽？」

⑧澗泉，稼軒詩友韓淲居信上南屏山南澗，遂以澗泉自號。淲字仲止，元吉之子，與趙蕃並稱「信上二泉」。

題桃符①

身爲參禪老，家因赴詔貧。

【箋注】

①題，《後村先生大全文集》卷一七五《詩話》後集載：「辛幼安晚《題桃符》云：『身爲參禪老，家因赴詔貧。』杜子昕則云：『父子俱開國，朝廷不負人。』兩聯皆微而婉。」查稼軒晚年，自嘉泰四年臨安召對以迄卒，惟開禧二年正月得家居，餘則或在臨安，或在京口，或在旅途，因知此聯必爲開禧二年元日所題寫。杜子昕名杲，福建邵武人，爲南宋抗蒙名臣。其父穎，仕贛州觀察推官，稼軒時爲江西提刑，嘗羅致幕下。見《後村先生大全集》卷一五〇《杜郎中墓志銘》。其子庶，仕至兩淮安撫制置使知揚州。《大全集》卷一六三有《杜大卿墓志銘》。《後村先生大全集》卷一四一《杜尚書神道碑》載杲爵至揚子縣開國子。《杜大卿墓志銘》又載其子庶於淳祐三年封揚子縣開國男，時其父杜杲尚在，至淳祐八年始卒。杜杲晚歲當權臣史嵩之專擅之際，以朝廷重臣屢次被劾，閑退於家，故有此聯語也。劉後村既以杜杲相比，且言二聯俱微婉，乃言二公境遇相似，而又皆於《題桃符》中頗有所諷也。桃符，《宋史》卷四七九《世家》二：「西蜀孟昶，……每歲除，命學士爲詞題桃符，置寢門左右。末年學士幸寅遜撰詞，昶以其非工，自命筆題云：『新年納餘慶，嘉節號長春。』」按：宋人之題桃符者，如稼軒友人黄榦《勉齋集》卷三六《桃符》所列《壬戌考亭寓舍堂門》等十一題，均以二句爲一聯，如《無訟堂》云：「但覺堂中無愧怍，不應門外有紛爭。」蓋五代後蜀之題桃符，爲後世以聯語慶新年之始也。

丙寅歲山間競傳諸將有下棘寺者①

去年騎鶴上揚州②，意氣平吞萬户侯③。誰使匈奴來塞上④？却從廷尉望山頭⑤。榮華大抵有時竭，禍福無非自己求⑥。記取山西千古恨，李陵門下至今羞⑦。

【箋注】

①題，開禧二年丙寅，夏，韓侂胄出師北伐。五月，興元、江州、池州諸路宋軍皆敗。池州軍帥郭倬等遂下大理獄。《宋史》卷三八《寧宗紀》二載其大概：「五月甲午，以池州副都統郭倬、主管馬軍行司公事李汝翼會兵攻宿州，敗績。……癸卯，郭倬等還至蘄縣，金人追而圍之，倬執馬軍司總制田俊邁以與金人，乃得免。六月……丁巳，奪郭倬、李汝翼二官。……八月丙寅，斬郭倬於鎮江。」《宋會要輯稿·兵》九之二一具載郭倬等敗軍辱國事：「開禧二年五月三日，馬軍司後軍司統制、知濠州田俊邁率所部兵渡淮。四日，池州都統制郭倬兵繼之。……六日，主管侍衛馬軍李汝翼、倬、俊邁引兵趨宿州，虜遣騎迎戰，俊邁與倬麾下將孟思齊合力敗之於西流村。……十九日，虜又出兵城西大王湖木林蔭道中，來戰，已遽退歸，汝翼等復鼓衆攻城，不克。

二十日夜，俊邁及倬、汝翼所統兵以久雨糧不繼，潰去者甚衆。二十一日，虜出騎三千來攻，其夜，倬、汝翼、俊邁率軍退屯蘄州，至西流村，復爲虜邀擊，多所殺傷。二十三日，虜兵圍蘄縣。我師勢不敵，虜乘勝登城，焚城北門、縣治、倉庫等。倬等戰不利，兵多死。是晚，倬、汝翼受虜僞書，使人執俊邁送虜軍。虜既得俊邁，即鳴金斂兵北歸。其夜，倬、汝翼引餘衆南還。……兵初渡淮，三帥所統合部騎民兵幾三萬人，……至靈壁，兩軍所存才五千餘人而已。先是，俊邁知濠州，嘗遣忠義人吴忠等入北界，結集徒黨，事覺，事爲虜捕獲，盡得俊邁所給旗號等。又，俊邁常遣人抄略彼界，殺人，奪其鞍馬、橐駝等，故虜知俊邁名甚久。至是，倬等受虜僞書，其語謂能執送俊邁，則開以生路，免萬人性命。倬等愚怯，信之，用其帳下余永寧計，詐作請俊邁議事，遂擁衆圍簇俊邁，奪其馬及佩刀、兜鍪等，相與執縛送虜寨。倬、汝翼尋逮詔獄，鞫得其實，倬伏誅，餘人論罪有差。」其所引皆據郭倬獄案修入。有關郭倬等入獄事實，岳珂《桯史》卷一四《二將失律》條載之甚詳，摘録如下：「余歸，病中得邸狀，汝翼、倬俱薄謫湖湘間，意泯熄矣。居亡何，有旨，命大理正喬夢符即京口置獄，推俊邁事，皆莫測所以發。既乃聞余永寧者適以事至宣司，遇俊邁之馭，執之，呼冤。丘樞訊焉，得其情，以事已行，不欲究，第杖永寧脊，黥流海島。倬之弟僎，輕佻人也，好大言，聞永寧得罪而怒，實不知其事之出於倬，妄謂不然，以訴於平原。平原謂之曰：『平反易耳，第萬或一然，國有常憲，彼時何以爲君地？不如姑已。』僎固稱枉，請直之。喬遂來復追永寧於道，俱下吏，左驗明甚。九月，獄具，永寧磔死，倬棄市，從者皆論極典。汝翼不出語，得減死，竄瓊州。」棘寺，即大理寺。據《宋史·寧宗紀》二及《宋會要輯稿·職官》七四之二一所載，郭倬於開禧二年六月七日奪三官，此後又追五官，送郴州安置。其被斬於鎮江則在八月十七日（《桯史》謂九月，誤）。據此推考，宋廷於鎮江置詔獄，下郭倬等於棘寺當不早於七月中，而稼軒在鉛山山間得諸將入獄消息，特賦詩以紀其事，自應在八月。

②騎鶴上揚州，《古今合璧事類備要》别集卷六四引殷芸《小説》：「有客相從，各言所志。或願爲揚州刺史，或願多貲財，或願騎鶴上昇。其一人曰：『腰纏十萬貫，騎鶴上揚州。』欲兼三者。」

③萬户侯，食邑萬户之侯。《戰國策·齊策》四：「有能得齊王頭者，封萬户侯。」《史記》卷一〇九《李將軍列傳》：「嘗從行，有所衝陷折關及格猛獸，而文帝曰：『惜乎，子不遇時！如令子當高帝時，萬户侯豈足道哉？』」

④「誰使」句，《史記》卷一〇八《韓長孺列傳》：「元光元年，雁門馬邑豪聶翁壹因大行王恢言上曰：『匈奴初和親，親信邊，可誘以利。』陰使聶翁壹爲間，亡入匈奴，謂單于曰：『吾能斬馬邑令丞吏，以城降，財物可盡得。』單于愛信之，以爲然。……於是單于穿塞將十餘萬騎入武州塞。當是時，漢伏兵車騎材官三十餘萬，匿馬邑旁谷中。……於是單于入漢長城武州塞，未至馬邑百餘里，行掠鹵，徒見畜牧於野，不見一人。單于怪之，攻烽燧，得武州尉史，欲刺問尉史，尉史曰：『漢兵數十萬伏馬邑下。』單于顧謂左右曰：『幾爲漢所賣。』乃引兵還。……天子怒王恢不出擊單于輜重，擅引兵罷，……下恢廷尉，廷尉當恢逗橈，當斬。……乃自殺。」

⑤「却從」句，《世説新語·方正》「蘇峻既至石頭，百僚奔散」句注引王隱《晉書》：「有頃，詔書徵峻，峻曰：『臺下云我反，反豈得活邪？我寧山頭望廷尉，不能廷尉望山頭。』乃作亂。」按：此書注引《晉陽秋》，謂「峻率衆二萬，濟自横江，至於蔣山，王師敗績」，故自稱山頭。

⑥「禍福」句，《孟子·公孫丑》上：「今國家閒暇，及是時，般樂怠敖，是自求禍也。禍福無不自己求之者。《詩》云：『永言配命，自求多福。』太甲曰：『天作孽，猶可違；自作孽，不可活。』此之謂也。」

⑦「記取」二句，《史記》卷一〇九《李將軍列傳》：「廣子三人，曰當户、椒、敢。……當户有遺腹子名陵。……天漢二年秋，貳師將軍李廣利將三萬騎擊匈奴右賢王於祁連天山，而使陵將其射士步兵五千人出居延北可千餘里，欲以分匈奴兵。……單于以兵八萬圍擊陵軍。……陵食乏，而救兵不到。虜急擊招降陵，陵曰：『無面目報陛下。』遂降匈奴，其兵盡没，餘亡散得歸漢者四百餘人。單于既得陵，素聞其家聲，及戰又壯，乃以其女妻陵而貴之。漢聞，族陵母妻子。自是之後，李氏名敗，而隴西之士居門下者皆用爲恥焉。」按：稼軒爲李陵門下羞，蓋指郭倬將門之後，不知珍重，敗壞家聲。有關郭氏，可參本書卷七《水調歌頭》詞（漢水東流闋）箋注。

丙寅九月二十八日作明年將告老①

漸識空虚不二門②，掃除諸幻絶根塵③。此心自擬終成佛④，許事從今只任真⑤。有我故應還起滅⑥，無求何自别寃親？西山病叟支離甚⑦，欲向君王乞此身。

【箋注】

①題，丙寅爲開禧二年，右詩繼前詩而作，以開禧北伐失利，對韓侂胄極爲失望，遂生致仕之念。

②「漸識」句，《維摩詰所説經·入不二法門品》：「問文殊師利：『何等是菩薩不二法門？』文殊師利曰：『如我意者，於一切法，無言無説，無示無識，離諸問答，是爲入不二法門。』於是文殊師利問維摩詰：『我等各自説已，仁者當説何等是菩薩入不二法門。』時維摩詰默然無言。文殊師利歎曰：『善哉善哉，乃至無有文字語言，是真入不二法門。』」

③「掃除」句，《圓覺經》卷上：「幻身滅故，幻心亦滅。幻心滅故，幻塵亦滅。」《五燈會元》卷一《靈隱·清聳禪師》條：「根塵俱泯，爲甚麽事理不明？」按：釋家以眼、耳、鼻、舌、身、意爲根，以色、聲、味、觸、法爲塵。

④「此心」句，禪宗謂衆生心有覺悟便可成佛。《五燈會元》卷一《菩提達摩法師》條：「問曰：『何者是佛？』提曰：『見性是佛。』」同書卷二《信州智常禪師》條云：「但見本源清浄，覺體圓明，即名見性成佛。」

⑤任真，《莊子·齊物論》郭象注：「任自然而忘是非者，其體中獨任天真而已。」陶潛《連雨獨飲》詩：「天豈去此哉？任真無所先。」杜甫《狂歌行贈四兄》詩：「一生喜怒常任真。」

⑥「有我」句，《老子》：「吾所以有大患者，爲吾有身；及吾無身，吾有何患！」佛教亦以自身存在爲有我。起滅指事物之發生及消滅。佛經謂無起滅。《圓覺經》卷上：「如來藏中，無起滅故。」《五燈會元》卷二《嵩山峻極禪師》條：「善惡如浮雲，俱無起滅故。」

⑦「西山」句，據（嘉靖）《廣信府志》卷二《鉛山縣》載，西山，在縣西四里，熙寧中嘗産銀。又載鉛山，縣西四里，一名桂陽，山産鉛，縣因此得名。疑文獻所稱西山即鉛山，稼軒晚歲或因多病，自謂縣之病叟，而有西山病叟之號。支離，蘇軾《次韻王定國馬上見寄》詩：「昨夜霜風入裌衣，曉來病骨更支離。」

書鶴鳴亭壁①

翠竹栽成占一丘，清溪映帶極風流。山翁一向貪奇趣，更引飛泉在上頭。

【箋注】

①題，鶴鳴亭，稼軒詞文及《鉛山志》均不見此亭名。疑爲稼軒晚年歸鉛山後所創，據右詩所詠周邊景物，其亭址當在瓢泉或横畈秋水堂附近，以其近山可引飛泉也。

鶴鳴亭獨飲

小亭獨酌興悠哉，忽有清愁到酒杯。四面青山圍欲合①，不知愁自那邊來。

【箋注】

①圍欲合，將合圍，謂將形成包圍。胡應麟《自桐盧至新安雜詠十六首》詩有「萬山圍欲合，一水去仍遥」句，即從此出。

鶴鳴亭絶句四首〔一〕①

飽飯閒遊繞小溪，却將往事細尋思。有時思到難思處，拍碎闌干人不知。

【校】

〔一〕題，《詩淵》第三二七六頁附此四詩於《丁卯七月題鶴鳴亭》之後，未另標題。

【箋注】

①題，《鶴鳴亭絶句四首》，雖《詩淵》附次於《丁卯七月題鶴鳴亭》三詩之後，然《詩淵》之編次並不以作年先後爲序，故不足爲考證之依據。今雖知其亦爲稼軒晚年所作，以别無確切資據可供推考，故將一併彙録於丁卯七月所題詩之前。

其二

安石榴花翠竹枝①，婆娑其下欲何爲〔一〕②？ 溪流自有無聲處，鶴舞不如閑立時。

【校】

〔一〕「欲」，《詩淵》作「更」。

【箋注】

①安石榴，《農政全書》卷二引《博物志》：「張騫出使西域，得塗林安石國榴種以歸，故名安石榴。」

②婆娑其下，《詩·陳風·東門之枌》：「東門之枌，宛丘之栩。子仲之子，婆娑其下。……不績其麻，市也婆娑。」《正義》謂：「男棄其業，子仲之子是也。女棄其業，不績其麻是也。會於道路者，……歌舞於市井者，婆娑是也。」

其　三

舊時秋水醉吟者①，且作西山病叟呼。可惜黄花逢令節〔一〕②，尊中酒燥筆頭枯③。

【校】

〔一〕「令節」，《詩淵》作「節令」。

【箋注】

①秋水，指秋水堂或秋水觀，稼軒期思横畈與五堡洲居室。章謙亨《摸魚兒·過期思稼軒之居》詞有云：「秋水觀，環繞滔滔瀑布，參天林木奇古。雲煙只要闌干角，生出晚來微雨。」稼軒慶元、嘉泰間居此九年，所作詩詞甚多，故自稱「秋水醉吟者」。

②令節，指九月九日重陽。

③「尊中」句，陶潛《雜詩》十二首：「解絃肆朝日，尊中酒不燥。」

其　四

清歡那復笑開口〔一〕①，閒事長令悶破頭②。更有不堪蕭索處：西風過了菊花秋。

【校】

〔一〕「開口」，《詩淵》作「口開」。

【箋注】

①「清歡」句，《莊子·盜跖》：「今吾告子以人之情：目欲視色，耳欲聽聲，口欲察味，志氣欲盈。人上壽百歲，中壽八十，下壽六十，除病瘦、死喪、憂患，其中開口而笑者，一月之中，不過四五日而已矣。」杜牧《九日齊山登高》詩：「塵世難逢開口笑，菊花須插滿頭歸。」

②「閒事」句，《晉書》卷四七《傅咸傳》：「駿弟濟素與咸善，與咸書曰：『江海之流混混，故能成其深廣也。……以君盡性，而處未易居之任，益不易也。想慮破頭，故具有白。』」華鎮《蒙雲叟司户寵示佳篇若將以功名相勉者再用韻以呈》詩：「來時春半忽驚秋，思慮關心欲破頭。」王惲《秋澗集》卷二一有《立春日》五詩，其四云：「在家貧好誰餬口？萬事癡如慮破頭。收取琴書林下去，蓋頭茅把要先謀。」自注：「爲子孺欲起禄，稼軒故云。」

江郎山和韻①

三峰一一青如削②，卓立千尋不可干。正直相扶無依傍，撐持天地與人看。

【箋注】

①題，江郎山，〔同治〕《江山縣志》卷一《輿地》：「江郎山在江山縣南五十里，高六百尋，一名金純

山，又名須郎山。《東陽志》云：『金純山有三峰，悉數百丈，色丹奪目，不可仰視。……山有三峰，俗呼江郎三片石。山頂有池，人跡罕至。錢氏以此名縣。』」其下即引稼軒此詩，而亦不載其所和爲何人之詩。〔康熙〕《衢州府志》卷三《江山縣》：「南五十里爲江郎山。……《通典》云：『須郎山發地如筍，有三峰。昔江姓兄弟三人登其巔，因化爲石。山頂有池，生碧蓮金鯽，山半有巖危石空懸，中可結廬。』」吕祖謙《東萊集》卷一五《入閩録》：「二十六日，五里江山縣。……十五里江郎山，三峰拔地數百丈，中斷如劃，天下奇觀也。」楊萬里《誠齋集》卷一五有詩，題爲：「江郎峰三石山在江山縣南三十五里禮賢鎮，望之極正，里人又呼爲郎峰。」詩云：「走偏名山腳不停，見渠令我眼偏明。郎峰好處端何似？筍剥三竿紫水精。」按：《誠齋集》中「三十五」應爲「四十五里」之誤。本詩及以下《慶雲橋二首》，皆應開禧三年作。衢州江山縣乃自信入浙必經之途。稼軒一生，惟一往返於浙、信之間爲其晚年事。《宋史》稼軒本傳載：「進龍圖閣待制知江陵府，令赴行在奏事，試兵部侍郎。」《續宋考證資治通鑑》卷一三載：「開禧二年十二月庚子，以吴獵爲湖北京西宣撫使，仍知江陵。」《宋會要輯稿・職官》四一之四一載：「開禧三年四月十五日，詔權兵部尚書宇文紹節除華文閣學士知江陵府。」據以上記載，知稼軒知江陵府之命應在宇文改命之稍前，既至行在進見而除兵部侍郎，則其受命知江陵，實未到任。《江郎山和韻》應即赴召時作，或在本年三月。既到行在，復奉朝請而不得歸，至是年夏，稼軒不復主管在京宫觀，當可獲得歸返家鄉之自由。《慶雲橋二首》詩，即歸途中經江山時所作也。

②「三峰」句，蘇軾《武昌銅劍歌》：「水上青山如削鐵，神物欲出山自裂。」

慶雲橋詩一首〔一〕①

草梢出水已無多②，村落瀰漫奈雨何〔二〕。水底有橋橋有月〔三〕，只今平地怕風波。

【校】

〔一〕題，《抄存》作「江山」，此從〔同治〕《衢州府志》卷三。

〔二〕「落」，《抄存》作「路」。

〔三〕「月」，〔同治〕《衢州府志》、《明一統名勝志·衢州府志勝》卷一〇作「穴」。

【箋注】

①題，慶雲橋，〔同治〕《江山縣志》卷一《輿地》：「慶雲橋者，在長臺。里人朱夏、柴時秀建。蔣光彦《慶雲橋記》：『慶雲橋者，長臺里人所募建也。何以名慶雲？萬曆辛丑冬慶雲五色見也。』」其下有按語云：「韓詩、《明統志》又作『鹿溪渡』，《浙江通志》作『慶雲橋』，特韓、辛皆宋

人，而蔣光彦記屬萬曆，豈宋已有是名而明之萬曆慶雲復見耶？存以俟考。」按：《縣志》於稼軒右詩之後注云：「《舊志》作航埠山。」卷一載：「航埠山在縣東一里，山勢透迤，鹿溪經其陽，高五丈，週二里，其陽有鹿溪渡。」查長臺在縣東三十里長臺溪，與縣東一里之航埠山不在一地。右詩未見詠山，次首有「溪南」語，應即指長臺溪而言，則以題作橋爲確。

②「草梢」句，疑寫水災。《兩朝綱目備要》卷一〇：「開禧三年秋七月乙酉，下罪己詔，以大水及飛蝗爲災也。」

其二

斷崖老樹互撑拄，白水緑畦相灌輸〔一〕。焉得溪南一丘壑〔二〕？放船畫作歸來圖。

【校】

〔一〕「灌」，〔同治〕《衢州府志》作「轉」，此從《抄存》。

〔二〕「焉」，《明一統名勝志》作「安」。

丁卯七月題鶴鳴亭三首〔一〕①

莫被閒愁撓太和，愁來只用道消磨〔二〕。隨流上下寧能免②，驚世功名不用多③。閑看蜂衙足官府④，夢隨蟻鬥有干戈⑤。疏簾竹簟山茶盌，此是幽人安樂窩⑥。

【校】

〔一〕題，《抄存》無「丁卯七月」四字。此從《詩淵》第三二七六頁。又，此首《抄存》爲第二首，第二首《抄存》爲第三首，第三首《抄存》爲第一首。

〔二〕「道」，《抄存》作「暗」。

【箋注】

①題，本詩及以下二首，皆開禧三年七月歸鉛山以後作。

②隨流上下，《楚辭·卜居》：「將泛泛若水中之鳧，與波上下，偷以全吾軀乎？」

③「驚世」句，陳師道《送外舅郭大夫西川提點刑獄》詩：「功名何用多，莫作分外慮。」

④「閑看」句，蜂衙，蜂羣早出晚歸，圍繞蜂房飛動，猶如官府之早晚衙，故稱蜂衙。韓愈《酬給事曲江荷花行見寄》詩：「上界仙人足官府，豈如散仙鞭笞鸞鳳終日相追陪？」

⑤「夢隨」句，淳于棼夢至大槐安國，被招贅駙馬，率師出征檀羅國。夢覺，見所居槐樹下與宅東古澗檀樹下各有蟻穴，方知夢中干戈乃蟻鬥也。見《太平廣記》卷四七五《淳于棼》條。

⑥「疏簾」二句，疏簾竹簟，韓元吉《徐應祺惠文編》詩：「渴雨空齋晝不眠，疏簾竹簟意翛然。」安樂窩，《宋史》卷四二七《邵雍傳》：「初至洛，蓬蓽環堵，不芘風雨。躬樵爨以事父母，雖平居屢空，而怡然有所甚樂，人莫能窺也。及執親喪，哀毁盡禮。富弼、司馬光、吕公著諸賢，退居洛中，雅敬雍，恒相從遊，爲市園宅。雍歲時耕稼，僅給衣食，名其居曰安樂窩，因自號安樂先生，旦則焚香燕坐，晡時酌酒三四甌，微醺即止，常不及醉也。」

其二

林下蕭然一秃翁①，斜陽扶杖對西風。功名此去心如水，富貴由來色是空②。便好洗心依佛祖③，不妨强笑伴兒童。客來閑説那堪聽？且喜近來耳漸聾。

【箋注】

①「林下」句，林下，《高僧傳》卷五《竺僧朗》：「竺僧朗，京兆人也。……常蔬食布衣，志耽人外。……與隱士張忠爲林下之契，每共遊處。」唐范攄《雲溪友議》卷四載：「韋丹嘗寄詩釋靈澈，示欲退隱，靈澈答詩云：『相逢盡道休官去，林下何曾見一人？』」一秃翁，《漢書》卷五二《灌夫傳》：「蚡已罷朝，出止車門，召御史大夫安國載，怒曰：『與長孺共一秃翁，何爲首鼠兩端？』」長孺即御史大夫韓安國，秃翁謂魏其侯竇嬰。蚡即田蚡。

②色是空，見本卷《醉書其壁》詩箋注。

③「便好」句，蘇軾《和蔡景繁海州石室》詩：「前年開閤放柳枝，今年洗心依佛祖。」《送劉寺丞赴餘姚》詩：「老我人間萬事休，君亦洗心從佛祖。」

其三

種竹栽花猝未休，樂天知命且無憂①。百年自運非人力②，萬事從今與鶴謀。用力何如巧作奏〔一〕③，封侯元自曲如鉤④！請看魚鳥飛潛處，更有雞蟲得失不⑤？

【校】

〔二〕用力，《詩淵》原作「力□」，兹從《抄存》。奏，《抄存》誤作「湊」。

【箋注】

①「種竹」二句，張耒《對菊花二首》詩：「宦閒身世兩悠悠，種竹栽花一散愁。」韋驤《又和見招鼓山遊》詩：「氣涼天淡正時秋，野興山情猝未休。」《易・繫辭》上：「樂天知命故不憂。」

①「百年」句，自運，《南齊書》卷二九《周山圖傳》：「努力自運，勿令他人得上功。」非人力，《孟子・梁惠王》下注：「《書》曰：朞三百有六旬。言五旬未久而取之，非人力，乃天也。天與不取，懼有殃咎。」《漢書》卷四《文帝紀》：「卒以滅之。此乃天授，非人力也。」《漢書》此類語甚多。如卷六六《楊惲傳》：「惲語富平侯張延壽曰：『聞前有犇車抵殿門，門關折，馬死，而昭帝崩。今復如此，天時，非人力也。』」

③「用力」句，《漢書》卷九九上《王莽傳》：「居攝元年四月，安衆侯劉崇與相張紹謀曰：『安漢公莽專制朝政，必危劉氏。天下非之者，乃莫敢先舉，此宗室耻也。吾帥宗族爲先，海内必和。』紹等從者百餘人，遂進攻宛，不得入而敗。紹者，張竦之從兄也。竦與崇族父劉嘉詣闕自歸，莽赦弗罪，竦因爲嘉作奏曰：『……願爲宗室倡始，父子兄弟負籠荷鍤，馳之南陽，豬崇宫室，令如

古制。』……於是莽大説。……封嘉爲師禮侯，嘉子七人皆賜爵關内侯，後又封竦爲淑德侯。長安爲之語曰：『欲求封，過張伯松；力戰鬥，不如巧爲奏。』」按：巧爲奏，荀悦《前漢紀》卷三〇《孝平紀》作巧作奏。伯松，張竦之字。宋祁《詠史》詩：「生能巧作奏，死戒直如絃。」

④「封侯」句，《後漢書》卷二三《五行志》一：「順帝之末，京都童謡曰：『直如絃，死道邊。曲如鈎，反封侯。』」

⑤雞蟲得失，杜甫《縛雞行》：「小奴縛雞向市賣，雞被縛急相喧争。家中厭雞食蟲蟻，不知雞賣還遭烹。蟲雞於人何厚薄，吾叱奴人解其縛。雞蟲得失無了時，注目寒江倚山閣。」

偶作三首①

兒童談笑覓封侯〔一〕②，自喜婆娑老此丘③。棋鬥機關嫌狡獪，鶴貪吞啖損風流。强留客飲渾忘倦，已辦官租百不憂④。我識簞瓢真樂處⑤，《詩》《書》執《禮》《易》《春秋》⑥。

【校】

〔一〕「童」，《永樂大典》卷八九九六詩字韻作「曹」。

【箋注】

①題，以下三首，皆開禧三年作。稼軒本年春提舉在京宫觀，夏歸鉛山。七月有《題鶴鳴亭三首》，至九月十日病卒。右《偶作》三首，與《題鶴鳴亭》詩詩意相近，蓋稼軒自病中至辭世之作也。

②「兒童」句，杜甫《復愁》詩：「閭閻聞小子，談笑覓封侯。」

③「自喜」句，《晉書》卷七二《郭璞傳》引其所作《客傲》有云：「莊周偃蹇於漆園，老萊婆娑於林窟。」婆娑，舞姿也，見《鶴鳴亭絶句四首》箋注。

④「已辦」句，《中吴紀聞》卷三《本禪師》條：「人有飯僧者，必告之曰：『汝先養父母，次辦官租。如欲供僧，以有餘及之。徒衆在此，豈無望檀那之施？』」

⑤簞瓢真樂處，《論語·雍也》：「孔子曰：『賢哉回也，一簞食，一瓢飲，人不堪其憂，回也不改其樂，賢哉回也。』」

⑥詩書執禮，《論語·述而》：「子所雅言，《詩》、《書》、執《禮》，皆雅言也。」《正義》：「子所正言者，《詩》、《書》、《禮》也。此三者行王典法，臨文教學，讀之必正。……《禮》不背文誦，但記其揖讓周旋，執而行之，故言執也。」

其二

一氣同生天地人①，不知何者是吾身。欲依佛老心難住，却對漁樵語益真②。靜處時呼酒賢聖③，病來稍識藥君臣〔一〕④。由來不樂金朱事⑤，且喜長同壟畝民。

【校】

〔一〕「識」，《大典》作「認」。

【箋注】

①「一氣」句，《朱子語類》卷三《鬼神》：「要之，通天地人，只是這一氣。」《欒全集》卷三六《宋故推誠保德功臣宣徽南院使安武軍節度使……贈太尉謚曰康穆程公神道碑銘》：「及歸里門，翩翩素旌。一氣同生，大期共盡。」

②「欲依」二句，依佛，見本卷《丁卯七月題鶴鳴亭三首》詩箋注。對漁樵，《郡齋讀書志》卷一：「《漁樵對問》一卷，右皇朝張載撰。設爲答問，以論陰陽化育之端，性命道德之奥云。」語益真，

蘇軾《送邵道士彦肅還都嶠》詩：「乞得紛紛擾擾身，結茅都嶠與仙隣。少而寡欲顔常好，老不求名語益真。」

③酒賢聖，《三國志·魏志》卷二七《徐邈傳》：「時科禁酒，而邈私飲至於沉醉。校事趙達問以曹事，邈曰：『中聖人。』達白之太祖，太祖甚怒。渡遼將軍鮮于輔進曰：『平日醉客，謂酒清者爲聖人，濁者爲賢人。邈性修慎，偶醉言耳。』竟坐得免刑。」

④藥君臣，《神農本草經》：「上藥一百二十種爲君，主養命；中藥一百二十種爲臣，主養性；下藥一百二十種爲佐使，主治病。」《夢溪筆談》卷二六《藥議》：「舊説用藥有一君二臣三佐五使之説，其意以謂藥雖衆，主病者專在一物，其他則節級相爲用。」

⑤金朱，謂金印朱紱。

其　三

老去都無寵辱驚①，静中時見古今情。大凡物必有終始，豈有人能脱死生？日月相催飛似箭②，陰陽爲寇慘於兵③。此身果欲参天地④，且讀《中庸》盡至誠⑤。

【箋注】

①「老去」句，《老子》：「何謂寵辱若驚？寵爲下，得之若驚，失之若驚，是謂寵辱若驚。」

②「日月」句，《易·繫辭》下：「日往則月來，月往則日來，日月相推而明生焉。寒來則暑往，暑往則寒來，寒暑相推而歲成焉。」

③「陰陽」句，《莊子·庚桑楚》：「兵莫憯於志，鏌鎁爲下；寇莫大於陰陽，無所逃於天地之間。非陰陽賊之，心則使之也。」「憯」即慘字。

④參天地，《禮記·中庸》：「可以贊天地之化育，則可以與天地參矣。」《正義》謂「能贊助天地之化育，功與萬物相參」。

⑤「且讀」句，《禮記·中庸》：「惟天下之至誠，爲能盡其性，能盡其性則能盡人之性。」

詩集附考

《新年團拜後和主敬韻並呈雪平》詩非稼軒作

辛更儒

辛啓泰於《稼軒集抄存》卷四收載《新年團拜後和主敬韻並呈雪平》詩一首，余曩作《辛稼軒詩文箋注》亦全詩收入書中，今已考知其詩非稼軒所作，故作此短文以辨之。先將此詩全文録後：

已把年華遜得翁，滿前依舊祖遺蹤。謝家固不多安石，阮氏還能幾嗣宗？今是昨非當謂夢，富妍貧醜各爲容。修然白髮猶何事，祇好三人自一龍。

按詩題，團拜謂親友聚拜，而以本宗爲主。主敬、雪平姓名本皆無考。《詩淵》第八二三頁有《用愛吾句呈雪平韻》詩題，惜全詩不存，亦無從考知雪平的爲何人。然《詩淵》第七五四頁有題爲張埴《情性集》之《擬寄雪平諸兄弟及叔侄輩二首》詩，第九二五頁有張埴《答愛吾》詩，此愛吾當爲某人之號，據此知前引題《愛吾句呈雪平》詩者亦必張埴所作。宋代名張埴者有數人，范祖禹、葉適的别集中都出現過。此所録張埴，經查（同治）《吉水縣志》卷三七，知字養直，爲南宋後期江西吉水縣人。平生未仕，早年曾遊湖湘。其所作《擬寄雪平》詩有云：

八字山前一幅巾，可堪垂白向漂淪？平生夢寐在諸老，近者傳聞失某人。社日雞豚新雨淚，秋風鴻雁舊天倫。所期林下無窮意，護竹培花陸續春。

桑田成海海成田，迂闊重來每自憐。北道主人今似月，西江回首遠如天。青山千里復千里，白髮一年多一年。渺渺西風吹薄袂，能於骨肉不淒然？

晉代庾亮鎮武昌，時人戴洋對庾亮有言：「武昌土地，有山無林，政可圖始，不可居終。山作八字，數不及九。」見《晉書》卷九五《藝術傳》。因知八字山乃武昌典故，從「八字山前一幅巾」句可知，雪平乃隱居湖北鄂州之人，爲張氏同宗。據「北道主人今似月，西江回首遠如天」及「渺渺西風吹薄袂，能於骨肉不淒然」句，則張埴不但與雪平爲同宗，還於早年遊湖湘時與雪平相會，叙天倫之舊。

雪平既姓張，且有張埴詩爲證，可知賦新年團拜詩者，亦必張埴，而不可能是辛稼軒。法式善等人自《永樂大典》中輯稼軒詩，把此詩輯出，交由辛啓泰編入《稼軒集抄存》，當係誤植，不足爲據。

至於主敬爲何人，自江西萬載縣《辛氏宗譜》發現之後，此問題也得到了解答。

查《萬載辛氏達房譜》（民國四年乙卯修）卷首所載之《宗源述》，附録《舊譜始派圖》，肆意僞造辛稼軒之前世後裔，其所載爲：

彥威——次膺
　　——添膺——棄疾——主恭
　　　　　　　　　——主敬——竭
　　　　　　　　　　　　　——端
　　　　　　　　　　　　　——定

此譜錯誤百端，謂稼軒乃辛次膺弟添膺之子，不知次膺乃山東萊州人，《宋史》卷三八三《辛次膺傳》有明確記載。可知此譜公然造假。把稼軒並入萊州世系，以未見録於《濟南辛氏宗圖》之《萊州圖》之所謂添膺爲其父，且平空捏造主恭、主敬二子之名，皆荒謬之極。此主敬之名，與辛啓泰收載之《新年團拜後和主敬韻並呈雪平》詩恰好相同，辛啓泰見其名與自家族譜中的主敬名全同，無法對此作出考證，遂牽連《舊譜始派圖》之記載，將此詩編入稼軒詩中。此亦可見辛啓泰學術水準之一斑。這與其《稼軒集抄存》收録黄公度所作《賀御賜閣額》二首、《贈延福端老》、《和泉上人》各一首，原爲辛次膺所作之《贈黄冠周孝先》詩一首、陸游《鵝湖夜坐書懷》詩一首，將他人詩作標爲辛稼軒所作，同樣是不辨真僞、不知考證爲何事之典型事例。基於上述原因，故此次重編稼軒詩，特將《新年團拜後和主敬韻並呈雪平》詩删除，並略綴數語，辨明如上。

辛棄疾集編年箋注卷三

按：本卷所載，爲《美芹十論》，共十一篇，作於孝宗隆興二年甲申（一一六四）秋。

奏議

美芹十論〔一〕①

進美芹十論〔二〕

臣聞：事未至而預圖，則處之常有餘；事既至而後計〔三〕，則應之常不足。虜人憑陵中夏，臣子思酬國耻，普天率土，此心未嘗一日忘。

臣之家世，受廛濟南，代膺閫寄，荷國厚恩②。大父臣贊③，以族衆，拙於脱身，被污虜官。留京師④，歷宿、亳⑤，涉沂、海⑥，非其志也。每退食，輒引臣輩，登高望遠，指畫山河，思投釁而起，以紓君父所不共戴天之憤。嘗令臣兩隨計吏，抵燕山⑦，諦觀形勢。謀未及遂，大父臣贊下世。粤辛巳歲⑧，逆亮南寇⑨，中原之民，屯聚蜂起。臣嘗鳩衆二千，隸耿京，爲掌書記，與圖恢復。共籍兵二十五萬，納款於朝⑩。不幸變生肘腋⑪，事乃大謬。負抱愚忠，填鬱腸肺。

官閒心定⑫，竊伏思念：今日之勢〔四〕，朝廷一於持重，以爲成謀；虜人利於嘗試，以爲得計。故和戰之權常出於敵，而我特從而應之。是以燕山之和未幾，而京城之圍急⑬；城下之盟方成，而兩宫之狩遠⑭。秦檜之和，反以滋逆亮之狂⑮。彼利則戰，倦則和，詭譎狙詐，我實何有？惟是張浚符離之師，觕有生氣〔五〕⑯。雖勝不慮敗，事非十全，然計其所喪，方諸既和之後，投閑蹂躪，猶未若是之酷⑰。而不識兵者，徒見勝之不可保之爲害，而不悟夫和而不可恃爲膏肓之大病，亟遂齗舌，以爲深戒。臣竊謂，恢復自有定謀，非符離小勝負之可懲，而朝廷公卿過慮，不言兵之可惜也。古人言「不以小挫而沮吾大計」⑱，正以此耳。

恭維皇帝陛下，聰明神武，灼見事幾。雖光武明謨，憲宗果斷⑲，所難比擬。一介醜虜，尚勞宵旰，此正天下之士獻謀效命之秋。臣雖至愚且陋〔六〕，何能有知？徒以忠憤所激，不能自已，以爲今日虜人，實有弊之可乘，而朝廷上策，惟預備乃爲無患〔七〕。故罄竭精懇，不自忖量，撰成《禦戎十論》，名曰《美芹》⑳。其三言虜人之弊，其七言朝廷之所當行。先審其勢，次察其情，復觀其釁，則敵之虚實〔八〕，吾既詳之矣，然後以其七説次第而用之，虜固在吾目中㉑。惟陛下留乙夜之神，沉先物之幾㉒，志在必行，無惑羣議，庶乎「雪耻酬百王，除凶報千古」之烈，無遜於唐太宗㉓。典冠舉衣以復韓侯㉔，雖越職之罪難逃；野人美芹而獻於君，亦愛主之誠可取。惟陛下赦其狂僭而憐其愚忠，斧鑕餘生，實不勝萬幸萬幸之至〔九〕。

【校】

〔一〕題，《稼軒集抄存》卷一題下原有「乾道乙酉進」五字小注，今查書中並無乾道改元之後記事，不知《抄存》所據爲何。徑據《歷代名臣奏議》卷九四、明唐順之《右編》卷二八及清羅振玉抄本《美芹十論》删。詳可參箋注。

〔二〕「進美芹十論」，此五字《名臣奏議》本原闕，據羅抄本補。

〔三〕「後計」，「後」字原闕，據《右編》、羅抄本補。而「計」字《右編》、羅抄本亦闕。

〔四〕「勢」，《稼軒集抄存》作「事」，《右編》、羅抄本同《名臣奏議》本。

〔五〕「惋」，《右編》、羅抄本作「甫」。

〔六〕「且」，鄧廣銘《辛稼軒詩文抄存》本作「至」。《右編》、羅抄本同《名臣奏議》本。

〔七〕「爲」，《名臣奏議》本原無，據《右編》、羅抄本補。

〔八〕「敵」，《名臣奏議》本、鄧《抄存》本此字後原有「人」字，據《右編》、羅抄本删。

〔九〕「萬幸萬幸」，《名臣奏議》本及諸本俱作「幸萬幸萬」，據《抄存》、鄧《抄存》本改。

【箋注】

①題，《美芹十論》，乃辛稼軒論恢復大計而上孝宗皇帝之奏議。劉克莊《後村先生大全集》卷九八《辛稼軒集序》云：「辛公文墨議論尤英偉磊落。乾道、紹熙奏篇及所進《美芹十論》、上虞雍公《九議》，筆勢浩蕩，智略輻湊，有《權書》、《衡論》之風。」元人王惲《秋澗集》卷三一《過稼軒先生墓》詩亦云：「遺編三復《美芹》辭，睿眷曾蒙孝廟知。」《宋史》卷四〇一《辛棄疾傳》則載：「作《九議》並《應問三篇》、《美芹十論》獻於朝，言逆順之理、消長之勢、技之長短、地之要害甚備。」知此《十論》，確爲稼軒所著，萬無可疑之處。且明人黄淮、楊士奇《歷代名臣奏議》全文載之，唐順之《右編》全文載之，賀復徵《文章辨體彙選》亦選載其章節，因致流傳甚廣，且膾炙人口。而清人四庫館臣乃將所搜集之《美芹十論》單行本列入「兵家類存目」，且作《提要》稱「史不言棄疾

有此書」，又疑爲江西臨川人黄兑悦之之書，見《四庫全書總目》卷一〇〇《美芹十論提要》，何其魯莽淺薄、無考無知，一至於此耶？ 今其真僞已不容復辨，而《十論》作於何年，自明代以來，亦猶衆説紛紜，以迄今日。《宋史》本傳及《歷代名臣奏議》、《右編》皆謂乾道六年爲建康府通判時奏進，辛啓泰《稼軒集抄存》所載《十論》，蓋其友人法式善輯自《永樂大典》者，題下著爲「乾道元年乙酉進」。鄧廣銘著《辛稼軒詩文抄存》及所著單篇論文，亦主乾道元年説。上世紀七十年代及九十年代，分别有學者就《十論》作年撰文，主要依據《十論》涉及之宋廷遣返歸正人問題，主張《十論》應作於乾道元年或乾道四五年。今按：稼軒著《美芹十論》，主旨在於破除彌漫於朝野上下之對金求和妥協觀念，堅定對金用兵求勝之戰略方針，故《十論》自當著於隆興二年秋宋金和戰舉棋未定之際，絶不可能作於乾道元年對金既和之後。爲此，余亦於一九九七年發表《美芹十論確切作年再考》一文，既舉大量《十論》撰成於隆興二年秋季之證據，復舉史實，證實宋廷隆興元年即因金國求遣歸正軍民，而時有曲從，至隆興二年秋，則許以不遣。此與力主乾道元年及其後撰著者所理解之遣返戰俘本非一回事，因而《十論》亦不可能作於乾道元年遣返戰俘之後。此文見載拙著《辛棄疾研究叢稿》，研究出版社二〇〇九年出版。且稼軒南歸之初，即紹興三十二年秋，即曾向江淮宣撫使張浚進言出兵以攻山東，其所建言，已爲《朱子語類》卷一一〇詳作記載，幾爲《美芹十論》之縮寫版。由是亦可證知，《美芹十論》之撰寫與奏進，當與張浚之言談相距未遠，必在乾道改元之前。今此奏議各章節，凡涉及稼軒撰著年份者，皆一一爲作考證，以明余言之不誣也。

②「臣之」四句，據新近發現之《菱湖辛氏族譜》所載辛稼軒手訂《濟南辛氏宗圖》，稼軒曾祖寂公，爲濱州司理參軍（濱州原誤作賓州。賓州在廣南西路，與宋京東東路之濱州無涉，故徑改。而辛啓泰《稼軒先生年譜》之《世系》亦誤作賓州），其高祖師古，官階爲儒林郎，雖不知何地任職，但想必亦在京東（入金後改山東），故稼軒謂之「代膺閫寄，荷國厚恩」。

③大父臣贊，《濟南辛氏宗圖·隴西派下支分濟南之圖》：「第四世贊公，朝散大夫，隴西郡開國男，亳州譙縣令，知開封府，贈朝請大夫。室崔氏夫人。」按：據《金史》卷五五《百官志》一，朝散大夫爲文官第二十五階，朝請大夫爲第二十四階，俱從五品。

④留京師，京師指北宋首都汴京。辛贊留京師應有兩次，一即金皇統八年前後，曾留汴京行臺尚書省爲官，次年，完顏亮弑金熙宗自立，乾德二年殺行臺左丞相兼左副元帥撒離喝。稼軒《九議》之五謂在北方，曾親見其誅殺大臣一事，即表明稼軒當時正隨祖父居於汴京。而稼軒《聲聲慢》詞（開元盛日闋）亦有「余兒時嘗入京師禁中凝碧池」之記載，俱可證實，時稼軒年齡亦僅十一歲。另一次則指辛贊任開封府尹事。查《金史》卷五《海陵紀》及海陵一朝人物傳記，前後任南京留守者皆有記載，惟貞元三年至正隆四年之五六年間闕佚，辛贊任南京留守兼開封府尹，或即此數年内事。

⑤歷宿亳，宿，宿州，今安徽宿州市。亳，亳州，今安徽亳州市。二州在宋屬淮南東路，入金屬南京

路。辛贊居官亳州應即《宗圖》中任亳州譙縣令一事。查稼軒少年時曾從學於亳州人劉瞻，其同舍生有党懷英、酈權等，見《中州集》卷二《劉内翰小傳》、卷三《党承旨小傳》。酈權之父即南宋之淮西叛將酈瓊，降金後自皇統元年至七年守亳州六年，見《金史》卷七九《酈瓊傳》。則辛贊之任譙縣令，或當在皇統六七年前後，亦即稼軒七歲左右求學於亳州之時。

⑥涉沂海，沂，沂州，今山東臨沂，宋屬京東東路。海，海州，今江蘇連雲港，宋屬淮南東路。二州入金屬山東東路。辛贊涉沂、海二州，或當在金海陵帝貞元元年至三年期間，亦即稼軒十四歲至十六歲之間。

⑦「嘗令」句，燕山，指金之燕京，在入金之前，北宋曾一度佔有其地，改稱燕山府，即今北京。稼軒首次入燕當在貞元二年，至正隆二年又有燕京之行。計吏，鄭玄《周禮注疏》卷一〇注：「漢時考吏，謂之計吏也。」《後漢書》卷四《和殤帝紀》：「是歲，初復郡國上計，補郎官。」注：「上計，今計吏也。……舊制，使郡丞奉歲計。武帝元朔中，令郡國舉孝廉各一人，與計偕拜爲郎中，中廢，今復之。」按：稼軒兩隨計吏入燕，皆在其祖父在金任郡守時，其行當爲應金國禮部試。《濟南派下支分期思世系》：「十四歲領鄉舉。」稼軒十四歲爲金貞元元年，明年，金舉行禮部試。故稼軒有首次燕山之行。至正隆二年，又逢金禮部試，乃復有二次赴燕之行。

⑧辛巳歲，即宋高宗紹興三十一年，金海陵帝正隆六年，金世宗大定元年。

⑨逆亮，金主完顏亮，字元功，本名迪古乃，金太祖庶長子宗幹第二子。生於金天輔六年，金熙宗

時爲右丞相，皇統九年殺熙宗自立。在位十二年，以正隆六年舉兵南侵，敗於采石，旋爲所部浙西兵馬都統制完顏元宜所殺。大定二年，降封海陵郡王。《金史》卷五有《海陵紀》。

⑩「臣嘗」五句，徐夢莘《三朝北盟會編》卷二四九：「濟南府民耿京，怨金人征賦之騷擾，不能聊生，乃紹集李鐵槍以下得六人，入東山，漸次得數十人，取萊蕪縣、泰安軍，有衆百餘。……自此漸盛，俄有衆數十萬。」《宋史》卷四〇一《辛棄疾傳》：「金主亮死，中原豪傑並起。耿京聚兵山東，稱天平節度使，節制山東、河北忠義軍馬。棄疾爲掌書記，即勸京決策南向。」按：死字誤，應作南侵。李心傳《建炎以來繫年要録》卷一九六：「紹興三十二年正月乙酉，權知東平府耿京遣諸軍都提領賈瑞、掌書記辛棄疾來奏事，上即日召見。先是，……京遣瑞渡江，瑞曰：『若到朝廷，宰相以下有所詰問，恐不能對，願得一文士偕行。』乃以棄疾權掌書記，自楚州至行在。」《宋兵部侍郎賜紫金魚袋稼軒公歷仕始末》：「爲中州軍節度使掌書記，三十一年辛巳十二月，奉耿京表詣行在。」《濟南派下支分期思世系》：「領忠義軍節度使掌書記。紹興三十一年辛巳十二月，奉表詣行在。」《歷仕始末》之中州，乃忠義之誤。

⑪變生肘腋，指耿京爲其部下張安國殺害事。《朱子語類》卷一三二《中興至今日人物》下：「耿京起義兵，爲天平軍節度使。有張安國者亦起兵，與京爲兩軍。辛幼安時在京幕下爲記室，方銜命來此致歸朝之義，則京已爲安國所殺。」陸游《渭南文集》卷三《上二府論事札子》：「議者以謂張安國殺耿京事，與此略同，恐啓寬貸之路，無以慰歸附之人。則某謂不然。張安國中國

人，又嘗受旗榜招安，見利而動，賊殺耿京，反覆奸猾，罪惡明白，與珪實爲不類。兼邢珪所犯在未被大赦蕩滌之前，張安國所犯，在已受旗榜招安之後。」按：章穎《南渡十將傳》卷四《魏勝傳》亦載王世隆擒張安國事，惟未及稼軒所爲，故不載録。

⑫官閒心定，稼軒擒張安國斬之行在之後，改授江陰軍簽判。據各《江陰縣志》，如〔道光〕《江陰縣志》卷一一載，稼軒於紹興三十二年簽判江陰軍，隆興元年在任，隆興二年，則有新簽判吴一能到任。據《宋史》卷三二《高宗紀》九載，張安國被送斬於臨安，事在紹興三十二年閏二月。稼軒於其後改授江陰軍簽判。孝宗於六月即位，授張浚江淮宣撫使，稼軒進言張浚，言進取山東事，其時或方已抵江陰任，以此推之，其江陰簽判任滿，當已延至隆興二年冬，而吴一能之在隆興二年繼任簽判表明，必稼軒簽判任將滿，即改倅廣德軍，故於隆興二年秋冬之際撰此《十論》時，雖舊任届滿，新任有望，遂有「官閒心定」諸語也。

⑬「是以」二句，燕山之和，據《宋史》與《金史》記載，宋徽宗於重和元年遣馬政由海道使金，宣和二年再遣趙良嗣使金，共議夾攻遼國。宣和四年，金攻破燕京。五年春，宋遣良嗣赴金，請增歲幣代歸還燕京之税。是年四月，雙方定議，割燕歸宋。京城之圍，宣和七年，金人分兵由燕、雲兩路南侵。明年，即宋欽宗靖康元年，正月，金南京路都統斡離不渡河，進圍汴京。

⑭「城下」二句，城下之盟，靖康元年正月，斡離不圍汴京，要脅宋廷割地賠款。宋欽宗下詔割太原、中山、河間三鎮，命肅王樞使金軍，斡離不方許退師，汴京圍解。兩宫之狩，同年八月，金帥

粘罕、斡離不復分道南侵，閏十一月攻破汴京。靖康二年三月，金人擄徽、欽二帝北去。

⑮「秦檜」二句，秦檜，字會之，江寧人。登政和五年第。二帝北遷，從至燕山。因在金庭首唱和議，故撻懶縱之使歸。紹興八年拜右僕射同中書門下平章事兼樞密使，據相位十八年，始終以和議自任。紹興二十五年卒，年六十六。《宋史》卷四七三《奸臣》三有傳。秦檜之和，指紹興十一年宋金簽訂之和議。宋人如胡銓亦曾認爲：「完顏亮之變，自秦檜主和。」見《宋史》卷三七四《胡銓傳》。

⑯「惟是」二句，張浚，字德遠，漢州綿竹人。紹興三十一年金主亮南侵，任觀文殿大學士判建康府兼留守。宋孝宗即位，除樞密使，遣李顯忠北伐，敗於符離，即今安徽宿州市北符離鎮。隆興二年病卒，謚忠獻。《宋史》卷三六一有傳。符離之師，據《宋史》卷三三《孝宗紀》一，隆興元年夏四月，張浚入見，議出師渡淮。五月丁酉，李顯忠復靈壁縣，邵宏淵次虹縣。庚子，復虹縣。丙午，復宿州。癸丑，金人來攻宿州。甲寅，李顯忠、邵宏淵軍大潰於符離。

⑰「雖勝」句至此，既和指紹興十一年宋金之和議。此謂符離之役所喪軍馬，較之紹興間議和之後，自毀國防力量，致愛國志士投閒置散，摧殘蹂踐，不爲過也。

⑱「古人」句，不以小挫而沮吾大計，《東坡全集》卷四八《策斷三首・策斷上》：「及至憲宗，奮而不顧，雖小挫而不爲之沮。」

⑲「恭維」句至此，光武明謨，《後漢書》卷一《光武帝紀贊》：「光武誕命，靈貺自甄。沉幾先物，深

略緯文。……明明廟謨，糾糾雄斷。於赫有命，係隆我漢。」憲宗果斷，《舊唐書》卷一五《憲宗紀》：「上自藩邸監國，以至臨御，訖於元和，軍國樞機，盡歸於宰相。由是中外咸理，紀律再張。果能剪削亂階，誅除羣盗，睿謀英斷，近古罕儔。」

⑳美芹，《列子·楊朱》：「昔人有美戎菽，甘枲莖芹萍子者，對鄉豪稱之。」《白孔六帖》卷七九《獻芹》條：「《列子》曰：『昔有獻芹於鄉老，嘗之苦，笑而退也。』」《文選》卷四三嵇康《與山巨源絶交書》：「野人有快炙背而美芹子者，欲獻之至尊，雖有區區之意，亦已疏矣。」

㉑固在吾目中，《後漢書》卷五四《馬援傳》：「援因説隗囂將帥有土崩之勢，兵進有必破之狀。又於帝前聚米爲山谷，指畫形勢，開示衆軍所從，道徑往來，分析曲折，昭然可曉。帝曰：『虜在吾目中矣。』」

㉒「惟陛」二句，唐文宗有「乙夜觀書」語，唐蘇鶚《杜陽雜編》卷中：「上每視朝後，即閲羣書，見無道之君行狀，則必扼腕歔欷；讀堯舜禹湯傳，則歡呼斂衽。謂左右曰：『若不甲夜視事，乙夜觀書，何以爲人君耶？』」乙夜，二更。沉機先物，沉深之機，先見於事，出《後漢書》卷一《光武帝紀》李賢注。

㉓「庶乎」句，《全唐詩》卷一載唐太宗詩：「雪耻酬百王，除凶報千古。」（殘句）注謂：「《本紀》云：『貞觀二十年秋，帝幸靈州，破薛延陀。時鐵勒諸部遣使相繼入賀，請置吏，北荒悉平。帝爲五言詩，勒石於靈州，以序其事。』今止存此。」兩殘句原載《資治通鑑》卷一九八。

㉔「典冠」句，《韓非子·二柄》：「昔者韓昭侯醉而寢，典冠者見君之寒也，故加衣於君之上。覺寢而説，問左右曰：『誰加衣者？』左右對曰：『典冠。』君因兼罪典衣與典冠。其罪典衣，以爲失其事也；其罪典冠，以爲越其職也。非不惡寒也，以爲侵官之害甚於寒。」

審勢

用兵之道，形與勢二。不知而一之，則沮於形，眩於勢，而勝不可圖，且坐受其弊矣〔一〕。何謂形？小大是也。何謂勢？虚實是也。土地之廣，財賦之多，士馬之衆，此形也。形可舉以示威，不可用以必勝。譬如轉嵌巖於千仞之山，轟然其聲，嵬然其形，非不大可畏也①。然而塹留木拒，未容於直，遂有能迂回而避禦之，至力殺形禁，則人得跨而踰之矣。若夫勢則不然，有器必可用，有用必可濟。譬如注矢石於高墉之上，操縱自我，不係於人，有佚而過者，抨擊中射，惟意所向，此實之可慮也。

自今論之，虜人雖有嵌巖可畏之形，而無矢石必可用之勢。其舉以示吾者，特以威而疑我也。謂欲用以求勝者，固知其未必能也。彼欲致疑，吾且信之以爲可疑；彼未必能，吾且意其或能，是亦未詳夫形勢之辨耳。臣請得而條陳之：

虜人之地，東薄於海〔二〕，西控於夏〔三〕，南抵於淮，北極於蒙，地非不廣也。虜人之財，籤兵於民，而無養兵之費②，靳恩於郊，而無泛恩之賞③，又輔之以歲幣之相仍，横斂之不恤，則財非不多也。沙漠之地，馬所生焉，射禦長技，人皆習焉，則其兵又可謂之衆矣。以此之形，時出而震我，亦在所可慮。而臣獨以爲不足恤者，蓋虜人之地，雖名爲廣，其實易分。惟其無事，兵劫形制，若可糾合，一有驚擾，則忿怒紛争，割據蜂起。辛巳之變，蕭鷓巴反於遼④，開趙反於密⑤，魏勝反於海⑥，王友直反於魏⑦，耿京反於齊、魯⑧，親而葛王又反於燕⑨，其餘紛紛所在皆是〔四〕⑩，此則已然之明驗，是一不足慮也。

虜人之財，雖名爲多，其實難恃。得吾歲幣，惟金與帛，可以備賞，而不可以養士⑪。中原廩窖，可以養士，而不能保其無失。蓋虜政龐而官吏横，常賦供億，民粗可支，意外而有需，公十取一〔五〕，而吏七八之，民不堪而叛，叛則財不可得，而反喪其資，是二不足慮也。

若其爲兵，名之曰多，又實難調而易潰。且如中原所籤，謂之大漢軍者，皆其父祖殘於蹂踐之餘，田宅罄於掊剥之酷，怨憤所積，其心不一。而沙漠所籤者，越在萬里之外，雖其數可以百萬計，而道里遼絶，資糧器甲，一切取辦於民，賦輸調發，非一歲而不可至⑫。始逆亮南寇之時，皆是誅脅酋長，破滅資産，人乃肯從⑬。未幾，中道竄歸者，已不容制⑭，則又三不足慮也。

又況虜廷今日用事之人，雜以契丹、中原、江南之士，上下猜防，議論齟齬，非如前日粘罕、兀朮之叶⑮。且骨肉間僭殺成風⑯，如聞僞許王以庶長出守於汴⑰，私收民心，而嫡少嘗暴之於其父⑱，此豈能終以無事者哉？我有三不足慮，彼有三無能爲，而重之以有腹心之疾，是殆自保之不暇，何以謀人？

臣抑聞古之善覘人國者，如良醫之切脈，知其受病之處，而逆其必殞之期，初不爲肥瘠而易其智⑲。官渡之師，袁紹未遽弱也。曹操見之，以爲終且自斃者，以嫡庶不定而知之⑳。咸陽之都，會稽之游，秦尚自强也。高祖見之，以爲「當如是」矣㉑，項籍見之，以爲「可取而代之」者㉒，以民怨之深而知之〔六〕。蓋國之亡，未有如民怨、嫡庶不定之爲酷〔七〕。虜今並有之，欲不亡何待㉓？臣故曰「形與勢異」。惟陛下實深察之。

【校】

〔一〕「弊」，《名臣奏議》本、《右編》、兩《抄存》本俱作「斃」，此據羅抄本改。

〔二〕「東」，此前《右編》、羅抄本衍有「亦」字，據《名臣奏議》本、兩《鈔存》本删。

〔三〕「控」，《右編》、羅抄本作「抵」。

〔四〕「皆」，《名臣奏議》本、《右編》、兩《抄存》本皆作「而」，此據羅抄本改。

〔五〕「十」，原作「實」，此據《南宋文録録》卷一七改。

〔六〕「之」，原作「已」，據《南宋文録録》改。

〔七〕「爲」，兩《抄存》本原闕，據《名臣奏議》本、《右編》、羅抄本補。

【箋注】

①「譬如」四句，《孫子·兵勢》：「故善戰人之勢，如轉圓石於千仞之山者，勢也。」按：稼軒雖用同一譬喻，却認爲此皆是形，而非勢。

②「簽兵」二句，《金史》卷四四《兵志》：「金之初年，諸部之民無它徭役，壯者皆兵。平居則聽以爲佃漁射獵，習爲勞事，有警則下令部内，及遣使諸孛堇徵兵，凡步騎之仗糗皆取備焉。」呂頤浩《忠穆集》卷一《上邊事備禦十策》：「臣嘗觀金人之軍，兵器便利，衣甲堅密，所以多勝。……何以言之？金人之軍皆是民兵，平時賦斂至薄，而緩急以丁點軍，器甲鞍馬，無非自辦。」劉祁《歸潛志》卷七：「金朝兵制最弊，每有征伐或邊釁，動下令簽軍，州縣騷然。其民家有數丁男，好身手，或即盡揀取無遺。號泣怨嗟，闔家以苦。驅此輩戰，欲其克勝，難哉！」《建炎以來繫年要録》卷九載：「金人民兵之法有二……每簽軍，則元帥府符下諸路帥司，帥司次第下節鎮支

郡諸縣，縣籍户口家業定訖，乃諭民間，以所當軍數多寡，然後市鞍馬，置器械，備餱糧。或親丁不足，則募人代行。貧者稱貸於人以應軍役，俟其足備，然後選千户百人長等部之以行。其屯戍，則人自營田以供糧，無田者月給七斗粟。每出疆，不以遠近，人持一月糧。將戰，各以所負米造飯而食，食罷而出。故其國平時無養兵之費，行軍無饋運之苦，此其大略也。」

③「靳恩」二句，據《金史》卷二八《禮志》一，金世宗大定十一年始舉行郊祀，其事已在稼軒撰寫此文之後七年，故稼軒謂金人不行郊祀之禮。無泛恩之賞，據宋人史書所載，泛恩初指外戚、宦官、近倖之親屬以特旨除授，如《續資治通鑑長編》卷三〇三《曹佾爲護國軍節度使守司徒兼中書令》條，有「今佾三子已用泛恩例進兩官矣」語。曹佾即曹皇后弟，見《宋史》卷四六四《外戚傳》。後泛恩又指郊祀明堂大禮補官之賞。

④「蕭鷓」句，蕭鷓巴爲移剌扎八之漢名。《金史》卷一三三《叛臣·移剌窩斡傳》載，金西北路契丹部族移剌窩斡於山後爲亂，金世宗使移剌扎八招之。扎八見窩斡兵衆强，車帳滿野，意其可以有成，遂留叛軍不返。大定二年九月，窩斡被執，扎八與耶律括里率衆南走。詔左宣徽使宗亨追及之。扎八詐降，宗亨信其言。由是得亡去，遂奔於宋。《大金國志》卷一六《世宗紀》：「大定三年正月，窩斡餘黨蕭鷓巴、耶律适里，皆驍將也，自海道奔宋。」《宋會要輯稿·兵》一七之二八：「紹興三十二年十一月二日，金國僞驃騎大將軍西南路招討使蕭鷓巴、左驍衛上將軍耶律适里……等百餘人歸順，皆契丹首領也。十四日，詔蕭鷓巴、耶律适里各補武功大夫、遥郡團練

使。」陸游《老學庵筆記》卷五：「偶歸正官蕭鷓巴來謁。……鷓巴，北人實謂之扎八。」按：蕭鷓巴歸宋後，曾助李顯忠攻取宿州。見《金史·窩斡傳》。隆興二年四月爲鎮江忠順軍統制。見《孝宗紀》一及王之望《漢濱集》卷七《論差撥蕭琦人馬及韓玉不赴新任札子》：「臣七月十七日再到建康，尚未肯發。……蕭扎巴是統制官，與蕭琦事體不同。」乾道八年權馬軍司職事，見《宋會要輯稿·兵》一七之三一。

⑤「開趙」句，章穎《南渡十將傳》卷四《魏勝傳》：「時亮舉兵踰淮。……太行山之東，忠義之士蜂起。開趙起於密州，有衆十餘萬，以助膠西之師。」《三朝北盟會編》卷二三七《李寶敗金人於陳家島》條：「劉岀彪、温皋、開趙、李幾等四人聚衆於京東，與王世隆合，共攻成陽軍。……李寶泊於東海縣，岀彪等遣于琦詣寶軍納款。」李心傳《建炎以來朝野雜記》乙集卷一二《趙開山改姓》條：「開趙者，沂州土豪也。初姓趙，名開山。紹興末，金亮苛虐，人心不附。開山因聚人山澤間爲盜。及金亮入侵，朝廷遣李寶入膠西，開山引兵自成陽會之，因改姓開，名趙，示欲開趙氏中興之業也。」密，密州，今山東諸城。明錢穀《吴都文粹續集》卷三八載《宋故武功大夫濮州團練使浙西路總管開公埋銘》：「公諱趙，字興宋，世爲沂州臨沂縣人。公名本姓也，因國步中衰，以開爲姓者，欲開大我國家之疆土云耳。……自紹興二十八年結豪傑，起義兵，衆推公爲首。不旬日有衆數萬，收復密州日照縣等處，聚集忠勇三十餘萬，攻淄、齊等州，差充忠義軍馬都統制，領京東河北路招撫使李寶同遊海道。十一月差充山東河北路忠義軍馬都統制，將所得

大漢軍三千餘人及本部統制將等二萬餘人，歸正本朝。三十二年春授修武郎閤門祇候，充忠義遊擊軍都統制。秋，轉武翼郎。隆興元年二月轉武功郎，改差充沂州忠義軍馬都統制。告爲先海州策應解圍之功也。當年，壽皇登極，覃恩轉武英大夫，差充鎮江府駐扎御前右軍統制。二年召對稱旨，賜金帶，差充殿司右軍統領。十一月，改差充江陰軍駐扎御前水軍統制。結局，依前殿司供職。」按：《埋銘》中，紹興二十八年起義兵爲誤，應爲紹興三十一年。又，聚集忠勇三十餘萬攻淄、齊，應爲開趙所部二萬餘人，合耿京所部二十五萬之數。又按：開趙乾道間添差兩浙西路兵馬都監臨安府駐扎。

⑥「魏勝」句，《宋史》卷三六八《魏勝傳》：「魏勝字彦威，淮陽軍宿遷縣人。多智勇，善騎射，應募爲弓箭手，徙居山陽。紹興三十一年，金人將南侵，聚芻糧，造器械，籍諸路民爲兵。勝躍曰：『此其時也。』聚義士三百，北渡淮，取漣水軍，宣佈朝廷德意，不殺一人。漣水民翕然以聽，遂取海州。」海即海州。章穎《宋朝南渡十將傳》卷四有《魏勝傳》，其生平事跡可參。

⑦「王友」句，《宋史》卷三七〇《王友直傳》：「王友直字聖益，博州高平人。父佐以材武稱，友直年十二，隨父游，諳兵法。紹興三十一年，金人渝盟，友直結豪傑，志恢復。謂其衆曰：『權所以濟事，權歸於正，何害於理？』乃矯制自擬承宣使、河北等路安撫制置使，餘擬官有差。偏諭州縣勤王。未幾，得衆數萬，制爲十三軍。……九月戊子，進攻大名，一鼓而克。撫定衆庶，諭以紹興年號。」魏，魏州，今河北大名。

⑧「耿京」句，《宋朝南渡十將傳・魏勝傳》：「耿京起濟南，取兖州。……耿京由太行遣人以表至，即拜檢校少保、天平軍節度使。」參前《進美芹十論》箋注。

⑨「親而」句，《金史》卷六《世宗紀》上：「諱雍，本諱烏禄，太祖孫，睿宗子也。……皇統間，以宗室子例授光禄大夫，封葛王。爲兵部尚書。天德初，判會寧牧。……貞元初，爲西京留守。三年，改東京。……海陵南伐，天下騷動。……起復東京留守。……九月，至東京，副留守高存福其女在海陵後宫，海陵使存福伺起居。……上知之，心常隱憂。……李石勸上早圖之，於是以議備賊事，召官屬會清安寺。……十月辛丑，南征萬户完顔福壽、高忠建、盧萬家奴等自山東率所領兵二萬，完顔謀衍自常安率兵五千，皆來附。謀衍即以臣禮上謁。乙巳，諸軍入城共擊殺存福等，是夜，諸軍被甲環衛皇城。丙午，慶雲見，屬官諸軍勸進，固讓良久，於是親告於太祖廟，還御宣政殿，即皇帝位。……丁未，大赦，改元大定，下詔暴揚海陵罪惡數十事。」

⑩「其餘」句，《十將傳・魏勝傳》：「太行山之東，忠義之士蜂起。……王世隆起兵援海道，夏俟取泗州來歸。……陳亨祖復陳州。孟俊焚虜舟而守順昌。李雄復鄧州而抗劉蕚。……潼關以東，淮水以北，奮起者不可殫記。」

⑪「得吾」句至此，金朝以南宋歲幣充賞用，《金史》卷八七《僕散忠義傳》：「宋知樞密院周葵、同知樞密院事王之望書一一如約，和議始定。……以宋國進到歲銀絹二十萬兩匹，盡數給與見存留及入散軍充賞。曾過界者，人給絹二匹，銀二兩，不曾過界者銀二兩，絹一匹。」此隆興議和以

後事，可參。

⑫「沙漠」句至此，沙漠所簽指東北女真、渤海及西北契丹等諸部族軍。簽軍之器甲資糧自備，可參本篇簽兵條注。非一歲不可至，謂完顏亮於正隆六年九月南侵，四年二月即下令簽軍。《金史》卷五《海陵紀》：「正隆四年二月丁未，詔諭宰臣以伐宋事。調諸路猛安謀克軍，年二十以上，五十以下者，皆籍之，雖親老丁多亦不許留侍。……中都與四方所造軍器材用皆賦於民，箭翎一尺至千錢，村落間往往椎牛以供筋革，至於烏鵲狗彘無不被害。」大漢軍者，文廷式《純常子枝語》卷一四：「辛稼軒乾道乙酉進《美芹十論》，其《審勢》篇云：『虜兵如中原所簽，謂之大漢軍者，皆其父祖殘於蹂踐之餘，田宅罄於捶剥之酷。』據此則國朝漢軍之名，亦源於金也。」

⑬「始逆」四句，《三朝北盟會編》卷二三〇載自金歸宋之崔淮夫等《上南宋兩府札子》，謂完顏亮南侵時，「所簽人皆不均，其間實有武藝好身手，行賄賂者皆免，貧者雖單丁亦皆簽發。見簽人曾經上司陳狀理會，終不理會。可見人皆脅從，無有鬥志者也。」

⑭「中道」二句，《金史·海陵紀》：「正隆六年九月戊子，上自將三十二總管兵伐宋，進自壽春……丙申，太白晝見。將士自中軍亡歸者相屬於道。曷蘇館猛安福壽、東京謀克金住等始授甲於大名，即舉部亡歸，從者衆至萬餘，皆公言於路曰：『我輩今往東京立新天子矣。』」《世宗紀》上：「正隆六年十月辛丑，南征萬户完顏福壽、高忠建、盧萬家奴等自山東率所領兵二萬，完顏謀衍自常安率兵五千皆來附。」

⑮粘罕，亦作粘没喝，即完顔宗翰，金宗室撒改長子。從金太祖阿骨打取遼燕京。太宗時任左副元帥，率西路軍與東路軍統帥斡離不攻破北宋汴京，俘徽、欽二帝。熙宗即位後，罷都元帥，拜太保、尚書令，領三省事，封晉國王。天會十四年（紹興六年）病卒，年五十八。《金史》卷七四有傳。兀朮，即完顔宗弼，金太祖之子。太宗時從斡離不、訛里朵攻宋，率軍入侵江南，追襲宋高宗於海上。與宋軍戰於陝西。天會十五年任右副元帥，封瀋王。拜都元帥，與南宋簽訂紹興和議。任太師，領三省事，領行臺尚書省。皇統八年（紹興十八年）卒。《金史》卷七七有傳。粘罕、兀朮之叶，謂金開國諸將之間目標一致而無齟齬。

⑯骨肉間僭殺成風，此自金熙宗朝已萌其端。如宗弼殺宗磐、撻懶等，金主亮殺其兄熙宗自立，以及即位後誅殺太祖、太宗子孫殆盡諸事，而其本人亦因金世宗奪位，爲其屬下所殺。

⑰「如聞」句，《金史》卷八五《世宗諸子傳》：「鎬王永中，本名實魯剌，又名萬僧，大定元年封許王，五年判大興尹，七年進封越王。」按：永中爲世宗庶長子，其留守汴京事，《金史》本傳不載。本篇以許王相稱，則知其事必在大定五年（即乾道元年）判大興（即金之中都燕京）尹之前。《四朝聞見録》丙集《司馬武子忠節》條載：「甲申歲春，……先是，金主完顔褎之皇太子，以都元帥留守大梁，乘十六傳而至，以是月（三月）十一日交事。（侯）澤與（司馬）通國、（韓）璘、（聶）山謀率壯士百人，縛伏短兵，畢趨留守所庭劫之。如得留守，則大事可就。時留守左右與通國結盟者三萬餘人，而澤敗於初十日。皇太子得其圖籍與劵，立焚之，獨罪首事。」查大梁乃戰國時魏

國之都，即宋之汴京開封。據《金史》卷一九《世紀補》，世宗所立太子允恭，於世宗即位之後始終隨侍左右，世宗出巡則奉命監國，未嘗出任外郡郡守，因知《聞見録》所謂皇太子當爲皇子，指留守汴京之永中而言。甲申爲隆興二年，永中於是年春出守汴京，明年改判中都府尹，稼軒所言皆甚合。

⑱嫡少，指金世宗立爲皇太子之允恭，係世宗昭德皇后烏林荅氏所生，大定二年五月立爲皇太子，大定二十五年卒。世宗諸子，永中爲長，允恭次之，故謂之「嫡少」。其譏毁永中之事，《金史》不載。《建炎以來繫年要録》卷一九八：「紹興三十二年閏二月甲辰，上問宰執以金人消息，朱倬曰：『據報稱葛王又有兄弟争立之禍，則是彼國中多故。』」按：朱倬言「葛王又有兄弟争立之禍」時，允恭尚未立爲皇太子，其與永中争立儲君，則可見兩人齟齬由來甚久。另據前引《四朝聞見録》，永中在汴京處置司馬通國、韓璘、聶山、侯澤暴動事件，僅罪首事者，餘人不問，允恭謂永中私收民心，或即指此而言。後永中於明昌間，因詛咒、不遜、素有妄想之心，終爲允恭之子章宗所誅，見《金史》卷八五《世宗諸子傳》。

⑲「如良」句至此，韓愈《昌黎集》卷一一《雜説四首》：「善醫者，不視人之瘠肥，察其脈之病否而已矣。善計天下者，不視天下之安危，察其紀綱之理亂而已。」

⑳「官渡」五句，袁紹長子譚，中子熙，少子尚。袁紹愛尚，欲立爲後，而又令譚、熙各據一州。諸子争權，至袁紹死後，遂相攻擊，終爲曹操所消滅。官渡，在今河南中牟東北。曹操語，未見。

㉑「高祖」二句，《史記》卷八《高祖本紀》：「高祖常繇咸陽，縱觀，觀秦皇帝，喟然太息曰：『嗟乎，大丈夫當如此也！』」

㉒「項籍」二句，《史記》卷七《項羽本紀》：「秦始皇帝游會稽，渡浙江，梁與籍俱觀，籍曰：『彼可取而代也！』」

㉓「欲不」句，鍾惺《宋文歸》卷一九引録稼軒《美芹十論》此篇，自「虜人之地」始，至此止。有評語謂：「細讀此論，則虜之不足畏也明矣。可見中國畏虜如虎者，凡是時無英雄，不察覺其虛實耳。」

察情

兩敵相持，無以得其情則疑，疑故易駭，駭而應之，必不能詳。有以得其情則定，定故不可惑，不可惑，而聽彼之自擾，則權常在我，而敵實受其弊矣。古之善用兵者，非能務爲必勝，而能謀爲不可勝①。蓋不可勝者，乃所以徐圖必勝之功也。我欲勝，彼亦志於勝，誰肯處其敗？勝敗之情戰於中，而勝敗之機未有所决。彼或以兵來，吾敢謂其非張虛聲以耀我乎？彼或以兵遁，吾敢謂其非匿形以誘我乎？是皆未敢也。然則如之何？曰「權然後知輕重，度而後知長短」②，定故也。「他人有心，予忖度之」③，審故也。能定而審，敵情雖萬里之遠，可坐察矣。

今吾藏戰於守，未戰而常爲必戰之待；寓戰於勝〔一〕，未勝而常有必勝之理。彼誠虛聲以耀我，我以静應而不輕動；彼誠匿形以誘我，我有素備而不可以乘〔二〕。勝敗既不能爲吾亂，則固神閒而氣定矣。然後徐以吾之心，度彼之情，吾猶是，彼亦猶是，南北雖有異慮，休戚豈有異趣哉！

虜人情僞，臣嘗論之矣。譬如獰狗焉，心不肯自閑，擊之則吠，吠而後却。呼之則馴，馴必致齧。蓋吠我者忌我也，馴我者狎我也。彼何嘗不欲戰，又何嘗不言和？惟其實欲戰，而乃以和狎我；惟其實欲和，而乃以戰要我，此所以和無定論，而戰無常勢也，尤不可以不察。

曩者兀朮之死，固嘗囑其徒，使與我和，曰：「韓、張、劉、岳，近皆習兵，恐非若輩所敵。」則是其情真欲和矣④。然而未嘗不進而求戰者，計出於忌我而要我也。劉豫之廢⑤，亶嘗慮無以守中原⑥，則請割三京⑦；亶之弑⑧，亮嘗懼吾有問罪之師〔三〕，則又謀割三京而還梓宫⑨；亮之殞，褎又嘗緩我追北之師〔四〕⑩，則復謀割白溝河⑪，以丈人行事我。是其情亦真欲和矣，非詐也。未幾，亶之所割，視吾所守之人非其敵，則不旋踵而復取之⑫。亮之所謀，窺吾遣賀之使⑬，知其無能爲，則中輟而萌辛巳之逆⑭。裦之所謀，悟吾有班師之失〔五〕，無意於襲，則又反覆而有意外之請⑮。夫既云和矣，而復中輟者，蓋用其狎，而謀勝於我也。

今日之事，揆諸虜情，是有三不敢必戰，二必欲嘗試。何以言之？空國之師，商鑑不遠⑯，彼必不肯再用危道。萬一猖獗，特不過調沿邊戍卒而已。戍卒豈能必其勝？此一不敢必戰也。海、泗、唐、鄧等州，吾既得之，彼用師三年而無成〔六〕⑰，則我有攻守之士，而虜人已非前日之比，此二不敢必戰也。契丹諸胡側目於其後，中原之士扼腕於其前，令之雖不得不從，從之未必不反，此三不敢必戰也。

有三不敢必戰之形，懼吾之窺其弱而絶歲幣，則其勢不得不張大以要我，此一欲嘗試也。貪而志欲得，求不能充其所欲，心惟務於僥倖，謀不暇於萬全，此二欲嘗試也。

且彼誠欲戰耶？則必不肯張皇，以速我之備。且如逆亮始謀南寇之時，劉麟、蔡松年一探其意而導之，則麟逐而松年鴆⑱，惡其露機也。今誠必戰，豈欲人遂知之乎？彼誠不敢必戰耶？貪殘無義，忿不顧敗，彼何所恤？以母之親，兄之長，一忤其意，一利其位，亮猶弑之⑲，何有於我？況今沿海造艦，沿淮治具⑳，包藏禍心，有隙皆可投，敢謂之終遂不戰乎？

大抵今彼雖無必敢戰之心，而吾亦不可不防其欲嘗試之舉。彼於高麗、西夏㉑，氣足以吞之，故於其使之至也，坦然待之而無他。惟吾使命之去，則多方腆鮮，曲意防備。如人見牛羊，未嘗作色，而遇虎豹，則厲聲奮臂以加之，此又足以見其深有忌於我也。彼知有忌，我獨無忌哉？我之所忌，不在於虜欲必戰，而在於虜幸勝以踰淮，而遂守淮以困我，則吾受其病矣。禦之之術，臣具於《守淮》篇。

昔者黥布之心，爲身而不顧後，必出下策，薛公知之，以告高祖，而布遂成擒㉒。先零之心，恐漢而疑罕開，解仇結約，充國知之，以告宣帝，而先零自速敗㉓。薛公、充國非有風角鳥占之勝㉔，枯莖朽骨之技㉕，亦惟心定而慮審耳。朝廷心定而慮審，何情不可得，何功不可成？不求敵情之知，而觀彼虛聲詭勢以爲進退者，非特重困吾力，且失夫制勝之機爲可惜㉖。臣故曰：「知敵之情而爲之處者，綽綽乎其有餘矣。」

【校】

〔一〕「戰」，原作「敵」，據《右編》、羅抄本、兩《抄存》改。

〔二〕「以」，兩《抄存》本原闕，據《名臣奏議》本、《右編》、羅抄本補。

〔三〕「嘗」、「吾」，《名臣奏議》本、《右編》、羅抄本「嘗」作「常」，據兩《抄存》本改。「吾」，兩《抄存》本作「我」，據《名臣奏議》、《右編》、羅抄本改。

〔四〕「裒」，兩《抄存》本作「褒」，據《名臣奏議》本、《右編》、羅抄本改。

〔五〕「吾」，《名臣奏議》本、《右編》、羅抄本俱闕，據兩《抄存》本補。

〔六〕「師」，兩《抄存》本作「兵」，據《名臣奏議》本、《右編》、羅抄本改。

【箋注】

①「古之」三句，《孫子·軍形》：「昔之善戰者，先爲不可勝，以待敵之可勝。不可勝在己，可勝在敵。故善戰者，能爲不可勝，不能使敵之必可勝。」

②「權然」二句，語出《孟子·梁惠王》上。注謂：「權，銓衡也，可以稱輕重；度，丈尺也，可以度長短。凡物皆當稱度。」

③「他人」二句，語出《詩·小雅·巧言》。《正義》謂：「彼他人而有讒佞之心，我能忖度而知之得之。」

④「曩者」七句，此數語與史實明顯不合。文中韓、張、劉、岳指韓世忠、張俊、劉光世、岳飛，爲南宋中興四大將。而兀朮是金朝對南宋用兵主要統帥，紹興十一年與南宋簽訂和議，岳飛旋即被殺。此文謂兀朮臨終囑其徒與南宋講和，若謂繼續與南宋講和尚可，若謂變戰爲和，是謂兀朮

死於宋金和議之前，其誤一。兀朮死於皇統八年，即宋紹興十八年，時南宋四大將中，岳飛被害，而劉光世亦死於紹興十二年，餘二人雖在而均不再掌握兵權，「近皆習兵」云云無從説起，其誤二。自宋金簽訂和議至紹興三十一年金主亮南侵，其間宋金並無戰事，亦即無下文所謂「未嘗不進而求戰」之事，其誤三。因知稼軒蓋依宋金間傳聞記述而致失實。《三朝北盟會編》卷二一五引金人李大諒《征蒙記》，内載兀朮臨終《親筆遺四行府帥書》，其中有云：「吾天命壽短，恨不能與國同休。……今契丹、漢兒侍吾歲久，服心於吾。吾大慮者南宋，近年軍勢雄鋭，有心争戰。聞韓、張、岳、楊，各有不協，國朝之幸。吾今危急，雖有其志，命不可保。遺言於汝等：吾身後，宋若敗盟，任賢用衆，大舉北來，乘勢惑中原人心，復舊土如反掌，不爲難矣。吾分付汝等，切宜謹守，勿忘吾戒。」按：所言四行府帥，謂汴京行臺元帥府左副元帥宗賢、右副元帥杲、左監軍活女、右監軍阿魯補。稼軒所聞，或即出此等傳説。

⑤劉豫，字彦游，景州阜城人。知濟南府。撻懶攻濟南，出降，爲京東東西、淮南安撫使。金太宗天會八年即宋高宗建炎四年九月戊申，備禮册命，立豫爲大齊皇帝。天會十五年，詔廢齊國，降封豫爲蜀王。豫僭號凡八年。見《金史》卷七七《劉豫傳》。

⑥亶，指金熙宗。《金史》卷四《熙宗紀》載，金熙宗諱亶，本諱合剌，太祖孫，景宣皇帝宗峻子。天會十年即宋紹興二年，爲諳班勃極烈。十三年正月己巳，太宗崩，庚午，即皇帝位。皇統九年崩，時年三十一。

⑦割三京，三京，謂北宋西京河南府（今河南洛陽）、東京開封府（今河南開封）、南京應天府（今河南商丘）。金熙宗天會十五年劉豫僞齊被廢，明年爲天眷元年（即紹興八年），熙宗以河南地與宋。

⑧亶之弑，完顏亮於皇統九年即宋紹興十九年十二月弑熙宗，自立爲帝。

⑨「亮嘗」二句，完顏亮因篡位懼南宋有問罪事，《金史》卷八九《翟永固傳》僅載：「海陵篡立，宋國賀正旦使至廣寧。海陵使使以廢立事諭宋使，遣還之。以侍衛親軍都指揮使完顏思恭爲報諭宋使，永固爲副，且令永固伺察宋人動静。」同書卷六〇《交聘表》上亦載：「天德二年三月丙戌，宋參知政事余唐弼、保信軍節度使鄭藻賀即位。余唐弼等回，以天水郡王玉帶歸與宋主。」（按：完顏亮於篡位之年改天德元年，故宋使賀即位在二年。又，世宗即位後，改其父宗輔名爲宗堯，故《金史》改宋使余堯弼名爲唐弼。）《建炎以來繫年要録》卷一六一，亦載紹興二十年三月，思恭與永固來報賀登位，遺上金注椀二，綾羅三百匹，良馬六。可知完顏亮初即位，確有與宋示好之意。而完顏亮謀割三京事，史無可考。還梓宫，則爲金熙宗皇統二年事。《金史・熙宗紀》載是年三月歸宋帝母韋氏及故妻邢氏、天水郡王並妻鄭氏喪於江南。天水郡王即宋徽宗在金之封爵。《宋史》卷四七三《奸臣》三《秦檜傳》亦載紹興十二年八月，徽宗及顯肅、懿節二梓宫到行在。據此，知稼軒此處叙事如還梓宫等與史實未合。

⑩褎，金世宗即位前名褎，即位後改名雍。按：「褎」，諸書或作「褏」，或作「裒」，皆誤。查《三朝

北盟會編》卷二三三所載張棣《正隆事跡》，金世宗字彦舉，其義蓋由《漢書·董仲舒傳》「褎然首舉」語而來，故知以「褎」字爲正。

⑪謀割白溝河，宋代名白溝河者有二。其一即今河北之拒馬河，爲海河支流。《宋史》卷二二《徽宗紀》四宣和四年五月「與遼戰於白溝」，卷三五七《劉延慶傳》「督兵十萬渡白溝」是也。其次則爲汴京以南之白溝。據《宋史》卷九四《河渠志》四、《宋會要輯稿·方域》一六之二八，知此白溝河位於汴京東南至應天府一帶，蓋指諸古河道而言。初稱溝河，歲久湮塞，已無水源。大中祥符以後屢次開浚，以疏通汴京積水。神宗熙寧間即已統稱汴京内外溝河爲白溝河。徽宗政和二年又有開淘含暉門外白溝河事。此文即指割河南地而言。《建炎以來繫年要録》卷一九九：「初，金國爲契丹耶律窩斡所擾，有衆數萬，漸逼居庸關。金主褎大懼，召同知保州紇石烈志寧爲右翼統軍以討之。褎與其下謀，以謂窩斡兵勢如此，若南宋乘虛襲我，國其危哉。設有所求，當割河以南與之。既而窩斡之衆内叛，金國得窩斡而戮之，裂其體於燕京、汴京及長安三處。契丹之患既息，其割地歸本朝之意亦寢矣。」耶律窩斡逼居庸關在金大定二年即宋紹興三十二年，距金主亮下世不久。王質《雪山集》卷一《上皇帝書》載：「葛王褎鑑岐亮之敗，其勢不得不歸於和。方陛下堅持不和之論，爲葛王褎者亦罔知攸濟，其初欲棄河南，啗我以爲和。其臣力言岐亮之死，軍勢甚危，我不能襲而止。……苦勸葛褎勿棄河南。」完顔亮未登第前拜岐王，故稱「岐亮」。葉適《水心别集》卷一五《上殿札子》亦載：「今酋之初，又議割白溝河以南而定盟

好。」此札子作於淳熙十四年（據題下自注。即金世宗大定二十七年），因知所謂「今酋」，即指取代完顏亮自立爲帝之金世宗完顏褎。

⑫「亶之」三句，《金史·熙宗紀》：「天眷三年五月丙子，詔元帥府復取河南、陝西地。……是月河南平。……六月陝西平。」《宋史》三七四《李迨傳》：「紹興九年，金人歸我三京。……孟庾時爲權東京留守，潛通北使，……以京師降於金人。」

⑬吾遣賀之使，《建炎以來繫年要録》卷一六一：「紹興二十年三月庚辰，金主使龍虎上將軍侍衛親軍馬步軍都指揮使完顏思恭、翰林直學士通議大夫知制誥翟永固來報登位。……丙戌，參知政事余堯弼爲賀大金登位使，鎮東軍承宣使知閤門事鄭藻假保信軍節度使副之。」按：紹興二十年完顏亮篡立時，正當秦檜居相位，遣使於金，皆恭順而無敢生事。

⑭「中輟」句，王明清《揮麈三録》卷三：「逆亮篡位之後，偶因本朝遣使至其闕廷，有畏讋者，遂有輕我之心，即謀大舉簽刷，以北人爲兵，欲以百萬南攻。」辛巳之逆，可參《進美芹十論》箋注。

⑮「悟吾」三句，《建炎以來朝野雜記》甲集卷二〇《癸未甲申和戰本末》：「金亮之殞也，朝廷既復兩淮地，遂乘勝取海、泗、唐、鄧、陳、蔡、許、汝、嵩、壽等十郡。未幾，有詔班師，諸將乃棄潁、蔡諸郡而歸。……獨唐、鄧、海、泗猶在。」按：據《金史》卷一三二《逆臣·完顏元宜傳》記載，完顏亮被殺後，元宜行左領軍副大都督，遣人持檄詣宋鎮江軍議和，大軍北還。而宋軍只取兩淮州郡，並未追擊元宜北還之師。故金人復於明年紹興三十二年，以十萬衆屯河南，聲言窺兩淮，

移文索海、泗、唐、鄧、商州及歲幣，見《宋史》卷三六一《張浚傳》。

⑯商鑑不遠，《詩・小雅・蕩》：「殷鑑不遠，在夏后之世。」按：宋太祖之父名趙弘殷，故此處改殷爲商。

⑰「海泗」三句，《宋史》卷三二《高宗紀》九：「紹興三十一年八月辛丑朔，忠義人魏勝復海州，李寶承制以勝知州事。……冬十月，吴拱遣將侯俊、郝敦書復唐州。……十二月……甲辰……均州統領昝朝復鄧州。……癸丑，淮東統制劉鋭、陳敏引兵入泗州。」泗，泗州，宋屬淮南東路，金屬南京路，在今江蘇盱眙東北。唐、鄧，二州在宋屬京西南路，入金屬南京路。唐州即今河南唐河，鄧州即今河南鄧縣。按：四州地係紹興三十一年金主亮南侵前後爲宋軍所收復，到隆興二年秋已歷時三年。《宋史》卷三三《孝宗紀》一：「隆興二年六月壬申，命虞允文棄唐、鄧，允文不奉詔。……秋七月乙酉，召虞允文，以户部尚書韓仲通爲湖北、京西制置使。……乙巳，命海、泗撤戍。」此文中既稱「彼用兵三年而無成」，可見四州之地尚未棄與金人，因知稼軒寫作本篇之時間必尚在隆興二年七月之前。又按：四州之棄與金人，命令下達於六七月間，而實際宋軍撤離時間應在其後。《攻媿集》卷九二《觀文殿學士錢公行狀》載：「隆興二年八月，奉聖旨，令將海、泗二州戍兵先次撤回。……九月癸未朔，得旨，過淮上措置，撫於軍民。以二州撤戍，人民南奔也。……庚寅，盱眙報撤戍人回。辛卯，招撫司申，胡明兵馬已回，敵已薄海州而未入。……望日，敵騎已入泗州。民有不及南渡者，或刖其足。海州歸正人亦多被害。」《宋朝

南渡十將傳》卷四《魏勝傳》：「隆興二年八月，詔撤海州戍，以魏勝知楚州，餘職仍其舊。……時起義者惟海州兵民，挈族皆歸者數萬人。二十八日盡絶，鎮江後軍人騎相繼行，二十九日勝離海州，九月初三日至楚州。」則至九月，四州地均已放棄。

⑱「劉麟」二句，劉麟字元瑞，劉豫子。豫廢，麟還臨潢，授北京路都轉運使，歷中京、燕京路都轉運使、參知政事、尚書左丞。《金史》卷七七有傳。蔡松年字伯堅，海陵謀伐宋，以松年家世仕宋，故亟擢顯位以聳南人觀聽，遂以松年爲賀宋正旦使。使還，改吏部尚書，尋拜參知政事。久之，進拜右丞相，加儀同三司，封衛國公。正隆四年卒，年五十三，《金史》卷一二五有傳。劉麟逐，《三朝北盟會編》卷二三〇載崔淮夫等《上兩府札子》有云：「虜主篡位之初，嘗對諸大臣言：『若趙宋如東昏時，依舊通和，煞好。』方一月餘，劉麟作右丞，上章乞簽鄉軍攻江南，虜主出劉麟作上京轉運使，繼而身死。」按：完顔亮即位後追廢熙宗爲東昏王。蔡松年是否因導海陵南侵而被鴆殺，於史無考。惟《歸潛志》卷一〇，謂蔡松年因誣陷田瑴謀反致其死而進用，後在相位，赴朝時於馬上見田瑴召辯，遂卒。劉潛謂聞之於李純甫。蓋蔡松年暴卒，故在北方多有傳言。

⑲「以母」五句，《金史》卷五《海陵紀》：「正隆六年八月癸丑，以諫伐宋弑皇太后徒單氏於寧德宫，仍命即宫中焚之，棄其骨水中。」弑兄，指完顔亮殺害金熙宗而篡奪皇位事。熙宗長於亮三歲。

⑳沿海造艦，沿淮治具，《雪山集》卷一《上皇帝書》亦隆興二年和議未成前所上，其中有云：「臣

往還淮南，久聞邳州、汴京大治舟船，圖水陸兼進之舉。」按：邳州即今山東下邳，金朝時在黄河入淮之下游，距海不遠。

㉑高麗、西夏，《金史》卷一三五《外國》下《高麗傳》：「高麗國王王楷，其地鴨緑江以東，曷懶路以南，東南皆至於海。自遼時，歲時遣使修貢。……女直雖舊屬高麗，不復相通者久矣。及金滅遼，高麗以事遼舊禮稱臣於金。」按：時高麗王爲楷之子晛。同書卷一三四《外國》上《西夏傳》：「夏國王李乾順，其先曰托跋思恭。唐僖宗時爲夏綏銀宥節度使，與李茂貞、李克用等破黄巢，復京師，賜姓李氏。唐末，天下大亂，藩鎮連兵，惟夏州未嘗爲唐患。歷五代至宋，傳數世。至元昊始稱帝，遼人以公主下嫁。李氏世修朝貢不絶，事具《遼史》。……天會二年，始奉誓表，以事遼之禮稱藩，請受割賜之地。」按：時夏國王爲李乾順之子李仁孝。

㉒「昔者」六句，《史記》卷九一《黥布列傳》：「上召諸將問曰：『布反，爲之奈何？』……滕公言之上曰：『臣客故楚令尹薛公者，其人有籌筴之計，可問。』上乃召見問薛公。薛公對曰：『布反，不足怪也。使布出於上計，山東非漢之有也。出於中計，勝敗之數未可知也。出於下計，陛下安枕而卧矣。』上曰：『何謂上計？』令尹對曰：『東取吴，西取楚，并齊取魯，傳檄燕、趙，固守其所，山東非漢之有也。』『何謂中計？』『東取吴，西取楚，并韓取魏，據敖倉之粟，塞成皋之口，勝敗之數未可知也。』『何謂下計？』『東取吴，西取下蔡，歸重於越，身歸長沙。陛下安枕而卧，漢無事矣。』上曰：『是計將安出？』令尹對曰：『出下計。』上曰：『何謂廢上中計而出下

計？』令尹曰：『布故麗山之徒也，自致萬乘之主，此皆爲身，不顧後爲百姓萬世慮者也，故曰出下計。』上曰：『善。』封薛公千户。乃立皇子長爲淮南王，上遂發兵自將東擊布。」

㉓「先零」六句，《漢書》卷六九《趙充國傳》：「元康三年，先零遂與諸羌種豪二百餘人解仇交質盟詛。上聞之，以問充國，對曰：『羌人所以易制者，以其種自有豪，數相攻擊，勢不壹也。往三十餘歲，西羌反時，亦先解仇合約，攻令居，與漢相距，五六年乃定。……臣恐羌變未止此，且復結聯他種，宜及未然爲之備。』後月餘，羌侯狼何果遣使至匈奴藉兵，欲擊鄯善、敦煌以絶漢道。充國以爲：『狼何，小月氏種，在陽關西南，勢不能獨造此計，疑匈奴使已至羌中，先零、罕開乃解仇作約，到秋馬肥，變必起矣。宜遣使者行邊兵豫爲備，敕視諸羌，毋令解仇，以發覺其謀。』於是兩府復白，遣義渠安國行視諸羌，分別善惡。安國至，召先零諸豪三十餘人，以尤桀黠，皆斬之。」按：趙充國於神爵元年破先零羌。

㉔風角，《後漢書》卷六〇下《郎顗傳》：「父宗，字仲綏，學京氏《易》。善風角、星算、六日七分，能望氣，占候吉凶。常賣卜自奉。」李賢注：「風角，謂候四方四隅之風，以占吉凶也。」鳥占，又稱鳥卜，謂剖飛鳥之腹，視其有無穀物以占歲之豐凶。吴處厚《青箱雜記》卷三：「又有鳥卜。東女國以十一月爲正，至十月，令巫者齋酒肴詣山中，散糟麥於空，大咒呼鳥。俄頃有鳥如雉，飛入巫者懷中，即剖其腹視之，有一穀米，歲必登。若有霜雪，則多異災。」《新唐書》卷九三《李靖傳贊》：「世言靖精風角、鳥占、雲祲、孤虚之術，爲善用兵，是不然。特以臨機果，料敵明，根於

忠智而已。俗人傳著怪詭禨祥，皆不足信。」康與之《昨夢録》：「宣政間，楊可誠、可弼、可輔兄弟讀書，精通《易》數，明風角、雲祲、鳥占、孤虛之術，於兵書尤邃，三人皆名將也。」

㉕「枯莖」句，指以蓍草、龜甲占卜之術。程大昌《易原》卷八：「《易》之尊蓍也，直爲其神可以代《易》，而聖人得以洗心受成也。《洪範》之斷大謀也，凡己意之與國論直不自主，而皆取決於龜筮也。夫其槁骨枯莖，果可信伏以及此乎？蓋聖人尊《易》，而因以及蓍者也。」康熙《御定韻府拾遺》卷二三：「《關尹子》注：蓍之與龜，本枯莖朽骨耳，靈從何來？聖從何起？」

㉖「且失」句，《宋文歸》卷一九引録此篇，自「曩者兀朮之死」始，至此止。鍾惺於篇末評云：「審察敵情，如蛾羣觀火，所謂心定慮審，蓋自道也。」

觀釁

自古天下離合之勢，常係乎民心，民心叛服之由，實基於喜怒。喜怒之方形，視之若未有休戚；喜怒之既積，離合始決而不可制矣。何則？喜怒之情，有血氣者皆有之。飽而愉，煖而適，遽使之饑寒則怨；仰而事，俯而育，遽使之捐棄則痛。寃而求伸，忿而求泄〔一〕，至於無所控告則怒。怨深痛鉅而怒盈，服則合，叛則離。秦、漢之際，離合之變，於此可以觀矣：秦人之法慘刻凝密①，而漢則破觚爲圜②，與民休息〔二〕，天下不得不喜漢而怒秦。秦人則役繁賦重而不恤③，而漢則寬仁大度，務從簡約，天下不得不喜漢而怒秦。怒之方形，秦自若也。怒之既積，則喜而有所屬，秦始得不自保，遂離而合於漢矣。

方今中原之民，其心果何如哉？二百年爲朝廷赤子④，耕而食，蠶而衣，富者安，貧者濟，賦輕役寡，求得而欲遂。一染腥羶，彼視吾民，如晚妾之御嫡子，愛憎自殊，不復顧惜。方僭割之時⑤，彼守未固，此詾未定⑥，猶勉强姑息以示恩⑦，時肆誅戮以賈威。既久稍玩，真情遂出。分佈州縣，半是胡奴；分朋植黨，仇滅中華。民有不平，訟之於官，則胡人勝，而華民則飲氣而茹屈；田疇相鄰，胡人則强而奪之；孳畜相雜，胡人則盜而有之⑧。民之至愛者子孫，簽軍之令下，則貧富不問，而丁壯必行⑨；民之所惜者財力，營築饋餉之役興，則空室以往，而休息無期⑩。有常産者困窶，無置錐者凍餒。民初未敢遽叛者，猶徇於苟且之安，而訹於積威之末。辛巳之歲，相挻以興，矯首南望，思戀舊主者，怨已深，痛已鉅，而怒已盈也。逆亮自知形禁勢格⑪，巢穴迥遥，恐狂謀無成，而竄身無所，故疾趣淮上，僥倖一勝，以謀潰中原之心，而求歸也⑫。此機不一再，而朝廷慮不及此，中原義兵尋亦潰散⑬。吁，甚可追惜也！

今而觀之，中原之民，業嘗叛虜，虜人必不能釋然於其心，而吾民亦豈能自安而無疑乎？疑則慮患深，操心危⑭，是以易動而輕叛。朝廷未有意於恢復則已，誠有意焉，莫若於其無事之時，張大聲勢以聳之，使知朝廷有偃然可恃之資〔三〕；存撫新附以誘之，使知朝廷有不忘中原之心。如是，則一旦緩急，彼將轉相告諭，翕然而起，爭爲吾之應矣。

又況今日中原之民，非昔日中原之民。曩者民習於治而不知兵，不意之禍，如蜂蠆作於懷袖，知者不暇謀，勇者不及怒⑮。自亂離以來，心安於斬伐，而力閑於攻守，虜人雖暴，有王師爲之援，民心堅矣。馮婦雖攘臂，其爲士笑之⑯。《孟子》曰：「爲湯武驅民者，桀與紂也。」⑰臣亦謂今之中原，離合之釁已開，虜人不動則已，誠動焉，是特爲陛下驅民而已。惟静以待之，彼不亡何待！

【校】

〔一〕「忿」，《名臣奏議》本、兩《抄存》本作「憤」，從《右編》、羅抄本改。

〔二〕「息」，各本原俱作「戚」，據兩《抄存》本改。

〔三〕「有偃然」，兩《抄存》本作「偃然有」。《右編》、羅抄本同《名臣奏議》本。

【箋注】

①秦人之法慘刻凝密，《史記》卷八《高祖本紀》：「還軍霸上，召諸縣父老豪傑曰：『父老苦秦苛法久矣，誹謗者族，偶語者棄市。吾與諸侯約，先入關者王之。吾當王關中，與父老約法三章耳：殺人者死，傷人及盜抵罪，餘悉除去秦法。』」《索隱》：「張晏曰：秦法，一人犯罪，舉家及鄰伍坐之。今但當其身坐。」桓寬《鹽鐵論》卷一一《刑德》：「昔秦法繁於秋荼，而網密於凝脂。」賈誼《新書》卷一《過秦》中：「二世不務此術，而重以無道。……繁刑嚴誅，吏治刻深。」

②而漢則破觚爲圜，《漢書》卷九〇《酷吏傳序》：「漢興，破觚而爲圜，斲琱而爲樸，號爲網漏吞舟之魚。而吏治蒸蒸，不至於姦，黎民艾安。」孟康注：「觚，方也。」顔師古注：「去嚴刑而從簡易，抑巧僞而務敦厚也。」

③「秦人」句，賈誼《過秦》中：「二世不行此術，而重以無道。壞宗廟，與民更始，作阿房之宮。繁刑嚴誅，吏治刻深。賞罰不當，賦斂無度。天下多事，吏不能紀。百姓困窮，而主不收恤。然後姦僞並起，而上下相遁，蒙罪者衆，刑戮相望於道，而天下苦之。」

④二百年，自宋太祖建隆元年迄於宋孝宗隆興二年，共二百零四年。

⑤僭割，指劉豫在中原地區所建立之僞齊政權。

⑥「彼守」二句，彼指金，此詾指僞齊。

⑦勉强姑息以示恩，廖剛《高峰文集》卷一《論巡幸札子》二：「臣聞劉豫在齊、魏間，省徭薄賦，專務姑息，招徠人士，誘以爲官，日以傾我爲事，安知其不圖吾根本地乎？」按：劉豫曾於宿州置招受司，招誘宋之士大夫、軍民人等，見《建炎以來繫年要録》卷四八。上引「專務姑息」語，應即劉豫僭號之初事，可與此文相參。

⑧「分佈州縣」句至此，金於皇統元年與宋議和後，始遷女真人於中原。《三朝北盟會編》卷二四四引《金虜圖經》詳載其情：「廢僞齊豫後，慮中州懷二三之意。如治均田屯田軍，非女真，契丹、奚家亦有之。自本部族徙居中土，與百姓雜處，計其户口，給官田，使自播種，以充口食。春秋量給衣馬，殊不多餘，並無支給。若遇出軍之際，如月給錢米，不過數千。老幼在家，依舊耕耨，亦無不足之歎。今日屯田之處，大名府路、山東東西路、河北東西路、南京路、關西路，四路皆有之，約一百三十餘千户。每千户止三四百人，多不過五百。所居止處，皆不在州縣築寨，處村路間。千户百户雖設官府，亦在其内。」稼軒本文所載，即女真與漢族雜處以來之矛盾衝突情況。《金史》卷八八《紇石烈良弼傳》載：「初，山東兩路猛安謀克與百姓雜居。詔良弼度宜易置，使與百姓異聚。與民田互相犬牙者，皆以官田對易之，自是無創争訴。」此即世宗即位之初事，可參。

⑨「簽軍」二句，詳見本卷《審勢》注。

⑩「營築」二句，《三朝北盟會編》卷二三〇崔淮夫《上兩府札子》：「虜主篡位以來，新修燕京大

内，將畢，復創修京師大内。……其所用軍民夫工匠，每四月一替，近者不下千百里，遠者不下數千里。近者北歸，往往半歲，遠者得回，動是踰年。到家不月餘，又復起發。其河北人夫死損大半，其嶺北西京路夫七八千人，得歸者無千餘人，可見人民冤苦。」

⑪形禁勢格，《史記》卷六五《孫子吴起列傳》：「救鬥者不搏撠，批亢擣虚，形格勢禁，則自爲解耳。」《索隱》謂「事形相格而勢自禁」。

⑫求歸，《三朝北盟會編》卷二四二張棣《正隆事跡記》：「十一月，亮以内亂所擾，知軍意之二三，戰船之不至，大江之不可渡，或有雞肋之意，然未形於牙齒間。又恐貽笑萬世，遂築渡江臺於江之北岸，欲渡萬人於大江之南，然後作還軍計。」

⑬中原義兵尋亦潰散，《宋朝南渡十將傳·魏勝傳》：「葛王雍已立，大赦曰：『在山者爲盜賊，下山者爲良民。』中原忠義所在保聚以待，而往來議和使命相踵於道，中原之民乃乘赦宥，歸保田里。」按：《金史》卷六《世宗紀》上：「大定二年二月庚子，詔前户部尚書梁球、户部郎中耶律道安撫山東百姓，招諭盜賊或避賊及避徭役在他所者，並令歸業，及時農種，無問罪名輕重，並與原免。」大定二年即紹興三十二年。《三朝北盟會編》卷二四九紹興三十二年正月二十日丁亥《王友直王任來歸》條載：「完顔亮攻淮南，友直聚衆已數萬，遂破大名府，有衆數十萬。亮死，葛王已立，乃以友直之衆並放罪，令歸農爲平民。其衆聞之，皆散去。友直乃與其黨王革及任謀自山東尋路南奔，比入界，有衆三千餘。」

⑭「疑則」二句，《孟子·盡心》上：「其操心也危，其慮患也深。」
⑮「不意」句，《晉書》卷四五《劉毅傳》：「蜂蠆作於懷袖，勇夫爲之驚駭，出於意外故也。」
⑯「馮婦」二句，《孟子·盡心》下：「晉人有馮婦者，善搏虎，卒爲善士。則之野，有衆逐虎，虎負隅，莫之敢攖。望見馮婦，趨而迎之。馮婦攘臂下車，衆皆悦之，其爲士者笑之。」注：「衆人悦其勇猛，其士之黨笑其不知止也。」
⑰「爲湯」二句，語出《孟子·離婁》上。

自治

臣聞，今之論天下者，皆曰：「南北有定勢〔一〕，吴楚之脆弱，不足以争衡於中原。」①臣之説曰：「古今有常理，夷狄之腥穢，不可以久安於華夏。」

夫所謂南北定勢者，粤自漢鼎之亡，天下離而爲南北。吴不能以取魏，而晉卒以併吴②；晉不能以取中原③，而陳亦終斃於隋〔二〕④；與夫藝祖皇帝之取南唐，取吴越⑤，天下之士，遂以爲東南地薄兵脆，將非命世之雄，其勢固至於此。而蔡謨亦謂：「度今諸人，必不能辦此，吾見韓盧、東郭，俱斃而已。」⑥

臣以謂，吴不能以取魏者，蓋孫氏之割據，曹氏之猜雄，其德本無以相過，而西蜀之地又分於劉備，雖願以兵窺魏，勢不可得也。晉之不能取中原者，一時諸戎，皆有豪傑之風⑦。晉之强臣⑧，方内自專制，擁兵上流，動輒問鼎，自治如此，何暇謀人？宋、齊、梁、陳之間⑨，其君臣又皆以一戰之勝，蔑其君而奪之位，其心蓋僥倖於人之不我攻，而所以攻人者，皆其自固也⑩。至於南唐、吴越之時，適當聖人之興，理固應爾，無足怪者。由此觀之，所遭者然，非定勢也。

且方今南北之勢，較之彼時，亦大異矣。南北萬里，而劫於夷狄之一姓。彼其國大而上下交征，政龐而華夷相怨⑪。平居無事，亦規規然模倣古聖賢太平之事，以誑亂其耳目。是以其國可以言静而不可以言動，其民可以共安而不可與共危。非如晉末諸戎，四分五裂；若周秦之戰國，唐季之藩鎮，皆家自爲國，國自爲敵，而貪殘吞噬、剽悍勁勇之習，純用而不雜也⑫。且六朝之君，其祖宗德澤涵養浸漬之難忘，而中原民心眷戀依依而不去者，又非得爲今日比。臣故曰：「較之彼時，南北之勢大異矣。」

當秦之時，關東强國，莫楚若也。而秦楚相遇，動以十數萬之衆㈢，見屠於秦⑬，君爲秦虜而地爲秦墟⑭。自當時言之，是南北勇怯不敵之明驗。而項梁乃能以吴楚子弟，驅而之趙，救鉅鹿，破章邯，諸侯之軍十餘壁，皆莫敢動，觀楚之戰士，無不一當十，諸侯之兵，皆人人惴恐⑮，卒以阬秦軍，入函谷，焚咸陽，殺子嬰⑯，是又可以南北勇怯論哉？方懷王入秦時⑰，楚人言之曰〔四〕：「楚雖三户，亡秦必楚。」⑱夫彼豈能逆知其事之必至於此耶〔五〕？蓋天道好還，亦以其理而推之耳。故臣直取古今常理而論之。

夫所謂古今常理者，逆順之相形，盛衰之相尋，如符契之必合〔六〕⑲，寒暑之必至。今夷狄所以取之者至逆也，然其所居者亦盛矣。以順居逆，猶有衰焉，以逆居盛，固無衰乎？臣之所謂理者此也。不然，裔夷之長而據有中夏，子孫又有泰山萬世之安，古今豈有是事哉！今之議者，皆痛懲往者之事，而劫於積威之後，不推項籍之亡秦，而猥以蔡謨之論晉者以藉口，是猶懷千金之璧，不能斡營低昂，而搖尾於販夫；懲蝮蛇之毒，不能詳覈真僞，而褫魄於雕弓⑳，亦已過矣。故臣願陛下，姑以光復舊物而自期，不以六朝之勢而自卑，精心强力，日與二三大臣，講求古今南北之勢，知其不侔而不爲之惑，則臣固當爲陛下言自治之策。

今之所以自治者，不勝其多也：官吏之盛否，民力之優困，財用之豐耗，士卒之强弱，器械之良苦，邊備之廢置，此數者皆有司之事，陛下亦次第而行之，臣不能悉舉也。顧今有大者二，陛下知之而未果行，大臣難之而不敢發者，一曰絶歲幣，二曰都金陵。

臣聞，今之所以待虜，以緡計者二百餘萬㉑，以天下之大，而爲生靈社稷計，曾何二百餘萬之足云？臣不爲二百餘萬緡惜也。錢塘、金陵，俱在大江之南，而其形勢相去亦無幾矣，豈以爲是數百里之遠，而遽有强弱之辨哉？臣不爲數百里計也。然而，絶歲幣，則財用未可以遽富，都金陵，則中原未可以遽復，是三尺童子之所知，臣之區區以是爲言者，蓋古之英雄撥亂之君，必先内有以作三軍之氣，外有以破敵人之心。故曰「未戰養其氣」㉒，又曰「先人有奪人之心」㉓。今則不然：待敵則恃驩好於金帛之間，立國則借形勢於湖山之險，望實俱喪，莫此爲甚㉔。使吾内之三軍，習知其上之人畏怯退避之如此，以爲夷狄必不可敵，戰守必不可恃，雖有剛心勇氣，亦銷鑠委靡而不振，臣不知緩急將誰使之戰哉？借使戰，其能必勝乎？外之中原民心以爲朝廷置我於度外，謂吾無事，則知自備而已，有事，則將自救之不暇，向之袒臂疾呼而促逆亮之斃，爲吾響應者，它日必無若是之捷也。如是，則敵人將安意肆志，而爲吾患。今絶歲幣，都金陵，其形必至於戰。天下有戰形矣，然後三軍有所怒而思奮，中原亦有所恃而思亂〔七〕，陛下間取其二百餘萬緡者，以資吾養兵賞勞之費，豈不爲朝廷之利乎？

然此二者，在今日未可遽行。臣觀虜人之情，玩吾之重戰，而所求未能充其欲，不過一二年，必以戰而要我，苟因其要我而遂絶之，則彼亦將自沮，而權固在我矣。

議者必曰：「朝廷全盛時，西北二虜，亦不免於賂㉕。今我有天下之半，而虜倍西北之勢，雖欲不賂得乎？」臣應之曰：「是趙之所以待秦也。」昔者秦攻邯鄲而去，趙將割六城而與之和〔八〕，虞卿曰：「秦之攻趙也，倦而歸乎？抑其力尚能進，且愛我而不攻乎？」王曰：「秦之攻我也，不遺餘力矣，必以倦而歸矣。」虞卿曰：「秦以其力，攻其力所不能取，倦而歸，王又以其力之不能攻以資之，是助秦自攻也。」㉖臣以爲虞卿之所以謀趙者，是今日之勢也。且今日之勢，議者固以東晉自卑矣㉗，求之於晉，彼亦何嘗退金陵、輸歲幣乎㉘？

臣竊觀陛下聖文神武，同符祖宗，必將陵跨漢唐，鞭笞異類，然後爲稱，豈能鬱鬱久居此者乎㉙？臣願陛下酌古以御今，毋惑紛紜之論〔九〕，則恢復之功，可必其有成。

古人云：「謀及卿士，謀及庶人。」㉚又曰：「作屋道邊，三年不成。」㉛蓋謀貴衆，斷貴獨，惟陛下深察之。

【校】

〔一〕「南北有定勢」，《右編》「有」作「之」，羅抄本此句作「南北之勢定矣」，此據《名臣奏議》本、兩《抄存》本。

〔二〕「終」，《右編》、羅抄本作「既」。此據《名臣奏議》本、兩《抄存》本。

〔三〕「十數」，原作「數十」，據《九議》之九改。

〔四〕「言之」，兩《抄存》本作「之言」，此據《名臣奏議》本、《右編》、羅抄本。

〔五〕「彼豈」，《名臣奏議》本原作「豈彼」，據《四庫全書》本《名臣奏議》改。《右編》、羅抄本、兩《抄存》本俱同《名臣奏議》本。

〔六〕「合」，各本俱作「同」，據《九議》之九改。

〔七〕「亦」，各本俱闕，據羅抄本補。

〔八〕「城」，《名臣奏議》、兩《抄存》本作「縣」。按：《史記》原文作「縣」，然秦作郡縣制之前應無縣。此據《右編》、羅抄本。

〔九〕「惑」，此下兩《抄存》本有「於」字，據《名臣奏議》本、《右編》、羅抄本删。

【箋注】

①「南北」三句，按：當紹興末隆興初，力主南北大勢已定、中原决不可復之論者，當以尹穡、王之望等爲代表。此即劉克莊《後村先生大全集》卷九八《辛稼軒集序》所載「其論與尹少稷、王瞻叔諸人絶異」者。然其時士大夫持類似此論者並非僅以上二人。如《歷代名臣奏議》卷二三四載知信州王師愈所進奏議：「爲今日，恢復之計不可一息忘，恢復之師不可一朝舉。臣恐羣臣獻計有誤陛下，謂今日可以用兵者，故願陛下審處其勢也。夫以祖宗二百年經理，封疆淪入於異

域，兩朝北狩不返，天下切齒五十年矣。有志之士，孰不願比死而一洗之？然時異事變，南北之勢已定。民庶之志戀生，彼無必取之形，我無必勝之勢，若釁隙一開，兵連禍結，力竭於内，民不聊生，其變故固多端矣。」此皆爲稼軒所不能同意者也。

②「粤自」四句，東漢末年天下分裂，曹丕在中原建立魏國，都洛陽，立國四十五年，爲晉所取代。孫權據長江中下游及閩、浙、兩廣，建立吴國，都建業，後爲晉所滅。司馬炎代魏，建立西晉，結束三國割據之局，僅五十二年，即爲匈奴人劉淵所滅。

③「晉丕」句，司馬睿於建康重建晉朝，史稱東晉，據長江以南地區。後爲劉裕之宋政權取代。

④「而陳」句，陳，爲陳霸先取代梁政權所建立，後爲隋所滅。

⑤藝祖，即太祖，指宋太祖趙匡胤。南唐，爲李昪取代楊行密之吴所建立，都金陵，據今安徽、江蘇、江西一帶，後爲北宋所滅。吴越，爲錢鏐所建立之政權，據今江蘇、浙江一帶，都杭州，後降於北宋。

⑥「而蔡」句，《晉書》卷七七《蔡謨傳》：「蔡謨字道明，陳留考城人也。……屬石季龍死，中國大亂。時朝野咸謂當太平復舊，謨獨謂不然，語所親曰：『胡滅，誠大慶也，然將貽王室之憂。』或曰：『何哉？』謨曰：『夫能順天而奉時，濟六合於草昧，若非上哲，必由英豪。度德量力，非時賢所及，必將經營分表，疲人以逞志，才不副意，略不稱心，財單力竭，智勇俱屈，此韓盧、東郭所以雙斃也。』」《戰國策・齊策》三：「齊欲伐魏，淳于髡謂齊王曰：『韓子盧者，天下之疾犬

也。東郭逡者，海内之狡兔也。韓子盧逐東郭逡，環山者三，騰山者五，兔極於前，犬廢於後。犬兔俱罷，各死其處。田父見之，無勞勸之苦，而擅其功。今齊魏久相持，以頓其兵，弊其衆，臣恐强秦大楚承其後，有田父之功。』齊王懼，謝將休士也。」

⑦諸戎，指先後割據中原之匈奴族劉淵、羯族石勒、氐族苻健、羌族姚萇、鮮卑族拓拔珪等。

⑧晉之强臣，指王敦、庾亮、桓温、桓玄等人。以上諸人大都擁兵居於荆州，構成東晉政權之威脅。《晉書》卷九八《王敦傳》謂「敦有問鼎之心，帝畏而惡之」。卷七四《庾亮傳》謂其「使郄鑒脅從，必且戎車犯順」。卷六七《郗鑒傳》則謂「微夫人之誠懇，大盜幾移國手」。卷九八《桓温傳》謂其「以雄武專朝，窺覦非望」。

⑨宋齊梁，宋，爲劉裕取代晉所建立之政權，後被齊取代。齊，爲蕭道成代宋所建立之政權。梁，爲蕭衍代齊所建立之政權。

⑩「而所」二句，如劉裕於義熙六年攻慕容超，滅南燕，十三年討姚泓，克長安，滅後秦等事件。

⑪「彼其」二句，上下交征，《孟子·梁惠王》上：「王曰何以利吾國，大夫曰何以利吾家，士庶人曰何以利吾身，上下交征利，而國危矣。」《金史》卷九六《黄久約等傳贊》：「金詘宋稱臣稱侄，受其歲幣，禮也。使聘於其國，燕享，禮也。納其重賂，其可乎哉？時人貪利忘禮，習以爲常，莫有知其爲非者。故去則云酬勞效，還則云增物力，上下交征，惟利是事，此何誼耶？」華夷相怨，謂金國不能解决民族矛盾。劉祁《歸潛志》卷一二謂金國滅亡，「分别蕃漢，不變家政」，是其主

要原因。

⑫「平居」句至此，稼軒此處所言，謂女真貴族入據中原後，雖模仿漢族政權禮樂制度，已與戰國、晉末、南北朝、唐末不知禮樂者有别，然而其殘暴本性仍無所改變。

⑬「動以」句，查《戰國策》、《史記·秦本紀》、《楚世家》，均不載楚以數十萬衆見屠於秦之事。秦楚間之較大戰役，如楚懷王十七年，秦斬楚甲八萬，頃襄王元年，秦攻楚，斬首五萬。至於秦將白起攻破郢都，史籍不載楚軍死亡之數，可知此處以屠楚十餘萬爲近。

⑭「君爲」句，《史記》卷四〇《楚世家》：「楚襄王二十一年，秦將白起遂拔我郢，燒先王墓夷陵。……考烈王二十二年，與諸侯共伐秦，不利而去。楚東徙都壽春，命曰郢。二十五年，考烈王卒，子幽王悍立。……十年幽王卒，同母弟猶代立，是爲哀王。哀王立二月餘，哀王庶兄負芻之徒襲殺哀王，而立負芻爲王。……四年，秦將王翦破我軍於蘄，而殺將軍項燕。五年，秦將王翦、蒙武遂破楚國，虜楚王負芻，滅楚名爲楚郡云。」

⑮「觀楚」二句，《史記》卷七《項羽本紀》：「及楚擊秦，諸將皆從壁上觀，楚戰士無不一以當十，楚兵呼聲動天，諸侯軍無不人人惴恐。於是已破秦軍。項羽召見諸侯將，諸侯將入轅門，無不膝行而前，莫敢仰視。」

⑯「卒已」四句，《史記》卷七《項羽本紀》：「項羽使蒲將軍日夜引兵度三户，軍漳南，與秦戰，再破之。項羽悉引兵擊秦軍汙水上，大破之。章邯使人見項羽，欲約。項羽召軍吏謀曰：『糧少，

欲聽其約。』軍吏皆曰：『善。』項羽乃與期洹水南殷虛上。……項羽乃召黥布、蒲將軍計曰：『秦吏卒尚衆，其心不服。至關中不聽事，必危，不如擊殺之，而獨與章邯、長史欣、都尉翳入秦。』於是楚軍夜擊阬秦卒二十餘萬人新安城南，行略定秦地。函谷關有兵守關，不得入。又聞沛公已破咸陽，項羽大怒，使當陽君等擊關，項羽遂入，至於戲西。……居數日，項羽引兵西屠咸陽，殺秦降王子嬰，燒秦宮室，火三月不滅。收其貨寶婦女而東。」

⑰懷王入秦，楚懷王三十年，秦昭王遺楚王書，約會武關。懷王子子蘭勸王行，曰：「奈何絶秦之歡心？」於是往會，秦因扣留楚懷王。見《史記》卷四〇《楚世家》。

⑱「楚雖」二句，《史記》卷七《項羽本紀》：「居鄛人范增，年七十，素居家，好奇計，往説項梁曰：『陳勝敗固當。夫秦滅六國，楚最無罪。自懷王入秦不反，楚人憐之至今。故楚南公曰：楚雖三户，亡秦必楚也。』」

⑲如符契之必合，《晉書》卷六《元帝紀》：「譬若唇齒，表裏相資；宜戮力一心，若合符契。」

⑳「懲蝮」三句，《晉書》卷四三《樂廣傳》：「嘗有親客，久闊不復來。廣問其故，答曰：『前在坐，蒙賜酒，方欲飲，見杯中有蛇，意甚惡之，既飲而疾。』於時河南聽事壁上有角漆畫作蛇，廣意杯中蛇即角影也，復置酒於前處，謂客曰：『酒中復有所見不？』答曰：『所見如初。』廣乃告其所以，客豁然意解，沉痾頓愈。」

㉑「臣聞」二句，《建炎以來朝野雜記》甲集卷五《乾道郊祀》條，記乾道六年虞允文言：「舊來銀一

兩，爲錢四百；　絹一匹，爲錢七八百，故千匹兩其直不過千餘緡，今則七八千緡矣。」可知乾道六年每千匹兩銀絹已合七八千緡，此與隆興間銀絹之價值當相差無幾。宋自紹興十一年始，所納與金人之歲幣數爲銀絹二十五萬匹兩，以每千匹兩八千緡計，恰是二百萬緡。知此文所謂「今之待虜」云云，必在隆興二年冬宋金再次議和而減歲幣爲二十萬匹兩之前。

㉒未戰養其氣，蘇洵《嘉祐集》卷二《權書・心術》：「凡戰之道，未戰養其財，將戰養其力，既戰養其氣，既勝養其心。」

㉓「先人」句，《左傳・宣公十二年》：「孫叔曰：『進之，寧我薄人，無人薄我。《詩》云：元戎十乘，以先啓行。先人也。軍志曰：先人有奪人之心，薄之也。』」

㉔「望實」二句，《晉書》卷六五《王導傳》：「及（蘇峻）賊平，宗廟宫室並爲灰燼。温嶠議遷都豫章，三吴之豪請都會稽。二論紛紜，未有所適。導曰：『建康，古之金陵，舊爲帝里。又孫仲謀、劉玄德俱言王者之宅。古之帝王，不必以豐儉移都。……且北寇遊魂，伺我之隙，一旦示弱，竄於蠻越，求之望實，懼非良計。今特宜鎮之以静，羣情自安。』」

㉕「朝廷」二句，指宋真宗澶淵之盟後對遼所輸銀絹，及宋仁宗慶曆間對西夏所輸銀絹。按：宋景德元年與遼議定，每年遺遼絹二十萬匹，銀十萬兩。慶曆四年，又向西夏歲賜絹十三萬匹，銀五萬兩，茶二萬斤。

㉖「虞卿」句，虞卿與趙王對話，見《史記》卷七六《平原君虞卿列傳》。

㉗「議者」句，《宋史》卷三七二《王之望傳》：「除集英殿修撰，提舉江州太平興國宫。未幾，户部侍郎、江淮都督府參贊軍事。之望雅不欲戰，請朝，因奏：『人主論兵與臣下不同，惟奉承天意而已。竊觀天意，南北之形已成，未易相兼。我之不可絶淮而北，猶敵之不可越江而南也。移攻戰之力以自守，自守既固，然後隨機制變，擇利而應之。』有旨留中，俄兼直學士院。湯思退力主息兵，奏除之望吏部侍郎通問使。」（按：此文今本《漢濱集》未見，《歷代名臣奏議》卷二三四《户部侍郎王之望上奏》載其全文，可參。）右王之望進奏語，恰在隆興元年末，此可代表南北有定勢之論。同書卷三七二《尹穡傳》：「尹穡字少稷，建炎中興，自北歸南。……初，符離師潰，湯思退復相，金帥移書索地，詔侍從臺諫集議。穡時爲監察御史，以爲國家事力未備，宜與敵和，惟增歲幣，勿棄四州，勿請陵寢，則和議可成。……穡爲右正言，懼和議弗就，因劾浚跋扈，未幾罷政。後將割四郡，再易國書，歲幣如所索之數。而敵分兵入寇，上意中悔，穡爲侍御史，乞置獄取不肯撤備及棄地者劾其罪，牽引凡二十餘人。」

㉘「彼亦」句，《宋文歸》收録此篇文，自開篇始，至此止，後有鍾惺著論云：「何等激勵鼓舞？而不能振宋君臣衰懦之氣，當亦運數使然耳。」

㉙「豈能」句，《史記》卷九二《淮陰侯列傳》：「何曰：『諸將易得耳。至如信者，國士無雙。王必欲長王漢中，無所事信。必欲争天下，非信無所與計事者，顧王策安所決耳。』王曰：『吾亦欲東耳，安能鬱鬱久居此乎？』」

㉚「謀及」二句，《尚書・洪範》：「汝則有大疑，謀及乃心，謀及卿士，謀及庶人，謀及卜筮。」
㉛「作屋」二句，《後漢書》卷六五《曹褒傳》：「諺云：『作舍道傍，三年不成。』」

守淮

臣聞，用兵之道，無所不備，則有所必分①；知所必守，則不必皆備。何則？精兵驍騎，十萬之屯，山峙雷動②，其勢自雄。以此爲備，則其誰敢乘？離屯爲十，屯不過萬，力寡氣沮。以此爲備，則備不足恃，此聚屯分屯之利害也。

臣嘗觀兩淮之戰，皆以備多而力寡，兵懾而氣沮，奔走於不必守之地，而嬰虜人遠鬥之鋒，故十戰而九敗③。其所以得畫江而守者，幸也。且今虜人之情，臣固已論之矣，要不過以戍兵而入寇〔二〕，幸成功而無内禍。使之踰淮，將有民而撫之，有城而守之，則始足以爲吾患。

夫守江而喪淮，吴、陳、南唐之事可見也。且我入彼出，我出彼入，曠日持久，何事不生？曩者兀朮之將曰韓常④，劉豫之相曰馮長寧者⑤，皆嘗以是導之，詎知其他日之計，終不出於此乎？故臣以謂，守淮之道，無懼其必來，當使之兵交而亟去；無幸其必去，當使之他日必不敢犯也。爲是策者，在於彼能入吾之地，而不能得吾之戰；彼能攻吾之城，吾能出彼之地。然而，非備寡力專，則不能也。

且環淮爲郡凡幾？爲郡之屯又幾？退淮而江，爲重鎮曰鄂渚⑥，曰金陵，曰京口，以至於行都扈蹕之兵，其將皆有定營，其營皆有定數⑦，此不可省也。環淮必欲皆備，則是以有限之兵，而用無所不備之策，兵分勢弱，必不可以折其衝⑧。以臣策之，不若聚兵爲屯，以守爲戰，庶乎虜來不足以爲吾憂，而我進乃可以爲彼患也。

聚兵之説如何？虜人之來，自淮而東，必道楚以趣揚〔一〕⑨；自淮而西，必道濠以趣真⑩，與道壽以趣和⑪；自荆、襄而來⑫，必道襄陽而趣荆。今吾擇精騎十萬，分屯於山陽、濠梁、襄陽三處⑬，而於揚或和置一大府以督之。虜攻山陽，則堅壁勿戰，而虚盱眙、高郵以餌之⑭，使濠梁分其半，與督府之兵横擊之，或絶餉道，或邀歸途；虜併力於山陽，則襄陽之師出唐、鄧以擾之。虜攻濠梁，則堅壁勿戰，而虚廬、壽以餌之⑮，使山陽分其半，與督府之兵亦横擊之；虜併力於濠梁，而襄陽之師亦然。虜攻襄陽，則堅壁勿戰，而虚郢、復以餌之⑯；虜無所獲，亦將聚淮北之兵，以併力於此，我則以濠梁之兵制其歸，而山陽之兵，自沭陽以據沂、海⑰。此正所謂不恃敵之不敢攻，而恃吾能攻彼之所必救也⑱。

臣竊謂：「解雜亂糾紛者不控拳，救鬥者不搏撠。批亢擣虚，形格勢禁，則自爲解矣。」⑲昔人用兵，多出於此。故魏趙相攻，齊師救趙，田忌引兵疾走大梁，則魏兵釋趙而自救，齊師因大破之於桂陵⑳。後唐莊宗與梁相持於楊劉、德勝之間，蓋嘗鏖而不勝，其後用郭崇韜之策，七日入汴而梁亡㉑。兵家形勢，從古已然。

議者必曰：「我知擣虚以進，彼亦將調兵以拒，進遇其實，未見其虚。」是大不然。彼沿邊爲守，其兵不過數萬，既已厚屯於三城之衝㉒，其餘不容復多，兵少而力不足，謂能當我全師者，又非其所慮也。又況彼縱得淮，而民不服，且有江以爲之阻，則猶未足以爲利。我得中原，而簞壺迎降，民心自固，且將不爲吾守乎？如此，則在我者甚堅，而在彼者甚瑕。全吾所甚堅，攻彼所甚瑕，此臣所謂兵交而必亟去，兵去而不敢復犯者此也。嗚呼，安得斯人，而與之論天下也哉？

【校】

〔一〕「戍」，《名臣奏議》本、《右編》、羅抄本俱作「成」。而《四庫全書》本《名臣奏議》改作「邊」，疑《奏議》原爲「戎」。今據兩《抄存》本改。

〔二〕「趣」，《名臣奏議》、《右編》、羅抄本俱作「趨」。此據兩《抄存》本。以下各「趣」字同此。

【箋注】

①「無所」句，《孫子·虚實》：「故備前則後寡，備後則前寡，備左則右寡，備右則左寡。無所不備則無所不寡，寡者備人者也，衆者使人備己者也。」

②山峙雷動，《孫子·軍争》：「故其疾如風，其徐如林，侵掠如火，不動如山，難知如陰，動如雷震。」

③「臣嘗」句至此，《宋史》卷三六六《吴拱傳》：「乾道三年，以父命入奏，拜侍衛親軍步軍指揮使，節制興州軍馬。璘卒，……服除，召爲左衛上將軍。朝廷方議置神武中軍五千人以屬御前，命挺爲都統制。挺力陳不當輕變祖宗法，事遂寢。拜主管侍衛步軍司公事。挺每燕見從容，嘗論：『兩淮形勢曠漫，備多力分，宜擇勝地，扼以重兵。敵仰攻則不克，越西南又不敢。我以全力乘其弊，蔑不濟者。』帝頗嘉納。」此亦論兩淮備多力寡之説，與稼軒所言符同。

④韓常，《大金國志》卷二七《韓常傳》：「韓常字元吉，燕山人也。……常善射，以挽强見稱，射必入鐵。兀术渡江，常爲先鋒。……兀术攻明州，常以兵從。……兀术自江南歸，論功，仍陞爲萬户都統，屯河中府。未幾，隨兀术至陝西，攻仙人關，爲宋吴玠所敗。常被南軍射損左目，衆不能支，遂回軍，然亦以此受知於兀术。」按：另據《三朝北盟會編》卷二三五引《征蒙記》，韓常於天德三年爲金主亮所誅。其主張入侵淮南以守，未見史籍記載。

⑤馮長寧，《金史》及《大金國志》俱無傳。據楊堯弼《僞齊録》，知其原爲宋之陳州守臣，叛降僞齊

後任户部侍郎。《三朝北盟會編》卷一八二載金廢僞齊後，馮長寧改除户部尚書。另據《建炎以來繫年要録》卷一七〇，金貞元四年，金主亮謀遷汴京，遣其參知政事馮長寧爲汴京留守，以大火，宫室被焚，爲亮所杖殺。據知馮長寧者，非劉豫之相也。其據守淮南之主張，諸書均未見。

⑥鄂渚，即荆湖北路之鄂州，今之武昌。

⑦其營皆有定數，《宋史》卷一八七《兵志》一：「乾道之末，各州有都統司領兵。建康五萬，池州一萬二千，鎮江四萬七千，楚州武鋒軍一萬一千，鄂州四萬九千，荆南二萬，興元一萬七千，金州一萬一千。其後分屯列戍增損靡常。」鄂州、建康、鎮江，隆興間駐軍數可參。

⑧「環淮」句至此，稼軒作此文時，臣僚中確有主張環淮皆備者。《宋會要輯稿・兵》二九之三八：「隆興二年六月四日，淮西宣諭使王之望奏同諸將分定把截關隘、戰守屯泊去處。上曰：『可分。明札下王彦、王之望等，雖地分各有所營，然兵不可太分，如要逐處控扼，使虜人不得過，兵家無此理。却要逐人回奏，須要屯大兵於持重要害之地。』又曰：『使諸將各認地分則可，若有緩急，豈宜如此將兵力分在數處？』」可參。

⑨楚，楚州，今江蘇淮安，與揚州皆屬宋淮南東路。

⑩濠，濠州，即今安徽鳳陽，宋屬淮南西路。真，真州，即今江蘇儀徵，屬淮南東路。

⑪壽，壽州，即今安徽壽縣，徽宗政和六年陞爲壽春府。和，和州，即今安徽和縣。二州皆屬淮南西路。

⑫荆，荆州，即荆湖北路江陵府，今湖北江陵。襄，襄陽，即京西路襄陽府，今湖北襄樊。

⑬山陽，縣名，屬楚州。濠梁，即濠州。

⑭盱眙，即招信軍，今江蘇盱眙。宋與高郵屬淮南東路，高郵在楚州南，盱眙在西南。

⑮廬，廬州，即今安徽合肥，宋屬淮南西路。

⑯郢，郢州，今湖北鍾祥，宋屬京西南路。復，復州，今湖北天門，宋屬荆湖北路。

⑰沭陽，海州屬縣。在海州西南。

⑱「此正」二句，《孫子·虚實》：「進而不可禦者，衝其虚也。退而不可追者，速而不可及也。故我欲戰，敵雖高壘深溝，不得不與我戰者，攻其所必救也。我不欲戰，雖畫地而守之，敵不得與我戰者，乖其所之也。」嘉定間，袁燮力主對金用兵。見於真德秀《西山文集》卷四七《顯謨閣學士致仕贈龍圖閣學士開府袁公行狀》：「又謂用兵一事，雖治世不能免。以言兵爲諱，以安居爲樂，變生不虞，無以禦之，爲計疏矣。自北方擾攘，流民欲歸附者甚衆，皆拒絶之，有至於殺戮多者。流民之怨，深入骨髓，安知敵不能激怒之使讎我乎？自古善用兵者，攻其所必救。彼擾吾邊疆，而吾舉兵北向，欲擣其虚，必解而去。從而躡之，腹背受敵，此制勝之奇策也。不知出此，而戰於境内，兵氣不揚矣，又安能決勝乎？」按：袁燮此論禦敵主戰之術，與辛棄疾隆興、乾道間所進《美芹十論》及《九議》之意見相合，皆南渡以來之偉論。

⑲「解雜」五句，俱出《史記》卷六五《孫子吳起列傳》。

⑳「故魏」二句，《史記·孫子吳起列傳》：「魏伐趙，趙急請救於齊。齊威王欲將孫臏，臏辭。……乃以田忌爲將，而孫子爲師，居輜車中，坐爲計謀。田忌欲引兵之趙，孫子曰：『……今梁趙相攻，輕兵鋭卒必竭於外，老弱罷於内，君不若引兵疾走大梁，據其街路，衝其方虚，彼必釋趙而自救，是我一舉解趙之圍而收弊於魏也。』田忌從之，魏果去邯鄲，與齊戰於桂陵，大破梁軍。」桂陵，今山東荷澤東北。

㉑「後唐」句至此，《新五代史》卷二四《郭崇韜傳》：「唐自失德勝，梁兵日掠澶、相、黎陽、衛州……莊宗患之……召崇韜問計。崇韜曰：『陛下興兵仗義，將士疲戰争、生民苦轉餉者十餘年矣。况今大號已建，自河以北，人皆引首以望成功，而思休息。今得一鄆州不能守而棄之，雖欲指河爲界，誰爲陛下守之？……自失南城，保楊劉，道路轉徙，耗亡大半。而魏博五州秋稼不稔，竭民而斂，不支數月，此豈按兵持久之時乎？臣自康延孝來，盡得梁之虚實，此真天亡之時也。願陛下分兵守魏，固楊劉，而自鄆長驅，擣其巢穴，不出半月，天下定矣。』莊宗大喜。……即日下令軍中，歸其家屬於魏，夜渡楊劉，從鄆州入襲汴州，八日而滅梁。」德勝，今河南濮陽西南。楊劉，今山東東阿東北。

㉒三城，指山陽、濠梁、襄陽。

屯田

趙充國論備邊之計，曰「湟中積穀三百萬斛，則羌人不敢動」①，李廣武爲成安君謀，曰「要其輜重，十日不至，則二將之頭可致」者②，此言用兵致勝，以糧爲先，轉餉給軍，以通爲利也。必欲使糧足而餉無間絶之憂，惟屯田爲善，而屯田蓋亦難行。

國家經畫，於今幾年③？而曾未覩夫實效者，所以驅而使之耕者非其人，所以爲之任其責者非其吏，故利未十百，而害已千萬矣④。名曰屯田，其實重費以斂怨也。何以言之？市井無頼小人，惟其懶而不事事，而迫於饑寒，故甘捐軀於軍伍，以就衣食而苟閑縱。一旦警急，擐甲操戈，以當矢石，其心固偃然自分曰：「向者吾無事，而幸飽煖於官，今焉官有事，而責死力於我。」且戰勝猶有累資補秩之望，故安之而不辭。今遽而使之屯田，是則無事而不免於耕耘之苦，有事而又履夫攻守之危。彼必曰：「吾能耕以食，豈不能從富民租佃以爲生，而輕失身於黥戮？上能驅我於萬死，豈不能捐欲穀帛以養我，而重役我以辛勤？」不平之氣，無所發洩，在畎畝則邀奪民田，脅掠酒肉，以肆無稽；踐行陣則呼憤扼腕，疾視長上，而不爲用〔一〕。且曰：「吾自耕自食，官何用我焉？」是誠未覩夫享成之利也。鹵莽滅裂，徒費糧種，祇見有害，未聞獲利，此未爲策之善。

如臣之説，則曰：向者之兵，怠惰而不盡力，向者之吏，苟且而應故事。不如籍歸正軍民，釐爲保伍⑤，擇歸正不釐務官，擢爲長貳⑥，使之專董其事。且彼自虜中被簽而來，耒耨之事，蓋所素習。且其生同鄉井，其情相得，上令下從，不至生事。惟官爲之計其閒田頃畝之數〔二〕，與夫歸正軍民之目，土人已占之田，不更動摇，以重驚擾。歸正之人，家給百畝，而分爲二等：爲之兵者，田之所收，則盡以予之〔三〕。爲之民者，十分税一，則以爲凶荒賑濟之儲。室廬、器具、糧種之法，一切遵舊，使得植桑麻，蓄雞豚，以爲歲時伏臘婚嫁之資⑦。彼必忘其流徙，便於生養〔四〕。無事則長貳爲勸農之官，有事則長貳爲主兵之將。許其理爲資考⑧，久於其任，使得悉心於教勸。而委守臣、監司核其勞績，奏與遷秩，而不限舉主。人孰不更相勸勉，以赴功名之會哉？且今歸正軍民，散在江、淮，而此方之人〔五〕，例以異壤視之，不幸而主將亦以其歸正，則求自釋於廟堂，又痛事形跡，愈不加恤。間有挾不平，出怨語，重典已縶其足矣⑨。所謂小名目者⑩，仰俸給爲活，胥吏沮抑，何嘗以時得？嗚呼，此誠可憫也，誠非朝廷所以懷誘中原忠義之術也。

聞之曰：「因其不足而利之，利未四五而恩踰九十。」此正屯田非特爲國家便，而且亦爲歸正軍民之福。

議者必曰：「歸正之人，常懷異心，羣而聚之，慮復生變。」是大不然也。且和親之後，沿江歸正軍民，官吏失所以撫摩之惠，相扳北歸者莫計，當時邊吏，亦皆聽之而莫爲制，此豈獨歸正軍人之罪⑪？今之留者，既少安矣⑫，更爲屯田以處之，則人有常產，而上無重斂，彼何苦叛去，以甘虜人横暴之誅求哉？若又曰：「恐其竊發。」且人惟不自聊賴，乃攘奪以苟生，誠豐飫矣，何苦如是⑬？饑者易爲食，必不然也⑭。誠使果爾，疏而遠之於江外，不猶愈於聚乎内而重驚擾乎？且天下之事，逆慮其害而不敢求其利，亦不可言智矣。

蓋今所謂御前諸軍者⑮，待之素厚而養之素優，故驕。驕則不可復使，此甚易曉也。若夫州郡之卒異於是。彼非天子爪牙之故，可以勞之而不怨，而其大半出於農桑失業之徒，故狎於野而不怨。往年嘗獵其丁壯勁勇者爲一軍矣⑯。臣以謂，可輩徙此軍，視歸正軍民之數，倍而發之，使阡陌相連，廬舍相望，並耕乎兩淮之間。彼其名素賤，必不敢倨視歸正軍民而媒怨，而歸正軍民視之，猶江南之兵也，亦必有所忌而不敢逞。勢足以禁歸正軍民之變，力足以盡屯田之利，計有出於此者乎？

昔商之頑民，相率爲亂，周公不誅，而遷之洛邑⑰，曰：「商之臣工，乃湎於酒，勿庸殺之，姑惟教之。」⑱其後康王命畢公，又曰：「不臧厥臧，民罔攸勸。」⑲始則遷其頑而教之，終則擇其善而用之。聖人治天下，未嘗絶物固如此。今歸正人聚於兩淮〔六〕，而屯田以居之，覈其勞績，而禄秩以誘之，内以節冗食之費，外以省轉餉之勞，以銷桀驁之變，此正周人待商民之法，秦人使人自爲戰之術，而井田兵農之遺制也。況皆吾舊赤子，非如商民在周之有異念，術而使之，天下豈有不濟之事哉？

【校】

〔一〕「不」，此字之後，兩《抄存》本原有「可」字，據《名臣奏議》本、《右編》、羅抄本删。

〔二〕「爲」，《名臣奏議》本、《右編》、羅抄本原闕，據兩《抄存》本補。

〔三〕「則」，兩《抄存》本原闕，據《名臣奏議》本、《右編》、羅抄本補。

〔四〕「生養」，羅抄本作「養生」。

〔五〕「此」，《右編》、羅抄本作「北」，辛《抄存》本亦作「北」，「之人」作「遐遠」，兹據《名臣奏議》本改。

〔六〕「人」，兩《抄存》本原於「人」上有「軍」字，據《名臣奏議》本、《右編》、羅抄本删。

【箋注】

①「趙充」二句，《漢書》卷六九《趙充國傳》：「時羌降者萬餘人矣，充國度其必壞，欲罷騎兵屯田，以待其敝。作奏未上，會得進兵璽書……充國歎曰：『是何言之不忠也？本用吾言，羌虜得至是邪？……金城湟中穀斛八錢，吾謂耿中丞：糴二百萬斛穀，羌人不敢動矣。耿中丞請糴百萬斛，乃得四十萬斛耳。』……遂上屯田奏。」湟中，今青海湟水。

②「李廣」二句，《史記》卷九二《淮陰侯列傳》：「信與張耳以兵數萬，欲東下井陘擊趙。趙王、成安君陳餘聞漢且襲之也，聚兵井陘口，號稱二十萬。廣武君李左車說成安君曰：『聞漢將韓信涉西河，虜魏王，禽夏説，新喋血閼與，今乃輔以張耳，議欲下趙，此乘勝而去國遠鬥，其鋒不可當。臣聞千里餽糧，士有饑色，樵蘇後爨，師不宿飽。今井陘之道，車不得方軌，騎不得成列，行數百里，其勢糧食必在其後。願足下假臣奇兵三萬人，從間路絶其輜重，足下深溝高壘，堅營勿與戰。彼前不得鬥，退不得還，吾奇兵絶其後，使野無所掠，不至十日，而兩將之頭可致於戲下。』」

③「國家」二句，《建炎以來朝野雜記》甲集卷一六《屯田》：「紹興三十年，李顯忠爲池州都統制，復請令諸軍屯田（十一月丁酉），俄軍興未暇。逮虜兵退，議者建言，宜於淮甸屯田，以修兵備。詔兵部侍郎陳應求往淮東，工部侍郎許覺民往淮西措置（三十二年三月辛亥）。」《宋會要輯稿·食貨》六三之一二三至一二五：「紹興三十二年三月四日，臣寮言，乞於淮甸立屯田之法，以修

兵備。兵備修則兵可以彊，二者最今日大務。從之。……十六日，尚書工部侍郎陳俊卿言被旨措置淮東堡寨屯田等事。……其後工部侍郎許尹淮西措置，申明同此。」按：《朝野雜記》所記南宋屯田事，起於紹興初，陳規爲鎮撫使，於德安府等地屯田，其後時有興廢。而稼軒既謂之「於今幾年」，蓋專指近年屯田而言，故以紹興末爲事始。

④「故利」句，《宋會要輯稿·食貨》六三之一三一至一三三：「隆興元年七月四日，樞密使、江淮東西路宣撫使、魏國公張浚言：『總領所諸軍營田莊官莊見占官兵人數稍多，每歲所得，不償所費。欲乞下有司取會，立限措置，將見營頃畝、牛具、糧種，依官中客户所得子利分數，召人耕種，抵替官兵歸營使喚。』詔工部行下逐路總領措置。」

⑤「不如」二句，籍歸正軍民屯田，紹興末已有臣僚具此建議。《宋會要輯稿·食貨》二之一〇：「紹興三十二年十月十二日，工部尚書張闡言：『臣謂今日荆襄之地，屯田營田爲有害者，非田之不可耕也，無耕田之民也。……臣比見兩淮歸正之民源源不絶，動以萬計。官給之食，以半歲爲期，今已踰期矣。……臣愚以謂荆襄之田尚有可承之規模，與其無民耕而棄之，孰若使歸正之民盡遣而使之耕，非惟可以免流離困苦之患，庶使中原之民知朝廷有以處我，不至失所，率皆繦負而至。』」同書《兵》一五之一〇載：「紹興三十二年五月十九日，楊存中言：『孟照等將帶老小前來歸正，見在光州固始縣居住，乞將孟照差光州兵馬鈐轄，其餘人給官田耕種。』從之。」《建炎以來繫年要録》卷一九八：「紹興三十二年三月戊申，主管淮西安撫司公事方滋

言：『右迪功郎盧仲賢招諭到歸正願就屯田人一萬七百五十二人，欲添差仲賢本司幹辦公事，專一招集。……』從之。」

⑥歸正不釐務官，南宋稱由金國歸宋之人爲歸正人，歸正人中之授予官職者多無實際職掌，稱爲不釐務官。

⑦「惟官」句至此，《宋會要輯稿·兵》一五之一一：「紹興三十二年七月十九日，淮東常平司言：淮北人來歸甚衆，見居楚州境内，轉運司均撥賑濟米同常平米，即令給散。其請種閑田，乞免税役十年。如匠藝之類，亦免繇使。户部契勘歸正州新民耕田，依湖北京西。獲旨，權免税賦，即難定立年期。其工匠手藝免差顧，欲依所陳，仍切存撫，毋令失所。從之。」按：隆興、乾道間，淮南閑地，多以歸正軍民耕種，《宋會要輯稿》所載此類事甚多。

⑧理爲資考，即承認其年資。《宋史》卷一六〇《選舉志》六：「宋初，循舊制，文武常參官各以曹務閑劇爲月限，考滿即遷。……受代京朝官引對磨勘，非有勞績不進秩。其後立法，文臣五年，武臣七年，無贓私罪，始得遷秩。曾犯贓罪則文臣七年，武臣十年。中書、樞密院取旨，其七階選人則考第資歷無過犯，或有勞績者遞遷，謂之循資。」《兩朝綱目備要》卷六亦有「淳熙八年八月，始詔見任宰執臺諫子孫並與宫觀嶽廟，理爲資考」語。

⑨「間有」三句，謂歸正軍民常懷異心，乃宋廷中人忌惡歸正軍民之藉口。如隨稼軒擒獲張安國之王世隆，據章穎《南渡十將傳》卷四《魏勝傳》載，其南歸後，「世隆爲鎮江府都統制劉寶所惡，有

告其謀叛者，賓斬之」。此事《宋會要輯稿・兵》一九之一五載：「隆興二年閏十一月十四日，詔左軍第二將、借補進義副尉李成、白身忠義效用秦飛，告首王世隆作過，各特與轉七官資。」即是其例。惟劉賓擅斬王世隆一事必在此年十月之前，稼軒作此文時，未知知其事否也。

⑩小名目，當指武階官中小使臣進武校尉以下無品級階官。

⑪「且和」句至此，紹興十一年宋金簽訂和議後，宋廷允許歸正軍民北還。《建炎以來繫年要録》卷一五三僅載兩例：「紹興十五年三月辛酉，武信軍承宣使、添差江南西路兵馬鈐轄兼安撫司統制程師回陞本路馬步軍副都總管，洪州駐札。時師回統兵贛上，會詔歸北境人，而師回有親兵數千人，憚不欲行。」又同年載：「五月戊午，正侍大夫忠州防禦使添差荆湖南路馬步軍副都總管白常移潭州駐札。時金人來索在南將士，常亦在遣中，同行者悉爲敵效力，常獨不肯往。」此條原書有注云：「秦檜遣還北人，史無由見。如馬觀國則見於孫覿集，程師回見於洪邁《夷堅志》，然皆因他事及之，故無始末。」同書卷一九一，「紹興三十一年七月辛卯，通判楚州徐宗偃往淮陰縣措置歸正人，父老謂宗偃曰：『……紹興十一年間，我曹蓋嘗歸順矣，北界取索，悉蒙押發以去。今誓死不願再回，幸公全活。』」《宋史》卷三七四《胡銓傳》載隆興二年八月，兵部侍郎胡銓上疏論議和，其中有云：「紹興之和，首議決不與歸正人。口血未乾，盡變前議，凡歸正之人一切遣還。」按：稼軒所述沿江歸正軍民因官吏失於撫摩，自求北歸者，至紹興末猶有其事。《要録》卷一九九：「紹興三十二年四月癸酉，初，蒙城縣人倪震等，率丁口數千渡淮來歸，居花

靨鎮，糧乏不能自存，頗出怨語。御營宿衛使楊存中言：『淮西有歸正人甚多，既闕糧食，日虞回歸。復興誹謗之言，反使人人解體。望出淮西總領所錢糧，付知壽春府郭振以賙給之。』從之。」

⑫「今之」句，《宋會要輯稿・兵》一五之九載紹興三十一年十月九日，宋高宗招諭歸正人詔書云：「昨被發遣歸國者，蓋爲權臣所誤，追悔無及。今雖用事，並許來歸，當優加爵賞，勿復疑慮。朕言不食，有如皎日。」《宋史》卷三三《孝宗紀》一：「隆興元年冬十月戊午朔，大臣奏金帥書言四事，帝曰：『四州地、歲幣，可與。名分、歸正人，不可從。』」按：據《宋史全文》卷二四上，隆興元年九月，宋使盧仲賢至宿州，與金人議和，遂以北人遺三省樞密院書來，凡畫定四事，一、叔侄通書之式，二、唐鄧海泗之地，三、歲幣銀絹之數，四、叛亡俘虜之人。所謂叛亡俘虜，即指自動南歸者與軍中被俘者。後宋孝宗不從之歸正人，亦指不放還自動南歸者，而非軍中俘虜。

⑬「且人」四句，稼軒所論歸正人攘奪可原一事，其後亦有人論及。《攻媿集》卷九一《直秘閣廣東提刑徐公行狀》載：「除知無爲軍。十一月，陛辭，奏：『兩淮議營田屯田久矣。地有餘而人不足，每以爲病。比年歸正之人甚衆，分處州郡，仰給大農，徒有重費，猶患不給。臣嘗因鞫勘歸正人公事，嘗以詰問之。皆以爲饑寒所迫，不得已而爲此。若得官備耕具，使治淮上荒田，以餬其口，何苦犯法哉？』」

⑭「饑者」二句，《孟子・公孫丑》上：「饑者易爲食，渴者易爲飲。」

⑮御前諸軍，《宋史》卷一八七《兵志》一：「紹興十一年，范同以諸將握兵難制，獻謀秦檜，且以柘皋之捷言於上。召張俊、韓世忠、岳飛入覲。張俊首納所部兵，分命三帥副校各統其所部，自爲一軍，更銜曰統制御前軍馬，罷宣撫司。遇出師取旨，兵皆隸樞密院，屯駐仍舊。」《建炎以來朝野雜記》甲集卷一八《御前諸軍》：「御前諸軍者，本高宗所收諸將部曲也。祖宗内外諸軍，惟厢禁二色而已。禁軍皆隸三衛，而更戍於外。厢軍者，所在有之，以守臣節制。……其軍皆不隸三衛。由是，御前軍又在禁軍之外矣。御前軍者，雖帥臣不可得自達於朝廷。禁兵但令供厮役，習爲故常。厢軍將官雖存而無職事，但以爲武臣差遣而已。」

⑯「往年」句，往年，應指紹興三十一年。汪應辰《文定集》卷二《應詔陳言兵食事宜》（紹興三十二年五月二日上）：「竊聞朝廷方簡閲州縣之兵，取其半以待不虞之備，此誠有不得已者。去冬固嘗發諸郡弓弩手什之七矣，彊之使行，驚擾狼顧。州郡有調發之費，室家有離散之怨。既至軍中，大率奴隸使之，初不籍以爲戰鬥之地也。」

⑰遷之洛邑，《尚書·多士》序：「成周既成，遷殷頑民。」《正義》云：「周之成周，於漢爲洛陽也。」

⑱「商之」四句，語出《尚書·酒誥》。

⑲「不臧」二句，語出《尚書·畢命》。注云：「若乃不善其善，則民無所勸慕。」

致勇

臣聞，行陣無死命之士，則將雖勇，而戰不能必勝；邊陲無死事之將，則相雖賢，而功不能必成。將驕卒惰，無事則已，有事而其弊猶爾，則望敵先遁〔一〕，臨敵遂奔，幾何而不敗國家事？人君責成於宰相，宰相身任乎天下，可不有以深探其情，而逆爲之處乎？

蓋人莫不重死，惟有以致其勇，則惰者奮，驕者聳，而死有所不敢避。嗚呼，此正鼓舞天下之至術也。致之如何？曰：將帥之情，與士卒之情異，而所以致之之術，亦不可得而同。何則？致將帥之勇，在於均任而投其所忌，貴爵而激其所慕；致士卒之勇，在於寡使而紓其不平，速賞而恤其已亡。臣請得而備陳之：

今之天下，其弊在於儒臣不知兵，而武臣有以要其上。故閫外之事，朝廷所知者，勝與負而已；所謂當進而退，可攻而守者，則朝廷不及知也。彼其意蓋曰：「平時清要，儒臣任之。一旦擾攘，而使我履矢石。吾且幸富貴矣，豈不能逡巡自愛，而留賊以固位乎？」向者淮上之帥〔二〕，有遷延而避虜者①，是其事也。臣今欲乞朝廷於文臣中〔三〕，擇其廉重通敏者，每軍置參謀一員，使之得以陪計議，觀形勢，而不相統攝，非如唐所謂監軍之比②。彼爲將者心有所忌，而文臣亦因之識行陣，諳戰守，緩急均可以備邊城之寄。而將帥臨敵〔四〕，有可進而攻之便〔五〕，彼知搢紳之士，亦識兵家利害，必不敢依違養賊以自封，而遺國家之患。此之謂均任而投其所忌。

凡人之情，未得志則冒死亡以求富貴，已得志則保富貴而重其生。古人論御將者，以才之大小爲辨，謂御大才者，如養騏驥，御小才者，如養鷹犬③。然今之將帥，豈皆其才大者？要之飽則飛去，亦有如鷹者焉④。向者虹縣、海道之帥⑤，有得一邑，破數艦，而遽以節鉞使相與之者⑥，是其事也。臣欲乞朝廷靳重爵命，齊量其功，等第而予之。非謂無予之，謂徐以予之。且欲使之常亹亹然有歆慕未足之意，以要其後效。而戒諭文吏，非有節制相臨者，必以資級爲禮，與左選人均⑦，毋使如正使遥郡者，間有趨伏堂下之辱⑧，如唐以金紫而執役之類⑨。彼被介胄者，知一爵一命之可重，而朝廷無左右選貴賤之别，則亦矜持奮勵，盡心於朝廷，而希尊榮之寵。此之謂貴爵而激其所慕。

營幕之間，飽煖有不充，而主將歌舞無休時。鋒鏑之下，肝腦不敢保，而主將雍容於帳中，此亦危且勩矣。而平時又不與之休息，以養其力，至使之舁土運甓，以營私室，而肆鞭撻。彼之心懷憤挾怨，惟恐天下之無事，以求所謂快意肆志者而邀其上，誰肯挺身效命，以求勝敵哉？兵法曰：「視卒如愛子。」⑩故古之賢將，有與士卒最下者，同衣食使，以收士卒之心。此之謂寡使而紓其不平。

人莫不惡死，亦莫不有父母妻孥之愛。冒萬死，幸一生，所謂奇功斬獲者，有一資半級之望，朝廷較其毫釐而裁抑之。賞定而付之於軍，則胥吏軋之，主將邀之，不得利不與。敵去師捷，主將享大富貴，而士卒有一命，又復沮格如此，不幸而死，妻離子散，香火蕭然，萬事瓦解。未死者見之，誰不生心？兵法曰：「軍賞不踰時。」⑫而古之賢將，蓋有爲士卒裹創恤孤者⑬。臣今欲乞朝廷遇有賞命，特與差官擕至軍中，呼名給付。而死事之家，申敕主將，曲加撫勞，以結士卒之驩。此之謂速賞而恤其已亡。如此則驕者化而爲鋭，惰者化而爲力。有不守矣，守之而無不固。有不攻矣，攻之而無不克。

凡兹數事，非有難行重費，朝廷何惜而不舉，以收將卒他日之用哉？臣竊觀陛下向嘗訓百官以寵武臣，隆恩數以優戰伐，是誠有意於激勵將卒矣。然其間尚有行之而未及詳，已行而旋復弛之事。欲望陛下察臣所以得於行伍之説如此，而明付之宰相，使之審處而力行之，庶幾有以得上下之驩心，而急難不至於誤國，此實天下之至計也。

【校】

〔一〕「敵」，兩《抄存》本作「賊」，據《名臣奏議》本、《右編》、羅抄本改。

〔二〕「帥」，各本原俱作「師」，此以意徑改。

〔三〕「中」，此前兩《抄存》本有「之」字，據《名臣奏議》本、《右編》、羅抄本删。

〔四〕「而」、「臨敵」，《名臣奏議》本、《右編》、羅抄本俱闕，據兩《抄存》本補。

〔五〕「之」，兩《抄存》本此後又有一「之」字，據《名臣奏議》本、《右編》、羅抄本删。

【箋注】

①「向者」二句，指完顔亮南侵時，建康府駐札御前諸軍都統制王權潰敗事。《三朝北盟會編》卷二四一《虞尚書采石斃亮記》：「先是，劉錡遣王權將兵渡淮迎敵，權逗遛不進。至歷陽修築城壘，爲自安計。錡再檄權往壽春，權以威脅總曹，固請於朝，乞留權守和州。錡復督行，權不得已，三日發一軍，凡二十三日，僅發去八軍，止於廬州戍守。故虜人犯淮，得以繫橋從容而進，如入無人之境。權旋棄廬州，回屯昭關。將士皆請戰，權乃領親兵先遁，麾衆使退。」同書卷二四一〇紹興三十一年十一月十八日丙戌《王權貸命除名勒停瓊州編管》條載臣僚上言：「朝廷命權進屯淮上，……乃惑於内寵，心懷顧戀，與其愛姬數人泣别，三日而不能行。士卒聞之，無不竊

笑。……權至歷陽，修築營壘，祇爲自安計。所謂沿淮守禦之備，初不經意。……及尉子橋之戰，身擁强兵，不援姚興，坐視陷没。而走旗報捷，欺罔朝廷。歷陽之奔，士卒尚欲回戰，而權麾之使退，一城兵民，争船赴水，死亡幾盡。軍資戎器，併以遺敵。」

②監軍，《舊唐書》卷五〇《兵志》：「上元中，以北衙軍使衛伯玉爲神策軍節度使，鎮陝州，中使魚朝恩爲觀軍容使，監其軍。」按：唐自此以後，天下軍鎮，均以内官宦者充監軍，其權在節度使之上。

③「古人」四句，蘇洵《嘉祐集》卷四《衡論》上《御將》：「將之才固有小大。傑然於庸將之中者，才小者也；傑然於才將之中者，才大者也。才小志亦小，才大志亦大。人君當觀其才之大小，而爲之制御之術，以稱其志，一隅之説不可用也。夫養騏驥者，豐其芻粒，潔其羈絡，居之新閑，浴之清泉，而後責之千里。彼騏驥者，其志常在千里也，夫豈以一飽而廢其志哉？至於養鷹則不然。獲一雉，飼以一雀；獲一兔，飼以一鼠。彼知不盡力於擊搏，則其勢無所得食，故然後爲我用。才大者，騏驥也，不先賞之是。養騏驥者饑之，而責其千里，不可得也。才小者，鷹也，先賞之是。養鷹者飽之而求其擊搏，亦不可得也。」

④「要之」二句，《後漢書》卷一〇五《吕布傳》：「始布因登求徐州牧，不得，登還，布怒，拔戟斫机曰：『卿父勸吾協同曹操，絶婚公路，今吾所求無獲，而卿父子並顯重，但爲卿所賣耳。』登不爲動容，徐對之曰：『登見曹公，言養將軍譬如養虎，當飽其肉；不飽則將噬人。公曰：不如

卿言，譬如養鷹，饑即爲用，飽則颺去，其言如此。』布意乃解。」

⑤虹縣、海道之帥，指隆興元年攻虹縣之李顯忠及紹興三十一年敗金軍於膠西之李寶。

⑥「有得」二句，《三朝北盟會編》卷二三九《李寶除静海軍節度使京東東路招討使沿海制置使》條：「李寶燒金人舟船於膠西也，遣曹洋奏捷於行在，見奏海道之功。上大喜，厲聲言曰：『李寶第一功。』顧内侍曰：『今日寫旗賜李寶。』……是日，除寶静海節度使、京東東路招討使、沿海制置使。」《建炎以來朝野雜記》乙集卷三《孝宗善馭將》條：「李顯忠、邵宏淵取宿州，顯忠超拜使相，宏淵超拜節度使、檢校少保。」朱彧《蘋洲可談》：「祖宗故事，宰相呼相公，節度使帶開府儀同三司……亦呼相公，謂之使相。」

⑦左選，指文臣。《宋史》卷一六三《職官志》三：「吏部掌文武官吏選試、擬注、資任、遷叙、蔭補、考課之政。……四選，曰尚書左選，文臣京朝官以上及職任非中書省除授者悉掌之。曰尚書右選，武臣升朝官以上及職任非樞密院除授者悉掌之。自初任至幕職州縣官，侍郎左選掌之。自副尉以上至從義郎，侍郎右選掌之。」

⑧正使遥郡，《宋史》卷一六九《職官志》九：「武階舊有横行正使、横行副使，有諸司正使、諸司副使，有使臣。政和易以新名，正使爲大夫，副使爲郎。横行正副亦然。於是有郎居大夫之上，至紹興始釐正其序。」吴曾《能改齋漫録》卷二《將帥遥領州鎮》：「本朝武臣有遥領郡刺史之職。按：唐光啓二年二月，王重榮遣王建帥部兵戍三泉，以建遥領壁州刺史。將帥遥領州鎮，自此

始。見《資治通鑑》。」

⑨「如唐」句，洪邁《容齋三筆》卷七《冗濫除官》：「自漢以來，官曹冗濫之極者……（唐）中葉以後尤爲泛濫。張巡在雍丘，纔領一縣千兵，而大將六人，官皆開府特進。然則大將軍告身博一醉，誠有之矣。德宗避難於奉天，渾瑊之童奴曰黄芩力戰，即封渤海郡王。至於僖、昭之世，遂有『捉船郭使君』、『看馬李僕射』。周行逢據湖、湘境內，有『漫天司空、遍地太保』之譏。李茂正在鳳翔，内外持管籥者，亦呼爲司空、太保。……是時人奴腰金曳紫者，蓋不難致也。」

⑩「視卒」句，《孫子·地形》：「視卒如嬰兒，故可與之赴深溪；視卒如愛子，故可與之俱死。」

⑪「故古」二句，《史記》卷六五《孫子吴起列傳》：「起之爲將，與士卒最下者同衣食。卧不設席，行不乘騎，親裹贏糧，與士卒分勞苦。」

⑫「軍賞」句，《司馬法·天子之義》：「軍賞不踰時，使人速睹爲善之利也。」

⑬「而古」二句，《後漢書》卷九五《段熲傳》：「熲行軍仁愛，士卒疾病者，親自瞻省，手爲裹創。在邊十餘年，未嘗一日蓐寢，與將士同苦，故皆樂爲死戰。」

防微

古之爲國者，其慮敵深，其防患密，故常不吝爵賞，以籠絡天下智勇辯力之士，而不欲一夫有憂愁怨懟、亡聊不平之心，以敗吾事。蓋人之有智勇辯力者，是皆天民之秀傑者，類不肯自已，苟大而不得見用於世，小而又饑寒於其身，則其求逞之志，果於毁名敗節。凡可以紓忿充欲者，無所不至矣。

是以敵國相持，勝負未決，一夫不平，輸情於敵，則吾之所忌，彼知而投之，吾之所長，彼習而用之。投吾所忌，用吾所長，是殆益敵資而遺敵勝耳，不可以不察。《傳》曰：「謹備於其外，患生於其内。」①此正聖人所以深致意，而庸人以爲不足慮也。

昔者楚公子巫臣，嘗教吴乘車射御，而吴得以逞②。漢中行説，嘗教單于毋愛漢物，而漢有匈奴之憂③。史傳所載，此類甚多。臣之爲今日慮者，非以匹夫去就可以爲朝廷重輕，蓋以爲泄吾之機，足以增虜人之頡頏耳。

何則？科舉不足以盡籠天下之士，而爵賞亦不足以盡縻歸附之人，與夫逋寇窮民之無所歸，茹冤抱恨之無所泄者，天下亦不能盡無。竊計其中，亦有傑然自異而不徇小節者矣。彼將甘心俛首，守死於吾土地乎？抑亦壞垣越栅，而求試於他域乎？是未可知也。臣之爲是説者，非欲以聳陛下之聽，而行己之言，蓋亦有見焉耳。請試言其大者：

逆亮之南寇也，海道舟楫，則平江之匠實爲之④。淮南惟秋之防，而盛夏入寇，則無錫之士實甚之⑤。剋敵弓弩，虜兵所不支，今已爲之⑥。殿司之兵，比他卒爲驕，今已知之⑦。此數者豈小事哉？如聞皆其北歸之人，叛軍之長，教之使然。且歸正軍民，或激於忠義，或迫於虐政，故相扳來歸，其心誠有所慕也，前此陛下嘗許以不遣矣⑧。自去年以來，虜人間以文牒請索，朝廷亦時有曲從⑨。其間有知詩書識義分者，如解元振輩，上章請留，陛下既已旌賞之矣⑩。若俗所謂泗州王等輩⑪，既行之後，得之道路，皆言陰通僞地，教其親戚訴諸虜廷，移牒來請，此必其心有所不樂於朝廷者。若此曹雖闒冗無能，累千百數，舉發以歸之，固不足恤。然人之度量相越，智愚不同，或其中亦有所謂傑然自異者。患生所忽，漸不可長。

臣願陛下，廣含弘之量，開言事之路，許之陳説利害，官其可採，以收拾江南之士。明詔有司，時散俸廩，以優恤歸明歸正之人⑫。外而敕州縣吏，使之蠲除苛斂〔一〕，平亭獄訟，以紓其逃死蓄憤，無所伸愬之心。其歸正軍民，或有再索而猶言願行者，此必陰通僞地，情不可測，朝廷既無負於此輩，而猶反覆若是，陛下赫然誅其一二，亦可以絶其奸望。不然，則縱之而不加制，玩之而不加恤，恐他日萬一有如先朝張源、吴昊之西奔⑬，近日施宜生之北走⑭，或能馴致邊陲意外之擾，不可不加意焉。

臣聞之：魯公父文伯死，有婦人自殺於房者二人，其母聞之不哭，曰：「孔子賢人也，逐於魯而是人不隨，今死而婦人爲自殺，是必於其長者薄，於其婦人厚。」議者曰：「從母之言，則是爲賢母；從妻之言，則不免爲妒妻。」⑮今臣之論歸正歸明軍民，誠恐不悦臣之説者，以臣爲妒妻也。惟陛下深察之。

【校】

〔一〕「苛」，兩《抄存》本作「科」，據《名臣奏議》本、《右編》、羅抄本改。

【箋注】

①「傳曰」三句，未見所出。按：《左傳·成公十六年》載：「惟聖人能外内無患，自非聖人，外寧必有内憂。」意近之。《戰國策·趙策》四：「謹備其所憎，而禍發於所愛。」語近似。

②「昔者」二句，《史記》卷三一《吴太伯世家》：「王壽夢二年，楚之亡大夫申公巫臣，怨楚將子反而犇晉，自晉使吴，教吴用兵乘車，令其子爲吴行人。吴於是始通於中國，吴伐楚。」

③「漢中」二句，《史記》卷一一〇《匈奴列傳》：「老上稽粥單于初立，孝文皇帝復遣宗室女公主爲單于閼氏。使宦者燕人中行説傅公主。説不欲行，漢彊使之。説曰：『必我行也，爲漢患者。』中行説既至，因降單于。單于甚親幸之。初，匈奴好漢繒絮食物，中行説曰：『匈奴人衆，不能

當漢之一郡，然所以彊者，以衣食異，無仰於漢也。今單于變俗，好漢物。漢物不過什二，則匈奴盡歸於漢矣。其得漢繒絮，以馳草棘中，衣袴皆裂敝，以示不如旃裘之完善也。得漢食物皆去之，以示不如湩酪之便美也。』……日夜教單于候利害處。……匈奴日已驕，歲入邊，殺略人民畜産甚多。雲中、遼東最甚，至代郡萬餘人，漢患之。」

④「海道」二句：《三朝北盟會編》卷二三〇崔淮夫等《上兩府札子》：「金人所造戰船，係是福建人，北人謂之倪蠻子等三人指教，打造七百隻，皆是通州樣。各人補忠翊校尉，虜主云：『候將來成功，以節度使待之。』」同書卷二三九：問「倪詢、應簡如何？」洋奏活捉倪詢、應簡二人，見拘管在李寶軍中。上益喜，令洋取倪詢、應簡，親管押赴行在。詢、簡，平江人，越海投金人，獻海道進兵之策，並獻海船利害，金人用之，被擒。」《宋史》卷三七〇《李寶傳》：「金主亮渝盟，淮浙姦民倪詢、梁簡等教金造舟，且爲鄉導，金使蘇保衡造舟於潞河。」《姑蘇志》卷三六：「是日，武經郎曹洋自李寶軍中，部所獲叛人倪詢、應簡至行在，就御舟引見，詔磔於市。詢，常熟人，簡，道州人，並爲金人造舟者也。」按：應簡之姓，各書或作「商」，或作「梁」。而李幼武《宋名臣言行録》別集上卷一二《李寶》條，爲金造船三人作倪詢、商簡、梁三兒。

⑤「淮南」三句：金人盛夏入侵淮南事，自女真人佔領中原以來，惟紹興十年夏五月，兀朮毀和約，復取河南，分四道來攻事。隆興元年五月，金帥紇石烈志寧自睢陽引兵攻宿州，雖取得符離之勝，然亦未繼續進兵淮南。無錫之士則不詳。

⑥「剋敵」二句，克敵弓，《三朝北盟會編》卷二三〇崔淮夫等《上兩府札子》：「虜人所射弓不過五斗，本朝戰士所射弓，多是一石或二石，鎧甲戈矛之類，又皆堅利。」同書卷二一八載孫覿撰《韓世忠墓志》：「自出新意，創克敵弓。斗立雄勁，可洞犀象，貫七札。每射鐵馬，一發應絃而倒，虜大震駭，若有鬼神。捕獲千萬人，得鎧甲器械甚衆。又轉至高郵，卒擒撻喇等，具舟載俘獲獻之朝。自是胡人一再敗衂，稍知沮畏。雖時時小入盜邊，無復跳梁不制之患矣。」同書卷二一五《征蒙記》載兀朮臨終遺言有云：「吾昔南征，目見宋用軍器，大妙者不過神臂弓，次者重斧，外無所畏。今付樣造之。」按：洪邁《容齋三筆》卷一六《神臂弓》條：「神臂弓出於弩遺法，古未有也。熙寧元年民李宏始獻之，入内副都知張若水方受旨料簡弓弩，取以進。……紹興五年，韓世忠又侈大其制，更名克敵弓，以與金虜戰，大獲勝捷。」而岳珂《桯史》卷五《鳳凰弓》條則謂：「和子美詵知雄州，……上制勝彊弓式。詔施行之。弓製實弩，極輕利，能破堅於三百步外，即邊人所謂鳳凰弓者。紹興中，韓蘄王世忠因之稍加損益，而爲之新名曰克敵，亦詔起部通製，至今便焉。洪文敏《容齋三筆》謂祖熙寧神臂之規，實不然也。」

⑦殿司之兵，南宋軍隊，孝宗以後，大致區分爲三衙、江上及四川大軍。此處實兼指殿前及馬步軍之三衙兵而言。

⑧「且歸」句至此，此處所謂歸正軍民，指紹興末年以來南歸之中原起義士兵及民衆，而非南宋所俘獲之金軍中人。歸正軍民激於忠義諸語，《宋會要輯稿·兵》一五之一一亦載：「紹興三十

二年六月十三日，赦書：應諸國歸正人等，皆係忠義所激，嚮慕而來，理宜優恤。」隆興元年十月，宋孝宗明確歸正人不遣返政策，故本篇有前此諸語。見前《屯田》箋注。至隆興二年十一月宋金再次議和，雙方亦約定，還被俘者，叛亡者不預。

⑨「自去」三句，去年，指隆興元年。《攻媿集》卷九二《觀文殿學士錢公行狀》：「隆興元年冬，外除，召對内殿。……又奏：『臣聞金人數有文移，取索俘擄人衆。是釁已開，爲興師張本。』」《朱文公文集》卷九五下《少師保信軍節度使魏國公致仕贈太保張公行狀》：「隆興元年八月，有旨復公都督之號。虜都元帥僕散忠義與志寧並貽書三省、密院，索四郡及歲幣等。……時朝廷欲謝却歸正人，已至者悉加禁切，且不欲公多遣間諜，恐生邊釁。公奏：『……今陛下紹隆祖宗，方務恢復，乃於降者而首疑之，則左右前後與夫今日軍旅之衆，孰不可疑？而况他日進撫中原，必先招徠，事乃可濟。若處之失當，反激其怒，他日人自爲敵，計之出此，豈不誤哉？』」據此，隆興元年金人索取者，不僅有俘虜，亦且有所謂降者，即主動來歸之軍民。而宋廷對指名索取者時有曲從，亦在事理之中。知文中所述，皆爲史實也。

⑩「如解元振」三句，解元振上章請留事，史無所載，其事當在隆興元年。解元振事跡，《宋會要輯稿·職官》七二之二載：「淳熙五年七月九日，知真州解元振放罷。以本路提刑徐子寅言元振久病在假，郡事並付胥吏，百姓受弊。故有是命。」《皇宋中興兩朝聖政》卷六一：「淳熙十一年十二月乙卯，進呈解元振奏，乞光州依舒州、蘄州置監鑄錢。上曰：『此事難行，後次鑄到鐵錢

時，可令分二三萬與光州。』」周孚爲真州教授時，有上解元振啓，即《蠹齋鉛刀編》卷二〇之《與新知府解寺丞啓》。同書卷一六《代解寺丞新到任謝表》述其事歷有云：「伏念臣少飄流於異域，晚值遇於聖時。特憐孤忠，錫以宸翰。粵從常調，推與中銓。方差擇以佐州，旋超遷而領郡。迨辭丹陛，留官中都。一叨大農之除，復歷四年之久。偶緣人乏，俾綰宜春之章；又以食貧，令易建安之組。」按：宋廷旌賞歸正人乞不歸事，解元振之後尚有所見。《宋會要輯稿·兵》一五之一五：「乾道二年正月二十六日，淮東安撫周淙言，歸正官孫在不願歸，乞改名孫安，仍與浙東西一指使差遣。上曰：『此人不願歸，其誠可取。宜更名，仍與浙中合入差遣。』」

⑪泗州王，當是綽號，其人及其事俱無可考。

⑫歸明，《朱子語類》卷一一一《論民》謂不是中原人而來歸者，「蓋自暗而歸於明也」。然南宋時，自金國有官而後歸附南宋之女真及其他少數民族中人，甚至漢人，南宋人亦皆稱爲歸明人。

⑬張源、吴昊，《容齋三筆》卷一一《記張元事》：「西夏曩霄之叛，其謀皆出於華州士人張元與吴昊，而其事本末，國史不書。比得田晝《承君集》，實紀其事云：張元、吴昊、姚嗣宗，皆關中人。負氣倜儻，有縱横才，相與友善。嘗薄遊塞上，觀覘山川風俗，有經略西鄙意。……范文正公巡邊，見之大驚。……張爲《鸚鵡》詩，卒章曰：『好著金籠收拾取，莫教飛去别人家。』吴亦有詩。將謁韓、范二帥，耻自屈，不肯往，乃礱大石，刻詩其上，使壯夫拽之於通衢，三人從後哭之，欲以

鼓動二帥。既而果召與相見，躊躇未用間，張、吴徑走西夏，范公以急騎追之不及，乃表姚入幕府。張、吴既至夏國，夏人倚爲謀主，以抗朝廷，連兵十餘年，西方至爲疲弊，職此二人爲之。時二人家屬羈縻隨州，間使諜者矯中國詔釋之，人未有知者。後乃聞西人臨境，作樂迎此二家而去，自是邊帥始待士矣。」《續資治通鑑長編》卷一二六《仁宗康定元年》：「二月丁未，初，華州進士張源逃入賊界，言者請因而懷撫以反間之。戊申，賜其家米十石，錢二十千。五月九日，捕家屬赴闕。六月乙未，送房州。田畫《記張源吴昊事》云：『元昊倚二人爲謀主。時二人家屬羈縻隨州，張、吴間使諜者矯中國詔釋之，人未有知者。後乃聞西人臨境作樂，迎此二家，駿馬輕東而去。』」

⑭施宜生，原名施逵，從范汝爲反，後亡入金。熊克《皇朝中興紀事本末》卷一五：「建炎四年十二月，初，福建制置使辛企宗駐邵武，距賊洞二百餘里。時遣兵攻賊，率爲所敗。邵武有選人施逵者，嘗爲潁上教官，以策干企宗，辟充幕屬。而逵反爲賊遊説，欲得招安。時監司亦以招安爲便，朝廷乃遣承議郎謝嚮、迪功郎陸棠同往招之。……（范）汝爲慕得官，亦懼大軍繼至，雖受招安而不肯散其徒。」同書卷一九：「紹興元年十月己丑，擢吏部郎官胡世將爲監察御史、福建撫諭。世將即至，汝爲尚懷反側，猶肆剽掠，而招安官謝嚮、陸棠顧與賊通，亟捕嚮、棠與制置使屬官施宜生付獄。……十一月戊戌，既而世將奏謝嚮、陸棠及施逵皆械送行在，嚮、棠死於路，逵得以歸罪二人，止從輕典，送遠郡羈管，中途逸去，後改名宜生，竄入僞境。」《金史》卷七九《施宜

生傳》：「施宜生字明望，邵武人也。博聞强記，未冠由鄉貢入太學。宋政和四年擢上舍第，試學官，授潁州教授。及王師入汴，宜生走江南，復以罪北走齊，上書陳取宋之策。……齊國廢，擢爲太常博士。……正隆元年，出知深州。召爲尚書禮部侍郎，遷翰林侍講學士。四年冬，爲宋國正旦使。宜生自以得罪北走，耻見宋人，力辭不許。宋命張燾館之都亭，因間以首丘風之。宜生顧其介不在旁，爲廋語曰：『今日北風甚勁。』又取几間筆扣之曰：『筆來，筆來。』於是宋始警。其副使耶律闢離剌使還以聞，坐是烹死。」按：蘇天爵《滋溪文稿》卷二五《三史質疑》謂宜生不死於使事，至大定三年始卒。與史傳所載不同。施宜生北走，既在紹興初，此文云「近日」，蓋相對於北宋事而言也。

⑮「魯公」句至此，皆樓緩對趙王語，見《戰國策·趙策》三及《史記》卷七六《平原君虞卿列傳》。

久任

臣聞天下無難能不可爲之事，而有能爲必可成之人。人誠能也，任之不專則不可以有成。

故《孟子》曰：「五穀，種之美者也，苟爲不熟，不如稊稗。」①何則？事有操縱在我，而謀之已審，則一舉而可以遂成。事有服叛在人，而謀之雖審，亦必持久而後可就。蓋自古夷狄爲中國患，彼皆有争勝之心，聖人方調兵以正天誅，任宰相以責成功，非如政刑禮樂，發之自己，收之亦自己之易也。朝而用兵，夕而遂勝，公卿大夫交口歸之，曰：「此宰相之賢也。」明日而臨敵，後日而聞不利，則羣起而媒孽之，曰：「宰相不足與折衝也。」乍賢乍佞，其説不一，於是人君亦不能自信，欲求之立事，難矣哉！

臣讀史，嘗竊深嘉越勾踐、漢高祖之能任人，而種、蠡、良、平之能處事②：驟而勝，遽而敗，皆不足以動其心，而信之專，期之成，皆如其所料也。觀夫會稽之棲③，五年而吴伐齊，虛可乘也，種、蠡如不聞。又四年，吴伐齊，虛可乘也，種、蠡反發兵助之。又二年，吴伐齊不勝，而種、蠡始襲破之。可以取之，種、蠡不取，又九年而始一舉滅之。蓋歷二十又三年，而勾踐未嘗以爲遲而奪其權。豐、沛之興④，秦二年，漢敗於薛，漢元年，高帝厄於鴻門，又二年，衄於彭城，又三年，困於滎陽，又五年，不利於夏南。良、平何嘗一日不從之計議？然未免於齟齬者，蓋歷五年而始蹶項立劉，高帝亦未嘗以爲疏而奪其權。誠以一勝一敗，兵家常勢⑤。懲敗狃勝，非策之上。故古之人君，其信任大臣也，不間於讒説，其圖回大功也，不恤於小節。所以能責難能不可爲之事，於能爲必可成之人，而收其效也。

虜人爲朝廷患，如病疽焉，病根不去，終不可以爲身安。然其決之也，必加炷刃，則痛亟而無後悔。而其銷之也，止於傅餌，則痛遲而終爲大患。病而用醫，不一其言，至炷刃方施而傅餌移之，傅餌未幾而炷刃奪之。病不已而乃咎醫，吁，亦自惑也。

且禦戎有二道，惟和與戰。和固非長策，然太上皇帝用秦檜一十九年而無異論者，太上皇帝信之之篤而秦檜守之之堅也⑥。今日之事，以和爲可以安，而臣不敢必其盟之可保；以戰爲不可講，而臣亦不敢必其兵之可休。惟陛下推至誠，疏讒慝，以天下之事盡付之宰相，使得以優遊無疑，以悉力於圖回，則可和與戰之機，宰相其任之矣。

唐人視相府如傳舍⑦，其所成者果何事？淮蔡之功，裴度用，而李師道遣刺客以緩師，高霞寓敗，而錢徽、蕭俛以爲言，肅宗信之深，任之篤⑧。令狐楚之罷爲中舍，李逢吉之出爲節度，皆以沮謀而見疏⑨。故君以斷，臣以忠，而能成中興之功。

而頃者張浚雖未有大捷，亦未至大敗，符離一挫，召還揆路，遂以罪去⑩，恐非越勾踐、漢高帝、唐憲宗所以任宰相之道。

非特此也，內而户部出納之源，外而泉曹總司之計⑪，與夫邊郡守臣、屯戍守將，皆非朝夕可以責其成功者。

臣願陛下要成功於宰相，而使宰相責成功於計臣、守將，俾其各得專於職治，而以禄秩旌其勞績，不必輕移遽遷，則人無苟且之心，樂於奮激以自見其才。一綱既舉，衆目自張，天下之事猶有不辨者，臣不敢信其然也。

【箋注】

①「五穀」四句，語見《孟子·告子》下。

②種，文種，《史記》卷四一《越王勾踐世家》作「大夫種」，《正義》引《吴越春秋》：「大夫種姓文名種，字子禽。」蠡，范蠡，同卷引《會稽典録》：「范蠡字少伯，越之上將軍也。」良，張良，其先韓人，佐漢高祖定天下，以功封留侯，爲漢初三傑之一。平，陳平，陽武人，從漢高祖，屢出奇計，封曲逆侯。良、平，《史記》、《漢書》皆有傳。

③會稽之棲，《史記·越王勾踐世家》：「勾踐三年，越欲先吴未發往伐之。……遂興師。吴王聞之，悉發精兵擊越，敗之夫椒，越王乃以餘兵五千人保棲於會稽，吴王追而圍之。」

④豐沛之興，《史記》卷八《高祖本紀》：「秦二世元年，……諸郡縣皆多殺其長吏以應陳涉，沛令恐，欲以沛應涉。……父老乃率子弟共殺沛令，開城門迎劉季。……乃立季爲沛公。……收沛子弟二三千人，攻胡陵、方與，還守豐。」沛，即秦泗水郡，漢改爲沛郡。豐，豐邑，沛之屬縣，均在今江蘇。

⑤「誠以」二句，此唐憲宗語，見本篇「淮蔡」五句注。

⑥「然太」二句，宋高宗信任秦檜，用之十九年，《建炎以來繫年要録》卷一六九：「紹興二十五年十月丙申……夜，檜薨。……初，靖康末，檜在中司，以抗議請存趙氏，爲金所執而去，天下高之。及歸，驟用爲相。……未幾，爲吕頤浩、朱勝非所排，遂不復用。會張浚與趙鼎有隙，因薦爲樞密使。浚罷，鼎復相，諸執政盡逐而檜獨留。既而與鼎並居宰席，卒傾鼎去之。金人渝盟，軍民皆歸咎於檜。檜傲然不肯退，又使王次翁奏留之。韓世忠、張俊、岳飛方擅兵，檜與俊密約議和，而以兵權歸俊。飛既誅，世忠亦罷，俊居位不去，檜乃使江邈論罷之。由是中外大權盡歸於檜，非檜親黨及昏庸諛佞者，則不得仕宦。忠正之士，多避山林間。……上見江左小安，以爲檜力，任之不疑。檜陰結内侍及醫師王繼先伺微旨，動静必具知之。……兩居相位，凡十九年。」

⑦視相府如傳舍，蘇洵《嘉祐集》卷四《衡論》上《遠慮》：「宰相避嫌畏譏且不暇，何暇盡心以憂社稷？數遷數易，視相府如傳舍，百官泛泛於下，而天子惸惸於上，一旦有卒然之憂，吾未見其不顛沛而殞越也。」

⑧「淮蔡」五句，《舊唐書》卷一七〇《裴度傳》：「元和十年六月，王承宗、李師道俱遣刺客刺宰相武元衡，亦令刺度。是日，度出通化里，盗三以劍擊度……度已墮溝中，賊謂度已死，乃捨去。居三日，詔以度爲門下侍郎、同中書門下平章事。度勁正而言辯，尤長於政體。……初，元衡遇

害，獻計者或請罷度官，以安二鎮之心。憲宗大怒，曰：『若罷度官，是姦計得行，朝綱何以振舉？吾用度一人，足以破此二賊矣。』度亦以平賊爲己任。……十一年六月，蔡州行營唐鄧節度使高霞寓兵敗於鐵城，中外恟駭。先是，詔羣臣各獻誅吴元濟可否之狀，朝臣多言罷兵赦罪爲便。翰林學士錢徽、蕭俛語尤切，唯度言賊不可赦。及霞寓敗，宰相以上必厭兵，欲以罷兵爲對。延英方奏，憲宗曰：『夫一勝一負，兵家常勢。若帝王之兵不合敗，則自古何難於用兵？累聖不應留此兇賊。今但論此兵合用與否，及朝廷制置當否，卿等唯須要害處置，將帥有不可者，去之勿疑；兵力有不足者，速與應接。何可以一將不利，便沮成計？』於是宰臣不得措言，朝廷無敢言罷兵者，故度計得行。」

⑨「令狐」三句，《舊唐書》卷一七二《令狐楚傳》：「十二年夏，度自宰相兼彰義軍節度、淮西招撫宣慰處置使。宰相李逢吉與度不協，與楚相善，楚草度淮西招撫使制不合度旨，度請改制内三數句語。憲宗方責度用兵，乃罷逢吉相任，亦罷楚内職，守中書舍人。」

⑩「符離」三句，據《宋史》卷三三《孝宗紀》一，隆興元年五月，張浚以樞密使兼都督江淮東西路軍馬，命李顯忠、邵宏淵出兵攻宿州，大敗於符離。六月，張浚降爲江淮東西路宣撫使。十二月，張浚拜右僕射同中書門下平章事兼樞密使，仍都督江淮軍馬。隆興二年四月，以臣僚論列，召張浚還朝，遂罷江淮都督府，並罷張浚右僕射、樞密使。張浚遂自半途還湖南，止於饒州餘干縣，八月卒。

⑪泉曹總司，泉曹即提舉坑冶司，又稱泉司，掌鑄錢及收山澤之産。元豐初以饒州司領江東、淮、浙、福建等路，虔州司領江西、湖、廣等路，紹興五年並歸虔州司。又置提領諸路鑄錢官一員於行在，以侍從官充。總司，即總領所。《古今事文類聚》遺集卷一二《總領》條：「總領財賦，古無其官。……建炎末，張魏公用趙應祥總領四川財賦，始置所繫銜，總領官自此始。……紹興十六年，四川總司以總領四川宣撫司錢糧所爲名。十八年詔罷宣撫司，始改爲四川總領。」

詳戰

臣聞，鴟梟不鳴，要非祥禽；豺狼不噬，要非仁獸①。此虜人雖未動，而臣固將以論戰。何則？我無爾詐，爾無我虞②，然後兩國可恃以定盟，而生靈可恃以弭兵。今彼嘗有詐我之情，而我亦有虞彼之備，一詐一虞，謂天下不至於戰者，惑也。明知天下之必戰，則出兵以攻人，與坐而待人之攻也，孰爲利？戰人之地，與退而自戰其地者，孰爲得？均之不免於戰，莫若先出兵以戰人之地，此固天下之至權，兵家之上策，而微臣之所以敢妄論也。

詳戰之説奈何？詳其所戰之地也。兵法有九地③，皆因地而爲之勢。不詳其地，不知其勢者，謂之「浪戰」④。故地有險易，有輕重，先其易者，險有所不攻；破其重者，輕有所不取。今日中原之地，其形易、其勢重者，果安在哉？曰：山東是也。不得山東，則河北不可取，不得河北，則中原不可復。此定勢，非臆説也。

古人謂用兵如常山之蛇，擊其首，則尾應，擊其尾，則首應，擊其身，則首尾俱應⑤。臣竊笑之。夫擊其尾則首應，擊其身則首尾俱應，固也。若夫擊其首〔一〕，則死矣，尾雖應，其庸有濟乎？

方今山東者，虜人之首，而京、洛、關、陝，則其身其尾也。由泰山而北，不千二百里而至燕。燕者，虜人之巢穴也。自河失故道⑥，河朔無濁流之阻，所謂千二百里者，從枕席上過師也⑦。山東之民，勁勇而喜亂，虜人有事，常先窮山東之民。天下有變，而山東亦常首天下之禍。至其所謂備邊之兵，較之他處，山東號爲簡略。且其地於燕爲近，而其民素喜亂。彼方窮其民，簡其備，豈真識天下之勢也哉？今夫二人相搏，痛其心，則手足無强力。兩陣相持，噪其營，則士卒無鬥心。故臣以謂：兵出沭陽，海州屬縣〔二〕。則山東可指日而下。山東已下，則河朔必望風而震。河朔已震，則燕山者〔三〕，臣將使之塞南門而守。請試言其説：

虜人列屯置戍，自淮陽以西，至於汧、隴，海州，防禦去處，故此不論〔四〕。雜女真、渤海、契丹之兵，不滿十萬⑧。關中、洛陽、京師三處，彼以爲形勢最重之地，防之爲甚深，備之爲甚密，可因其爲重，大爲之名以信之：揚兵於川蜀，則曰：「關、隴，秦、漢故都，百二之險⑨，吾不可以不争。」揚兵於襄陽，則曰：「洛陽，吾祖宗陵寢之舊⑩，廢祀已久，吾不可以不取。」揚兵於淮西，則曰：「京師，吾宗廟社稷基本於此，吾不可以不復。」多爲旌旗金鼓之形，陽爲志在必取之勢。已震關中，又駭洛陽；已駭洛陽，又聲京師。彼見吾形，忌吾勢，必以十萬之兵而聚三地，而沿邊郡縣，亦必皆守而後可。是謂「無所不備則無所不寡」⑪。如此，則燕山之衛兵，山東之户民，山東女真屯田者不滿三萬⑫，此兵不俱可用〔五〕。中原之簽軍⑬，精甲鋭兵，必悉舉以至〔六〕。吾乃以形聳之，使不得遽去，以勢留之，使不得遂休，則山東之地固虚邑也。山東雖虚，竊計青、密、沂、海之兵⑭，猶有數千，我以沿海戰艦，馳突於登、萊、沂、密、淄、濰之境⑮，彼數千兵者，盡分於屯守矣。山東誠虚，盗賊必起，吾誘羣盗之兵，使之潰裂四出。而陛下徐擇一驍將，以兵五萬，步騎相半，鼓行而前，不三日必至兖、鄆之郊⑯，臣不知山東諸郡，將誰爲王師敵哉？山東已定，則休士秣馬，號召忠義，教以戰守，然後傳檄河朔諸郡，徐以兵躡其後，此乃韓信所以破趙而舉燕也⑰。天下之人，知王師恢復之意堅，虜人破滅之形著，則契丹諸國，如窩斡、鶻巴之事⑱，必有相軋而起者。此臣所以使燕山塞南門而守也。

彼虜人三路備邊之兵，將北歸以自衛耶？吾已制其歸路，彼又虞淮西、襄陽、川蜀之兵，未可釋而去也。抑爲戰與守耶？腹心已潰，人自解體，吾又將突出其背而夾擊之。當此之時，陛下築城而降其兵亦可；驅而之北，反用其鋒亦可；縱之使歸，不虞而後擊之亦可，臣知天下不足定也。

然海道與三路備邊之兵，將不必皆勇，士不必皆鋭。蓋臣將以海道、三路之兵爲正，而以山東爲奇[19]。奇者以强，正者以弱，弱者牽制之師〔七〕，而强者必取之兵也。古之用兵者，唐太宗其知此矣，嘗曰：「吾觀行陣形勢，每戰，必使弱常遇强，强常遇弱。敵遇我弱，追奔不過數十百步，吾擊敵弱，常突出自背反攻之，以是必勝。」[20]然此特太宗用之於一陣間耳。臣以爲，天下之勢，避實擊虚，不過如是。苟曰不然，必將驅堅悉鋭，由三路以進，寸攘尺取，爲恢復之謀，則吾兵爲虜弱久矣。驟而用之，未嘗不敗，近日符離之戰是也。假設陛下一舉而取京、洛，再舉而復關、陝，彼將南絶大河，下燕、薊之甲[21]，東踰泗水[22]，漕山東之粟，陛下之將帥，誰與守此？曩者三京之役是也[23]。借能守之，則河北猶未病，河北未病，則雌雄猶未決也。以是策之，陛下其知之矣。

昔韓信請於高祖，願以三萬人北舉燕、趙，東擊齊，南絶楚之糧道，而西會於滎陽[24]。耿弇言於光武，欲先定漁陽，取涿郡，還收富平，而東下齊[25]。皆越人之都而謀人之國，二子不以爲難能，而高祖、光武不以爲可疑，卒藉之以取天下者，見之明而策之熟也。由今觀之，使高祖、光武不信其言，則二子未免爲狂。何者？落落而難合也㉖。如臣之論，焉知不有謂臣爲狂者乎？雖然，臣又有一説焉，爲陛下終言之：

臣前所謂兵出山東，則山東之民必叛虜，以爲我應，是不戰而可定也。議者必曰：「辛巳之歲，山東之變亦大矣〔八〕，然終無一人爲朝廷守尺土以基中興者，何也？」臣之説曰：「北方郡縣，可使爲兵者，皆鋤犁之民，可使以用此兵而成事者，非軍府之黥卒，則縣邑之弓兵也。」何則？鋤犁之民，寡謀而易聚，懼敗而輕敵。使之堅戰而持久，則敗矣。若夫黥卒之與弓兵，彼皆居行伍，走官府，皆知其指呼號令之不可犯〔九〕，而爲之長者更戰守，其部曲亦稔熟於其賞罰進退之權〔一〇〕。建炎之初，如孔彥舟、李成輩㉗，殺長吏，驅良民，膠固而不散者，皆此輩也。「然辛巳之歲，何以不變？」曰：「東北之俗，尚氣而恥下人。當是時，耿京、王友直輩奮臂隴畝，已先之而起，彼不肯俛首聽命，以爲農夫下，故寧嬰城而守，以須王師，而自爲功也。」臣嘗揣量此曹，間有豪傑可與立事者，然虜人薄之，而不以戰，自非土木之興築，官吏之呵衛，皆不復用，彼其思一旦之變，以逞夫平昔悒怏勇悍之氣，抑甚於鋤犁之民，然而計深慮遠，非見王師則未肯輕發。陛下誠以兵入其境，彼將開門迎降，惟恐後耳。得民而可以使之將，得城而可以使之守，非於此焉擇之？

未見其可也㉘。故臣於詳戰之末而備論之。

【校】

〔一〕「夫」，兩《抄存》本俱闕，據《名臣奏議》本、《右編》、《南宋文録録》、羅抄本補。

〔二〕小注四字，《名臣奏議》本、《右編》、羅抄本原俱闕，據兩《抄存》本、《南宋文範》外編卷四補。

〔三〕「山」，《南宋文範》作「冀」。

〔四〕小注「海州」三句，《名臣奏議》本、《右編》、羅抄本原俱闕，據兩《抄存》本、《南宋文範》本補。

〔五〕小注二句，《名臣奏議》本、《右編》本、羅抄本俱闕，據兩《抄存》本、《南宋文範》本補。

〔六〕「精甲鋭兵必悉舉以至」，兩《抄存》本作「精甲鋭卒必舉以至」，「悉」原闕，據《名臣奏議》本、《右編》、《南宋文録録》、《南宋文範》本、羅抄本改補。

〔七〕「弱者」句，羅抄本以下有「而其情未泯也」至「用中原攻金」大段文字約三百六十餘字，乃王質《雪山集》卷一《上皇帝書》中語，爲錯簡誤收。

〔八〕「亦」，兩《抄存》本原作「已」，據《名臣奏議》本、《右編》、羅抄本改。

〔九〕「其」，兩《抄存》本原闕，據《名臣奏議》本、《右編》、《南宋文録録》、羅抄本補。

〔一〇〕「於其」，《抄存》本原無「其」，據《名臣奏議》本、《右編》、《南宋文録録》、《南宋文範》本、羅抄本補。

【箋注】

①「臣聞」四句，《舊唐書》卷一九四上《突厥傳》上：「起居舍人呂向上疏曰：『臣聞鴟梟不鳴，未爲瑞鳥；猛虎雖伏，豈齊仁獸？是由醜性毒行，久務常積故也。今夫突厥者，正與此類。』」

②「我無」二句，《左傳·宣公十五年》：「宋及楚平，華元爲質，盟曰：『爾無我詐，我無爾虞。』」《集解》謂：「楚不詐宋，宋不備楚。」

③九地，《孫子·九地》：「用兵之法有散地，有輕地，有爭地，有交地，有衢地，有重地，有圮地，有圍地，有死地。諸侯自戰其地者爲散地，入人之地而不深者爲輕地。我得亦利，彼得亦利者爲爭地。我可以往，彼可以來者爲交地。諸侯之地三屬，先至而得天下之衆者爲衢地。入人之地深，背城邑多者爲重地。行山林、險阻、沮澤，凡難行之道者爲圮地。所由入者隘，所從歸者迂，彼寡可以擊吾之衆者爲圍地。疾戰則存，不疾戰則亡者爲死地。是故散地則無戰，輕地則無止，爭地則無攻，交地則無絶，衢地則合交，重地則掠，圮地則行，圍地則謀，死地則戰。」

④浪戰，杜牧《樊川集》卷二《罪言》：「自治爲上策，……取魏爲中策，最下策爲浪戰，不計地勢，不審攻守是也。」

⑤常山之蛇，《孫子·九地》：「故善用兵者，譬如率然。率然者，常山之蛇也。擊其首則尾至，擊其尾則首至，擊其中則首尾俱至。敢問兵可使如率然乎？曰可。」

⑥河失故道，《建炎以來繫年要録》卷一八：「建炎二年十一月乙未……東京留守杜充聞有金師，

乃决黄河入清河以沮寇。自是河流不復矣。」按：此處之清河指南清河，亦即泗水。黄河主流由泗入淮，奪淮入海，是爲黄河變遷史上之一大節目。以時值北宋滅亡，金人入侵中原之際，故宋金兩史之《河渠志》對此事均未詳致。

⑦從枕席上過師：《漢書》卷六九《趙充國傳》：「治湟陿中道橋，令可至鮮水，以制西域。信威千里，從枕席上過師。」注：「橋成，軍行安易，若於枕席上過也。」

⑧不滿十萬：《三朝北盟會編》卷二三〇崔淮夫等《上兩府札子》：「金人正軍目，即京師雖號一萬，宿州、陳州、許州皆號千户，然每一萬止是三箇千户，每一千户止是甲兵三十人，每一甲兵各有兩人或一人阿里喜（本朝所謂傔人），即馬步人共九百人爲一千户，每二千七百爲一萬户，即是京師屯駐軍共二萬七百餘人，南京二千七百人，宿州止九百餘人，陳、許二州乃韓將軍弟韓定遠，九百餘人。昔日從軍係是漢兒軍，於前年並已放散歸國，止東平府及滄、景、沿海諸州有自來被擄人分屯山東，每人給以官田二頃，荒地一段，令自給用，共二十萬户，號爲民軍。」可與此相參。

⑨百二之險：《史記·高祖本紀》：「秦，形勝之國，帶河山之險，懸隔千里，持戟百萬，秦得百二焉。」《集解》：「秦地險固，二萬人足當諸侯百萬人也。」

⑩「洛陽」二句：北宋太祖至哲宗七帝陵寢及太祖父趙弘殷陵寢皆在洛陽鞏縣（今河南鞏義）。

⑪「是謂」句：語出《孫子·虚實》。

⑫「山東」句,《金史》卷四七《食貨志》載大定二十一年事,有「陳言者言豪强之家多占奪田者……謂宰臣曰:『山東路所括民田,已分給女真屯田人户』」數語。按:所謂女真屯田户,即指在金熙宗及海陵帝時由東北大量内徙之猛安謀克户,皆女真族人。

⑬中原之簽軍,指金人於戰時自北宋境内所調發之丁壯。《宋會要輯稿·兵》一五之四,載紹興三年九月二十五日詔有云:「金人自來多係驅擄河北等路軍民,號爲簽軍,所當克衝冒矢石,枉遭殺戮。」劉祁《歸潛志》卷七亦載:「金朝……每有征伐或邊釁,動下令簽軍,州縣騷然。」可參《審勢》箋注。

⑭青,青州,即今山東益都。北宋屬京東東路,入金屬山東東路。

⑮登,即登州,即今山東蓬萊。萊,萊州,即今山東萊州。淄,淄州,治所在今山東淄博南。濰,濰州,即今山東濰坊。以上各州俱屬金山東東路。

⑯兗,兗州,治所在今山東鄒城。鄆,鄆州,即今山東東平,俱屬金山東西路。

⑰「此乃」句,《史記》卷九二《淮陰侯列傳》:「信問廣武君曰:『僕欲北攻燕,東伐齊,何若而有功?』……廣武君對曰:『方今爲將軍計,莫如案甲休兵,鎮趙撫其孤,百里之内,牛酒日至,以饗士大夫醳兵,北首燕路,而後遣辯士奉咫尺之書,暴其所長於燕,燕必不敢不聽從。燕已從,使諠言者東告齊,齊必從風而服。雖有智者,亦不知爲齊計矣。如是,則天下事皆可圖也。兵固有先聲而後實者,此之謂也。』韓信曰:『善。』從其策,發使使燕,燕從風而靡。」

⑱窩斡，《金史》卷一三三《叛臣·窩斡傳》：「移剌窩斡，西北路契丹部族。先從撒八爲亂，受其僞署，後殺撒八，遂有其衆。……正隆五年，海陵徵諸道兵伐宋，使牌印燥合、楊葛盡徵西北路契丹丁壯。……契丹聞男丁當盡起，於是撒八、孛特補與部衆殺招討使完顔沃側及燥合，而執耶律娜、没荅涅合，取招討司貯甲三千，遂反。議立豫王延禧子孫，衆推都監老和尚爲招討使，山後四羣牧、山前諸羣牧皆應之。……正隆六年十二月己亥，窩斡遂稱帝，改元天正。」蕭鷓巴，已見。

⑲「蓋臣」二句，《孫子·兵勢》：「三軍之衆，可使必受敵而無敗者，奇正是也。……凡戰者，以正合，以奇勝。故善出奇者，無窮如天地，不竭如江海。……戰勢不過奇正，奇正之變不可勝窮也。」

⑳「吾觀」二句，《資治通鑑》卷一九二：「武德九年九月……上（按：此指唐太宗，時新即位，尚未改元）嘗言：『吾自少經略四方，頗知用兵之要。每觀敵陣，則知其彊弱，常以吾弱當其彊，彊當其弱。彼乘吾弱，逐奔不過數十百步，吾乘其弱，必出其陣後反擊之，無不潰敗。所以取勝，多在此也。』」

㉑薊，薊州，即今河北薊縣，屬金中都路。

㉒泗水，起源於兖州泗水縣，東南流經魚臺（今屬山東）、徐州（今屬江蘇）等地，至清河口入於淮。建炎二年，杜充守汴，畏金軍之逼，決黄河以阻之。黄河主流遂入於泗水，並奪淮入海。

㉓三京，見《察情》箋注。金熙宗天眷二年，歸於宋。至第二年完顏宗弼即率軍南侵，三京又爲金軍所攻佔。

㉔「昔韓」五句，《漢書》卷一《高帝紀》：「二年秋八月，漢王以韓信爲左丞相，與曹參、灌嬰俱擊魏。……九月，信等虜豹，傳詣滎陽，定魏地，置河東、太原、上黨郡。信使人請兵三萬人，願以北舉燕、趙，東擊齊，南絶楚糧道。漢王與之。」

㉕「耿弇」句，《後漢書》卷四九《耿弇傳》：「光武即位，拜弇爲建威大將軍。……弇從幸舂陵，因見，自請北收上谷兵未發者，定彭寵於漁陽，取張豐於涿郡，還收富平、獲索，東攻張步，以平齊地。帝壯其意，乃許之。」

㉖「落落」句，《後漢書》卷四九《耿弇傳》：「後數日，車駕至臨淄，自勞軍。羣臣大會，帝謂弇曰：『昔韓信破歷下以開基，今將軍攻祝阿以發跡，此皆齊之西界，功足相方。而韓信襲擊已降，將軍獨拔勍敵，其功乃難於信也。……將軍前在南陽，建此大策，常以爲落落難合，有志者事竟成也。』」

㉗孔彦舟、李成，《金史》卷七九《孔彦舟傳》：「孔彦舟字巨濟，相州林慮人。亡賴不事生産，避罪之汴，占籍軍中。坐事繫獄，説守者解其縛，乘夜踰城遁去，已而殺人，亡命爲盗。宋靖康初應募，累官京東西路兵馬鈐轄。聞大將軍至山東，遂率所部劫殺居民，燒爐舍，掠財物，渡河南去。宋人復招之，以爲沿江招捉使。彦舟暴横，不奉約束，宋人將以兵執之。彦舟走之齊，從劉麟伐

宋，爲行軍都統。」同卷《李成傳》：「李成字伯友，雄州歸信人，勇力絶倫，能挽弓三百斤。宋宣和初，試弓手，挽强異等。累官淮南招捉使。成乃聚衆爲盗，抄掠江南，宋遣兵破之，成遂歸齊。累除知開德府，從大軍伐宋。齊廢，再除安武軍節度使。」

㉘「未見」句，《宋文歸》卷一九收録本篇文，自「今日中原之地」始，至此止。鍾惺於篇末著論有云：「觀稼軒詞令，一風流文人也。而胸中智略乃如此，賢者可一端測耶？」而葉紀泰《名文寶符》卷三收録本文，篇末載鍾惺、許驥、茹之宗三論。茹之論有云：「昔人謂天下形勢，秦得百二，齊得十二，蓋齊山東之國也。山東一下，則河朔震恐，河朔震恐，則燕竇丸泥可封。然後傳檄天下，中原計日可圖。此疏指陳方略，與兵家奇正之説合，有裨廟算不淺，豈填詞之士所可擬耶？」

【附録】

一、鄧廣銘論作年

《美芹十論》作年考

關於辛稼軒奏進《美芹十論》的年份，舊來凡有三説，其一爲《宋史·辛棄疾傳》，以爲是乾道六年奏進。傳中説道：

乾道四年通判建康府，六年，孝宗召對延和殿。時虞允文當國，帝鋭意恢復，棄疾因論南北形勢及三國晉漢人才，持論勁直，不爲迎合。作《九議》並《應問》三篇、《美芹十論》獻於朝，言逆順之理，消長之勢，技之長短，地之要害甚備。以講和方定，議不行，遷司農寺主簿。

其二爲黄淮楊士奇編的《歷代名臣奏議》。《奏議》於《美芹十論》之上標著了「宋孝宗時，建康府通判辛棄疾進」十三字，不確指爲乾道六年召對延和殿時所進，則似以爲乾道四、五兩年内辛稼軒在建康府通判任上奏進的。

其三爲辛啓泰編的《稼軒集抄存》。《抄存》中的《美芹十論》，據辛啓泰在《後記》所説，是法式善從《永樂大典》中輯出的。在題目之上冠有「乾道乙酉進」五字。查乙酉爲乾道元年，即公元一一六五年。

我把《美芹十論》仔細閲讀後，覺得前兩説都大有問題，只有後一説可以承認。因爲，在《十論》的《久任》篇中，有這樣幾句：

頃者張浚雖未有大捷，亦未至大敗。符離一挫，召還揆路，遂以罪去，恐非越勾踐、漢高帝、唐憲宗所以任宰相之道。

今查《宋史·孝宗紀》，宋師在符離潰敗，事在隆興元年（一一六三）五月，是年六月張浚雖以此受到降低官職的處分，但依舊還做樞密使，僅把「都督江淮東西路軍馬」的職務改爲「江淮東西路宣撫使」。到這年八月便又由宣撫使改爲都督江淮軍馬了。到第二年的四月，張浚才被召還朝，這就是稼軒在《久任》篇中所説的「召還揆路」。宋廷緊接着就撤銷了江淮都督府，緊接着又罷免了張浚的樞密使之職，這就是稼軒在《久任》篇中所説的「遂以罪去」。從這些事節看來，辛稼軒寫作《美芹十論》的開始時間，最早也應在隆興二年四月以後。

《宋史·孝宗紀》載張浚卒於隆興二年八月辛巳（二十九日），《建炎以來朝野雜記》乙集卷八《張虞二丞相賜謚本末》條説他是「免相西歸，薨於餘干」的。稼軒在《久任》篇中既有「恐非所以任宰相之道」等語，便很不像是寫在張浚已死之後的樣子，因而《美芹十論》的寫作，最晚也應在隆興二年的八九月内。其寫成奏進，衹能在乾道初元而不能更晚。

在《十論》的《察情第二》有云：「海、泗、唐、鄧等州，吾既得之，彼用兵三年而無成。」今查宋人之收復海、泗、唐、鄧四州均紹興三十一年事，既云金人用兵三年而未能攻取，則也正説明此論之必寫作於隆興二年。然而就在隆興二年的十一月，宋金雙方又訂立了和議，規定兩國疆界一如紹興之舊，海、泗、唐、鄧四州於是又歸屬了金國。是則稼軒於乾道元年奏進《美芹十論》，爲時已嫌稍遲，何得謂其爲乾道四五年任建康通判時事，更何得謂其爲乾道六年奏對延和殿時事哉！故按諸史事，終以《稼軒集抄存》所冠於題上之「乾道乙酉進」五字爲得其實。（《辛稼軒詩文箋注》）

二、辛更儒論作年

《美芹十論》作於隆興二年的幾個具體例證

（一）《審勢》論述金人「三不足慮」之後，繼又指出金人「重之有腹心之疾」，「且骨肉間僭弑成風。如聞僞許王以庶長出守於汴，私收民心，而嫡少嘗暴之於其父，此豈能終以無事者哉」？

這裏所涉及到的，是金世宗諸子爭權事。「僞許王」即完顔永中，金世宗的庶長子。《金史·世宗諸子傳》載：「永中本名實魯剌，又名萬僧，大定元年封許王，五年判大興尹，七年進封越王。」大定元年即紹興三十一年，五年爲乾道元年。大興府指金中都燕京。永中守汴京事，《金史》未載，但乾道元年永中即改守燕京，則其守汴京當在隆興二年。

今按永中隆興二年守汴京事，尚可通過宋人史籍查考。《四朝聞見録》丙集《司馬武子忠節》條，載北方豪傑司馬通國、韓璘密謀在汴京起義，並通過韓璘之弟韓玉（已先期歸宋）與南宋都督江淮軍馬張浚聯繫。但張浚所遣間諜侯澤不慎被金人俘獲，通國、璘等三百餘人在隆興二年三月同時被害。據記載，永中是在司馬通國行將舉行暴動之前乘傳來守汴京的。他和被立爲金太子的世宗嫡次子允恭之間矛盾極深，此時留守汴京，在處理這次暴動事件中不願擴大事態，大概此事也是其「私收民心」的一種手段吧。總之，辛棄疾提到的「許王守汴」確實爲隆興二年春間事。這一事件既距辛棄疾寫作此文不久，所以辛棄疾也只能推斷永中兄弟「豈能終以無事者哉」，而不能作進一步的論述。

（二）《察情》篇論「虜情有三不敢必戰」，舉例説：「海、泗、唐、鄧四州，吾既得之，彼用師三年而無成，則我有攻守之士，而虜人已非前日之比。」

按紹興三十一年十一月金主亮南侵前後，海、泗、唐、鄧四州相繼被南宋收復。據《宋史·高宗紀》所載，宋軍於是年八月復海州，九月復泗州，十月復唐、鄧州。自魏勝取海州後，金人即多次來奪。所謂「彼用師三年」就從金人圍海州開始。辛棄疾既稱「彼用師三年而無成」，則作此文時，四州地必還在宋軍手中。而據史書載，宋軍堅守四州，直到隆興二年秋。據《宋史·孝宗紀》和《攻媿集》卷九二《觀文殿學士錢公行狀》載，是年七月，南宋下令海州撤戍；八月，左僕射湯思退又令淮東宣諭使錢端禮將海、泗二州戍兵先次撤回。九月一日得報，海州宋軍已撤，金軍迫海州而未入。九月十五日，金軍入泗州。唐、鄧撤軍，史書未載具體時日，但必在此稍後。《宋史·湯思退傳》謂金人得四州，專事殺戮，繼而又以重兵渡淮，可見唐、鄧撤軍也當在金兵分道渡淮之前。劉浦江文謂四州在隆興二年十一月宋金和議之後歸屬金國，與史實不符。根據上述史實，知辛棄疾《察情》篇之寫作，只能在隆興二年七月之前。

值得注意的是，《十論》最後一篇《詳戰》，建議宋軍「兵出沭陽」，以攻山東。按沭陽爲海州屬縣，其地在淮河以北。稼軒不説「兵出山陽」（山陽在淮河南，屬楚州），可見《十論》完成時，海州也尚未放棄。這更是一個考其作年的有力證據。

（三）《自治》第四建議「絶歲幣，都金陵」時，涉及到歲幣數額有云：「臣聞今之所以待虜，以緡計者二百餘萬。以天下之大，而爲生靈社稷計，曾何二百餘萬之足云？臣不爲二百餘萬緡惜也。」其後又云：「陛下間取其二百餘萬緡者，以資吾養兵賞勞之費，豈不爲朝廷之利乎？」

按紹興十一年宋金議和，規定南宋每年向金輸送絹、銀各二十五萬匹兩，隆興二年宋金再次議和，歲幣數各減少五萬匹兩。辛棄疾文中所謂「以緡計者」，是將銀絹折合爲現錢。紹興到隆興、乾道間銀絹折合爲現錢的比價，可從有關記載中大致推考得出。查《建炎以來朝野雜記》甲集卷五《乾道郊祀》條載乾道六年宰相虞允文懇辭郊祀賞賜，其奏疏中說：「舊來銀一兩，爲錢四百，絹一匹，爲錢七八百，故千匹兩其值不過千餘緡，今則七八千緡矣。或者但言祖宗時錫予甚厚，今多從裁減，不知所賜之值，已過祖宗時數倍也。」這裏所説的「祖宗時」，據此條前文所講，指北宋仁宗時。可見兩宋時期銀絹價值呈上升趨勢，而隆興至乾道的數年間，或當無多大變化。今即以此爲標準，即以乾道間每千匹兩最高值八千緡計算，二十五萬匹兩折合爲現錢，正應爲二百萬緡。而二十萬匹兩則只有一百六十萬緡。由此可見，辛棄疾此文中的數額，正是指按紹興間的舊盟約所應輸送的歲幣。這表明，辛棄疾寫作此文時，不但在宋金再次議和之前，還應在隆興二年八月南宋遣魏杞使金商討削減歲幣數額之前。

（四）《久任》篇論及宰相久任時有云：「頃者張浚雖未有大捷，亦未至大敗，符離一挫，召還揆路，遂以罪去，恐非越勾踐、漢高帝、唐憲宗所以任宰相之道。」

鄧廣銘先生《美芹十論作年考》論述此事甚詳，他根據張浚在隆興間的行蹤，認爲文中的「召還揆路」指隆興二年四月張浚在右丞相任内被召，又因臣僚論列，途中罷相事，斷定《久任》寫於隆興二年四月之後。他又指出，張浚於八月二十九日病死於饒州餘干縣，辛棄疾文中對張浚罷相有異議，説「恐非所以任宰相之道」，没有提到張浚病卒，不像寫在張浚已死之後，則辛棄疾此篇寫成不應晚於此年八九月。但鄧先生又認爲，辛棄疾在隆興二年和乾道元年任何種職務已無可考知，「假如他在這時候不是在臨安而是在外地供職，則張浚死在餘干的消息，他便不可能及時得知」，因而《十論》也可能是乾道元年才寫作的。按當時鄧先生尚未見到《辛棄疾歷仕始末》一文，因此才這樣説。今查辛棄疾於隆興二年冬江陰軍簽判任滿，乾道元年即改任廣德軍通判。江陰爲浙西路州郡，水軍屯駐之地，並非僻遠州軍，大概不可能要到乾道元年後才得知張浚的死訊，當時朝中向各州郡傳遞邸報，類似今日的内部通訊，要聞均有所載。故上述假設恐難成立。（引自《美芹十論的確切作年再考》一文，見《辛棄疾研究叢稿》，研究出版社二〇〇九年版）

【附記】

當上世紀九十年代，鄧廣銘先生審訂《辛稼軒詩文箋注》時，雖然根據我之意見，修改他於一九五六年所作的《美芹十論作年考》，再次肯定其爲隆興二年夏秋所作，但他還是把《美芹十論》歸結爲乾道元年奏進，並由劉浦江君寫了一篇《美芹十論作年確考》，更進一步認爲《美芹十論》寫成於乾道元年（發表於《古籍整理研究學刊》一九九〇年第三期）。然而，根據我的研究，《美芹十論》既於隆興二年八月之前即已寫成，其時他正在江陰軍簽判任上，如何可以不及時奏進，而要等到宋金和議既成，其文中所論和戰等急迫議題都已成爲歷史問題之後呢？因此，《十論》既不可能奏進於乾道元年，更不可能寫成於乾道元年，《稼軒集抄存》題下之注語没有根據。基於此原因，這次新作《辛棄疾集編年箋注》，遂删去「乾道元年進」五字，確定其爲隆興二年夏秋之間所作。